달의 뒷면

TSUKI NO URAGAWA
by ONDA Riku

Copyright © ONDA Riku, 2000
All rights reserved.

Original Japanese edition published by GENTOSHA Inc.
This Korean edition was published by Viche, an imprint of Gimm-Young Publishers, Inc., in 2012 by arrangement with GENTOSHA Inc., Tokyo through THE SAKAI AGENCY and BC AGENCY, Co., Seoul.

이 책의 한국어판 저작권은 사카이 에이전시와 BC 에이전시를 통한 저작권자와의 독점계약으로 도서출판 비채가 소유합니다. 저작권법에 의해 한국 내에서 보호를 받는 저작물이므로 무단전재와 무단복제를 금합니다.

달의 뒷면

온다 리쿠 장편소설
권영주 옮김

# 月の裏側

Chapter I

겨우 비가 그쳤다.

서쪽 하늘에 걸린 구름이 갈라지더니 섬광처럼 번득이는 햇살이 순간 지상을 비추었다. 영화의 한 장면 같다. 그것도 길었던 스토리의 종반 직전. 라스트가 바로 저기다. 관객은 결말의 조짐을 느끼고 있다. 마지막은 대체 어떻게 끝날까 하고 머릿속으로 이런저런 결말을 생각하고 있다. 어떤 결말을 원할까? 나는 걷고 있다. 걷고 있다. 모자와 신발은 비에 젖어 변색되고 쫄딱 젖어 무거워진 셔츠에 넌더리내기도 지친 상태로 거리를 걷고 있다. 의식이 몽롱하다. 오랜 시간 세찬 빗속을 걸은 탓에 두뇌는 이미 사고를 정지했다. 거의 타성으로 걷고 있다.

그래도 이따금 온갖 것이 유리 파편처럼 머리 한구석을 스친다. 무겁고 짙은 수면에 뜬 야합화. 어둠 속에 떠오른 문등 불빛. 미끄러지듯 골목 틈새로 사라지는 거룻배. 도감 책장을 넘기는 흰 손가락. 그러나 그래봤자 그것은 편린에 불과하다. 편린의 환영을 좇으려하면 그 즉시 그림은 사라진다.

나는 걷고 있다. 그러고 보니 카메라를 어디 두었을까? 한시도 떼놓지 않고 갖고 다니던 카메라, 이 거리에서 내 존재를 조용히 기록했던 카메라, 이 거리에서 일어난 일을 새기던 카메라. 보아하니 지금 나는 맨손인 것 같다. 카메라는 어디에?

지금 걷는 데는 어디쯤일까? 얼른 그 집에 다다라야 하는데. 편하고 기분 좋은 작은 집, 무엇보다도 수로에서 떨어져 있는 집. 처음 그 집에 도착한 게 언제였더라. 맙소사, 믿기지 않는다. 아직 겨우 열흘밖에 안 됐다니. 이제 겨우 열흘, 내가 처음 그 역에 내린 지…….

"야나쿠라에 온 걸 환영하네."

역사에서 나오자 휑한 로터리가 있고, 흐린 장마철 하늘을 배경으로 미쿠마 교이치로가 서 있었다. 고지식한 검은 뿔테 안경. 안경 너머 뜻밖에 검은자위가 크고 표정이 풍부한 눈동자. 정수리는 숱이 적은데 좌우로는 새까만 머리가 무성하게 자랐다. 뭔가 하고 싶은 말이 있는 듯한 얇고 일그러진 입술. 오래 입어 물이 빠지고 후줄근해진 셔츠. 골격이 크고 울퉁불퉁한 인상을 주는 체격.

달라지지 않았다. 조금도 달라지지 않았다. 달라지지 않은 그의 입에서 나온 말에 쓰카자키 다몬은 순간 어리벙벙했다.

YANAKURA.

그가 중후한 어조로 말한 그 지명은 천진난만한 느낌이었다. YANAKURA라는 단어만이 교이치로의 입에서 하늘로 둥실둥실 올라갈 것만 같았다.

"오랜만입니다. 초대해주셔서 감사합니다. 여전하시군요."

다몬은 한 박자 늦게, 불현듯 생각난 것처럼 미소를 지으며 머리를 숙였다.

"자네야말로 여전하군. 늘 그런 식으로 한 박자 늦게 반응하던 게 이제야 생각나는걸."

교이치로가 쿡 하고 웃었다. 그는 꽤 복잡한 유머 감각의 소유자인데, 너무나도 중후한 말투 때문에 상당히 친한 사이가 아니면 그의 말이 농담임을 깨닫기가 쉽지 않다. 다몬은 원래 멍한 데가 있는 사람이다보니 친해진 뒤로도 좀체 알아차리지 못했다. 그러면 교이치로는 살짝 삐쳐서 스스로 농담을 해설했다.

"잔은 그럴 때마다 또 다몬의 천사가 지나갔다면서 놀리죠."

다몬은 역 앞에 서 있는 택시를 두고 교이치로를 따라 걷기 시작했다.

"부인은 여전하고?"

"지금 친정에 가 있습니다. 아니면 여기 혼자 못 왔죠."

다몬의 아내는 프랑스 사람이다. 그보다 두 살 연상이니 내년이면 불혹이다. 도쿄의 한 사립대 객원교수로 일본에 온 그녀는 친구를 통해 만난 그와 거의 일방적으로 정열적인 사랑에 빠졌다. 그것은 결혼한 지 십수 년이 지난 지금도 마찬가지다. 대단한 미녀인 데다 애정이 풍부한 그녀에게 불만은 전혀 없지만, 원래 다몬이라는 사람 자체가 불만이 없는 남자다보니 이따금은 이대로 괜찮은 건가 싶을 때도 있다. 친구들은 여태 그의 결혼을 '잔의 약탈'이라 부른다.

"같이 오지 그랬나. 환영했을 텐데."

"예에. 그렇지만 일단 일이니까요."

다몬은 건성으로 대답했다. 바람은 없고 역 앞은 텅 비어 있었다. 특급 열차가 정차하니 관광객은 많을 것이다. 야나쿠라로 말하자면 유명한 수향 도시다. 돈코배라 불리는 기름한 나무배를 타고 버들가지 살랑이는 수로를 따라 내려가는 풍경은 순수문학이나 영화의 무대로 유명하다. 국민적 시인이 노래한 고향. 세피아빛 노스탤지어.

"배 타고 가겠나? 집도 마침 종점에서 가깝겠다."

교이치로가 매표소를 턱짓으로 가리켰다. 짧은 흰색 저고리를 입은 사공 몇 명이 복권 판매소 같은 작은 매표소 주위에서 손님을 기다리는 표정으로 담배를 피우고 있었다.

"아뇨, 저, 아직······."

"아직은 안 됐어?"

"네, 아직 마음의 준비가······."

다몬이 가볍게 어깨를 으쓱하자, 교이치로가 쿡쿡 웃었다.

"여전하군."

교이치로는 다몬의 얼굴을 흘끗 보았다. 날카로운 눈빛은 예전과 조금도 다르지 않았다. 다몬은 순간 그의 시선이 등을 관통한 듯한 충격을 받았다.

"자네 얼굴은 동자의 얼굴이야."

"학창시절에도 곧잘 그런 말씀을 하셨죠."

"자네 같은 얼굴은 그리 흔치 않아. 무구하고, 겁을 모르고, 그러면서 나면서부터 역사의 진실을 지니고 있지."

"꽤나 과대평가를 하시는군요."

"자네 말고 동자 말이네. 얼굴은 동자지만 자네가 실제로 동자인지는 아직 모르겠거든."

"저도 좀 있으면 마흔인데 동자는 웬 동자입니까."

"이제 곧 알겠지."

역 앞의 작은 상가가 예고도 없이 별안간 끝나더니 고요한 암흑을 담은 '그것'이 펼쳐졌다.

다몬은 왠지 모르게 가슴이 철렁했다.

'그것'을 본 인상을 뭐라 표현하면 좋을까. 깊고, 짙고, 바닥이 보이지 않는 걸쭉한 녹색. 지상에 드러나 있는 무기질적이고 지나온 세월이 짧은 콘크리트며 아스팔트에 비해 '그것'은 너무나도 복잡한 유기물 집합체 같았다. 그래, '그것'은 분명 살아 있는 것처럼 보였다.

"뭐, 집까지 한 십오 분만 걸으면 되네. 먼 길을 오느라 피곤하겠지만 이 거리에 익숙해질 겸 잠깐 걷지."
"예에. 걷는 건 괜찮습니다. 내내 앉아만 있었으니 되레 고맙죠."
교이치로와 말을 주고받으면서도 다몬은 '그것'에서 눈을 뗄 수 없었다.
한창 때가 지난 창포 잎이 물 위에 흐릿하게 녹색 커브를 그린다. 괴어 있기는 해도 물은 아닌 게 아니라 조금씩 흐르고 있었다. 안쪽으로, 안쪽으로, 잠에 빠진 듯한 거리 안쪽으로. 물의 완만한 움직임을 보고 있으려니 그리운 시절의 향기가 났다. 시간에 부하를 걸 수 있는 힘이 그곳에서 은밀히 손짓한다.
"그나저나 짐이 참 적군. 늘 그런가?"
다몬은 또다시 한 박자 뒤늦게 대답했다.
"그렇죠. 가는 데마다 상황에 따라 머무는 기간이 길어졌다 짧아졌다 하는 데다, 어디 비경秘境에 가는 게 아니니까요. 이번에도 가는 길에 하카타에 들러 라이브하우스를 한 바퀴 돌 생각이거든요."
다몬은 어깨에 멘 낡은 가죽 배낭을 흘깃 돌아보았다.
그는 대형 음반 회사 프로듀서다. 그것도 업계 내에서도 별종만 모인 것으로 유명한 신인 발굴 부서 소속이다. 신인이나 새 유닛을 발탁하고 기획하는 부서이다보니, 멤버는 각자 자신의 연줄과 감에 의지해 별도로 행동한다. 매일같이 쏟아져 들어오는 막대한 양의 데모테이프를 듣고 전국의 라이브하우스를 돌며 장래성이 보이는 밴드를 찍는다. 각 회사가 황금 알을 둘러싸고 쟁탈전을 벌이는 세계에서 이렇게 태평하고 박자가 어긋나는 사람이 버틸 수 있는 건지 남 일이나마 걱정되는데, 그는 신기하게 재수 있는 사람으로 사내에서도 높이 평가 받고 있었다. 개성이 강하고 모난 사람들만 모인 가운데, 그는 생각지도 못한 데서 신인을 데리고 어슬렁어슬렁 나타난다. 그런가 하면 다른 사람 눈에는 영 돈이 되지 않을 성싶은 밴드를 초조해하거나 좌절하지 않고 끈기 있게 길러 이미 몇몇을 시장에 진출시킨 바 있다. 그가 키운 밴드는 폭발적인 인기는 얻지 못할지언정 고정 팬을 확보해 부침이 심한 음악업계에서 끈질기고 호흡이 긴 활동을 계속하고 있다.

  수로를 따라 버드나무 잎이 살랑살랑 흔들린다.

  장마철을 맞아 앞으로 더욱 색채가 선명해질 시기다. 수로 속의 물풀도, 물가에 흐드러지게 핀 꽃도, 버들가지도, 어딘지 모르게 흉포한 빛을 띠고 있다. 조금 더 있으면 폭발할 것 같고 소리를 내지를 것 같다. 얼마 전까지 비가 왔던 모양이다. 젖어서 반들반들한 잎사귀 하나하나의 윤곽이 유난히 뚜렷하고 관능적으로 느껴지는 것이, 도무지 똑바로 볼 수 없으리만큼 음란하게 다가든다.

  "흠."

  "뭐가?"

  다몬의 중얼거림에 교이치로가 반응했다.

  "수목이란 시간이라고 생각했는데, 버드나무는 다르군요. 역시 버드나무는 바람인데요. 버드나무는 바람이 보입니다. 공기가 보여요. 선線이군요. 선으로 이루어져 있습니다."

교이치로는 히죽거리며 옆을 걷는 남자를 보았다. 언뜻 보면 나이를 알 수 없다. 보통 키에 보통 체격. 모자 밑으로 어깨까지 기른 새까만 직모가 보이고 피부가 유난히 매끈거리는, 소년처럼 고운 남자.
"아이코가 돌아올 거네."
교이치로는 혼잣말처럼 중얼거렸다.
"저런, 따님이요? 몇 년 만에 만나는 건지."
"나도 오랜만일세."
다몬은 입을 다물고, 교이치로와 똑같은 눈을 한 대학 후배를 떠올렸다.
뭔가 해야 할 말이 있는 것 같은데 다음 말이 생각나지 않았다. 그래서 그냥 잠자코 걸었다. 차가 달리는 간선도로의 횡단보도에 이르러 갑자기 좀더 일찍 물었어야 할 것이 비로소 생각났다.
"그런데 전화로 말씀하신 기이한 사건이란 게 대체 뭡니까?"

다몬의 돌연한 질문에 교이치로는 돌연한 해설로 화답했다.
수로의 역사는 길다. 기원은 조몬인이 이 땅에 살기 시작했을 무렵으로 거슬러 올라간다고 한다.
갯벌로 유명한 아리아케 해는 조수 간만의 차가 대단히 커서, 바다로 이어지는 대지가 끝없이 펼쳐지는 광대한 습지대다. 전반적으로 저지대인 탓에 바다로 흘러드는 하천도 걸핏하면 범람한다. 조몬인들은 조금이라도 높은 육지를 확보하기 위해 적극적으로 진흙을 파 쌓아올려서 그곳에 주거지를 마련했다. 파낸 곳에는 빗물을 받았다가 생활용수로 쓰거나 증수 시의 유수지로 활용했다. 그것이 점점 확장되어 저습한 대지 위에 모세혈관 같은 수로가 뻗어나갔다. 이윽고 물고기가 살고, 아이들이 놀고, 식량 공급원 역할까지 하기 시작했다. 나아가 농경 기술이 발달함에 따라 농업용수로 쓰이게 되면서 수로는 사람들의 생활과 더욱 밀착되었다. 게다가 이 지역의 흙은 수분 함량이 70퍼센트를 넘는 점토질이다. 물기가 잠시라도 부족하면 순식간에 말라붙어 땅이 꺼진다. 실제로 몇 해 전에 수로를 없앤 이웃 S시는 심각한 지반 침하를 겪고 있다. 수로의 존재가 말 그대로 이 땅에서 생활하는 사람들의 기반을 떠받치고 있다.

안정적으로 식량이 확보되면서 공동체가 생기고 마을이 형성되면 위정자들은 드디어 적극적으로 치수에 나선다. 에도 시대를 맞이할 즈음 수로는 또다시 새로운 역할을 하게 되었다. 군사적인 역할이다. 야나쿠라 시가지는 야나쿠라 성 성터를 중심으로 펼쳐진다. 본래 흐르던 자연 하천과 인공적으로 만든 하천의 물을 이용해 삼중 해자로 본성을 수비했다. 당시 야나쿠라 성은 난공불락의 '물의 성'으로 널리 이름을 떨쳤다. 단순히 삼중 해자 덕분만은 아니다. 그보다 더 두려운 기술이 있었다.

"야나쿠라의 수로는 정밀기계라고들 한다네. 수백 년 전부터 오늘에 이르기까지 정확하게 기능하고 있으니 놀랄 일이지."

오랜만이라 다소 당황하기는 했지만, 질문에 대한 답을 언뜻 보면 맥락 없이 먼 데서 시작하는 게 교이치로의 방식이므로 다몬은 얌전히 경청했다.

"습지대를 간척해서 도시로 만든 건 에도도 마찬가지야. 다만 하천 범람이란 점에서 말하면, 간토 평야는 여기와는 비교도 안 되게 엄청났지만 말이지. 수량이 풍부한 도네 천, 아라 천荒川(이름 그대로 대단히 난폭한 강이지), 이루마 천이란 강도 있었군. 이 강들이 좁은 도쿄 만으로 흘러들거든. 그래, 17세기경까지 도네 천은 원래 도쿄 만으로 흘러들었던 걸세. 지금 간토 평야의 지도하고는 전혀 딴판이지. 이런 강이 세 개, 네 개 있어선 버티려야 버틸 방도가 없어. 이쪽도 저습지였으니 큰비만 왔다 하면 당장 홍수가 났다네. 얼마만큼 대규모 치수공사를 했을지 알겠지? 일본인은 물의 성질을 완벽하게 파악하고 있었던 거야. 그야말로 '지혜'지. 야나쿠라 번을 이백오십 년간 통치한 다카노라는 번주 가문이 있었네만, 17세기 중반에 4대와 5대 당주를 섬긴 가타와키 소스케란 이수利水 토목기사가 있었거든. 그래, 이수 토목기사. 좋은 이름이지. 일본인의 영지가 느껴지는 이름 아닌가? 그런데 이 사람 기술이 워낙 탁월해서 말이지, 이 시스템의 기초를 완성시켰다네."

가르치는 일을 하던 사람은 본래 말투가 일방통행이 되기 십상이다. 대학교수라면 더 말할 것도 없다. 교이치로는 걸핏하면 자신의 '의식의 흐름' 세계에 빠져드는 경향이 있었는데, 지금도 그

경향이 현저했다. 교이치로의 사고 회로만 파악하면 이 독백이 꽤 재미있다는 것을 다몬은 알고 있었다. 그림자처럼 붙어 따라가다 보면 복잡하고 독특한 세계를 가진 교이치로라는 인간을 추체험할 수 있다는 생각이 든다.

 원래 다몬多聞은 이름에 걸맞게 남의 이야기를 잘 듣는다. 자기주장이 그리 강하지 않은 데다 별달리 주장할 주의 주장이 있지도 않다. 딱히 참는 것도, 무기력한 것도 아니다. 그저 성격이 그럴 뿐이다. 주위 사람 눈에는 답답하거나 한심하게 비치는 모양인데, 본인은 전혀 스트레스를 받지 않는다. 그저 그는 다른 사람이 하는 일을 구경하거나 남의 이야기를 듣는 편이 자연스러울 뿐이다. 그 때문인지 혼자 있어도 괴롭지 않지만, 굳이 따지자면 남들과 같이 있는 편을 선호한다. 그래서 막연히 사람들이 모인 곳으로 슬금슬금 갔다가 어느새 말썽에 말려들곤 한다. 말려든 뒤에 호된 꼴을 당했다고 생각하지만, 그래도 남과 같이 있는 쪽이 더 좋다.

 이번에도 마침 큰 프로모션이 끝나고 한숨 돌리며 다음 일에 착수하기에는 아직 이르다고 생각하던 차에, 교이치로에게서 느닷없이 안부 인사인지, 심심풀이인지, 변덕인지 알 수 없는 의미심장한 전화가 걸려왔다. 그래서 규슈 쪽에는 라이브하우스도 많겠다, 하고 별 생각 없이 태평하게 찾아온 것이었다.

 "······이렇게 장황하게 설명을 늘어놓는 것도 내가 이곳 토박이가 아니라 그럴 테지. 내내 여기서 생활했다면 숨 쉬는 것처럼 당연하게 거기 있으니 구태여 해설을 한다든지 이유를 생각하는 일도 없었을 거야. 뭐, 나머지는 나중에 배를 탈 때 설명함세."

교이치로는 멋대로 강의를 끝내더니 별안간 멈춰서서 담배 자동판매기에 동전을 넣었다. 다몬의 질문에 대한 답에 당도하려면 아직 먼 것 같다.

다몬은 멍하니 장마철의 하늘을 올려다보았다. 두텁고 낮은 구름. 저것도 대량의 물이다. 다리 밑에는 묵직하게 괸 칙칙한 물. 그렇군, 지금 이 거리는 완전히 물과 물 사이에 끼어 있는 셈이다. 문득 물이 가득 든 달걀형 구체에 야나쿠라 시가지가 갇혀 있는 이미지가 떠올랐다. 그게 이름이 뭐였더라? 물이 든 유리구슬에 조그만 집이나 눈사람이 들어 있고, 살며시 흔들면 눈이 날아올랐다가 하늘하늘 떨어지는 것. 그 속에 이 거리가 들어가면 어떨까. 흐린 하늘의 눈. 회색 구체. 흔들면 비가 보슬보슬 내린다. 유리구슬을 가만히 들여다보면 검은 물이 괸 작은 수로가 뻗어 있다.

"다몬 군, 가지."

"아, 네."

교이치로를 보니 하이라이트 때문인지 바지며 재킷 주머니가 불룩했다.

"선생님, 전보다 담배가 느신 것 아닙니까?"

"속 편하게 혼자 사는데, 이제 와서 참을 필요가 뭐 있겠나."

교이치로는 가볍게 어깨를 으쓱했다. 그러나 아이코가 돌아오면 분명 잔소리를 해 한 대도 피우지 못하게 할 것이다. 그녀의 논리 정연한 말발 앞에서는 교이치로도 꼼짝하지 못한다.

그는 스무 해도 더 전에 아내를 여의었다. 고독이 오래 입은 재킷처럼 등에 익었다. 하기야 고독은 당사자가 자각해야 고독이지, 교이치로처럼 그것이 본래부터 거할 곳인 듯한 이에게는 그런 생각 자체가 공연한 간섭일지도 모른다. 그나저나 배우자를 잃은 남자는 어째서 하나같이 등이 똑같을까. 다몬은 그런 기묘한 감개를 느꼈다. 그가 보기에 그런 남자는 등에 독특한 각도가 있다. 아주 약간 구부정하고 한 쪽 어깨가 살짝 올라갔다. 이유가 뭘까. 집안일 대부분이 몸을 앞으로 숙여야 하는 일이라 그런가. 배우자가 있는 남자는 몸을 일으키고 신문을 읽고 있을 수 있으니 앞으로 숙일 필요가 없어서 그런가.

초등학생 때 부모가 이혼한 뒤로 다몬은 내내 아버지와 단둘이 살았다. 간단히 말해서 어머니에게 버림받은 것이다. 다몬의 아버지는 종합상사에 다녔는데, 가족이 보기에도 참으로 다양한 평가를 받는 사람이라 발탁과 좌천이 끊임없이 되풀이되었다. 타고난 개척자다보니 조직 생활에 맞지 않는 것이리라. 새로운 사업을 일굴 선봉장으로는 어울리지만, 사업이 자리가 잡히고 나면 주위와 불화를 일으킨다. 성미도 과격하고 기분파였던 아버지와 어디까지나 상식적인 사람이던 어머니가 맞지 않은 것도 무리는 아니라고, 다몬은 어린 마음에도 느꼈다. 어머니를 닮았다는 말을 자주 듣던 다몬이 선뜻 아버지를 따라갈 것을 택하자, 부모를 비롯한 주위 사람들이 모두 놀랐다. 그러나 다몬 자신은 자기가 외모만 어머니를 닮았지 근본적으로는 아버지를 닮았다고 생각하고 있었다. 큰 종합상사이다보니 아버지의 근무처는 세계 전역을 망라했다. 남미 오지에서 마천루가 늘어선 대도시까지, 도톤보리에서 왓카나이까지, 소년의 기나긴 방랑 생활이 시작되었다. 무슨 일에나 발휘되는 그의 순응성은 이미 이때 싹이 보였다 할 수 있다.
"아차!"
느닷없이 교이치로가 걸음을 멈추었다. 바로 뒤를 걷던 다몬은 하마터면 고꾸라질 뻔했다.
"어이쿠, 이게 아니지."
"뭐가 말씀입니까?"
다몬은 온 길을 돌아가는 교이치로에게 물었다. 교이치로는 다몬을 슬쩍 돌아보며 겸연쩍게 웃었다.
"길을 잘못 들었어. 잠깐만 딴 생각을 하다보면 전에 살던 집으로 발길이 가지 뭔가."
"저런, 이사하셨습니까? 그건 또 왜요?"
교이치로는 순간 침묵하더니 진지한 눈으로 다몬을 보았다.
"수로에 면한 집이었거든."

비에 젖은 검은 아스팔트 골목을 지나 근사한 수국 덤불 사이로 빠져나오니, 가지밭에 면한 낡은 목조 단층집이 나왔다. 똑같은 집이 다섯 채 정도 더 늘어서 있다. 수십 년 전 고도성장기에 한꺼번에 지었을 것이다. 마쓰모토 세이초의 소설에 나오는, 현장에서 잔뼈가 굵은 형사가 탐문 수사를 위해 운명에 희롱당한 불행한 여자를 찾아올 것 같은 집이었다.
　집과 집 사이에 경계선처럼 놓인 녹슨 빨래건조대 밑에 물이 고여 웅덩이가 생겼다.
　"집이 누추해 미안하군."
　교이치로가 열쇠를 꺼내 문을 열었다. 조그만 얼룩고양이가 얼굴을 훌쩍 내밀더니 다몬을 올려다보았다.
　"와! 고양이다, 고양이! 선생님, 이름이 뭡니까?"
　개, 고양이라면 사족을 못 쓰는 다몬은 당장 집적거리기 시작했다.
　"하쿠우야."
　"하쿠우라고요?"
　"여름의 계절어라네. 하얀 비白雨라고 쓰지. 소나기를 말하는 걸세."
　"풍류 넘치는 이름이군요. 하지만 부르기는 좀 불편할 것 같은데요. 하쿠우, 하쿠우."
　처음에는 괜히 친한 척 제 이름을 불러대는 남자를 성가신 듯 바라보던 고양이는 이내 그를 상대해주었다.
　집 안은 곳곳에 배어든 담배 냄새와 아울러 교이치로의 우주였다. 방 두 개와 식당 겸 부엌이 있는 깔끔한 공간에 교이치로의 목소리가 스며들고 눈이 닿았다. 현관과 부엌, 복도, 침실 할 것 없이 모두 교이치로의 서재였고, 그 틈틈이 생활용품이 보호색을 쓴

양 파묻혀 있었다. 사방에 쌓인 나무 상자에 누렇게 변색된 책과 LP 레코드가 빽빽하게 든 것을 보고 다몬은 가슴이 설렜다. 애초에 두 사람은, 교이치로가 희귀한 민속음악 음반을 많이 갖고 있는 것을 계기로 가까워졌다.

"피곤할 텐데 미안하네만, 잠깐 쉬었다가 다시 산책을 나가세."

커피 원두 가는 소리가 부엌에 울려퍼졌다.

다몬은 하쿠우를 안은 채 식당 구석에 놓인 갈색 ㄷ자의 낡은 소파에 앉았다.

"이 소파하고 테이블, 어째 기분이 노글노글해지는데요."

"아는 사람이 구루메에서 재즈 다방을 하다 접어서 그때 얻어온 걸세."

"어쩐지."

부연 유리창 아래 창가에 늘어선 선인장 화분의 인구 밀도가 다소 높다.

"선생님, 이거 그거 아닙니까?"

다몬이 그중 하나를 가리켰다.

"뭐 말인가?"

"환각 선인장요."

"호, 써본 적 있나? 어떻던가?"

"어렸을 때 말린 걸 먹었는데, 어찌나 맛이 없던지 환각이 문제가 아니더군요."

"그럼 그만둬야겠군. 친구가 주기에 기대를 걸고 기르던 참이네만."

교이치로는 선뜻 그렇게 대꾸했다. 커피 향이 어두운 부엌에 가득 찼다. 보아하니 커피 잔도 같은 재즈 다방에서 사온 모양이다.

지저분한 불투명 창유리 앞에 늘어선 춤추는 녹색 토우 같은 선인장들을 보며 다몬은 무의식중에 중얼거렸다. 나쁜 환각.

"알겠나? 이제부터 우리가 가는 곳을 잘 기억해두게."

교이치로는 그렇게 다짐을 두고서 성큼성큼 걷기 시작했다.

다몬은 눈 깜짝할 새에 방향 감각을 잃었다. 산울타리, 기와지붕, 좁은 수로. 교이치로의 등을 좇아 주택가 사이로 구불구불 걸어가니 죄 비슷비슷한 집들이 이어졌다.

연한 먹빛 하늘이 시야의 대부분을 메웠다. 높은 건물이 없으니 올려다봐도 아무것도 없다. 멀리까지 내다볼 수 있는 것, 목표물이 될 만한 것이 없다. 하늘이 넓다. 그러나 하늘은 아무 감정도 내비치지 않고 어디까지나 무표정하다. 비현실적인 시간.

얼마 동안 걷던 교이치로가 멈춰서더니 다몬에게 눈짓했다.

비에 젖은 팔손이나무가 서 있는, 작은 수로 모퉁이에 있는 집이었다. 현관 앞 수로에는 작은 콘크리트 다리가 놓여 있고, 수로가 구부러지는 곳에 커다란 출창이 보였다.

다몬은 당황하면서도 눈에 띄지 않게 그 집을 관찰했다. 어디에서나 볼 수 있는 팥죽색 널로 지은 아담한 일본가옥이다.

무표정한 얼굴로 다몬 옆에 서 있던 교이치로는 이내 다시 걸음을 뗐다. 다몬은 혼란에 빠져 뒤를 좇았다.

"……저 집이 왜요?"

다몬은 두리번거리며 소리를 낮추고 물었다.

"벌써 일 년도 더 된 일이네만," 교이치로는 담담한 목소리로 중얼거리듯 운을 뗐다.

"저 집에 살던 일흔세 살 된 여자가 행방불명됐네."

"연세가 있는 분이군요."

"다리 힘이 없어서 거동을 거의 못해. 지팡이를 짚어도 집 안을 다니는 게 고작이라, 거의 집 안에서만 생활했네. 그런데 어느 날 아침 식구가 방에 가봤더니 방 안이 텅 비어 있었던 거야."

"납치된 겁니까?"

교이치로는 시시하다는 듯 고개를 가볍게 내젓고는 또다시 입을 다물고 걸음을 서둘렀다. 다시 얼마 동안 걷더니 또 어느 집 앞에 멈춰섰다. 다몬은 슬그머니 관찰했다.

이 또한 평범한 집이었다. 파란 함석지붕에 하얀 모르타르로 벽을 바른 이층집이다. 어린애가 있는지 새된 울음소리가 밖으로 흘러나왔다. 빨간 세발자전거가 마당 앞 수로 위로 바퀴를 살짝 내밀었다.

다몬이 시선을 돌리자, 교이치로는 또다시 걷기 시작했다.

"일곱 달 전, 저 집에 살던 일흔 살 된 여자가 행방불명됐어."

"또요?"

"하룻밤 새 사라지고 말았네. 그 여자는 몸도 건강하고 정신도 맑았어. 그 집엔 출입구가 현관밖에 없는데 현관문은 안쪽에서 잠겨 있었네. 새시문 한가운데 달린 잠금장치를 거는 식이니 밖에서 잠그는 건 불가능해. 게다가 마침 다음 날이 아이 소풍날이라 어머니가 부엌에서 아침 일찍부터 도시락을 만들고 있었는데 할머니가 나가는 기척은 전혀 없었다고 증언했네."

교이치로는 다음 목적지로 향하는 듯했다.

그렇다면 이 이야기는 아직 끝이 아니라는 뜻이다. 다몬은 드디어 어깨 언저리가 서서히 깨어났다. 온통 회색으로 흐린 하늘. 선득하면서도 팔에, 목덜미에 축축하게 엉겨붙는 습기. 교이치로의 등은 아무 생각 없는 다몬을 생각지도 못한 곳으로 데려가려는 듯했다. 익숙한 느낌이 되살아났다. 본인은 그럴 생각이 없는 데다 골치 아픈 일은 제발 사양하고 싶건만 어느새 그 중심으로 끌려들고 만다.

이번 장소는 다소 떨어져 있었다. 십오 분 이상 걸었는데 풍경은 여전히 백일몽처럼 계속되었다. 다몬에게는 같은 곳을 빙글빙글 맴도는 것처럼만 느껴졌다.

그나저나 어디를 가건 작은 수로가 종횡으로 교차된다. 없어졌다 싶으면 훌쩍 나타나고, 너비가 한 발짝도 안 될 듯한 집과 집 사이에도 도랑 같이 뻗었다가 다시 굵은 물줄기로 연결된다. 교통 편의를 위해 다리나 도로로 막힌 부분도 있는 듯 그 밑으로 지하수로가 사방으로 뻗은 모양이었다. 그러나 역시 평지답게 그것들은 어디까지나 조용히 그곳에 '있을' 뿐, 물은 거의 보이지 않고 물소리도 들리지 않는다.

마침내 교이치로가 걸음을 멈추었다. 다몬도 그 옆에 섰다.

사이프러스로 둘러싸인 집이었다.

사이프러스는 영 정이 가지 않는 나무다. 활활 타오르는 불꽃 같은 형태의 나무가 오래된 목조가옥을 에워싼 모습은, 흡사 검은 불길이 집을 휩싼 채 하늘을 저주하는 것처럼 보인다. 고흐가 이 나무를 즐겨 그린 심정도 모르지 않겠다.

"넉 달 전, 이 집에 사는 예순다섯 살 된 여자가 실종. 역시 전날 오후까지는 멀쩡하게 집안일을 하고 있었다고 이웃사람이 증언했네. 그날 밤, 남편은 퇴직한 회사 동료와 구마모토의 온천에 가서 집에 없었어. 돌아와보니 부인이 없었던 거지."

탁한 물에 거꾸로 뒤집힌 사이프러스가 그림자처럼 떠 있다. 그 바로 앞에 교이치로와 다몬의 모습도 보였다. 다몬은 무심결에 뒷걸음쳐 수면에 자기 그림자가 비치는 것을 거부했다.

"집 안은 어땠습니까? 이번에도 밀실 상태였나요?"

"아니. 엄밀히 말하면 다른 집들도 모두 밀실이었던 건 아니야. 창문은 열려 있었으니 말이네."

"창문이라고요?"

"그래. 이 집도 현관은 닫혀 있었지만 창문은 열려 있었다더군."

다몬은 어쩐지 석연치 않은 기분으로 사이프러스로 둘러싸인 집을 벗어났다.

납치인가, 실종인가. 세 여자의 공통점은 무엇인가. 그러나 실종이라면 나머지 두 사람은 자기 의지로 사라질 수 있었을지 몰라도, 맨 처음 사람은 혼자서 멀리 갈 수 없는 몸이었는데.

"몸값 요구 같은 건 있었습니까?"

다몬은 다시 물었다. 교이치로는 무표정하게 고개를 저었다. 예상 가능한 답이기는 했다. 같은 지역에서 일 년 사이에 여자가 셋씩이나 유괴되었다면 지금쯤 뉴스에서 난리를 쳤을 것이다.

"이야기가 아직 끝나지 않았군요?"

다몬은 교이치로에게 대답을 재촉했다. 교이치로는 입을 씰그러뜨리고 어깨를 으쓱했다.

"오늘은 일단 이걸로 끝이네."

"일단이라고요?"

"그래."

보아하니 교이치로의 길 안내는 이제 막 시작된 듯했다.

다시 걸음을 뗀 교이치로와 어깨를 나란히 하고 걸으며 다몬은 조금 전 느꼈던 친숙한 감각을 확인했다. 대체 무엇인지는 짐작도 되지 않지만 뭔가가 지금 시작되려는 것 같다.

다몬은 평정을 찾지 못한 채 묵묵히 걸었다.

인적은 거의 없는데 간선도로의 교통량은 많았다. 소형트럭과 라이트밴이 바삐 달려간다. 다들 어디서 와서 어디로 가는 건가? 다몬은 어쩐지 기분이 이상했다. 이렇게 고요한 거리를 왜 그렇게 급히 달려가는가? 다들 대체 무엇을 하고 있나? 야나쿠라는 단순히 다른 도시로 가는 통과 지점에 불과한지도 모른다.
 역시 도쿄보다 규슈가 일몰이 늦는 것 같다. 좀처럼 해가 지지 않는다 싶더니만, 차가 오가는 국도를 따라 이어지는 널찍한 인도를 걷는 사이에 서서히 어두워졌다. 집으로 돌아갈 줄 알았는데, 교이치로는 상가로 향하더니 작은 감색 포렴을 친 요릿집으로 들어갔다.
 "야나쿠라에 온 걸 환영하네."
 교이치로는 웃지도 않고 다시 한번 그렇게 말하고는 다몬과 술잔을 맞부딪쳤다. 이제는 그 말에 이중의 의미가 들어 있는 것처럼 느껴졌다.
 "아까 그게 문제의 사건입니까?"
 다몬은 물수건으로 손을 닦으며 물었다. 뜨거운 물수건이 기분 좋았다. 그러나 손을 아무리 닦아도 거리를 걸으며 느꼈던 습도를 완전히 닦아낼 수는 없었다.
 교이치로는 대답 대신 나지막한 목소리로 주인에게 안주를 주문했다.
 "선생님, 설마 절 놀리시는 건 아니겠죠?"
 교이치로는 의미심장하게 웃었다. 웃음소리가 점점 커지더니 하하하 하고 웃었다.
 "……음, 그것도 좋겠군. 그런 거라도 좋네. 난 이야기를 거짓으로 꾸미고 있어. 자네를 어디까지 속일 수 있을지 시험하는 중이란 건 어떤가?"

"전 그래도 상관없습니다. 모처럼 여행을 떠났으니 비일상의 세계를 맛봐야죠."

교이치로는 여전히 웃으며 첫 잔을 비우기 무섭게 담배를 꺼냈다. 다몬은 메뉴판 뒤에 숨어 있던 유리 재떨이를 그에게 밀어주었다.

"그럼 저도 그 이야기에 참여할까요. 세 여자의 실종사건. 아닌 게 아니라 불가사의하군요. 일 년 사이에 한 동네라 해도 무방한 지역에서 사람이 셋씩이나 없어진다는 건 이상하죠."

"그래, 불가사의한 사건이지."

교이치로는 비로소 자신의 감상인 듯한 말을 멍하니 내뱉었다.

"사건은 서로 관계가 있을까요? 아니면 우연? 아무리요, 그럴 리가 없죠. 연속된 사건이라 봐도 될지 어떨지 모르겠는데요. 어쩌면 맨 처음 하나만 사건이고 나머지 둘은 원래 사라지고 싶었던 터라 편승했다거나 말이죠."

"불가사의한 사건이야."

교이치로는 다시 한번 중얼거렸다. 안경렌즈 뒤에서 검고 커다란 눈이 기묘한 빛을 띠고 있었다.

다몬은 교이치로의 말에서 어렴풋한 공포를 감지했다.

"뭐가 불가사의한가 하면 말이지…… 돌아온 걸세, 세 사람 다. 사라졌던 세 사람은 사라졌을 때하고 마찬가지로 어느 날 아침 훌쩍 집으로 돌아온 거야. 실종된 동안의 기억을 잃은 채로. 이건 불가사의한 일이네. 안 그런가?"

Chapter II

무슨 구름 색깔이 이럴까.

세상의 종말 같은 색이다. 아니, 세상의 시초, 창세기의 색일까? 지금 세상은 시작되려 하는가, 끝나려 하는가. 나는 모르겠다. 주홍색, 분홍색, 황금색으로 빛나며 살아 있는 생물처럼 뭉게뭉게 부풀어 움직이는 구름은 사납고 장엄하게조차 보인다.

지금껏 본 온갖 영화의 장면들이 생각난다. 신이 진노해 바다가 갈라지고 하늘에서 천둥이 으르렁거리는 장면. 의인화된 구름이 하늘을 누비고 다니는 디즈니 애니메이션. 비행접시가 떠나고 정전으로 어둠에 잠겨 있던 마을에 하나둘 불빛이 되살아나는 장면. 미지의 지적 생명체가 석양에 물든 구름을 빛으로 가르며 말을 거는 장면. 상상력을 총동원한 그 색채도 지금 내가 보는 무서운 풍경에는 당하지 못할 것이다.

흠뻑 젖어 있던 거리는 석양이 비쳐들자 반짝반짝 빛나며 순식간에 마르기 시작했다. 이런 풍경은 이곳에 온 뒤로 처음 보는 게 아닐까. 햇빛 자체를 오랜만에 본 것 같다. 그래, 이 거리는 언제나 젖어 있었다. 하늘도, 땅도, 모든 것이.

문득 내가 왼손에 뭔가를 쥐고 있다는 것을 깨달았다.

뭐지? 단단하고 길쭉한 물건이다. 어떻게 된 영문인지 손이 뻣뻣하게 굳어 펴지지 않는다.

나는 내 왼손을 보았다. 창백하고 젖은 손가락이 주먹을 꽉 쥔 채 보일 듯 말 듯 떨렸다.

벌려져라, 벌려져. 그 속에 무엇을 감추고 있는 건가?

나는 오른손으로 왼손을 잡으며 떨리는 손가락을 우스꽝스러우리만큼 힘들게 폈다.

드뷔시의 〈달빛〉이 나지막이 흐르고 있었다.

"선생님, 괜찮은 겁니까, 이렇게 조용한 동네에서 밤에 음악을 틀어도?"

다몬은 조심스럽게 물었다. 실례되는 말이지만 이 집은 한눈에 보기에도 낡아서 소리가 밖으로 다 샐 성싶었다. 아파트에서 살며 늘 이웃집에서 뭐라 하지 않을까 노심초사하는 다몬으로서는 당연한 의문이다. 이미 밤 10시가 넘었고, 주위 집들은 모두 잠든 듯 고요했다.

"괜찮네. 옆집은 빈집이고 반대편 집 노부부는 고함을 쳐도 모를 정도로 귀먹었으니까."

교이치로는 서슴없이 대답하고는 보드에 주의를 집중했다.

위스키를 마시며 오셀로게임을 하는 중이었다.

고양이 하쿠우가 다가와 다몬이 든 둥근 말의 냄새를 킁킁 맡았다. 다몬에게 익숙해졌는지, 이윽고 그의 무릎 위에 슬그머니 올라앉았다.

"오셀로게임은 어째 목소리가 들린단 말이죠."

다몬이 포위된 상대편의 말을 뒤집으며 중얼거렸다.

"목소리?"

교이치로가 위스키 잔을 기울이며 눈을 부릅뜨고 다몬을 노려보았다.

"네. 장기나 바둑에선 안 그런데, 어째 말이죠, 오셀로는 목소리가 들리거든요."

"뭐라는데?"

"예를 들어, 맨 처음에 한복판에 말 네 개가 늘어서잖습니까? 제가 첫수를 두면요. 그게 꼭 말 시키는 것 같지 않습니까? '야, 오늘 어디 같이 식사나 하러 가지 않을래?' 하면 상대방이 '그러게, 그거 좋겠네' 하면서 뒤집힙니다. 그럼 또 다른 녀석이 와서 '그럼 오랜만에 다 같이 한잔하러 갈까?' 하고, 이번엔 그 녀석 색으로 뒤집히는 겁니다. 이런 식으로 사람들이 잇따라 나타나면서 세력 관계가 시시각각 변합니다. 인간관계가 복잡해지면 겉으론 따르는 척하면서 속으로 배신하는 녀석이라든지, 혼자 오도카니 서 있는 녀석도 생기죠. '어이, 너희는 내 편 맞겠지?' 하면서 돌아봤더니 '미안, 실은 우리가 매인 몸이라 말이야' 하면서 다들 뒤집혀 있고 말이죠. 그런가 하면 다른 데선 '저 녀석을 우리 편으로 끌어들이고 싶은데, 저 위치에선 다 보이겠지?' 하고 몰래 의논한다든지. 결국 얼마만큼 많은 사람을 설득할 수 있는가 하는 게임 같단 말이죠, 오셀로는."

다몬은 소년처럼 티 없이 방글방글 웃으며 이야기했다. 교이치로가 웃음을 터뜨렸다.

"자네는 일할 때도 늘 그런 식인가?"

"네? 네, 뭐, 그렇죠."

다몬은 요란하게 웃어대는 교이치로를 어리둥절하게 바라보며 말을 만지작거렸다.

요릿집에서 하던 이야기는 중단된 상태였다. 실종됐던 세 여자가 실종됐을 때와 똑같이 어느 날 갑자기 돌아왔다. 그것도 실종됐던 동안의 기억을 잃은 채로. 거기까지 이야기가 나왔을 때 교이치로가 별안간 화제를 바꾸었다. 게임의 주도권이 교이치로에게 있는 한 이런 식으로 휘둘리는 것도 어쩔 수 없다고 생각하기는 했지만, 이번에는 도가 조금 지나친 게 아닌가 싶어 다몬은 다소 불만이었다. 그렇지만 바람 부는 대로 물결치는 대로 사는 그답게 '그것도 재미있을지도' 하고 금세 마음을 고쳐먹었다. 사막도 유전이 잠들어 있다고 생각하면 탐나고, 경품에 당첨될지 모른다고 생각하면 싸구려 아이스크림도 매력적이다. 수수께끼가 있는 거리는 분명 기분 전환에 안성맞춤이리라.

별안간 하쿠우가 털을 주뼛 곤두세웠다. 고개를 빳빳이 치켜들고 선인장이 늘어선 창문을 빤히 응시했다.

"왜? 무슨 일인데? 누가 있나?"

다몬은 하쿠우의 가냘픈 등에 손을 얹었다.

하쿠우의 금색이 살짝 감도는 회색 눈은 꼼짝 않고 창유리만을 바라보고 있었다.

"또 비가 오는 걸세. 이 녀석은 비에 아주 민감하거든."

교이치로가 얼음을 가지러 냉장고로 갔다.

다몬은 목덜미에 박쥐처럼 들러붙은 긴장감에 당황했다. 돌덩이처럼 꼼짝도 하지 않는 하쿠우의 시선을 좇아 슬며시 창밖을 내다보았다.

그곳에 있는 것은 걸쭉한 어둠뿐이었다. 낡아빠진 외등의 흐릿한 주황색 불빛이 녹슨 빨래건조대 밑 물웅덩이를 비출 뿐.

주황색 물웅덩이에 검은 빗방울이 점점이 떨어졌다.

"······누가 있어?"

다몬은 또다시 무릎 위의 하쿠우의 등을 쓰다듬으며 나직이 말을 시켰다.

하쿠우의 목덜미에서 불현듯 힘이 빠졌다. 갑자기 관심을 잃은 양 바닥으로 스르르 내려가더니 복도 구석 잠자리로 모습을 감추었다.

그래도 다몬은 한동안 창밖의 주황색 물웅덩이에서 시선을 떼지 못했다.

끼익, 하고 노가 스치는 소리와 더불어 배가 소리 없이 움직이기 시작했다.

'미끄러지듯'이라는 말이 이 정도로 딱 맞는 탈것이 있을 줄이야.

완전한 평행운동이다.

다몬은 푹 눌러쓴 모자 아래로 오늘도 우울하리만큼 흐린 잿빛 하늘을 올려다보았다.

비는 오지 않아도 선득함과 후텁지근함이 종이 한 장 차이 같은 공기에, 흡사 꿈꾸는 양 시간축의 방향을 알 수 없어졌다.

지난밤에는 결국 거실 소파에서 담요를 덮고 곤히 잤다. 재즈 다방에서 얻어왔다는 담배 냄새 찌든 소파는 속에서 〈클레오파트라의 꿈〉이 흘러나왔다. 흐릿한 빛이 비쳐드는 방에서 눈을 뜬 그는 스튜디오 의자도 아니고 자기 집 침대도 아닌 헌 소파에서 잔 것을 알고 놀랐지만, 의자 밑에서 얼굴을 쏙 내민 하쿠우를 보고 비로소 자기가 규슈에 와 있다는 것이 생각났다.

교이치로와 함께 베이컨 에그에 커피를 곁들여 묵묵히 아침을 먹고, 또다시 그를 따라 버스에 올라 야나쿠라 역 앞에서 내려서 배표를 샀다. 조금 걸어간 곳에 있는 선착장 대합실에서 두 사람은 멍하니 벤치에 앉아 문학 끝말잇기를 했다. 야나쿠라에 경의를 표해 야나쿠라를 무대로 한 명작에서 시작하기로 했다.

"《황폐한 도시[하이시]》."

"《눈벌레[시로반바]》."

"바. 느닷없이 바입니까. 바. 바.《장미의 이름[바라노나마에]》."

"그게 문학인가? 뭐, 좋아. 에란 말이지. 에.《영결의 아침[에이케쓰노아사]》."

"어라, 그런 것도 된단 말이죠? 사.《잘 있거라 모스크바 우연대여[사라바모스쿠와구렌타이]》."

"《분노의 포도[이카리노부도우]》."

"우······《움직이는 표적[고쿠효우테키]》이 아니라《세월의 거품[우타카타노히비]》. 되죠?"

"비.《미녀와 야수[비조토야주우]》."

"우. 또 우군요.《우지습유 이야기[우지슈이모노가타리]》란 제목이 있던가요? 고전은 안 됩니까?"

"됐네, 귀찮으니까 문학이면 다 되는 걸로 하자고. 리. 리큐란 제목이 있었는지 모르겠군. 아, 아니지.《사과나무[린고노키]》."

개인 손님은 어느 정도 인원이 모여야 출발하는 모양인데, 단체객이 자꾸만 추월하는 바람에 배가 좀처럼 떠나지 못했다. 끝말잇기가 끝을 보일 무렵, 몸집이 아담한 사공이 대합실에 고개를 쑥 들이밀더니 "손님들 둘만 태우고 출발하기로 했습니다"라고 했다.

면 남방셔츠 속에서 야옹 하고 쉰 목소리가 들렸다.

다몬은 셔츠 속을 향해 "쉿!" 하고 중얼거렸다.

뱃머리가 진녹색 수면을 조용히 나아간다.

이따금 노가 끽 소리를 내는 것 외에는 어이없을 정도로 고요했다.

교이치로는 말없이 뱃머리를 바라보고 있었다.

무성영화의 한 장면 같다. 아니면 프로모션비디오. 어디서 카메라가 돌아가고 있는 게 아닐까 싶어, 다몬은 슬그머니 뒤를 돌아보았다. 긴 대나무 장대를 놀리는 사공 뒤로 배의 궤적이 하얀 물결을 일으키고 있었다. 아니, 좀 다르다. 자신이 카메라가 된 기분이다.

배는 오프닝 장면에 해당되는 어수선한 선착장 몇 곳을 지나 널찍한 외수로로 나왔다. 사공이 띄엄띄엄 거리와 수로의 역사를 설명해주었다.

야나쿠라는 조용한 인상을 주는 곳이라고 생각했는데, 사공의 말을 듣다보니 이유를 알 것 같았다. 어미가 부드럽기 때문이다. 규슈 말이라 하면 하카타나 구마모토, 가고시마 같은 남성적인 말이 생각난다. 굳이 가리자면 어미도 세다. 아까 대합실에서도 그쪽 방면에서 온 단체손님이 있었는데, 어미에 들어가는 '케'며 '타'가 왁자지껄한 분위기를 자아냈다. 그러나 이곳 사람들의 말은 유하고 어미도 '모', '네', '나' 등이 많아 말끝이 슥 내려가면서 사라진다. 이 일대는 다른 지역과는 문화권이 또 다른지도 모르겠다.

느긋한 바람이 시가지를 통과하는 외수로를 따라 버들가지를 어루만진다.

교이치로는 바닥에 책상다리를 하고 앉아 뱃머리 쪽을 꼼짝 않고 응시하고 있었다. 다몬은 기다랗고 낮은 나무걸상에 걸터앉아 눈앞에 펼쳐지는 풍경에 푹 빠져 있었다.

"주마등 같군요."

"음?"

"지나치는 풍경 말입니다. 기차나 차만큼 빠르지는 않지만, 사고하는 속도보다는 빠르죠. 죽기 직전에 인생의 온갖 장면이 주마등처럼 떠오른다고들 하는데, 딱 이 정도 속도가 아닐까요?"

"그렇군. 그 말이 사실일지 아닐지는 인생 최후의 즐거움으로 남겨두도록 하지. 다만 결과 보고는 자네가 저세상으로 올 때까지 기다려야 하겠네만."

"흠, 재미있군요. 좋은데요, 이런 거. 시점이 낮으니 신선하고 말이죠. 전에 녹음작업 때문에 런던에 갔다가 휴가를 내서 보트로 운하를 돈 적이 있거든요. 보트는 보트라도 화장실하고 부엌이 딸려 있어 여행이 가능한 그런 겁니다만. 영국 전역에 운하가 그렇게 발달했을 줄은 몰랐습니다. 산업혁명 당시에 공장에서 쓸 원자재를 국내로 운반하기 위해 운하를 팠다더군요. 그래서 그때 운하를 돌면서 든 생각인데, 그 얼마 전에 읽은 SF소설 중에 증기기관이 발달해서 세상의 주요 동력이 된 이야기가 있었거든요. 전력도 원자력도 없이, 컴퓨터도 증기로 움직입니다. 그래서 자동차란 게 탄생하지 않았다면 어떻게 됐을까 하는 생각이 든 겁니다. 장거리는 철도로 이동하더라도 가까운 데는 아마 배로 오갈 테지 싶더군요. 세계 전역에 운하가 발달하고 다들 배를 타고 다닌다면 재미있겠죠. 일본도 마찬가지고요. 하지만 높낮이 차가 있으면 힘들 테니까 다들 경쟁적으로 높낮이 차를 해소하는 기술을 연구해서, 상상을 초월하는 참신한 기계를 만들어냈을지도 모릅니다."

운하 여행에 자기를 초대한 저쪽 프로듀서가 별안간 덤벼드는 바람에 보트에서 제방으로 뛰어내려 필사적으로 도망쳤던 것이 생각났다. 녹음할 때부터 유난히 관심을 보인다고 생각하기는 했지만, 그런 꿍꿍이가 있어서 초대했을 줄이야.

배는 오래된 수문의 흔적이 남은 석조 다리 밑을 지나 좁은 수로로 들어섰다. 양옆으로 오래된 민가가 늘어서 있고 창가에 꽃이 장식되어 있다. 어느 집이나 수로로 내려갈 수 있게 작은 돌계단이 집 뒤에 붙어 있다. 예전에는 그곳에서 빨래나 설거지를 했으리라.

"그거 꽤나 낭만적이로군. 간선도로 대신 간선 운하가 생기고, 자동차 전시장 대신 보트 전시장. 연말의 예산 소화 공사는 전부 운하 정비. 흠, 재미있겠어."

"그렇게 되면 운하 옆 땅값이 올라가겠죠. 집 뒤로 나가면 바로 배를 탈 수 있으니까요. 그러고 보니 여기는 어떻습니까? 역시 수로에 면한 집이 더 비쌉니까? 집 바로 뒤에 생활용수가 있다는 건 장점 아닙니까?"

"글쎄. 생각해본 적이 없군. 낡은 집이 워낙 많아서 말이네."

주택가로 들어서면서 주위가 갑자기 조용해졌다. 노 젓는 소리만 점점 더 명료하게 들린다. 배는 매끄럽게 나아가는데, 시간과

정경만이 저속 촬영한 것처럼 느껴진다. 오래된 벽돌건물 공장. 창문에 비치는 물의 그림자. 군생하는 창포. 그 각각이 스톱모션처럼 기억에 새겨진다.
"선생님, 아까부터 궁금했는데, 저 빨간 건 뭡니까?"
다몬은 수로 돌담에 들러붙은 빨간 덩어리를 가리켰다. 크기는 대구 알만 하고 색깔은 유난히 선명한 진홍색인데, 수면에서 10센티미터쯤 떨어진 곳에 몇 개씩 붙어 있는 것이 아까부터 눈에 띄었다.
"우렁이 알이네."
"우렁이라고요? 저게 말입니까?"
"그래. 우렁이는 야행성이거든. 밤에 뭍으로 나와 알을 낳지. 물속에선 알에서 깬 새끼가 질식할 테니까 물에서 좀 떨어진 곳에."
"저런, 꽤나 독살스러운 색깔인데요. 다른 동물한테 잡아먹히지 않게 그런 걸까요?"
빨간 덩어리가 빽빽하게 들러붙어 있는 곳도 있어서 다소 섬뜩하게 느껴졌다.
낳는 순간부터 이런 색깔일까. 밤중에 조용한 수로 곳곳에서 피가 흐르듯 서서히 알이 늘어가는 모습을 상상하니 기괴한 느낌이 들었다.
"우렁이는 행동반경이 꽤 넓거든. 하룻밤에 500미터는 이동한다더군."
"그렇게나요? 전 우렁이가 움직이는 장면을 본 적이 없는데요.

하긴 학교에서 관찰 연못을 보던 것도 낮뿐이었으니 말이죠."
　배는 중수로를 향해 천천히 모퉁이를 돌았다.
　정면에 수면 위를 덮은 커다란 자귀나무가 보였다. 흰색과 분홍색 꽃이 부옇게 피었다. 짙은 녹색 수면에 꽃이 한가득 떨어져 있었다.
　꿈결 같은 풍경이었다. 별안간 중학생 때 학교 가는 도중 비탈길에 있던 커다란 자귀나무가 생각났다. 초여름이면 잠에 취한 듯한 꽃을 피우곤 했다.
　"이런 데 집이 있으면 마당이 필요 없겠는데요."
　다몬은 수면에 떨어진 보드랍고 하얀 꽃잎을 훌쩍 주워 셔츠 안에서 얌전히 자는 하쿠우 위에 떨어뜨렸다. 교이치로가 나지막이 중얼거렸다.
　"저기가 내가 얼마 전까지 살던 집이라네."
　수로 모퉁이에 있는 집이었다.
　듬직한 2층 목조가옥인데, 수로에 면한 방이 물 위로 튀어나와 있었다. 커다랗고 낡은 목조 창문에 파란 커튼이 드리워져 있었다.
　"네? 이 집이요?"
　다몬은 놀라 소리쳤다. 솔직히 지금 교이치로가 사는 집보다 훨씬 좋았다. 이사를 했다기에 집이 낡아 그런 줄로만 알았는데, 이쪽이 훨씬 견고하고 교이치로가 좋아할 분위기였다.
　"다른 사람한테 세 주신 겁니까?"
　교이치로는 고개를 천천히 저었다.

"아니, 비어 있네. 창고로 쓰지. 서류하고 음반으로 꽉 찼어."

"그건 또 왜……."

다몬은 의아한 표정으로 교이치로를 보았다. 교이치로는 잠시 침묵하더니 어제도 들었던 말을 했다.

"수로에 면해 있기 때문이네."

이야기는 그것으로 중단되고 두 사람은 한동안 풍경만 바라보았다.

별안간 다몬이 큰 소리로 말했다.

"아, 그렇군요. 알았습니다. 여름에 벌레가 많군요? 수로에 모기가 들끓어서 그게 골치 아파서 이사하신 거죠?"

교이치로는 또다시 고개를 흔들었다.

"모기는 흐르는 물에선 생기지 않는다네. 괸 물에서 온도가 상승해야지."

"이 물, 흐릅니까?"

"그래. 밤새 시가지 일대 물이 모조리 갈리지."

"저런, 역시 하류로 가는군요."

"아까 지난 오래된 수문 있잖나? 거기가 유일한 취수구라네. 지금도 일 년에 한 번 바닥을 청소하려고 수문을 막고 수로에서 물을 빼지. 원래는 유수遊水가 가장 큰 목적이니 말이야. 물을 시내 안에서 순환시켜 시간을 벌다가 최종적으로 조금씩 아리아케 해로 방류하는 거라네. 한꺼번에 흘러들어도 곤란하고, 한꺼번에 흘러나가도 곤란해. 중간에 돌다리가 많았잖나?"

"네."

"마침 잘됐군. 저 다리를 보게나."

교이치로는 앞쪽에서 다가오는 작은 다리를 가리켰다.

"다리 밑이 V자로 좁아지지?"

"정말 그렇군요."

다리 밑에 석벽이 있는데, 위로 갈수록 뚫린 폭이 넓어지고 밑쪽은 배가 간신히 지날 수 있을 정도다.

"여기서 물을 막아 출구에서 흐름이 빨라지게 하는 걸세. 인공적인 흐름을 만들어서 물속에 산소가 유입되기 쉽게 하는 거지. 수량이 적을 때도 시간을 들여 천천히 흐를 수 있게 돼 있어. 반대로 물이 불었을 때는 빨리 많이 흐를 수 있게 위쪽을 넓게 만들었고. 여기는 아무리 비가 많이 와도 절대 범람하지 않아. 최대한 시내에서 유지하다가 한도를 넘으면 아리아케 해로 방류하네."

"평소엔 바닷물이 역류하는 일이 없습니까?"

"물이 최종적으로 시내에서 나가는 곳도 한 군데이네만 그곳은 밸브 식이거든. 밸브 안의 물이 많아졌을 때만 열려서 밖으로 내보내는 구조지. 평소엔 바깥의 수압으로 밸브가 닫혀 있네."

"잘 만들었는데요."

"정밀기계라 불리는 게 그래서지."

다몬은 갑자기 어렸을 때 한동안 의미가 없는 기계 그림을 그리는 데 열중했던 것이 생각났다. TV 만화영화 〈톰과 제리〉에서 톰이 무슨 약을 만드는 장면을 본 다음이었다. 복잡기괴한 기계에

점령된 수수께끼 같은 실험실에서 맨 처음 깔때기에 온갖 재료를 집어넣으면 수많은 플라스크와 관을 거쳐 마지막으로 어떤 약이 만들어지는 장면이었던 것 같다. 그 뒤 한동안 도화지에 '전자동이고 중간 과정이 보이는, 뭔가를 만드는 기계' 그림만 죽어라 그렸다. 무엇을 만드는지는 잘 모른다. 나오는 것은 무지갯빛 캐러멜이었다가, 조그만 오르골이었다가 했다. 아무튼 중간 과정을 자꾸자꾸 늘려 플라스크와 냄비, 프로펠러를 잔뜩 그리는 게 목적이었다. 왜 그렇게 열중했는지 잘 모르겠다. 구조라는 것에 처음으로 관심을 가진 시기였는지도 모른다.

문득 이것을 게임 소프트로 만들 수는 없을까 하는 생각이 들었다. 치수治水 게임. 연간 강수량 같은 기상 조건과 해발 같은 지리적 조건을 설정해두고, 운하며 제방을 만들어 마을을 수해로부터 지키는 게임이다. 나아가 장마철과 태풍 시기를 예상해 모내기와 수확시기도 시뮬레이션하고, 농산물 수확량도 경쟁할 수 있게 하면 게임에 복잡성이 생길 것이다. 취수구와 배수구는 한 곳으로 제한하고, 수로가 되도록 더 많은 곳을 지나게 한다. 실패하면 홍수가 나거나 반대로 토양이 수분을 잃어 지반 침하가 일어난다. 레벨이 올라가면 구역을 확대해 지리 조건이 다른 여러 마을을 동시에 치수한다. 최종적으로는 수원水原부터 강어귀까지 관리하는 대규모 치수 게임. 철도를 깔고 도시를 개발하는 게임은 분명 있었다. 치수 게임도 재미있지 않을까.

"선생님은 이쪽으로 돌아오신 지 몇 년 되셨죠?"

"한 이 년 됐군."

"그럼 그때까지 아까 그 집은?"

"동생 내외가 살고 있었네. 그 뒤에 내가 들어갔지."

"동생 분은 지금 어디 계십니까?"

"일 때문에 하카타로 이사했네."

다몬은 스스로도 신기하다 싶을 정도로 꼬치꼬치 캐물었다. 교이치로가 그 집을 두고 다른 집으로 이사했다는 것이 무척 마음에 걸렸다. 그곳에 교이치로가 시작한 게임의 열쇠가 숨어 있다는 생각이 들었다. 교이치로는 시치미 떼며 대답을 슬슬 피했다. 교이치로는 원래 야나쿠라 출신이지만, 교토에서 대학을 다니고 졸업하고는 도쿄에서 살았다. 태어난 고향인 야나쿠라로 돌아온 것은 대학을 퇴직한 다음이니 사십 년 이상 떠나 있었던 셈이다.

용케 돌아왔다 싶다. 교이치로는 도쿄에 아파트를 샀었다고 알고 있다. 도쿄에서 살 결심을 굳혔었다는 뜻이다. 그런데 그 집을 팔고 이쪽으로 온 것은 산소가 있기 때문일까. 역시 자기가 태어난 고향이란 특별한 것인가.

다몬은 부평초 인생이 성미에 맞는 터라 어디가 자기 고향인지 생각해본 적도 없었다. 어디건 별로 가리지 않고 가고, 딱히 살고 싶은 곳도 없다. 어머니는 재혼해서 가마쿠라에 살고, 아버지는 퇴직하고 아타미에 정착해 본인 말로는 '관능 대하 회상 소설'을 쓰고 있다. 지금 와서 어느 한 쪽으로 갈 것 같지는 않다. 현재로서는 그런 눈치가 없지만, 잔이 향수병이라도 걸린다면 분명 프랑스로 끌려가 그곳에 뼈를 묻게 될 것이다.
 시간은 느릿느릿 흐르고, 새빨간 칸나 꽃과 수국 덤불이 선명한 잔상으로 기억에 아로새겨진다. 여기서 비디오클립을 제작한다면 역시 초여름이려나. 다몬은 세피아빛 영상 속에 수로를 천천히 나아가는 배에서 현재 뜨는 중인 밴드의 보컬이 노래하는 모습을 상상했다. 뱃머리에 세우자. 물가 풍경을 슬로모션으로 내보내며 하늘에서 야합화가 어지러이 흩날리게 하자. 야합화에만 색을 입혀 세피아빛 화면에 하늘하늘 춤추게 하는 것이다.
 "저, 선생님, 방금 깨달았는데 말입니다."
 본인이 생각해도 이상한 일인데, 종종 다몬의 사고는 갑자기 스위치가 켜지는 것처럼 전환되곤 한다. 직감형이라고 하면 듣기는 그럴싸하지만, 평소에는 사고회로가 단선되어 있는지도 모른다. 멍하니 어떤 생각을 하다보면 그것과 전혀 무관한 테마의 의문이나 해답이 플래시백처럼 퍼뜩 떠올라 깜박거린다.
 "뭘?"
 교이치로의 대답은 여전히 덤덤했다.
 "세 사람의 공통점 말입니다, 어제 갔던 세 집."
 교이치로는 다몬을 흘끗 보았다. 다몬은 티 없는 목소리로 말을 이었다.
 "……세 집 다 수로에 면했죠."

한 시간 남짓 걸리는 우아한 뱃놀이를 끝내고 종점 근처의 장어집에서 점심을 먹었다.

안쪽 방은 비어 있었다. 자개로 장식된 검은 탁자에서 맥주를 마시며 장어구이 찬합이 나오기를 기다렸다. 교이치로는 어딘가에 전화를 걸러 갔다.

창밖 팔손이나무 잎에 빗방울 때리는 소리가 들렸다. 또 비가 오는 모양이다. 하쿠우는 배에서 내려 놓아주자 순식간에 민가 골목으로 사라졌다. 집에 잘 돌아갔을까.

아까 세 실종자의 공통점에 관해 한 말은 높은 점수를 얻은 모양이다. 순간 교이치로의 안색이 변한 것을 알 수 있었다. 그러나 세 집 모두 수로에 면한 것이 뭐 어떻다는 말인가? 배를 사용한 유괴사건인가? 아니면 배를 타고 달아났나?

교이치로가 돌아왔다.

여기 장어구이 찬합은 나오기까지 시간이 꽤 걸린다고 해서 안주 몇 가지를 시켰다. 여기서 사건 이야기를 해봤자 교이치로가 응하지 않으리라고 예측한 다몬은 다른 화제를 꺼냈다.

"아이코는 여기 얼마나 있을 수 있는 겁니까? 작은 안주인이 가게를 비우기 쉽지 않을 텐데요."

"나도 잘 모르네. 제 말로는 괜찮다고 하는데."

"아들도 이제 제법 컸겠죠?"

"내년부터 초등학생이네."

"대단하군요. 교육자의 딸에, 도쿄에서 자란 아이코가 교토의 요정 여주인이 될 줄이야."

"음. 금방 도망칠 줄 알았더니 의외로 오래 버티는군. 뭐, 그애도 대가 센 애니까 그렇게 간단히 그만둘 순 없겠지."

아이코의 친한 대학 동급생 중에 도쿄의 한 유서 깊은 요정 집 아들이 있었다. 그는 대학을 졸업하고 오사카에 있는 요정에서 수련을 쌓았는데, 같이 수업하던 사람 중에 교토 요정 집 아들이 있었다. 두 사람은 친해져 도쿄로도 곧잘 놀러왔다. 그러면서 아이코와도 만난 모양이다. 당시 아이코는 의료기기 제조회사에 다니고 있었다. 양가 부모는 당초 두 사람의 결혼을 반대했으나, 결국 결혼에 골인할 수 있었던 것은 두 사람의 의지가 워낙 굳었을 뿐 아니라 부모들이 만나보니 서로 죽이 아주 잘 맞았기 때문이라 한다. 당시 다몬은 교이치로와 처음 만난 자리에서 죽이 맞았다니 딱 잘라 말해 상당히 유별난 부모라고 생각했다.

왈가닥에 말발이 서는 학생 시절의 아이코밖에 모르는 다몬은 지금도 그런 인상만 남아 있는 터라 기모노를 입고 손님에게 인사하는 그녀가 상상이 되지 않았다.

"그렇군요. 벌써 칠 년도 더 됐군요. 분명 훌륭하게 여주인 노릇을 하고 있겠죠."

"글쎄."

"아이코는 야나쿠라에 산 적이 없죠?"

"그렇지. 할아버지 할머니를 보러 몇 번 온 적 있는 정도라네."

아이코는 이번 게임에 참가하나? 성격이 활달한 아이코가 게임에 끼면 꽤나 분위기가 달라질 것이다. 교이치로가 참가를 허락할지는 알 수 없지만.

미닫이문이 드르륵 기세 좋게 열리는 소리가 났다.

"어이쿠, 비가 또 오는군요."

위세 좋은 젊은 남자의 목소리가 들렸다. 이곳 사람이 아니라는 것을 바로 알 수 있었다.

"아, 선생님, 그쪽에 계셨습니까."

목소리가 이쪽을 향하고 교이치로가 손을 가볍게 들었다.

뜻밖으로 생각한 다몬이 돌아보니, 머리를 상고머리로 짧게 친 키 큰 남자가 웃는 얼굴로 다가왔다. 몇 년 전까지는 운동선수였을 것이다. 근육이 붙은 모양새가 명백히 훈련한 사람의 것이었다. 반소매 와이셔츠에 넥타이를 맸지만, 언뜻 봐서는 직업을 알 수 없었다. 적어도 평범한 샐러리맨으로 보이지는 않았다.

남자는 교이치로에게 인사하고는 다몬에게도 붙임성 있게 미소 띤 얼굴을 돌렸다.

"안녕하십니까? 쓰카자키 다몬 씨죠? 선생님께 말씀 많이 들었습니다. 전 다카야스라고 합니다."

남자는 예의 바르게 인사하더니 명함을 꺼냈다. 다몬도 황급히 이 주머니 저 주머니를 더듬었으나 마침 가진 명함이 없었다.

"죄송합니다. 지금 마침 명함이 없어서…… 쓰카자키입니다."

머리를 꾸벅 숙이며 명함을 받았다.

N닛폰 신문 후쿠오카 지국 야나쿠라 지부장 다카야스 노리히사

간사이에서 규슈에 걸쳐 높은 시장 점유율을 자랑하는 큰 지방 신문의 이름이었다. 그렇군, 신문쟁이인가. 어쩐지 약간 이질적인 느낌이 든다 했다.
"명색이 지부장이지, 조그만 사무소라 어차피 저밖에 없지만 말이죠. 말하자면 주재소 순사 같은 겁니다."
"자네가 온 지도 벌써 삼 년 됐나."
교이치로가 감개 어린 목소리로 중얼거렸다.
"그렇군요. 아, 한잔 받으시죠."
다카야스는 정좌하고 다몬에게 맥주를 따라주었다. 키가 크기 때문에 정좌를 해도 올려다보는 느낌이다.
"저, 혹시 운동을 하셨습니까?"
"네, 내내 배구를 했죠."
"그렇군요. 저, 편히 앉으시죠. 아니면 얼굴을 올려다봐야 하니 어째 불안해서 말입니다."
다몬이 안절부절못하며 중얼거리자 다카야스는 아하하 하고 웃더니 그럼 실례합니다, 라면서 책상다리를 하고 앉았다. 다몬은 타고난 연파軟派라 규율과 절도가 배어나는 운동선수 타입이 영 거북하고 불편했다.
얼마 동안 자기소개와 두서없는 잡담이 오갔다. 아까 교이치로가 건 전화가 다카야스를 불러내는 것이었던 모양인데, 왜 이 사

람이 갑자기 여기에 나타났는지 알지 못하는 다몬은 대화가 어디로 이어질지 가늠할 수가 없었다. 다카야스는 통이 크고 성격이 시원스러우면서도 예민한 남자였다. 기자 특유의 말투가 배어 있었다. 기자들은 두서없는 잡담이라는 것을 못 한다. 몸에 익은 습관으로 이야기를 요약하고 확인해가면서 이야기를 진행한다. 자연히 상대방이 한 말을 반복하거나 세세한 점을 확인한다. 특히 어미에 민감하다. 정보원을 밝히고 싶은 것이리라. 그 내용이 다른 사람에게 들은 말인지, 아니면 직접 체험한 것인지에 집착한다. 이쪽에서 한 말의 일부를 발췌해 '아, 방금 그 말을 써먹자' 하고 찌지를 붙이는 모습이 눈에 선할 때가 있다.

"자, 이제 장어도 나왔겠다."

교이치로가 다카야스에게 눈짓했다.

"네."

다카야스는 들고 있던 재킷 안주머니에서 검은 마이크로 테이프 녹음기를 꺼내 테이블에 올려놓았다. 다몬은 어리둥절한 표정으로 녹음기를 보았다.

다카야스는 다몬을 보더니 이어서 교이치로를 보았다.

"선생님, 혹시 쓰카자키 씨는 제가 여기 왜 왔는지 모르시는 겁니까?"

교이치로는 병에 남은 맥주를 자작으로 따르며 무뚝뚝하게 설명을 시작했다.

"다카야스 군은 돌아온 세 사람하고 인터뷰를 했다네. 뭐, 엄밀히 말하자면 그 세 명만이 아니네만. 그 녹음테이프를 갖고 와달라고 부탁한 걸세."

"돌아온 세 사람이라니, 실종됐다가 돌아온 세 사람 말씀입니까?"

"그 밖에 누가 또 있단 말인가?"

"저런, 역시 선생님이 꾸며낸 거짓말이 아니었군요."

다카야스가 호쾌하게 웃음을 터뜨렸다. 교이치로는 실쭉한 얼굴로 화장실로 갔다.

"하하하. 역시 제가 들었던 말씀 그대로이시군요. 쓰카자키 씨와 선생님이 말씀하시는 걸 들으니 얼마나 웃긴지."

다카야스는 입을 가리고 웃음을 참았다. 다몬은 머리를 긁적였다.

다카야스는 이내 정색하더니 다몬을 보았다.

"거짓말이 아닙니다. 제가 선생님을 만난 것도 그 일이 발단이었죠."

"'그 일'이라뇨?"

다몬이 되묻자 다카야스는 조금 뜻밖이라는 표정을 지었다.

"선생님께 못 들으셨습니까? 삼 년 전 제가 처음 여기 와서 맨 처음 취재한 사건이 그거였습니다. 선생님의 동생 내외분이 실종됐던 겁니다. 소식을 들은 선생님이 도쿄에서 야나쿠라로 와서, 그때 처음 선생님을 뵀습니다."

Chapter III

억지로 편 손에서 하얀 것이 툭 떨어졌다.

순간 그 길쭉하고 하얀 것이 무엇인지 알 수 없었다.

멈춰서서 발치의 물웅덩이에 떨어진 그것을 빤히 내려다보았다.

작고 하얀 비둘기. 흙으로 빚어 유약을 바르지 않고 구운 비둘기 모양 피리였다. 꼬리 부분에 숨을 불어넣는 소박한 무늬의 비둘기 피리.

비둘기 피리는 해질녘의 음색.

문득 어렸을 때 듣던 노래 가사가 뇌리에 되살아났다. 그리운, 어딘지 모르게 구슬픈 노래. 살랑이는 참억새가 보인 듯했다. 〈우리 노래〉에 나오지 않았나? 끝이 어떻게 되더라?

너도 쓰가루에서 났느냐. 분명 이랬다. '쓰가루에서 났느냐!'일까. 아니면 '쓰가루에서 났느냐?'일까.

아주 오래전부터 만들어온 피리. 다들 입술을 대고 비둘기 울음소리를 흉내낸다. 그러고 보니 호텔 기념품 가게에도 있었다.

작고 하얀 피리. 내가 쥐고 있던 피리. 방금 떨어뜨린 피리.

천진난만하기 그지없게 생긴 피리가 물웅덩이 속에서 어리둥절한 얼굴로 나를 올려다본다.

왜 이런 것을 쥐고 있었을까?

나는 그것을 집을 마음이 나지 않아 멍하니 하늘을 우러렀다.

언제 어디서 이것을 쥐었을까?

땀과 비에 젖은 얼굴에 강렬한 석양빛이 내리쬔다.

어째서?

나도 모르게 눈을 감았다.

테이프가 소리 없이 돌기 시작했다.

다몬은 검은 테이블 위에 팔꿈치를 얹고 귀 기울여 들었다.

다카야스는 무표정한 얼굴로 조용히 앉아 있고, 교이치로는 천천히 담배를 피우고 있다. 두 사람은 이미 여러 번 들었을 것이다.

날마다 막대한 양의 데모테이프를 듣는 다몬에게 돌아가는 테이프란 대단히 친숙하고 일상적인 물건이다. 그가 곧잘 동료나 다른 회사의 동업자에게 받는 질문이 있다. 그의 판단 기준이 무엇인가 하는 질문이다. 어디까지나 다몬의 음악적 취향에 근거해 정하는가? 어느 시점에서 상품화를 결정하는가? 처음 듣고 알 수 있나? 아니면 시간을 들여 정하는가?

다몬도 그 물음에 대답하기가 쉽지 않았다. 늘 "뭐, 그냥……" 이라든지 "경우에 따라 다르죠" 하고 얼버무리고 마는데, 솔직히 본인도 잘 모른다. 굳이 말하자면 그림이 떠오르느냐, 떠오르지 않 느냐다. 마음이 동하지 않는 밴드는 음악을 들어도 머릿속이 캄캄 하다. 아무런 그림도 떠오르지 않는다. 음과 목소리가 어둠 속을 슥 흘러갈 뿐이다. 그러나 구미가 동하는 밴드의 음은 색채가 보인 다든지, 과거의 정경이 퍼뜩 떠오른다든지, 영화 따위의 한 장면이 흐른다. 쉽게 말하자면 이미지 환기력이 있는 음악이라고나 할까.
다몬은 자연히 일할 때의 귀로 테이프를 듣는 자신을 깨달았다.

—1997년 11월 14일, 금요일. 오후 1시 30분. 야나쿠라 시 야 나기다 정 3-5-1. 야나쿠라 지부장 다카야스가 K씨 댁을 찾아뵀 습니다.

다카야스의 목소리 같다. 마이크를 잘 받는데. 이런 덩치니 성 량도 있을 것 같다. 그는 어떤 음악을 들을까. 아이카와 나나세나 B'z를 들을 것 같다.
창문이 열려 있는 모양이다. 바깥에서 바람이 나무를 때리는 소 리가 난다. 멀리 차 지나가는 소리가 난다. 방석 위에서 몸을 움직 이는 소리가 난다.

—그럼 그날 밤 이야기를 해주시겠습니까? 10월 29일입니다.

왜요. 손자인 다이치 군의 소풍 전날 밤 말씀입니다. 다이치 군이 기대를 많이 했겠죠?
—다이치의 소풍?
—네. 할머니, 그날 밤 밖에 나가지 않으셨습니까?
—밖?
—며느님이 전날 밤부터 다이치 군의 도시락을 쌌죠?
—(침묵)

다카야스는 질문을 할 줄 알았다. 노인이나 아이에게 이야기를 들으려면 그들이 체감하는 시간의 속도에 맞춰 자기 속도를 늦추어야 하는데, 그는 그 점을 잘 알고 있었다. 천천히 상대방의 사고 속도에 맞춰 상대방의 기억에 숨어드는 듯한 기분 좋은 목소리. 암시를 걸 수 있을 것 같은 목소리다. 이 목소리로 물건을 팔면 눈 깜짝할 새에 주머니가 탈탈 털릴 것 같다. 어느 넓은 회장에서 마이크를 들고 중년 여성 집단 앞에 선 다카야스를 상상하니 웃음이 났다.
인터뷰 대상인 노부인은 아마도 두번째 실종사건 당사자일 것이다. 가는귀를 먹은 듯했다. 이야기가 그녀의 중심에 도달하기까지 시차가 있었다. 낮게 중얼중얼하는 목소리는 알아듣기가 쉽지 않았다. 다카야스는 참을성 있게 잇따라 질문을 던졌다.

—며느님은 햄버그스테이크를 만들고 있었다던데요. 할머니는

고구마를 삶고 계셨죠? 둘 다 다이치 군이 좋아하는 음식이니까요. 부엌에서 고구마를 삶으셨죠? 맛있는 냄새가 났을 것 같네요.
—아아, 햄버그스테이크. 난 이렇게 전날부터 간 고기를 반죽했다간 상하지 않을까 싶었지. 고구마는 괜찮지만 말이야. 익힌 거니까. 익히면 하룻밤 놔둬도 괜찮아. 고구마는 익힌 거니까.
—맞아요, 그렇죠. 요새 식중독이 많으니까요. 고기는 조심해야죠.
—간 고기는 금방 상하니까 말이야. 손으로 막 쳐대면 금방 상해.
—그래서 다들 일찍 잤죠? 며느님은 4시 반에 일어났대요. 아직 캄캄했대요. 할머니, 기억나세요? 며느님이 일어난 거?
—(침묵)
—다이치 군이 유치원에 갈 때, 할머니가 늘 현관까지 배웅 나오신다면서요? 그날 할머니, 다이치 군이 소풍 갈 때 배웅하셨어요?
—난 고구마를 삶고 있었어.
—네, 전날 밤에 삶으셨죠. 그다음 날, 아침에 일어나봤더니 날씨가 어땠죠?
—몰라. 난 아무것도. 일찍 잤으니까.

노부인은 서서히 혼란스러워하는 것 같았다. 기억이 없음을 막연히 자각한 게 틀림없다. 그 사실을 인정하기가 무서운 것이다. 그 뒤로는 다카야스가 무엇을 물어도 조개처럼 입을 꼭 다물고 말하지 않았다. 고구마를 삶았다는 말만 되풀이할 뿐이었다.
끈기 있게 질문하는 다카야스의 목소리를 듣던 다몬은 문득 다른 소리가 들리는 것을 깨달았다.
 무슨 소리인지는 모르겠다. 낮은 소리.
 뭘까. 창밖에서 들리는 것 같다.
 다몬은 신경을 더욱 집중했다.
 테이프 속에서 재생되는 일찍이 존재했던 시간.
 바람 소리. 날아가는 까마귀 울음소리. 차 소리. 다다미 바닥을 스치는 소리. 테이블 위 차탁에 찻잔 부딪치는 소리. 그 속에서 이따금 공간을 할퀴듯 끼어드는 소리가 있다. 착각이 아니다. 분명히 무슨 소리가 들린다.
 순간 테이프 속 세계에 발을 들여놓은 것 같았다. 오래된 일본 가옥의 축축한 다다미방에서 다카야스와 노부인이 이야기하고 있는 테이블 이편에 앉아 열린 창문 너머를 바라보는 듯한 느낌.
 창밖은 회색이었다. 끝없이 이어지는 회색 하늘. 그 밑에서 슬로모션처럼 천천히 흔들리는 나무들. 나뭇잎을 흐트러뜨리며 날아오르는 새.
 별안간 인터뷰가 뚝 끊겼다.
 다몬은 정신이 퍼뜩 들었다.
 다카야스가 손을 뻗어 녹음기를 껐다.
 "왜 그러십니까, 쓰카자키 씨?"
 그가 의아한 표정으로 다몬을 보았다. 다몬은 자기가 녹음기 위로 몸을 내밀고 있었던 것을 깨닫고 몸을 일으켰다.
 "아뇨, 좀. 으음, 내 작업실이었으면 좋았을 텐데."

"뭐가 말인가?"

교이치로가 끼어들었다. 말투는 무뚝뚝하지만 다몬의 태도에 흥미를 느낀 듯했다.

"좀 신경이 쓰여서요. 밖에서 무슨 이상한 소리가 들리잖습니까?"

"밖에서요? K씨 댁 밖이란 뜻입니까?"

다카야스가 어리둥절한 목소리로 중얼거렸다. 다몬은 고개를 끄덕였다.

"인터뷰를 했던 방, 창문이 열려 있었죠? 바깥 소리가 다 들리니 말이죠. 그런데 그 소리가 여러 번 들어 있거든요."

"무슨 소리인데요?"

"그걸 모르겠단 말이죠. 회사 스튜디오였으면 확대해보면 될 텐데."

다몬은 팔짱을 끼고 조금 전 몇 번씩 들렸던 소리를 머릿속으로 재현하려 해보았다. 그러나 회색 하늘을 할퀴는 갈색 선이 필름 한 토막처럼 떠오를 뿐, 소리의 정체는 알 수 없었다.

"으음. 다카야스 씨, 이 테이프 좀 빌려도 될까요? 뭐하면 테이프를 사올 테니까 복사해도 되고요."

"아뇨, 원본은 따로 보관해놨으니까 괜찮습니다. 인터뷰 테이프는 여러 번 재생하니까 처음에 녹음했을 때 복사해서 복사본으로 듣거든요. 이건 드리겠습니다."

"그래요? 잘됐군요. 나중에 다시 한번 찬찬히 들어봐야지."

"역시 그 방면의 프로군요. 전 바깥 소리 같은 건 신경도 안 썼는데요."

다카야스가 감탄 어린 목소리로 중얼거렸다.

"본론하고는 전혀 관계없을 것 같지만 말이죠. 이 할머니는 어떤 식으로 돌아왔습니까?"

다몬은 쓴웃음을 지으며 물었다.

"그게 글쎄, 진짜 갑자기 돌아온 겁니다. 어느 날 아침, 며느님이 방 장지문을 열었더니 커튼이 팔락이는 게 보이고 할머니가 동그마니 앉아 있더라나요. 실종 신고도 했는데요. 며느님이 어찌나 놀랐는지 주저앉을 뻔했다더군요."

"저런, 그야 놀랄 만도 하죠. 일종의 괴담이군요."

"큰 소동이 벌어졌다고 합니다. 현관문도 창문도 열려 있기는 했지만 대체 어디로 들어왔을까 하고 말이죠. 이 주나 지났는데 본인은 건강 상태도 좋고 뭘 물어도 어리둥절해할 뿐이고."

"돌아오는 모습을 본 사람은 없군요?"

"네."

"그것 참 이상한 일인데요."

"그러게 말입니다."

"우주인한테 납치됐나?"

"방송국에서 취재 나왔죠, 그쪽 방향으로."

다몬은 힘없이 웃었다. 아닌 게 아니라 방송국에서 좋아할 듯한 사건이다. 아까 그 노부인 같으면 있는 말 없는 말 유도 심문을 해서 우물쭈물 대답을 못 하는 사이에 멋대로 우주인의 소행과 결부

시킬 것 같다.

"그럼 두번째 사람 이야기를 들을까요. 죄송합니다. 인터뷰를 테이프에 편집할 때 순서를 틀리는 바람에요. 이번이 처음에 실종됐던 사람입니다."

다카야스가 또다시 녹음기 재생 버튼을 눌렀다.

잡음이 직직 나오더니 다카야스의 목소리가 흘러나왔다.

―1997년 6월 10일, 화요일. 오후 3시 32분. 야나쿠라 시 조하나 정 2-10-2. 야나쿠라 지부장 다카야스가 G씨 댁 부근에서 인터뷰를 합니다.

다몬은 테이프에 의식을 집중했다. 검은 상자에서 흘러나와 재현되는 세계에.

이번에는 옥외인 것 같았다. 바깥 특유의 들쭉날쭉한 잡음이 가득하다. 자전거며 차가 지나가는 소리가 들리는 것을 보면 다카야스와 상대방은 도로에 면한 곳에 앉아 있는 것 같다. 뒤쪽은 수로일까. 두 사람 근처에서 열린 공간이 느껴진다.

―그럼 그날 밤 이야기를 해주시겠습니까? 5월 20일 밤입니다.
―네.
―G씨는 뭘 하고 계셨죠?
―네, 저…… 그런데 내가, 그게 기억이 전혀 없어요. 정말이에

요. 노망은 안 난 줄 알았는데, 열흘이나 지났으니 말이죠. 다들 어떻게 된 거냐, 어떻게 된 거냐 그러는군요. 다들 그래요. 그야 다리는 불편하지만, 아유, 나 참. 내가 비록 지팡이를 짚긴 해도, 신문 값 수금하러 오면 거스름돈이 안 생기게 아귀를 딱 맞춰주는걸요. 아들아이 치과 가는 것도 내가 예약한다고요. 그런 걸, 어떻게 된 거냐고 나한테 물어봤자 아유, 나 참. 꼭 내가 거짓말한다는 얼굴로 그러지들 뭐예요.

―다들 걱정 많이 하셔서 그러시죠. G씨는 열흘씩이나 행방불명되셨으니까요.

―그러게요. 하지만 난 아무 일 안 했는걸요. 그런 건 전혀 몰랐어요. 평소처럼 그냥 있었는데 갑자기 어떻게 된 거냐, 할머니 대체 어디 갔다온 거냐, 그러는 거예요.

―'평소처럼'이란 말씀이죠? 평소처럼 뭘 하셨는지 알 수 있을까요?

―평소처럼 그냥 잤어요.

―그렇죠, 5월 20일 밤, G씨 댁에선 다들 평소처럼 잠자리에 들었습니다. 저, G씨는 방을 캄캄하게 하고 주무십니까?

―아뇨, 난 캄캄하면 못 자요.

―불을 켜고 주무십니까?

―너무 환해도 잠을 못 자니까 꼬마전구를 켜고 자요. 캄캄하면 무슨 일이 생겼을 때 불안하잖아요? 이부자리 옆에 지팡이를 놔두는데, 자다 깼을 때 지팡이 위치를 확인할 수 있게 하려고요.

―지팡이가 없으면 역시 걷기 많이 불편하십니까?
―그래요. 벽 같은 게 있으면 짚고 걸을 순 있지만요. 아들아이가 여기저기 난간을 붙여줬는데, 아무것도 없는 데서 그냥 서서 걷기는 힘드네요, 역시.
―그날 밤, 평소처럼 이부자리 옆에 지팡이를 놓고, 불은 꼬마전구만 켜고 주무셨다는 말씀이죠? G씨는 방에서 혼자 주무셨죠? 잠이 든 데까지는 기억나십니까?
―그래요, 평소처럼 잤어요.
―창문은 열려 있었습니까?
―창문…… 아, 네, 조금요. 그날은 날씨가 아주 무더웠거든. 올해 들어 처음으로 보리차를 끓였죠. 물론 방충망은 닫혀 있었지만요. 밤이 되도 어찌나 더운지. 바깥은 수로니까요, 조금만.
―무슨 이상한 소리가 들렸다든지, 사람이 지나갔다든지 하지는 않았습니까?
―아뇨, 밖은 수로니까요.
―무슨 약 냄새가 났다든지, 평소하고 달랐던 점도 없었고요?
―아뇨. 워낙 더워서 평소보다 잠드는 데 좀더 시간이 걸렸을까, 그냥 그뿐이네요.
―그럼 다음에 정신이 들었을 때는요?

다몬은 움찔했다.
들린다.

두 사람이 대화를 주고받는 뒤쪽에서.

들린다. 아까 인터뷰에서 들렸던 것과 똑같은 소리가. 목덜미가 선득했다.

아니면 녹음기에서 나는 잡음인가? 아니, 그렇지 않다. 잡음이라면 두 사람의 대화를 덮어쓸 것이다. 그런데 그렇지 않다. 그 소리 위로 대화가 들린다. 역시 이 인터뷰 장면 어딘가에서 들리는 소리다.

다몬은 긴장했다. 대체 무슨 소리일까? 아까 들은 소리와 같은 것은 분명하다. 그 점은 자신 있었다. 그러나 이 소리. 이 소리는 대체 무엇인가?

―밝았어요. 이부자리가 없고요. 앉아 있었어요, 방 안에. 어머나, 싶었죠.
―그때 시간이 많이 지났다는 느낌이 들던가요?
―음…… 아뇨, 별로. 어두운 데서 푹 잔 기분이었네요.
―어디 불편하신 데는 없었고요.
―네, 없었어요.

다몬은 자기로서도 최고 수준의 집중력을 구사해 그 소리를 좇았다.

들어본 적이 있는 소리인가? 이것과 비슷한 소리는 뭐 없던가?
낮고 단속적인, 문자로 표현하자면 보오, 또는 오오, 하고 뭔가가 울리는 소리.

―그 뒤로 건강에 무슨 변화는 없으셨습니까? 그 밖에 또 생각나시는 건 없고요?
―별로 없네요. 다들 대체 뭐가 어쨌다는 거죠?
―본인에게 무슨 일이 있었다고 생각하시는지요?
―글쎄요…… 이런 일은 나도 처음이라서요. 갓파한테 홀리기라도 했나(나직이 웃는다).

인터뷰가 끝났다. 다몬은 다카야스가 손을 뻗기 전에 녹음기를 멈추고 재빨리 앞으로 돌렸다.
"왜 그러시죠?"
"여기쯤이려나."
다시 재생 버튼을 눌렀다. '……날은 날씨가 아주 무더웠거든. ……' 대화 중간부터 시작되었다.
"들어보세요, 안 들립니까? 이 인터뷰에도 역시 그 소리가 들어 있어요."
다몬이 얼굴을 들고 다카야스와 교이치로를 보자, 두 사람이 테이블 위로 몸을 내밀었다.
성인 남자 셋이 테이블 위로 머리를 맞댄 모습이 조금 우스꽝스러웠다.
"정말인걸."

먼저 대답한 사람은 교이치로였다. 다몬은 자기를 흘긋 돌아보는 그 눈을 보고, 그도 같은 소리를 확인했음을 알았다.
"아닌 게 아니라 듣고 보니 그런데요."
다소 확신은 없는 듯했지만 다카야스도 이윽고 인정했다.
"뭔지 모르겠군. 보오, 보오, 하는 느낌인가?"
교이치로가 테이블에 팔꿈치를 얹고 입 언저리를 손바닥으로 덮은 자세로 생각에 잠겼다.
"기계 소리는 아니죠? 짖지 못하게 성대를 수술한 개 같은 느낌일까요."
"그건 아니지. 그것치곤 톤이 너무 일정해. 새…… 벌레 소리……."
"자연음 같기도 하고 인공음 같기도 하고 말이죠. 어느 쪽으로도 볼 수 있는 소리인데요."
"밖에서 들려오는 소리인가. 의식을 안 할 뿐이지, 평소에도 듣는 소리인지도 몰라. 지금껏 몰랐군."
"저도 몰랐습니다."
"이 두 사람의 집은 가깝죠?"
"어제 걸어봤잖나."
"근처라면 근처겠죠. 아까 두번째로 실종된 사람은 첫 실종사건을 알고 있었죠?"
다몬은 다카야스에게 물었다. 다카야스는 고개를 끄덕였다.
"아마 알고 있었을 겁니다. 제가 질문했을 때는 말을 안 했지만 이쪽을 힐끗 본 걸로 미루어 아마 알고 있었다고 생각합니다. 적어도 며느님은 알고 있었으니까요. 화제에 오른 적이 없진 않았을걸요."

"흠."

"어째 섬뜩한데요. 어쩌죠, 세번째 인터뷰에서도 들리면? 하지만 이번엔 문을 닫은 실내에서 했으니까요. 조용한 인터뷰였다는 기억이 있습니다."

다카야스는 머뭇머뭇 재생 버튼을 눌렀다.

―1998년 3월 2일 월요일. 오전 10시 15분. 야나쿠라 시 오쿠하라 정 4-2-1. 야나쿠라 지부장 다카야스가 M씨 댁에 찾아뵀습니다.

아아, 사이프러스가 있던 집이다. 하늘로 치솟은 검은 불길 같은 사이프러스로 둘러싸인 집이 생각났다. 늘 그 집에 있으면 어떤 기분이 들까. 오래 살다보면 신경쓰이지 않을지도 모르지만.

방 안. 아닌 게 아니라 이번에는 조용했다. 닫힌 공간. 다카야스와 상대방을 가구와 장지문, 벽이 정육면체로 에워싸고 있음을 알 수 있었다.

―그럼 그날 밤 일을 여쭙겠습니다. 2월 19일이죠. 어디까지 기억나십니까?

―글쎄요. 나도 나중에 잘 생각해봤는데 말이죠, 별 대단한 설명은 못 드릴 것 같지만 대강 이런 식이었답니다.

이번 여자는 먼젓번 두 사람에 비해 훨씬 총명하고 차분한 인상을 주었다. 예순다섯 살이라 하면 노인 같지만, 다몬의 어머니보다 두 살 정도 위다. 현대의 예순다섯 살 된 여자는 아직 활기차게 살림을 꾸려나가고 있을 것이다. 먼젓번 두 사람의 미덥지 못한 느낌은 며느리에게 실권을 내준 탓인지도 모른다. '내가 정신 똑바로 차려야지' 하고 생각하는 것과 '이미 나는 물러난 몸이니까'라고 생각하는 것은 큰 차이가 있다.

―그날은 아침부터 날씨가 좋았어요. 남편은 전날 같은 해에 회사를 퇴직한 친구와 온천 여행을 떠나서 집에 없었죠. 남편은 손재주가 있는 건 좋은데, 요새 죽세공에 푹 빠져 있거든요. 그런데 원래 뭘 한번 하면 끝장을 보는 성격인 데다 퇴직했으니 시간도 있잖아요? 그러다보니 그냥 두면 며칠씩 계속하지 뭐예요. 원래 기술자였던 탓도 있겠지만요. 그거야 상관없지만, 대나무는 자잘한 톱밥이 생기더군요. 그러니 남편 방이나 남편이 다니는 복도는 며칠만 청소를 안 하면 자잘한 대나무 끄트러기가 다다미 틈새에 박혀서 어찌나 따끔거리는지 예삿일이 아니랍니다. 고운 가루 같은 톱밥이 말이죠. 그 전날까지 꾸물꾸물하고 선득한 날씨가 며칠 이어졌던 터라, 마침 남편도 없겠다 싶어 열심히 청소를 했어요.

오랜만에 날씨도 포근하기에 다다미 위에 깔았던 양탄자라든지 방석이라든지 테이블하고 의자도 치워놓고 구석구석 청소했죠.
　―그렇군요. 혹시 저 꽃병도 남편 분께서 만드셨습니까?
　―네, 잘 만들었죠? 하지만 밑천도 꽤 드는데 저 정도는 해야죠(웃는다).
　그래서 아침부터 빨래도 하고, 슬리퍼도 내다 말리고, 우산도 말리고, 하여간 기를 쓰고 움직였더니만, 전부 들여놓고 집이 깨끗해지니까 별안간 잠이 오잖아요. 볕이 잘 드는 거실 다다미바닥에 누워서 잠깐 눈을 붙일 생각으로 눈을 감았죠. 해님 냄새가 나더군요.
　―낮잠은 정말 기분 좋죠.
　―맞아요. 선잠을 자다가 중간에 날이 저문 게 느껴지기에 아아, 창문을 닫아야겠구나 한 것까지는 기억이 나요. 내가 기억하는 건 거기까지예요.
　―그리고 정신이 들어 봤더니 여드레가 지나 있었다는 말씀이죠?
　―그래요. 눈을 떠봤더니 어째 추운 데다 먼지투성이 바닥에 누워 있지 뭐예요. 세상에, 내가 그렇게 열심히 청소했는데, 하고 순간 생각했답니다.
　―그게 다입니까? 무슨 약품 냄새라든지, 누가 밖에 있는 기척 같은 건 못 느끼셨습니까?
　―아뇨, 그런 건 없었어요. 다만 잘은 몰라도 밖에서 자지 않았

을까 싶긴 하더군요. 다들 어떻게 된 거냐고 물었을 때 말이죠.
―노숙을 했다는 말씀인가요?
―아뇨, 그런 게 아니라…… 저 말이죠, 얼핏 기억나는 게, 하늘에 별이 뜬 거거든요. 그것도 고개를 들고 보는 게 아니라, 이렇게 땅에 반듯하게 누워서 하늘을 보는 느낌으로요. 그냥 꿈일지도 모르지만요. 반듯하게 누워서 움직이고 있었다, 그런 느낌이었어요. 기분 탓일지도 모르지만요.
―반듯하게 누워서 움직이고 있었다고요?
―잘 표현을 못 하겠지만, 굳이 말하자면 그에 가까운 느낌이었다, 뭐 그런 걸까요. 그뿐이랍니다. 미안하네요, 좀더 잘 설명할 수 있으면 좋을 텐데.
―어디가 아프거나 어지럽지는 않으셨습니까?
―네. 누가 때리거나 건드렸으면 분명히 알았을 거예요. 오히려 깼을 때 기분이 상쾌했을 정도인데요.
―저런, 상쾌하셨단 말씀이죠. M씨는 작년 5월과 10월에 M씨와 같은 일을 당하신 분이 이 야나쿠라 시내에 계신다는 걸 알고 계셨습니까?
―아아, 네. 얼핏 들은 적이 있어요.
―자세한 말씀은 못 들으셨고요?
―네. 전 솔직히 연세가 있으신 분이니 스스로 돌아다니셨으리라고만 생각해서 별로 관심 있게 듣지 않았어요. 지금은 돌아와서 아무 문제 없이 생활하신다 하고, 호들갑 떠는 것도 뭐하잖아요?

―그건 그렇군요. M씨는 자신에게 무슨 일이 있었다고 생각하십니까?
―글쎄요. 전혀 모르겠네요. 다만……(당혹한 듯 머뭇거린다)
―다만?
―뭐랄까요. 세상엔 설명할 수 없는 일, 설명 안 해도 되는 일이 있지 않을까, 그런 생각이 드는군요.

테이프는 거기서 끝났다.
세 사람은 한숨을 후 내쉬었다.
"이 사람, 지혜로운 사람이군요. 마지막 말 좀 보세요. 대단하잖습니까."
다몬은 감탄해서 중얼거렸다.
"어떻습니까? 이 사람 인터뷰엔 안 들어 있었죠?"
다카야스가 걱정스레 다몬을 보았다. 다몬은 그제야 생각난 듯 "아아" 하고 대답했다.
"네, 여기선 안 들리더군요."
다카야스의 얼굴에 안도의 빛이 떠올랐다.
"어떻게 생각하나, 다몬 군?"
교이치로가 여전히 무뚝뚝한 목소리로 끼어들었다. 그러나 그 시선에서 다몬의 반응에 기대를 걸고 있다는 것이 느껴졌다. 두 사람이 알아차리지 못했던 소리를 지적함으로써 다몬의 주가도 조금은 오른 모양이다.

"음…… 아무튼 세 사람 다 같은 원인으로 행방불명된 건 분명하지 않을까요?"

"어째서 그렇다고 단언할 수 있나?"

다몬은 팔짱을 끼고 생각에 잠겼다.

"세 사람 다 전혀 공포감이 전혀 없죠. 오히려 개운하다는 느낌이잖습니까? 악의가 개재됐다는 느낌이 안 들어요. 그리고 그 뭐냐, 지팡이가 필요한 할머니와 마지막 할머니가 비슷한 말을 하죠."

"비슷한 말? 그런 게 있었던가?"

교이치로가 되묻더니 다카야스에게 시선을 돌렸다. 다카야스는 어리둥절한 얼굴이었다.

다몬은 입을 열었다.

"마지막 할머니가 그랬죠. 반듯하게 누워서 별을 보고 있었다고. 지팡이가 필요한 할머니도 그랬잖습니까? 어두운 데서 푹 잤다고. 이 할머니 잘 때 꼬마전구를 켜둔다면서요? 꼬마전구라도 밤중에 깨면 꽤 밝게 느껴질 겁니다. 그런데 어두운 데서 잤다고 하거든요. 이 할머니도 밤하늘 아래 반듯하게 누워 있었던 게 아닐까요?"

"밤하늘 아래 반듯하게……."

교이치로가 자기도 모르게 되뇌더니 말했다.

"왜 그래야 하는 거지?"

"글쎄요. 거기까지는 저도 모르겠습니다."

다몬은 고개를 움츠렸다.

 빗발이 가늘어졌기에 그들은 밖으로 나왔다.
 다카야스에게 받은 테이프를 셔츠 가슴주머니에 넣은 다몬과 교이치로는 물이 괸 곳을 피하며 늘쩡늘쩡 걸었다. 다카야스는 이야기를 더 하고 싶은 것처럼 보였지만 지국에 보고해야 한다며 지부로 돌아갔다.
 다몬은 주머니에 든 네모난 테이프의 묵직함을 느끼며, 정 뭐하면 당일치기로 하카타에 있는 아는 사람의 스튜디오에 갔다 오자는 생각을 하고 있었다. 가서 테이프 소리를 확대해보는 것이다. 이거 조금은 재미있어졌는걸. 마음속이 어렴풋이 술렁였다.
 그나저나 선생님께 동생 내외분의 실종에 관해 물어야 할까.
 다몬은 앞서 걷는 교이치로의 등을 바라보았다.
 동생 내외의 실종이 조금 전 테이프로 들었던 세 사람과 같은 패턴이라면 그들도 돌아왔다는 뜻이다. 아니, 그것은 명백하다. 선생님이 동생 내외는 하카타로 이사했다고 배에서 명언하지 않았나. 다카야스는 그 건을 취재했다고 했다. 그는 선생님의 동생도 인터뷰했을까? 그 테이프는 있을까?
 ─세상엔 설명할 수 없는 일, 설명 안 해도 되는 일이 있지 않을까, 그런 생각이 드는군요.
 조금 전 테이프에서 들은 말이 머릿속에 되살아났다.

그녀는 그 말에 확신을 갖고 있었다. 그녀의 경험에 의해 입증된, 절대적인 진리 같은 말이었다. 그런 말이 평범한 주부의 입에서 스르르 자연스럽게 나왔다는 게 경이로웠다. 그런 자연스러움은 여자에게만 있다. 남자는 그런 말을 못 한다. 진실은 남자의 것이지만, 진리는 여자 안에만 있다. 남자는 진리를 찾아 우왕좌왕할 뿐이다.

"선생님, 흐미 음반 갖고 계시죠?"

다몬은 또다시 문득 떠오른 말을 했다.

"난데없이 무슨 말인가?"

교이치로가 다몬을 돌아보았다.

"아까 이상한 소리를 들었더니 그 목소리가 듣고 싶어져서요."

흐미는 몽골 민족에 전해지는 창법인데, 구개에서 머리, 흉곽까지를 모두 활용해 거의 초음파에 가까운, 진동 같은 소리를 내는 노래 방식이다. 사람에 따라서는 한 명이 두 목소리를 동시에 낼 수도 있다. 노래라기보다 소리굽쇠를 두들기거나 팽팽하게 당긴 고무줄을 튕기는 듯한 소리를 오래오래 내는 것처럼 들린다.

"그 울리는 느낌 말이군. 아닌 게 아니라 소리는 진동이니 말이지. 그 음반은 수로 쪽 집에 있네. 하는 수 없군. 어두워지기 전에 가지러 갈까."

"아뇨, 그럼 됐습니다."

다몬은 황급히 손바닥을 들어 보였으나, 교이치로는 발길을 돌려 걷기 시작했다.

"나도 듣고 싶네."

다몬은 성큼성큼 걸음을 옮기는 교이치로 뒤를 송구스러워하며 따라갔다.

충동적으로 괜한 소리를 했나.

회색 하늘 아래 두 사람은 말없이 걸어갔다.

생각보다 일찍 도착했다. 집은 정기적으로 관리를 하는지 사람이 살지 않는 빈집 같지 않았다. 고상하고 편안하게 꾸민 집이었다.

낮은 철 대문을 열고 들어간 교이치로가 현관문에 열쇠를 꽂으려다가 멈추었다.

"어라?"

손잡이를 돌리니 간단히 열렸다.

"이상하군. 분명히 잠가놨을 텐데."

교이치로는 불만스레 중얼거리며 집 안을 들여다보았다.

안은 어둡기는 해도 잘 정돈되어 있었다. 이쪽 집도 책과 음반이 든 나무상자가 복도건 부엌이건 가릴 것 없이 산같이 쌓여 있다.

현관 위 벽에 붙은 차단기는 내려져 있다.

교이치로는 집 안에 슬며시 발을 들여놓았다. 다몬에게는 현관에서 기다리라고 신호를 보냈다.

"누가 있나? 쇼이치로냐?"

그는 또렷하고 침착한 어조로 안쪽을 향해 불렀다. 다몬은 조용히 신발을 벗고 교이치로의 뒤를 따랐다. 빈집털이인가?

복도 모퉁이를 돌자마자 한 여자가 눈에 들어왔다.

다몬은 눈을 의심했다.

어? 뭐지, 이 방은?

수로가 내다보이는 창문이 방 두 면을 차지하는 다다미방에서 감색 원피스를 입은 여자가 긴 머리를 늘어뜨린 등을 이쪽으로 향한 채 창밖을 내다보며 서 있었다.

"너, 이런 데서 뭘 하는 거냐?"

교이치로가 어이없다는 듯 큰 소리로 말했다.

여자가 돌아섰다.

의지가 강해 보이는, 겨울철 하늘의 별 같은 눈.

"⋯⋯저 왔어요, 아버지. 다몬 선배, 오랜만이에요."

"⋯⋯아이코."

다몬은 입을 딱 벌리고 중얼거렸다.

Chapter IV

나는 눈을 감은 채 그 장면을 떠올렸다.

오랜만에 두 사람과 재회한 운명적인 장면을.

그날 나는 습한 비의 여운이 피부에 엉겨붙는 역에 내려섰다.

이 거리에는 손으로 꼽을 정도밖에 온 적이 없다. 초등학생 때 한 번, 중학생 때 한 번. 그리고 한 번 더 온 적이 있을 텐데 언제였는지 잘 생각나지 않는다.

역에 내려서니 흡사 상자 안에 들어선 듯했다. 매우 좁은 곳에 갇힌 듯한, 상자 밖에 크고 전혀 다른 세계가 있고 누가 큼직한 손바닥으로 뚜껑을 누르고 있는 듯한 기묘한 착각이 들었다. 방금 내가 내려선 이 거리에 아버지와 다몬 선배가 존재한다는 것이 어쩐지 믿기지 않았다.

나는 꿈속을 헤매듯 이 거리를 걸었다. 오랜만이기는 했지만 자연스레 수로 옆 그 집으로 발길이 향했다. 나는 그 집 열쇠를 갖고 있었다. 결혼해서 교토로 간 뒤로 아버지와 따로 행동해야 할 때가 많았기 때문에 아버지가 여벌 열쇠를 주었다. 아버지가 그 집에 이미 살지 않는다는 것은 알고 있었지만, 아버지가 가르쳐준 새 전화번호로 몇 번을 걸어도 통화가 되지 않기에 시간을 때울 겸 막연히 그 집에 가볼 생각이 든 것이다.

집은 깨끗하게 정돈되어 있었다. 그러나 어딘지 모르게 심상치 않은 느낌이 들었다. 내가 그 집에 들어갔을 때 든 느낌을 설명하기는 쉽지 않다. 작은아버지 내외가 행방불명됐다는 이야기는 얼핏 들었을 뿐이다. 며칠 뒤에 무사히 돌아왔다 하겠다 자세한 사정을 묻지는 않았다. 무엇보다도 그 무렵, 나 자신이 육아와 가게 일로 머리가 꽉 차 있었다. 쌀쌀맞은 것 같지만 사건 당시에는 안면이 거의 없는 작은아버지 내외에게 관심이 없었다.

그 집은 한 마디로 고치 같은 느낌이었다. 이제껏 본 적도 없는 뭔가가 자라고 있는 듯한 기운. 나는 조용히 집 안을 걸어가 수로에 면한 커다란 출창 앞에 섰다. 수백 년도 더 전부터 변함없는 풍경이 집 밖에 펼쳐져 있었다.

어느새 두 사람이 방 안에 들어와 있었다. 인기척에 돌아본 나는 두 사람의 표정을 보고 움찔했다. 대조적인 표정이었다. 아버지의 얼굴에는 명백한 공포가, 다몬 선배의 얼굴에는 '믿기지 않는 것을 봤다'는 엄청난 경악의 빛이 떠올라 있었다.

"왜들 그래요? 두 사람 다 유령이라도 본 것 같은 얼굴로."

아이코의 또렷한 목소리에 교이치로와 다몬은 장난치다 들킨 어린애처럼 겸연쩍게 마주 보았다.

"너야말로 사람 좀 놀래지 마라. 도둑인 줄 알았잖냐."

교이치로는 어렴풋이 안도감이 어린 목소리로 말하며 방 안으로 들어갔다. 다몬은 교이치로의 뒤를 따르면서도 눈에 띄지 않게 방 안 여기저기를 살펴보았다.

잘못 봤나?

다몬은 속으로 자문했다. 방금 전 복도 모퉁이를 돈 순간 이 눈으로 본 것은 무엇인가?

"새 전화번호로 걸어도 받질 않는데 어떻게 해요? 위치도 모르고, 이쪽 집 열쇠는 갖고 있으니까 먼저 이쪽으로 와본 거예요. 제가 야나쿠라에 올 건 알고 계셨잖아요?"

아이코는 입술을 뾰로통하게 내밀고 들고 있던 금색 키홀더에 매달린 낡은 열쇠를 들어 보였다.

"숙소는 어쨌냐?"

교이치로는 아이코 옆에 섰다. 아이코에게 말을 걸면서도 눈은 경계하듯 창밖과 방 안을 오갔다.

"오늘은 일단 호텔에 방을 잡았어요. 아버지네는 다몬 선배도 있으니 좁을 거 아니에요? 그렇지만 여기 생각보다 깨끗한걸요. 숙박비도 아까운데 저 여기 있어도 돼요?"

"여기는 안 돼."

교이치로가 말이 떨어지자마자 엄한 어조로 거절했다. 다몬과 아이코는 흠칫했다.

"왜요? 차단기만 올리면 전기는 들어올 거 아니에요?"

아이코가 의아스레 물었다.

"여기는 안 된다. 부탁이다, 제발 여기만은 그만둬라."

교이치로는 메마른 목소리로 완강하게 우겼다. 반박하려던 아이코는 나지막이 한숨을 쉬고는 "어휴, 그래요, 알았어요" 하고 중얼거렸다.

이 집에서 무슨 일이 있었던 건가. 다몬은 다시금 생각해보았다.

수로에 면한 집. 다몬은 근황을 보고하는 부녀에게서 떨어져 창가로 다가갔다. 커다란 창문 밖에서는 배 안에서 본 굵은 자귀나무가 우뚝 솟아 꿈결 같은 분홍색 꽃을 짙은 녹색 물결 위에 하늘하늘 떨어뜨리고 있었다.

교이치로는 무엇을 겁내는 걸까. 실종된 세 여자. 돌아온 세 여자. 세 사람의 집은 수로에 면했다. 실종된 동생 부부. 돌아와 지금은 하카타에 있는 모양이다. 다카야스의 테이프에 녹음되어 있던 그 소리. 방금 자신이 이 방에서 본 것. 다몬은 비로소 자신이 참가한 것이 현실임을 깨닫기 시작했다.

이 게임은 진짜다.

"다몬 선배, 하나도 안 달라졌네. 깜짝 놀랐어. 옛날부터 동안이었지만 더 젊어진 거 아냐? 젊은 사람이랑 어울리는 일을 하는 사람은 역시 다르네."

아이코가 별안간 말을 걸어와 다몬은 또다시 어리둥절한 표정으로 그녀를 보았다.

의연하고 망설임이 없는 눈이 자기를 똑바로 보고 있었다. 세 살

연하인 그녀가 같은 동아리에 들어왔을 때가 생각났다. 그때도 그녀의 눈은 지금과 똑같았다. 30대 중반을 맞아서 볼살이 빠져 윤곽이 날렵해졌지만, 그것만 빼면 달라진 데가 거의 없었다.

"아이코야말로 여전한걸. 요정 여주인이 다 됐을 줄 알고 기죽어 있었는데. 가게에선 교토 사투리를 써?"

"응. 아직 토박이 같진 않지만 그래도 제법 그럴싸해졌어. 그렇지만 어미나 억양은 흉내낼 수 있어도 형용사나 단어를 잘 구사 못하겠지 뭐야. 이것만은 나고 자란 환경에서 절로 몸에 배어드는 거잖아. 반사적으로 나오질 않아. 하지만 어쩔 수 없지, 뭐. 난 역시 도쿄 사람인걸. 아무리 흉내를 내봤자 결국은 타지 사람이란 걸 다들 알고 말이야."

"힘들겠다."

다몬은 진심으로 그렇게 생각했다. 국내외를 돌아다닌 그는 말이 얼마나 중요한지 뼈에 사무치게 알고 있었다. 말이 다르다는 것은 그 인간이 이분자라는 것을 여실히 보여준다. 이분자라는 것은 온갖 위해를 당할 가능성이 높아진다는 뜻이다. 자기 몸을 지키고 공동체에 친화되려면 그 공동체의 말을 배우는 게 수단으로서 유효하다는 것은 자명한 이치다. 일본어를 배울 마음이 전혀 없는 외국인보다 비록 서투를지언정 열심히 배우려 하는 외국인에게 친밀감을 느끼는 것은 당연하다. 다몬은 귀가 좋은 덕도 있겠지만 새로운 언어, 새로운 억양을 빨리 체득했다. 새 공동체의 말을 배우면 공동체도 기뻐해준다. 그러나 너무 빨라서도 안 된다는 점이 어렵다. 너무 일찍 숙달하면 되레 공동체에서 경계한다. 또 공동체마다 그 공동체의 핵을 나타내는 말이 존재한다. 토박이가 아닌 자가 어떤 공동체의 말을 배울 때 그곳에 뼈를 묻을 각오가 없는 한 공동체의 핵이 되는 말을 써서는 안 된다는 교훈을, 다몬은 어렸을 때부터 경험으로 학습했다. 다몬처럼 언젠가 떠날 것을 아는 통과자가 취해야 할 자세는 정해져 있다. 공동체의 규칙을 숙지하고 그 안쪽에 있되 공동체의 핵에는 관심 없는 척한다. 이것이 통과자와 공동체 모두 안심할 수 있는 자세다. 아이코는 아마도 지금 이 벽에 부딪친 게 아닐까. 젊고 발랄한 도쿄 아가씨가 열심히 그 지역 말과 습관을 익히려 하는 동안에는 주위에서도 귀엽게 생각하며 예뻐해줄 것이다. 그러나 대강 습득하고 나면 그제야 진짜 공동체의 벽에 부딪치는 것이다. 그 벽을 허물기는 쉽지 않다.

"요새 선배가 프로듀스한 밴드는 뭐야?"

아이코가 눈을 동그랗게 뜨고 물었다.

"요새? '프리실라'라는 밴드 알아?"

"〈여느 때와 같은 내일〉 부르는 밴드?"

"그래, 그거 내가 한 거야."

"어머, 그래? 그거, 곡이 좋더라. 그 밴드, 우리 가게 여자애들한테도 인기야. 노래방 가서도 많이 부르는 모양이던데."

학창시절처럼 여전히 활달한 아이코의 목소리를 들으며 다몬은 그녀가 자연스럽게 한 '우리 가게 여자애들'이라는 말에서 세월을 느꼈다. 아이코가 젊은 종업원을 부리는 여주인임을 처음으로 실감했다.

교이치로가 복도에서 부스럭부스럭 음반 무더기를 뒤지기 시작했다. 당초 목적인 흐미 음반을 찾는 것이리라.

"아이코, 언제까지 있을 수 있어?"

다몬의 질문에 아이코는 잠시 주저하는 듯했다.

"안 정했어. 선배 갈 때까지 나도 있을까."

그녀는 밝게 웃으며 말했지만, 다몬은 그녀가 개인적인 문제를 안고 있음을 감지했다. 알아차리지 못한 척해야 하나 망설였으나, 도망치지 않는 아이코의 성격으로 볼 때 확실히 해두는 게 나으리라고 다시 생각했다.

"왜, 교토에서 무슨 문제 있어?"

다몬이 소년 같은 눈빛으로 온화하게 물으면 대다수 사람들은 마음속에 든 것을 감추기가 쉽지 않다. 아이코도 쓴웃음을 지으며 입을 열었다.

"그런 게 아냐. 오히려 그 반대. 난 이제 그 땅, 그 가게에서 살아가기로 결심했고, 주위에서도 그 점은 인정해줘. 시부모님도 날 예뻐해주시고. 어머님도 후쿠이에서 시집온 터라 교토에서 살아가는 게 얼마나 힘든지 잘 아시니까 정말 잘해주시거든. 난 어렸을 때 엄마가 돌아가셨잖아? 그래서 여자한테 가정교육을 받은 티라고 해야 하나? 그런 게 없는 것도 다행이었던 것 같아. 내 입으로 말하긴 뭐하지만, 꼭 양어머니 같아서 관계도 좋아. 진짜 힘들긴 하지만 장사의 재미도 조금은 알았고. 내 성격 알잖아. 좌우지간 한눈팔지 않고 지금까지 정신없이 달려왔거든. 그게 요새 뚝 끊어지는 바람에 약간 허탈한 상태에 빠진 거야. 이제야 겨우 멈춰서서 주위를 둘러볼 여유가 생긴 걸지도 몰라. 어머님도 내 기분을 아시는지 천천히 쉬다 오라고 해주셔서 그럼 한번 그래 볼까 싶어서 말이야. 뭐, 리프레시 휴가라고나 할까?"
"그래. 좋은 분이구나."
"응."
아이코는 자랑스레 대답했다.
"하긴 그렇지. 여자는 결혼하고 애 낳으면 휴가가 없으니까. 아이코처럼 장사하는 집에 시집가면 더 쉴 틈이 없지."
"응. 그쪽으로 간 이래로 거의 논스톱으로 숨도 안 쉬고 달려온 기분이었어. 선배는 얄미울 정도로 여전히 마이페이스네. 하기야 선배가 달라지는 건 상상도 안 되지만."
"어, 그래? 난 나름대로 성장했다고 생각하는데."
아이코가 웃음을 터뜨렸다.
"아유 참, 하여간 그러니까 선배한테는 영원히 못 당한다니까. 아무튼 만나서 반가워. 아버지 변덕에 맞춰주러 일부러 이렇게 와줘서 고맙고. 이렇게 아무것도 없는 먼 곳까지 와주는 사람은 다몬 선배 정도일걸."
"그거 미안하게 됐군."
음반의 먼지를 불며 교이치로가 나지막이 중얼거렸다.

"어머, 죄송해요."

아이코는 손으로 입을 가리며 어깨를 으쓱했다.

"아냐, 썩 재미있는 곳인데."

느긋하게 반박한 다몬은 무의식중에 교이치로와 공범자 같은 시선을 주고받았다.

하늘은 우유부단한 남자의 어조처럼 무거웠다.

그리고 무거운 하늘 여기저기에 우유부단한 남자 때문에 속 썩는 여자의 불만 같은, 짜증 어린 시커먼 구름이 번져 있었다.

인적이 한산한 제방은 상류에서 흘러온 점토질 흙으로 계속해서 메워졌다. 허연 갈대가 그 위에 빽빽이 증식해간다.

장마철이다보니, 시내를 흐르는 수로의 완만하고 인공적인 흐름과는 대조적으로, 도시를 에워싸듯 흐르는 진짜 강은 콸콸 힘찬 소리를 내고 있다.

갈라진 콘크리트 기슭막이 위로 날씬한 고양이 한 마리가 가벼운 발걸음으로 걸어온다.

다몬과 헤어진 하쿠우다.

일단 집으로 돌아가 비를 피하다가, 일몰이 가까워지자 다시 밖으로 나온 것이다.

하쿠우는 두리번거리며 주위를 살피더니, 이내 기슭막이 위를 목적을 가진 발걸음으로 재빨리 나아가기 시작했다.

표정 없는 회색 눈이 그 눈과 같은 색을 한 풍경 속을 이동한다. 축축한 바람에서 먼바다 냄새가 희미하게 났다.

학교가 파하고 돌아오는 소녀들이 하쿠우를 발견하고 말을 붙였지만, 하쿠우는 모른 척했다. 불만 어린 목소리를 뒤로하고 무성한 여름철 수풀 속으로 뛰어들었다.

여름철 수풀의 비릿한 냄새 속에서도 바다 냄새는 튼튼한 명주실처럼 뚜렷했다.

녹음의 벽. 갈색 얼룩이 있는 하쿠우의 하얀 얼굴에 푸른 그림자가 드리워져 있다.

하쿠우는 푸른 어둠 속을 빠른 걸음으로 걸어간다.

"선생님, 아이코는 이 게임에 참가합니까?"

두 사람은 아이코가 호텔에 체크인하고 오기를 기다리며 교이치로의 새 집에서 가죽소파에 나란히 걸터앉아 있었다.

교이치로는 말없이 담배만 피웠다.

다몬은 복잡한 심정이었다. 남자들끼리 탐험을 떠나려는데 같은 반 대찬 여자애에게 들켜 '나도 같이 갈래'라는 말을 들었을 때 같은 기분이었다. 게임은 남자들끼리 하는 편이 재미있다는 것을 남자는 어릴 때부터 본능적으로 알고 있다. 문제는 '나도 같이 갈래'라고 하는 여자애가 실은 모두가 몰래 동경하던 여자애라는 것이다. 그들은 내심 고민하지만, 결국 '어쩔래?' '여자를 데려가면 귀찮아' 하는 의견이 앞선다. 그러나 적도 만만치 않아서, 멤버 중에 자기에게 마음이 있다고 보이는 남자애, 또는 가장 박애주의자로 여겨지는 남자애에게 공격의 초점을 맞춰 '그래도 되지, 다몬 군?' 하고 한 명에게 허가를 구하고, 그에게 '뭐 어때, 쟤도 데리고 가자' 하고 다른 멤버를 설득하기를 요구한다. 여자애는 이럴 때 상대를 잘못 고르는 법이 절대 없다. 그리고 대개 당초 목적이었던 탐험은 단 한 명의 여자애에게 휘둘려 전혀 다른 것이 되고 만다.

"아직 모르네."

교이치로는 무뚝뚝하게 대답했다.

"하지만 아이코가 눈치 못 챌 리가 없어요. 알면 반드시 참가할 겁니다. 아이코가 물으면 대답해도 되는 겁니까?"

세계 각지에서 가혹한 코스를 선정해 일 년에 한 번 개최하는 유명한 서바이벌 레이스가 있다. 나라별 대항으로, 다섯 명이 한 팀을 이루어 참가한다. 레이스는 이 주 가까이 계속되는데, 도중에 체크포인트 몇 곳이 있고 제한 시간이 있다. 쉰 개 팀이 참가해도 반수 이상이 탈락한다는 혹독한 레이스다. 코스에 따라 산을 넘고, 급류를 타고, 승마와 산악자전거에 이르기까지 요구되는 테크닉도 가지각색이다보니 당연히 해마다 각 분야의 전문가로 팀이 편성되는데, 특필할 만한 규칙이 하나 있다. 반드시 여자 한 명을 넣어야 한다는 것이다. 다몬은 그 레이스를 다룬 다큐멘터리를 보면서 상당히 그럴싸한 규칙이라고 생각했다. 단순히 전문가들로 골라 팀을 편성하면 순위와 실력을 대충 예상할 수 있다. 그러나 여자가 한 사람 끼면 레이스는 예측이 전혀 불가능해진다. 여자란 늘 변수요, 미지수다.

"나도 아직 아이코의 역할을 잘 모르겠단 말이지."

교이치로가 나지막이 중얼거렸다. 그 어조를 듣고 다몬은 어라 싶었다. 어렴풋이 당혹감이 서려 있었던 것이다.

"왜죠?"

교이치로는 대답하지 않았다.

"게임 내용은 가르쳐줘도 상관없네. 단, 아이코가 관심을 가졌을 때만이야. 구태여 이쪽에서 먼저 가르쳐줄 필요는 없어."

"아, 예…… 알겠습니다."

다몬은 미적지근하게 대답했다. 그러더니 불현듯 생각난 것처럼 말을 이었다.

"선생님. 저, 아까 그 집, 아이코가 서 있던 방에서 이상한 걸 봤는데요."

교이치로는 움찔해서 다몬을 돌아보았다.

"뭘 말인가?"

"흠뻑 젖어 있더군요."

"뭐?"

"제가 그 방을 본 순간, 온 방 안이 젖어 있는 것처럼 보였습니다. 한순간. 기분 탓이었던 것 같지만요."

"아버지다운 집이네요. 서재가 집을 집어삼킨 것 같은데요."
현관을 들어선 아이코는 다몬과 똑같은 감상을 말했다.
"어머."
아이코는 식당 겸 부엌의 가죽소파를 보더니 쿡 웃었다.
"이게 그 3점 세트예요? 살 때 제 말대로 확실하게 소독하셨어요? 소파는 진드기 같은 게 많아서 위험하단 말이에요."
"했고말고. 확실하게 했다."
교이치로는 허겁지겁 대답했다.
아이코는 냉장고 문을 열고 재빨리 안을 체크했다.
"보나마나 어제 저녁도 외식이었겠죠? 저도 열차 타고 오느라 피곤하니까 오늘은 집에서 먹어요. 유바랑 채소 장아찌랑 우동 전골 진공 팩을 선물로 갖고 왔거든요. 제법 맛있어요. 그거면 안주로도 충분할걸요."
"그거 좋은데. 나 유바 아주 좋아하거든."
다몬이 싱글싱글 웃으며 말했다.
"유바는 어째 다몬 선배랑 비슷하니까."
다몬은 잠시 그 말의 의미를 생각했다.
능숙한 손놀림으로 식사를 준비하는 아이코를 거들고 셋이 냄비를 둘러싸고 앉자 마치 유사 가족 같았다.
"어째 변두리 클럽의 호스티스가 된 기분인걸."
펜던트 조명 밑에서 술을 따르며 아이코가 중얼거렸다.
"그러기엔 아이코가 너무 젊어. 최소한 열 살은 더 먹어야지."

"어머, 선배, 꼭 변두리 클럽에 간 적이 있는 것 같은 말투네?"
"호스티스는 자기신고 직종이니까 말이지. 자기가 젊다고 하면 언제까지고 '젊은 호스티스'인 거야."
"아닌 게 아니라 그러네."
휴대용 가스레인지 위 냄비에서 피어오르는 김은 이 방에 어울렸다. 면발이 굵고 쫄깃한 우동과 찬 술. 다몬은 새삼 자신이 객지에 와 있음을 실감했다. 아이코의 분투기가 술안주가 되었다. 아이코는 정말 곧잘 떠들었다. 늘 감탄하는데, 그녀는 이야기 순서를 틀리는 법이 없다. 말솜씨가 없는 사람이 곧잘 그러하듯 이야기의 중심을 우회하거나 되돌아가는 일이 없다. 다몬은 굳이 따지자면 설명을 잘 못 해 우왕좌왕하는 타입이다보니 논리 정연한 아이코의 이야기는 신선했다. 교이치로를 상대한 뒤에는 더 말할 것도 없다.
"아아, 시원하다. 오랜만에 하고 싶은 말을 했더니 엄청 만족스럽네."
정말 후련한 얼굴로 맥주를 마시는 아이코에게 교이치로가 투덜거렸다.
"넌 하여간 전혀 성장을 안 했구나. 이젠 좀더 입 다물고 남의 이야기를 들을 수 있게 됐겠거니 했더니만."
"뭐 어때요, 하룻밤 정도. 내일부터는 들을게요. 어머, 벌써 시간이 이렇게 됐네. 호텔로 돌아가야겠어요."
"다몬 군, 미안하지만 이 시끄러운 애를 호텔 근처까지 바래다

주겠나. 길이 어두워서 말이야."

"와, 다몬 선배랑 한 우산 쓴다."

"아이코, 우산은?"

"들기 귀찮단 말이야."

"아, 그러고 보니까 하쿠우가 아직 안 왔잖아."

현관문 옆에 낸 고양이용 문을 보고 다몬이 중얼거렸다. 조그만 경첩이 달려 있어 밀어올리면 열리게 되어 있다.

"하쿠우?"

아이코가 되물었다.

"응. 선생님이 기르시는 고양이. 허연색 바탕에 날씬한 게 꽤 품위 있는 고양이지. 여름의 계절어라던데. 난 처음 들었는데 소나기라는 뜻이라더군."

다몬은 얻은 지 얼마 되지 않은 지식을 선보이며 우산을 받고 밖으로 나왔다.

"그보다……."

아이코가 우산 밑으로 들어왔다. 뭔가를 생각하는 기색이었다.

"하쿠우는 하쿠슈白秋의 친구 이름이잖아?"

"하쿠슈라니 그……."

"응, 야나쿠라가 고향인 대大시인, 기리야마 하쿠슈."

"그런 의미도 있었나."

가는 비가 어깨에 내려앉는다.

"하쿠슈의 고등학교 시절 단짝 친구고 하쿠슈 못지않은 재능이 있었는데, 쓸데없이 어학에 능한 탓에 시대가 시대다보니 스파이 혐의를 받고 자기 목을 그어 자살했어."

"헉."

"본명은 나카지마 어쩌고였던가. 나, 중학교 때 여기 왔을 때, 당시엔 진지한 문학소녀였기 때문에 하쿠슈를 대충 찾아 읽었거든. 그중에 하쿠우한테 바치는 시가 있었어. 하얀 민들레에 네 피가 방울방울 떨어진다는, 뭔가 처절한 시였을걸."

다몬은 말없이 걸었다.

하쿠우의 하얀 털에 피가 방울방울 떨어지는 장면이 눈앞에 떠올랐다.

"선생님은 물론 그 이야기를 아시겠지?"

"응. 아버지한테 책을 빌렸는걸."

"그래……."

다몬은 생각에 잠겼다. 하쿠우도 게임 말 중 하나일까?

그나저나 캄캄하다.

완전한 어둠이었다. 이따금 띄엄띄엄 가로등이 있기는 하지만, 이 짙은 어둠에는 한없이 미력하다. 빛도 발소리도 어둠으로 빨려든다. 주위는 주택가일 텐데 어느 집이나 쥐 죽은 듯 조용하고 불빛도 거의 새어나오지 않았다. 아침에 일찍 일어나는 것이리라.

"밤이란 어둡구나."

아이코가 중얼거렸다. 그녀의 모습조차 어둠에 녹아 보이지 않았다.

"응. 나도 지금 그런 생각을 하고 있었어. 여기는 밤이 아주 짙은걸. 묵직한 중량감이 있어. 어둠이 살아 있어. 도쿄의 어둠은 옅잖아. 밤 자체가 얄팍하니까."

"그러게. 그렇지만 그 얄따란 밤이 그리워. 밤 따위 별거 아니란 느낌이잖아, 도쿄는 그게 굉장히 든든하게 느껴질 때가 있거든."

"그렇겠지. 하지만 사실 밤은 별거 있단 말이지. 밤 덕분에 태곳적부터 인류는 수없는 망상을 길러왔으니까. 가끔씩 이런 데 오면 그게 실감되잖아? 재미있는걸. 이런 데서 책을 읽거나 음악을 들으면 기분이 어떨까. 똑같은 체험일까. 도심 아파트에서 라디오나 텔레비전을 켜놓고 읽는 책하고, 이런 조용한 어둠 밑바닥에서 밭 한가운데 외딴 집에서 혼자 읽는 책이 똑같을까. 게다가 그게 십대 때라면 꽤나 다른 체험이 되지 않을까."

"어째 무섭다."

아이코가 중얼거렸다.

"인간의 상상력만큼 무서운 건 없으니까."

빗소리가 어둠에 스며들듯 공간을 메운다.

다몬은 어릴 적 빗소리가 낙하하는 소리인지, 착지하는 소리인지가 궁금한 나머지 비가 올 때마다 귀 기울여 듣던 것이 생각났다.

"저 말이지, 아이코. 수로 옆에 있는 집에 들어갔을 때 뭐 알아차린 거 없어?"

다몬은 넌지시 물었다.

"뭘?"

"그 방, 젖어 있지 않았어?"
"아닌 게 아니라 습하긴 했지만 젖은 정도는 아니었는데."
"그래. 내가 잘못 생각했나."
"그러고 보니 그때 선배, 유난스럽게 놀란 표정이더라."
"응. 온 방 안이 쫄딱 젖은 것처럼 보였거든."
"천장도?"
"응. 벽이랑 천장도. 착각치고는 선명했는데."
"저런. 유령이 있던 데는 젖는다고 하던데."
"어이쿠. 난 무서운 이야기는 싫다."
"이렇게 캄캄한 데는 아무렇지도 않으면서?"
"이건 자연스러운 상태잖아."
"선배는 역시 이상해. 무서운 이야기 좀 해봐."

아이코의 목소리가 귓가에서 들린다는 것이 신기했다. 시간도 거리도 떨어져 있던 사람과 지금 이렇게 어둠 속에서 말을 주고받으며 의사소통을 할 수 있다. 인간은 건전지도 콘센트도 없는데 어둠 속을 돌아다닌다. 신기하다.

"진주만 말이야."
"어?"
"태평양전쟁은 진주만 공격으로 시작됐잖아?"
"그건 알아. 왜 그런 이야기가 나오는데?"
"갑자기 생각났어. 일본의 암호가 미국한테 고스란히 새어나갔다는 이야기는 유명하지만, 개전에 임박해선 암호 양이 워낙 많아서 해병대 해독 부서가 만성적인 인재 부족에 시달렸다나."
"그래서?"
"해병대는 한가했던 군악대 멤버를 해독 부서에 투입해서 일을 거들게 했어."
"그러네. 아닌 게 아니라 비상시엔 한가한 부서네."
"그랬더니 그게 적중해서 엄청난 성과를 거두었다는군."
"저런."
"그 이래로 미국 암호 해독 전문가 양성 부문에선 적성을 판단할 때 음악적 소양을 중시하게 됐다더라."
"그래?"
"재미없어?"
"재미있어. 악보에 강한 사람 중에 수학을 잘하는 사람이 많았는걸."
"한 가지 적성이 다른 적성도 될 수 있다는 거, 재미있지. 생각지도 못한 직업끼리 적성이 일치하는 것도 분명 있을 거야. 중국 오지에서 대대로 한 자식한테만 계승되는 전통 공예하고, 북유럽의 뭐라나 하는 어획 기법의 적성이 일치한다든지."
"꿈이 있어서 좋겠네."
"어째 말투가 쌀쌀맞은데."
아이코가 킥킥 웃는 소리가 빗속에 들려왔다.
"쓰카자키 다몬한테는 보기 드문 적성이 여러 개 동거하고 있어."

"그래?"

"예를 들면…… 유례없이 골치 아픈 일에 끌려드는 적성."

"그리고?"

탁 트인 앞쪽에 겨우 호텔 불빛이 보이기 시작했다.

"그리고 유례없이 골치 아픈 일을 해결할 수 있을지도 모르는 적성이야."

호텔 현관은 항구 같다.

항구의 불빛, 그 역광 속에서 아이코가 자기를 보는 것을 알 수 있었다.

"그럼 내일 보자."

다몬은 손을 흔들었다.

"……선배, 나."

아이코가 낮은 목소리로 중얼거렸다.

"뭐?"

"아마 선배랑 같은 걸 본 적이 있을 거야."

"뭐?"

다몬은 자기 귀를 의심했다.

"중학교 때…… 야나쿠라에 두번째로 왔을 때였어. 내가 본 건 흠뻑 젖은 절 불당이었지만."

"아이코가?"

"난 내내 꿈이라도 꾼 건 줄 알았어. 아버지한테도 이야기한 적 없었고."

아이코가 보일 듯 말 듯 웃으며 손을 흔들고 호텔로 들어갔다.
"하지만 보아하니 좋은 꿈이 아니었던 모양이네."

짙은 어둠 속을 홀로 돌아오며 다몬은 나지막이 휘파람을 불어보았다.

밤에 휘파람을 불면 안 된다는 말을 어디서 들은 것 같은데, 어떤 식으로 들리는지 갑자기 시험해보고 싶어졌다. 휘파람을 잘 부는 사람은 플루트도 잘 분다. 이건 좀 뻔하군.

어째선지 떠오른 곡목은 〈휘파람 부는 사람과 개〉였다. 초등학교 음악시간 말고는 들어본 적이 없다. 명랑한 스타카토는 불기 무섭게 힘을 잃고 순식간에 어둠으로 빨려들었다.

그 방. 젖어 있었다는 표현은 정확하지 않다. 변질됐다고 할지, 변색됐다고 할지. 물속에 잠긴 방을 렌즈를 통해 보는 느낌. 이게 가장 근접한 것 같다.

아이코도 봤다. 똑같은 것을 어린 시절에. 다몬의 서툰 표현으로 자기가 본 것과 같다는 것을 알아차렸으니 어지간히 강렬한 기억이었으리라. 아이코는 작은아버지 부부의 실종에 관해 얼마만큼 알고 있을까? 어떻게 인식하고 있을까?

유례없이 골치 아픈 일에 끌려드는 적성.

이 게임은 보아하니 어제오늘 시작된 게 아닌 모양이다. 그 기원은 다몬이 교이치로를 알기 훨씬 전으로 거슬러올라가는 것 같다. 이렇게 큰 게임이었다니 반칙 아닙니까. 다몬은 속으로 교이치로에게 투덜거렸다.

돌아오는 길은 언제나 짧게 느껴진다. 몸이 익숙해져 경계심이 옅어진 만큼 뇌의 정보 처리량이 대폭 줄어들기 때문이리라.

앞쪽에 가로등 불빛이 비추는 납작한 집들이 보이기 시작했다. 계속해서 내리는 비로, 어느 집 주위에나 커다란 물웅덩이가 생겼다. 이렇게 어두우면 물웅덩이에 발이 빠질 수도 있기에, 다몬은 몸을 약간 숙이고 발치에 주의하며 걸어 현관 앞에 당도했다.

"다녀왔습니다."

우산의 물기를 털고 쫄딱 젖은 신발에서 부은 발을 애써 잡아뺐다. 기왕 벗는 김에 양말도 같이 벗었다. 기분 탓인지 이틀 새에 발이 물에 불은 것 같다. 대부분은 참을 수 있지만 젖은 양말만은 참을 수 없다. 조만간 빨래방에 가자.

발을 말리려고 외발로 서서 발가락을 꼼지락거리는데, 덜컹 소리가 나더니 현관문 밑쪽에서 뭔가 움직이는 기척이 느껴졌다.

"하쿠우?"

이름을 입에 올린 순간, 조금 전 아이코와 이야기했을 때 떠올린 피가 방울방울 떨어지는 이미지가 되살아나 다몬은 잠깐 멈칫했다.

비에 젖은 하얀 고양이가 느릿느릿 들어왔다.

"왜 이렇게 늦었어?"

다몬이 젖은 몸을 쓸어주려고 손을 뻗는데, 하쿠우가 콘크리트 바닥에 뭔가를 뱉어냈다.

"어?"

하쿠우가 뱉어낸 것이 자기 몸에 가려져 잘 보이지 않았다. 몸의 위치를 바꿔 콘크리트 바닥을 자세히 살펴본 다몬은 이내 나지막이 비명을 지르며 마루 입구에 엉덩방아를 찧었다.

어리둥절한 표정으로 자기를 올려다보는 하쿠우의 발치에 있는 회색 물체.

그것은 아무리 봐도 인간의 귀로 보였다.

Chapter V

그래, 그것은 내가 줄곧 봉인해온 기억이었다.

무엇보다도 다몬 선배에게 그 말을 들을 때까지 나 자신이 까맣게 잊고 있었다.

그러나 그날 그와 호텔 입구에서 헤어지고 방으로 돌아오니, 삽시간에 오래된 기억이 선명한 풍경으로 내 안에 되살아났다.

방문을 닫은 순간, 발밑이 치솟아오르는 양 매미 울음소리가 들리는 듯한 착각에 빠졌다.

여름도 막바지에 다다른 무더운 날이었다.

당시 중학생이던 나는 할머니 장례 때문에 야나쿠라에 와 있었다. 하복 차림으로 따분하고 무더운 장례를 마치고 나니 이곳에 아는 사람이 아무도 없는 나는 있을 곳이 없었다. 다른 사람들이 모여 잡담을 하는 동안 혼자 발길 닿는 대로 거리를 산책했다. 친척들도 장례를 무사히 마치고 안도했는지, 나를 보고 뭐라 하는 사람은 아무도 없었다.

낯선 거리는 마치 잠든 것처럼 조용했다. 새빨간 칸나만이 당당하게 선명한 색채를 늘어놓고 있었다. 수로에 흐르는 걸쭉한 물이 세계에 간 금처럼 여기저기 검게 뻗어 있었다.

빨간 칸나 군락을 돌자, 거대하고 검은 그림자가 시야에 들어왔다.

아, 절이 무너진다.

순간, 그런 생각이 들었다.

작은 절이 있었다. 검은 기와는 세월의 중력에 짓눌려 휘어서는 고통에 찬 소리를 내지르며 와해되어가는 듯 보였다.

그러나 그것은 내 착각이었다.

커다란 수로를 등진 절은 흠뻑 젖어 있었다. 검은 그림자는 물에 젖어 일그러진 모습으로 흔들흔들하고 있었다.

아지랑이?

나는 내가 본 광경이 이해되지 않았다.

아니다, 아지랑이가 아니다. 젖었다. 절은 물 우리 속에 완전히 갇혀 있었다.

불가사의한 풍경이었다. 초등학교 때 미술시간에 썼던 튼튼한 비닐 물통이 생각났다. 쓰지 않을 때는 조그맣게 접는 물통. 물을 넣으면 직사각형 통이 된다. 눈앞에 있는 것은 거대하고 투명한 직사각형 비닐 물통 같았다. 그 안에 절 하나가 잠겨 있다. 그러나 비닐 벽은 어디에도 없다. 찰랑찰랑 흔들리는 물 덩어리가 공기중에 우뚝 솟아 있는 상태다.

가까이 다가갈 용기는 없었다. 아니, 가까이 가보자는 생각마저 떠오르지 않은 채, 나는 그 자리에 꼼짝 못 하고 서 있었다. 그러나 그것은 분명히 물이었다. 물 벽 너머에서 절의 지붕이, 장지가, 기둥이 흔들거리고 있었다.

대체 뭘까?

별안간 내가 보고 있는 것을 깨달은 것처럼, 물 벽의 수위가 낮아지기 시작했다.

눈앞에서 물 벽을 통하지 않은 절의 모습이 위에서부터 나타났다. 절을 뒤덮었던 투명한 벽이 순식간에 슥 내려가더니 눈 깜짝할 새에 사라져버렸다. 보아하니 물은 절 너머에 있는 수로로 빨려든 듯했다.

그 순간, 매미 울음소리가 내 주위를 메웠다.

나는 찌는 듯이 무더운 이른 오후, 오래되고 인적 없는 먼지투성이 절 앞에 서 있었다.

"왜 그러나?"

자기가 본 것에 충격을 받아 그 자리에 얼어붙은 다몬을 향해, 교이치로가 뒤에서 느긋하게 말을 걸었다.

"아, 저…… 그게, 하쿠우가 저걸……."

다몬은 자기 목소리를 듣고 자신이 상당히 동요했음을 깨달았다.

"뭐 말인가?"

교이치로는 다몬의 어깨 너머로 신발 벗는 곳에 떨어져 있는 것을 넘겨다보았다.

하쿠우는 자기가 가져온 물건에 그새 흥미를 잃었는지, 복도에 떨어져 있는 다몬의 젖은 양말을 매트 삼아 발을 닦은 뒤 타박타박 잠자리로 사라졌다.

교이치로는 회색 덩어리를 꼼짝 않고 내려다보았다.

다몬은 그의 옆얼굴을 지켜보았다. 뜻밖에도 교이치로의 얼굴에 경악의 빛은 없었다.

"……실패작이군."

교이치로는 나지막이 중얼거리더니 몸을 굽혀 조그만 덩어리를 주웠다.

"앗!"

다몬은 소리쳤다.

"잘 보게. 이건 진짜가 아닐세."

"네?"

다몬은 비로소 비척비척 일어나 뜻밖에 단정한 교이치로의 손에 얹혀 있는 그것을 보았다.

어라?

아닌 게 아니라 인간의 귀와 똑같았다. 우선 색이 자연스럽다. 그리고 미묘한 라인도, 고무 장난감 같은 애매함이 없다. 혈관이며 근육이 느껴질 만큼 빈틈없고 정교하게 만들어졌다. 그러나 정교한 작업은 도중에 중단되었다. 귀의 아래쪽 삼 분의 일이 찰떡을 쭉 늘인 것처럼 밋밋했다.

"정말이군요. 그렇지만 이거, 엄청 잘 만들었는데요. 꼭 할리우드 특수효과 공방에서 만든 것 같군요."

다몬은 겨우 침착함을 되찾고 교이치로의 손에서 그 '가짜 귀'를 집었다.

싸늘한 감촉마저 섬뜩할 정도로 진짜와 비슷하다.

"하쿠우. 대체 어디서 이런 걸 가져온 거야?"

다몬은 복도 구석 바구니에서 낡은 쿠션 위에 몸을 말고 누운 하쿠우에게 시선을 돌렸다.

"저 녀석은 재능이 있거든."

교이치로는 다몬에게 손짓하며 부엌으로 갔다.

"자네한테 보여주고 싶은 게 있네. 아까 아이코가 냉장고를 열었을 땐 이거 큰일났다 싶었지."

교이치로는 냉장고를 열더니 조그만 갈색 종이봉지를 꺼냈다.

"이게 뭡니까?"

"꺼내보게."

봉지 속에 든 것을 테이블에 꺼낸 다몬은 또다시 펄쩍 뛰어올라야 했다.

"이, 이건."

손가락이었다.

손가락 하나가 테이블 위에 뒹굴고 있었다.

휴대용 가스레인지 위의 오지냄비며 접시 옆에 손가락이 뒹굴고 있는 모습은 어쩐지 우스꽝스럽고 그로테스크했다.

역시 정교하게 만들었다. 손톱이 자라는 허연 부분도 그렇고,

표면에 세로로 지나는 희미한 줄도 그렇고, 호러영화 소도구로 손색이 없었다. 그러나 이 또한 완성을 앞두고 의욕을 잃은 것처럼 뿌리 부분은 찰떡처럼 늘어나 있었다.

"작가가 같은 사람으로 보이는데요."

다몬은 들고 있던 귀를 손가락 옆에 살짝 놓았다. 꼭 먹다 만 것 같다.

"아마 그럴 테지. 이것도 한 이틀 전에 하쿠우가 주워왔네."

다몬은 손가락과 귀를 집어 냄새를 맡아보았다. 아무 냄새도 나지 않았다.

"이거, 뭐로 만들었을까요?"

"잘은 모르겠네만 유기물이라는 건 분명하네. 그 증거로 너댓새만 지나면 쪼그라들어 없어지더군."

"네? 이거, 없어집니까?"

"음."

"파출소나 대학에 가져가보시죠?"

"뭐라고 하면서?"

"고양이가 주워왔다고요."

"나도 그 생각을 안 해본 건 아니네만."

그렇게 말하는 것을 보니 교이치로는 이것을 아무에게도 보이지 않은 것 같다.

"다카야스 씨한테도 안 보여주셨습니까?"

"그래. 이건 인체의 일부가 아니니 말이네. 그냥 쓰레기일 뿐인데. 어디에, 무슨 필요가 있어서 신고한다는 말인가?"

"으음. 하지만 만든 사람이 궁금하잖습니까. 이 정도 실력이 있으면 성형외과나 특수영화의 길을 꼭 추천해주고 싶은데요."

누가 먼저랄 것 없이 두 사람은 또다시 술을 마시기 시작했다.

"정말 만든 사람을 알고 싶나?"

교이치로가 위협하듯 다몬을 보며 말했다.

"네."

다몬은 천연덕스럽게 대꾸했다.

"그게 이 게임의 답입니까?"

"글쎄. 그렇다면 좋겠네만."

교이치로는 짤막하게 대답했다.

다몬은 머릿속이 유난히 또렷하게 깨어 있었다. 호텔 입구의 불빛, 역광 속에 서 있던 아이코.

"너댓새면 사라진다. 그 말인즉, 선생님은 전에도 이 비슷한 걸 본 적이 있다는 말씀이시군요?"

교이치로는 가볍게 고개를 끄덕였다.

"그 밖에도 발견한 사람이 없을까요? 이렇게 섬뜩한 게 여기저기 떨어져 있으면 화제가 될 것 같은데요."

"내가 아는 한은 없네."

다몬은 다시금 손가락과 귀를 유심히 살펴보았다. 어제, 오늘 걸어다녔고 배를 타고 둘러본 야나쿠라의 거리가 머릿속에 연달아 떠올랐다. 두세 시간만 걸으면 한 바퀴 돌 수 있을 이 거리의 대체 어디에 이런 것이 숨어 있는 걸까? 길가 버드나무 밑에 떨어져 있다? 다리 난간에 걸쳐져 있다? 가지 밭 구석에서 파낸다?

"게다가…… 그건 떨어져 있지 않았어. 보면 알 거 아닌가."

교이치로는 술을 따르며 퉁명스럽게 테이블 위의 두 덩어리를 가리켰다.

"네?"

"하쿠우가 물어뜯은 거야."

"물어뜯다니…… 어디서요?"

다몬은 멍청히 물었다.

교이치로는 아직도 모르겠느냐는 표정으로 내뱉듯이 대답했다.

"본체에서지."

"본체라니, 그럼……."

다몬은 거기까지 중얼거렸다가 흠칫했다.

"설마, 통째로 만들어진 '가짜 인간'이 있다는 말씀입니까?"

별안간 머릿속에 그림이 떠올랐다. 오래된 주택가, 작고 조용한 공장의 어두운 창고 안에 녹슨 이송용 침상에 누워 있는 허연 몸뚱이. 젊은 남자로, 빡빡머리에 알몸이다. 싸늘하고 묵직한 '가짜 인간'이 이 거리 어딘가에 누워 있다면.

등골이 오싹했다.

"설마, 아무리요. 그런 게……."

이송용 침상 옆에 누가 있다. 얼굴은 어두워서 보이지 않지만, 그곳에 멀거니 서 있다. 십중팔구 눈앞의 물체를 만든 인물일 것이다.

"선생님은 본체를 보신 적이 있습니까?"

다몬은 창백한 얼굴로 머뭇머뭇 물었다.

교이치로는 확실하게 고개를 가로저었다.

"어딘가에 분명히 있을 텐데 본 적은 없네. 몇 번 하쿠우를 미행해 보기도 했네만, 상대가 고양이다보니 늘 놓치고 마는군."

"그럼 다른 개나 고양이가 물고 온 적은요?"

"이상하게 그런 말도 못 들었다네. 하쿠우한테 재능이 있다는 건 그 때문이야. 어쨌건 저 녀석은," 교이치로가 말하다 말고 별안간 입을 다물었다.

"저 녀석은?"

"아니, 아무것도 아니네. 하쿠우는 훨씬 전에도 역시 '가짜 귀'를 갖고 온 적이 있었어. 돌출되고 연한 부분이니 찢기 쉬울 테지. 그러다 작년 하반기 무렵부터 가끔씩 들고 오기 시작한 걸세."

"작년 하반기…… 연속으로 발생하는 실종사건하고 관계가 있습니까?"

"그 인과관계는 잘 모르겠네."

순간 웃음을 터뜨리고 싶은 충동이 치밀었다. 어이구, 참 공들인 농담을 다 하시는군요, 이런 소도구까지 준비하시고, 하며 교이치로의 어깨를 두들기고 싶었다. 그러나 눈앞에 있는 물체는 눈을 감았다 떠봐도 없어지지 않았거니와, 장난으로 만들었다 하기에는 수고와 비용 모두 들었을 것을 한눈에 알 수 있을 만큼 정교했다. 다몬은 문득 다른 것을 깨달았다.

"전에도 귀를 가져왔다는 건…… 그게 여러 개 존재한다는 뜻일까요? 몇 년씩이나?"

작은 공장 안에 이송용 침상이 늘어났다. 어두운 창고에 침상 여러 개가 조용히 늘어서 있는 장면이 떠오르는 바람에, 저도 모르게 벌떡 일어나 어디론가 도망치고 싶어졌다.

"선생님, 이거 꽤나 무서운 상황인데요."

"그렇지? 마음에 들었나?"

"마음에 들고 뭐고…… 대체 누가 이런 걸 몇 개씩 만들고 있는 거죠? 설마 자연 발생할 리는 없을 거 아닙니까."

다몬은 패닉에 빠지려는 자신에게 힘을 북돋우듯 청주를 단숨에 마셨다. 코가 찡하는 자극에 패닉이 더욱 증폭될 뿐이었다.

"자연 발생할 리 없다……."

교이치로가 자신을 타이르듯 중얼거렸다.

그 말투가 마음에 걸린 다몬은 의아한 생각이 들어 물었다.

"이런 게 자연 발생하고 있다는 말씀입니까?"

교이치로는 순간 먼 곳을 바라보는 눈이 되었다.

"야나쿠라엔 예로부터 갓파가 산다는 전설이 있었지."

"갓파라고요? 머리에 접시를 얹은 그것 말씀입니까?"

"맞아. 구마모토의 구마 천에서 아마쿠사 해를 건너와서 야나쿠라의 수로 세 곳에 정착했다는군."

갓파한테 홀리기라도 했나.

별안간 다몬의 머릿속에 인터뷰 테이프의 목소리가 되살아났다. 실종자 중 한 사람의 목소리다. 그러나 갓파와 눈앞의 물체가 어떻게 연결된다는 말인가.

"최근에 갓파는 우주인이었다는 판타지 영화가 있었는데…… 설마 갓파의 소행이라는 말씀은 아니시겠죠?"

"그런 말은 아니네. 다만 예로부터 천재지변이나 질병, 재해를 괴물로 표현해온 건 사실이거든. 야마타노 오로치*가 범람하는 강을 일컫는다는 설도 있을 정도니 갓파도 어떤, 말로는 설명할 수 없는 다른 현상을 표현하는 것일 가능성도 있다 싶은 걸세. 그 현상이 이번 일과 관련됐다고 할 마음은 없네만, 방금 문득 그 생각이 났어."

"갓파가 나타내는 현상…… 단순하게 생각하면 물에 빠져 불시의 죽음을 맞이하는 걸 것 같은데요. 갓파는 왼팔하고 오른팔이 붙어 있어서 한쪽 팔을 늘리면 다른 한쪽이 줄어든다는 말을 들은 적이 있거든요. 그래서 그 긴 팔로 인간을 물속으로 끌어들여 항문에서 구슬을 빼는 거잖습니까? 항문에 든 구슬이란 게 대체 뭘까요? 그게 늘 이상했는데요. 장을 말하는 걸까요? 아니면 혼 같은 거려나요?"

"글쎄. 아무튼 오랫동안 사람들 입에 오를 만큼 힘이 있다는 건,

---

* 여덟 개의 머리와 여덟 개의 꼬리를 가졌고, 여덟 개의 계곡과 산을 넘을 정도로 거대한 몸을 지녔다는 일본 신화 속 괴물.

역시 시초가 되는 어떤 사건이 있었다는 뜻이야."

"여기선 옛날부터 이런 실종사건이 많았습니까?"

"뭐?"

교이치로가 움찔한 표정으로 다몬을 보았다.

선생님은 아직 이런저런 정보를 숨기고 있는 것 같다. 다몬은 지금은 밀어붙일 때라고 판단했다.

"다카야스 씨한테 얼핏 듣기로, 선생님 동생 내외분도 똑같은 상황에서 돌아오셨다고요? 실종자 중 한 사람이 그랬죠. '갓파한테 홀리기라도 했나'라고요. 실종자의 집은 모두 수로에 면했습니다. 동생 내외분 댁도 그렇고요. 선생님이 생각하시는 '갓파'란 수로 옆에 사는 사람이 실종되는 게 아닙니까? 실제로 갓파가 인간을 수로로 끌어들이는 거야 아니겠지만요. 선생님은 이 실종 사건하고 하쿠우가 갖고 온 물체가 관계가 있다고 생각하시는 거죠?"

교이치로는 술잔을 든 채 잠시 꼼짝하지 않았다.

"이번엔 힌트가 너무 많았나."

"저도 그 정도는 알 수 있습니다."

다몬은 교이치로에게 술을 따라주었다.

"동생 이야기는 내일 하지. 오늘은 여러 가지 일이 있었으니."

"그렇군요. 사건은 잠시 잊고 마시기로 하죠. 저, 이제 이거 좀 넣어도 되겠습니까? 꿈에 나올까 무서운데요."

다몬은 쓴웃음을 지으며 테이블 위의 손가락과 귀를 종이봉지에 넣었다.

꿈은 꾸지 않았으나 다소 술이 과했던 탓에 이튿날 무딘 두통과 더불어 잠에서 깼다.

창가 선인장들 너머로 보이는 하늘은 여전히 흐렸다. 그 때문인지 도무지 새로운 날이 밝았다는 느낌이 없었다. 그러나 푹 잔 덕분에 전날 밤의 공포는 어디론가 밀려나고 없었다.

어쩌면 꿈이 아니었을까.

희망적 관측을 담아 살그머니 냉장고 문을 여니 종이봉지가 안쪽 깊숙한 곳에 들어 있었다.

다몬은 나지막이 한숨을 쉬며 문을 닫았다.

"아이코는 오후에 오겠다는군."

커피를 내온 교이치로가 혼잣말처럼 중얼거렸다.

사흘째가 되니 딱히 새로운 화제도 없다. 두 사람은 느긋이 낡은 음반을 오디오에 걸어놓고 신문과 책을 읽으며 시간을 보냈다. 물론 이 모호한 시간이 문제를 유보하고 있을 뿐임을 두 사람 모두 잘 알고 있었다.

불가사의한 시간이었다. 어떤 사건에 말려든 모양인데 과연 그것이 시급을 다투는 일인지, 아니면 연속되는 사건의 한 장면인지를 모르겠다. 어디서 무슨 일인가가 서서히 진행되는 것 같은데, 지금은 이렇게 한가롭게 신문을 펴들고 있다.

〈밍거스 앳 카네기 홀〉을 듣는데 현관에서 초인종이 울렸다.
시계를 보니 11시다. 아이코가 오기에는 아직 이른 시간이다.
교이치로가 나갔다.
이곳 사람인 듯한 중년 여자의 목소리가 들렸다. 다몬은 오디오 볼륨을 줄였다.
나지막이 이야기하는 두 사람의 목소리가 복도 벽을 타고 들려왔다.
"어제 아침엔 계셨는데요."
"그렇죠? 제가 그저께 왔을 땐 평소랑 똑같으셨고 딱히 어디 불편하신 데는 없어 보였거든요. 그런데 안 계신 것 같지 뭐예요."
"이상하군요. 두 분이 같이 어디 나가신다는 말씀은 못 들었습니다만."
"저, 죄송하지만 저한테 열쇠는 있는데 같이 들어가주시면 안 될까요?"
"그게 뭐 어려운 일이겠습니까."
교이치로가 샌들을 꿰고 밖으로 나가는 기척이 났다.
다몬은 무릎 위에 있던 하쿠우를 안고 현관으로 나갔다.
보라색 앞치마를 두른 여자와 교이치로가 옆집으로 걸어가는 것이 보였다. 귀가 먼 노부부가 산다는 집이다. 보아하니 옆집에 드나드는 간병인인 것 같다.
무슨 일일까?
호기심을 느낀 다몬은 몰래 신발을 신고 밖으로 나왔다.

비는 오지 않았지만 땅은 물이 괴어 질척했다. 갈색 흙탕물에 집 지붕이 거꾸로 비쳤다.

두 사람은 현관 쪽으로 가고 있었다. 다몬도 그 뒤를 따랐다.

현관 앞에 조그만 화분이 여럿 놓여 있었다. 그것들도 비에 젖어 화분 속에 물이 괴었다.

여자는 초인종을 누르고 "이다 씨. 이다 씨, 안 계신가요? 이노우에인데요" 하고 몇 번 안을 향해 불렀다. 얼마 동안 기다렸지만 반응이 전혀 없었다.

여자는 교이치로를 보고 고개를 끄덕이더니 긴장한 표정으로 주머니에서 열쇠 꾸러미를 꺼냈다.

찰칵찰칵 열쇠를 돌려 문을 열었다.

갇혀 있던 공기와 향불 냄새가 어렴풋이 났다.

여자는 그 집에 익숙한지, 바로 현관에 불을 켜고 교이치로와 함께 안으로 들어갔다. 다몬도 따라 들어갔다. 향수를 불러일으키는 냄새가 났다. 교이치로의 집과 구조가 같다보니 기시감 같은 기묘한 느낌이 들었다.

두 사람은 안쪽 다다미방으로 들어갔다.

노인의 집은 어째서 작게 느껴질까. 세계가 쪼그라든 느낌, 벽과 천장이 육박해오는 느낌이 든다. 아마도 그들이 인지하는 세계가 이제 그 정도의 크기로 줄어든 탓이리라.

안을 들여다보니 두 사람은 다다미방에 우두커니 서 있었다.

방 안은 텅 비어 있었다. 그러나 최근까지 사람이 있었던 기미는 역력했다. 내내 깔고 지내는 듯한 이부자리에는 사람이 누웠던 형태로 자국이 남아 있고, 작은 합판 테이블 위 찻종 옆에는 알약 봉지가 펼쳐져 있었다. 좌의자에는 붉은 무릎덮개가 살짝 옆으로 치운 것처럼 놓여 있고, 머리맡 담배 쟁반에는 노안경과 털실 모자가 있었다.

빛바랜 녹색 커튼은 반만 쳐져 있고, 흐린 새시 문이 살짝 열려 있었다.

그 모습을 보고 교이치로와 간병인 여자는 심상치 않은 느낌을 받은 듯했다. 외출도 여의치 않은 노인이 안경을 두고 나갈 것 같지는 않다.

"이다 씨."

교이치로가 또렷한 목소리로 소리쳤다. 두 사람은 집 안 곳곳을 확인하며 다니기 시작했다. 이부자리를 밟지 않도록 조심하며 새시 쪽으로 이동하던 다몬은 제약회사 이름이 들어간 티슈 상자를 걷어차고 말았다.

새시를 조금 열어 마당을 내다보았다. 이웃집과의 사이에 길이가 대략 2미터쯤 되는 나무 담장이 있고 녹슨 빨래건조대가 놓여 있었다. 빨래건조대 밑에 물웅덩이가 크게 생겼고, 집 주위는 흡사 연못 같은 상태였다. 연못은 뒤쪽 가지 밭으로 이어졌다.

다몬은 하쿠우를 안은 채 밖으로 나왔다.

푹푹 꺼지는 발에 주의하며 가지 밭으로 걸어갔다.

조그만 연못은 1미터쯤 되는 폭으로 가지 밭두렁 사이로 이어졌다. 계속해서 내린 비로 물웅덩이가 연결된 것이리라.

다몬은 걸음을 멈추지 못하고 웅덩이를 따라 걷기 시작했다.

오늘도 거리는 조용했다. 멀리 도로에서 차들이 오가는 소리는 들려오지만 그 밖의 곳은 여전히 고요했다.

흙냄새와 식물 냄새, 물 냄새가 뒤섞여 온몸을 휩쌌다. 잠들어 있던 몸의 어느 부분이 깨어나는 것이 느껴졌다. 살아 있다. 이것들은 모두 살아 있다. 그런 실감이 서서히 차올랐다.

물웅덩이는 끊이지 않고 조용히 이어졌다. 밭이 끝나는 곳에서 모퉁이를 돌아 조그만 숲을 빠져나오니, 갈색 웅덩이는 검은 물을 담은 조용한 수로로 졸졸 흘러들고 있었다.

교이치로와 간병인이 파출소에 간 사이에 다몬은 교이치로의 집에서 홀로 기다렸다.

수로 옆에 사는 인간이 실종된다.

이 사건은 그런 시리즈의 일부인가?

다몬은 벌써 몇 잔째인지 모를 커피를 마시며 소파에 책상다리를 하고 앉아 있었다.

옆집 마당에서 수로까지 물웅덩이가 이어졌다는 사실이 무엇을 나타내는지는 알 수 없었지만, 아무튼 옆집 사람이 지금까지 발생했던 몇몇 사건과 유사한 상황에서 모습을 감춘 것은 분명했다. 교이치로도 충격을 받지 않았을까. 일부러 수로에서 떨어진 집으로 이사한 것은 그가 수로를 경계한다는 것을 보여준다. 그런데 옆집에서 이런 사건이 벌어진 것이다.

다몬은 돌아오는 길에 교이치로의 집 주변을 슬쩍 체크했다. 물웅덩이는 있었지만 옆집처럼 어딘가로 이어지지는 않았거니와, 지금으로서는 수로와 연결될 성싶은 커다란 웅덩이도 보이지 않았다. 그러나 앞으로도 계속 비가 온다면 어떻게 될지 모른다.

초인종이 울렸다. 흠칫해서 시계를 보니 그새 1시가 넘었다.

"저 왔어요. 어머, 아버지는?"

아이코가 들어왔다. 녹색 티셔츠에 청재킷, 카키색 면바지 차림이다. 느닷없이 학창시절로 돌아간 듯한 기분이 들었다.

"잠깐 파출소에."

"파출소? 왜? 도둑이라도 들었어?"

아이코는 눈을 동그랗게 떴다.

"아니, 그건 아니고."

다몬은 설명했다.

"그래? 옆집에서……."

아이코는 섬뜩한 듯 현관문 쪽을 보았다.

나도 아직 아이코의 역할을 잘 모르겠단 말이지.

아이코의 옆얼굴을 보며 다몬은 교이치로의 말을 떠올렸다.

그 말은 무슨 뜻이었나. 아이코를 이 게임에 끌어들이고 싶지 않다는 의미였을까? 그러나 어젯밤 이야기로 판단하건대, 아이코는 교이치로가 알기 훨씬 전부터 이 게임에 참가하고 있었다는 생각이 든다.

다몬은 결심하고 입을 열었다.

"아이코는 야나쿠라에서 연속으로 발생하고 있는 실종사건을 알아?"

"뭐?"

아이코는 의표를 찔린 듯했다. 다몬은 되도록 담담하고 온건하게 자기가 아는 사실을 이야기했다. 교이치로에게서는 아직 듣지 못했지만 교이치로의 동생 내외가 실종된 적이 있다는 것을 안다는 말도 했다. 아이코는 큰 눈으로 다몬을 꼼짝 않고 보며 듣고만 있었다.

이야기가 끝나자 다몬은 어쩐지 마음이 놓였다. 공포를 누그러뜨리려면 남에게 이야기하는 게 제일이다. 출구가 보이지 않고 설명되지 않는 사건인 만큼, 이야기한 것만으로 어깨가 한결 가벼워진 기분이 들었다.

"그럼 이번에도 돌아올까."

아이코가 나지막이 중얼거렸다.

다몬은 흠칫했다. 그 점을 잊고 있었다. 지금까지 실종자는 대개 일주일에서 이 주일 만에 돌아왔다.

어쩌면 돌아오는 장면을 볼 수 있을지도 모른다.

그런 생각을 하니 어쩐지 가슴이 두근거리기 시작했다.

"아이코는 작은아버지 내외가 돌아온 다음에 만난 적 있어?"

"응, 몇 번은. 하지만 원래 얼굴을 마주한 적이 별로 없어서 그렇게 가깝진 않아."

아이코는 어쩐지 시원스럽지 못한 말투로 대답하더니 별안간 안절부절못하기 시작했다. 일어나서 커피를 따르고는 잔을 들고 소파로 돌아왔다.

"저기, 선배는 《바디 스내처》라는 소설 본 적 있어?"

아이코는 곁눈으로 다몬을 슬쩍 보았다.

"아아, 잭 피니? 옛날에 읽긴 했는데 자세한 내용은 잊어버렸는걸. 영화 원작 아냐? 이시노모리 쇼타로가 리메이크한 만화가 더 인상에 남아 있어. 우주에서 온 씨앗이 인간하고 똑같이 둔갑해서 본인을 대신한다는 이야기지?"

"응. 난 고등학교 때 읽었거든. 지하실에 들어가면 딱 누에콩처럼 생긴 꼬투리에 생성중인 인간이 들어 있는 장면이 어찌나 강렬했는지, 매년 누에콩 철만 되면 콩을 깔 때마다 그 소설이 생각나."

"그래, 만화도 그랬지."

부자연스러운 침묵이 흘렀다.

다몬은 어리둥절한 표정으로 아이코를 보았다. 《바디 스내처》를 거론한 시점에서 바로 알아차렸어야 했다.

아이코는 커피 잔 속의 검은 액체를 보며 천천히 말했다.

"돌아온 작은아버지 내외는 진짜 작은아버지 내외가 아냐."

"뭐?"

아이코는 메마른 눈으로 다몬을 보았다.

"똑같지만 가짜야."

"아. 아무리. 그런 일이 있을 리가 없잖아."

반박하면서도 다몬의 의식은 부엌 구석에 있는 냉장고를 향했다. 그 속에 갈색 종이봉지가 있다. 인간과 똑같이 정교하게 만든 신체 부위가 든 작은 종이봉지가.

아이코는 아무 말도 하지 않았다. 어색한 침묵이 방 안에 깔렸다.

허연 그림자 같은 하쿠우가 슥 들어왔다.

"아!"

아이코가 눈길을 주었다.

"얘가 하쿠우야?"

"맞아."

하쿠우는 아이코를 무시하고 곧장 다몬에게 다가와 무릎 위로 올라왔다.

아이코는 어딘지 모르게 적의 어린 시선으로 하쿠우를 응시했다.

"앤…… 하쿠슈의 새끼구나. 많이 닮았네."

"하쿠슈?"

아이코는 하쿠우에게서 눈을 떼지 않았다. 하쿠우도 금빛이 도는 회색 눈으로 아이코를 마주 바라보았다.

"작은아버지네서 고양이 한 마리를 키웠어. 이름은 하쿠슈. 실은 작은아버지네가 실종됐을 때 기르던 고양이도 없어졌거든. 일주일 지나서 두 분이 기억을 잃고 돌아왔을 때 고양이도 같이 돌아왔어."

하쿠우는 미심쩍게 야옹 하고 울었다. 자기와 관계 있는 이야기라는 것을 알아차렸는지도 모른다.

다몬은 하쿠우를 안은 채 아이코의 이야기를 열심히 들었다. 무릎 위의 하쿠우가 점점 무거워졌다.

"그 뒤, 작은아버지네가 일 때문에 후쿠오카로 이사하게 됐을 때 아파트에 세 살아야 한다고 해서, 도쿄에 있던 아버지가 하쿠슈를 맡은 거야. 아주 영리하고 행실도 바른 고양이라 아버지도 많이 예뻐했어."

아이코는 거기서 말을 잠깐 끊었다. 하쿠우는 더욱 묵직하게 느껴졌다.

"그런데 새끼를 몇 마리 낳고 나서, 어디서 제초제를 뿌린 풀인지 뭔지를 먹고 고통스럽게 죽었어. 아버지가 얼마나 상심했는지. 애완동물 시체는 보건소에서도 받아주질 않고 그냥 쓰레기로 취급된대. 아버지는 그게 충격이었나봐. 하쿠슈를 차마 쓰레기로 처분할 순 없었던 거지. 동물 공양을 해주는 아는 절이 있어서 내가 거기에 부탁해서 아버지랑 같이 하쿠슈의 장례를 치렀어."

아이코는 커피를 한 모금 마셨다.

다몬은 그저 잠자코 다음 말을 기다렸다.

"애완동물 전용 화장장이 있거든. 아니, 화장장이라기보다 화장차라고 해야 할까. 트럭에 조그만 소각로를 싣고 다니면서 밖에서도 애완동물을 화장할 수 있게 하는 거야. 꽃을 바치고 아버지랑 둘이서 하쿠슈가 다 타기를 기다렸어."

아이코는 먼 곳을 바라보는 눈빛이 되었다.

"하얀 트럭이었어. 한 시간 반쯤 기다렸을까. 화장이 끝나면 유골을 주울 수 있게 준비돼 있었어. 예정된 시간에 담당자가 소각로 문을 열었어."

하쿠우의 회색 눈이 아이코를 꼼짝 않고 응시했다.

"믿을 수 있어? 아무것도 안 남아 있었던 거야. 타르처럼 걸쭉한 검은 액체가 약간 남아 있을 뿐, 뼈는 한 조각도 없었어. 뼈 비슷한 것도. 담당자도 깜짝 놀라선 이런 일은 처음이라고⋯⋯ 온도도 여느 때랑 같았고, 설사 온도를 최대한 높였어도 아무것도 안 남는 일은 있을 수 없다고⋯⋯."

아이코는 천천히 다몬에게 시선을 돌렸다.

"아버지가 야나쿠라로 이사하기로 마음먹은 건 그 직후였어."

Chapter VI

나는 처음 봤을 때부터 그 사람에게 흥미를 느꼈다.

이유는 모르겠다. 그러나 책방에 무더기로 쌓인 신간 중 한 권을 보고 재미있겠다는 감이 오듯이 처음 만났을 때 이 남자는 '읽는 보람'이 있겠다는 느낌이 들었다.

나는 보이는 그대로 단순한 사내다. 내 입으로 말하기는 뭐하지만 구김살 없이 무럭무럭 자랐고, 어렸을 때부터 스포츠를 좋아해 학교 다닐 때도 운동부에 소속돼서 운동에 푹 빠져 살았다. 성적도 나쁘지 않았고, 정서적으로도 매우 안정되어 있었다. 청춘의 울적함과 자의식과잉의 미로에 빠지는 일도 없이 평탄한 길을 곧장 걸어왔다고 생각한다. 그러나 자기가 그런 타입이다보니 그렇지 않은 것에 강한 흥미를 갖고 있었다. 요컨대…… 소위 '방황하는 청춘'이나 '감정적인 갈등' '인간의 마음속 어둠' 같은 것에.

어렸을 때부터 타인이 부러웠다. 고민에 빠져 허우적거린다든지, 콤플렉스 때문에 괴로워한다든지, 증오를 필사적으로 억누르는, 그런 질척질척한 청춘을 구가하는 인간들이. 그런 족속은 내 눈에 '자기 자신'을 즐기는 것처럼 보였다. 내 눈에 그들이 '나'라는 일인칭을 질리지도 않고 되풀이하는 모습은 막대한 에너지를 허비하는 것처럼 보일 뿐이었다. 나는 그런 식으로는 나를 즐기지 못했다. 그렇게까지 나에게 에너지를 쓸 수 없었다. 나는 내 성능을 잘 알고 있었으므로 그 용도만 생각하면 됐다. 그들처럼 자기 자신을 즐기고 싶다는 생각은 하지 않았지만, 왜 그들이 그렇게 하는지, 어떤 식으로 즐기는지 알고 싶었다.

책 읽기를 좋아했다. 물론 내가 경험한 적이 없는 '방황하는 청춘'과 '감정적인 갈등' '인간의 마음속 어둠'을 알기 위해서였다. 읽으면 읽을수록 더 알고 싶어졌다. 이윽고 나는 현실에 존재하는 이들을 '읽는' 쪽이 더 재미있다는 것을 알았다. 눈앞에서 움직이고, 이야기하고, 활동하는 이들을 '읽는' 편이 훨씬 복잡하고 스릴 넘쳤다. 당연히 금방 다 읽히는 인간도 있고, 책장이 영 넘어가지 않는 인간, 아무리 읽어도 다음 장이 있는 인간 등 가지각색이었다. '읽는' 데 관해서는 탐욕스러운 나는 이내 '읽는 보람'이 더 있는 대상을 찾기 시작했다. 더 긴 책, 더 재미있는 책을. 그 강렬한 흥미가 나로 하여금 이 직업을 선택하게 했다고 할 수 있으리라.

넌 선입견이 없군.

이 일을 시작한 뒤로 주위에서 종종 그런 말을 듣는다. 대개는 칭찬이고, 가끔 빈정거림이었다. 대다수의 동료는 정의감이나 사명감, 문장 수업, 아니면 공명심이나 사회적 지위를 위해, 또는 '매스컴이니까'라는 목적으로 이 직업을 선택한 것이었다.

나는 달랐다. 나는 좌우지간 한 명이라도 더 많이 '읽는 보람'이 있는 인물을 만나고 싶은 마음뿐이었다.

처음에는 만나는 사람들을 '속독'하는 데 열중했던 나도 이곳에 부임해 오고부터는 같은 책을 여러 번 읽거나 차분히 음미하며 읽는 재미를 알게 되었다. 그런 때 나타난 것이 그 남자였다.

보아하니 이매패 같았다.

맛조개 비슷한 것 같기도 했다.

문제는 그 조그만 흑색 타원형 조개껍질에서 길고 굵게 뻗어나온 물렁한 막대기 모양의 것이었다. 크기가 조개껍질의 세 배쯤 됐다. 오히려 지름 5센티미터, 길이 30센티미터의 부드러운 막대기 끄트머리에 얇은 조개껍질이 붙어 있다 하는 편이 맞을 듯했다.

"이게 뭐야?"

다몬은 하얀 스티로폼 상자에 질서 정연하게 나열된 기묘한 흑색 물체를 가리키며 머뭇머뭇 물었다. 아이코는 고개를 살짝 갸웃했다.

"조개야. 이름은 잊었지만, 이쪽 지방 특산 조개. 아마 이 긴 수관을 삶아 먹는 걸걸."

역시 요릿집 여주인답게 이 기분 나쁜 모양새에도 꿈쩍하지 않았다.

"저런, 수관이라고. 이렇게 큰 수관은 처음 보네."

다몬은 오랜만에 사용하는 단어에 감탄하듯 중얼거렸다.

생선가게 앞이었다. 무심코 시선을 돌린 다몬은 처음 보는 물체를 보고 깜짝 놀랐다. 커다란 조개가 든 상자가 여럿 놓여 있었다. 평소 도쿄의 생선가게에서 보는, 대가리와 꼬리가 붙은 생선이나 참치는 거의 보이지 않았다. 게다가 조개도 바지락이나 재첩이 아니라 죄 몸이 크고 신기한 것들뿐이다.

"역시 일본 땅은 넓군. 다들 다양한 걸 먹고 사는구나."

다몬은 이상한 데서 감탄했다. 아이코가 쿡 웃었다.

"개소겡이란 거 알아?"

"아아, '에일리언'이랑 똑같이 생긴 거 말이지? 그거 물고기 맞아?"

"그러게, 뭘까. 구워서 먹는데."

"처음 봤을 땐 정말이지 얼마나 놀랐는지. 머리 모양이나 이빨이 난 느낌이 에일리언하고 똑같잖아. 기거는 에일리언을 디자인하기 전에 개소겡을 본 적이 있었을까. 어째 찜찜하고 싫지 않아? 먹고 나서 얼마 있다가 위를 이빨로 찢고 나올 것 같잖아."

"세상에."

아이코는 쓴웃음을 짓더니 걸음을 뗐다.

바람은 없고 하늘은 무거웠다. 수로를 장식하는 버드나무들도 고개를 수그리듯 잎사귀를 묵직하게 늘어뜨렸다. 아이코가 어딘지 모르게 불안한 표정으로 주위를 둘러보았다. 다몬에게도 불안이 전해졌다. 평온한 거리. 오가는 사람들. 평범한 생활.

대체 여기서 무슨 일이 벌어지고 있는 건가?

지난밤 교이치로와 이야기하며 떠올렸던 공장 창고 안 이송용 침상의 이미지가 문득 머리를 스쳤다.

지금도 이 거리 어딘가에 누워 있을까. 자신이 지금 마시는 공기와 이어진 어딘가에 그 싸늘하고 정밀하게 만들어진 물체가 존재하는 걸까.

그런 생각을 멍하니 하면서도 다몬은 아직 마음속 한구석으로 의심하고 있었다. 장난이 아닐까. 물적 증거는 없다. 인터뷰 테이프와 정교한 복제 손가락과 귀가 있을 뿐. 나머지는 전부 간접 증언이다. 그게 진실이라는 증거는 어디에도 없다. 아이코의 이야기만 해도, 타르 상태가 된 고양이를 봤다고 말만 들었을 뿐 그게 사실인지 아닌지도 모르지 않나.

아이코는 딱딱한 표정으로 옆을 걷고 있었다. 교이치로는 일주일에 한 번씩 시민 대학에서 역사 강의를 한다고 해서, 파출소에서 돌아오자마자 부리나케 도로 나갔다. 몹시 어정쩡하고 불편한 상태로 남겨진 두 사람은 말없이 인스턴트 라면으로 점심을 때운 뒤, 야나쿠라 역사에 힌트가 없을까 해서 도서관으로 가는 길이었다.

"알아. 내 이야기, 반신반의하는 거지? 그럴 만도 하긴 해."

아이코는 굳은 웃음을 띠며 말했다.

"그래, 솔직히 의심하고 있어."

다몬은 순순히 고개를 끄덕였다. 아이코가 노려보았다.

"그렇지만 대부분은 의심하면서도 어딘가에서 확신하고 있지. 그게 사실이라고. 이유가 뭘까. 직감일까. 인간의 직감은 어디서 오는 걸까. 대체 뭘 보고 판단하는 걸까."

말하다보니 그쪽이 궁금해졌다.

"역시 경험 아냐? 자기도 모르는 사이에 주위 상황에서 정보를 얻는 거야. 나도 처음 온 손님이 앞으로 오래오래 찾아줄 사람인지 아닌지 대개 한눈에 알 수 있는걸."

"오, 그건 대단한데. 어떻게 알아?"

"뭐라고 하면 좋을까…… 윤곽이 뚜렷해. 오래 찾아줄 손님은 당연히 파장이 나랑 맞는 사람이 많을 거 아냐? 그러니까 처음 대면해서 이야기했을 때 그 사람한테서 날 향해 길이 열린다고 할지. 그 사람이 가진 '기'가 나한테 흘러오는 느낌이 들거든."

"여자들은 그런 오컬트 같은 이야기를 아무렇지도 않게 하더라."

"어머, 그게 무슨 오컬트야? 다들 많든 적든 그런 경험이 있을걸."

"그야 그렇겠지만. 뭐, 날마다 다양한 사람을 만나는 요릿집 여주인이 경험에서 얻은 직감은 신뢰할 수 있다 치고, 그럼 어린애의 직감은 어때? 어린애는 경험 면에서나 정보 처리 능력 면에서나 미숙한데도 직감이 대단하잖아?"

"어린애는 반대로 정보가 극단적으로 적기 때문에 대단한 게 아닐까? 예컨대 어머니의 표정에만 의지한다거나 말이야. 어떤 한 가지만 주시하면서 그 변화를 예민하게 감지하는 게 아닐까. 애들은 감각이 아직 신선하니까 정보 하나하나가 아주 거대한 거야.

어떤 정보를 어떻게 다룰지 온몸으로 생각한다고 할까."

"흠, 정보가 극단적으로 적단 말이지. 그보다 어린애가 받는 정보가 우리하고 질적으로 다른 게 아닐까. 어른의 정보하고 어린애의 정보는 다르잖아? 느끼는 것도, 필요로 하는 것도, 정보를 처리하는 방식도 달라. 난 반항기가 어린애의 정보 처리 시스템에서 어른의 정보 처리 시스템으로 이행할 때 겪는 혼란이 아닐까 하는데."

"다몬 선배는 반항기 없었지?"

"응."

"선배는 어른의 정보 처리 시스템으로 거의 이행을 안 한 거 아냐?"

"그럴지도 모르지. 하지만 반대로 처음부터 어른의 정보 처리 시스템을 갖고 있었을 수도 있다고."

"아아, 그럴 수도 있겠네."

늘쩡늘쩡 길을 걸으며 이런 이야기를 한다는 것이 어쩐지 현실과 동떨어진 기분이 들었다. 시가지 중심부를 관통하는, 뱃놀이 코스이기도 한 수로를 따라 산책길이 정비되어 있었다. 산책을 좋아해 마지않는 평소의 다몬 같으면 매우 신났을 것 같은 걷기 편하고 아름다운 길이었다. 그러나 지금은 산책길과 붙어 있는 수로에게 감시당하는 기분이 들어 마음이 놓이지를 않았다.

오늘도 불투명하고 무거운 물을 담은 검은 수로는 분명한 존재감을 띠고 그곳에 있었다. 아니, 주위에 사는 인간이 바뀌었을 뿐 그들은 이미 수백 년 전부터 그곳에 있었다. 그들에게는 인간이야 말로 하잘것없고 불확실한 존재인지도 모른다.

"나 친한 친구 중에 니가타의 어느 오래된 집안 딸이 있거든."

아이코가 느닷없이 이야기를 시작했다.

"그쪽 호농은 우리 상상을 뛰어넘더라. 산을 몇 개씩 갖고 있고, 산을 관리하는 사람들을 몇 대 전부터 고용하고 있고, 뭐가 들었는지도 알 수 없는 광이 수두룩해. 뿐만 아니라 자기들 부를 지역 사람들한테 꼬박꼬박 환원해온 거야. 요새 말하는 사회사업이지. 도로를 정비하고, 학교를 세우고, 장래성이 있는 애한테는 장학금을 줘서 상급 학교로 진학시키고. 물론 전후 농지개혁으로 재산을 꽤 많이 잃었고, 지금 사는 저택도 재단법인을 만들어서 보존하는 형태이긴 하지만."

왜 그런지 수로가 꼼짝 않고 아이코의 이야기를 귀 기울여 듣는다는 생각이 들었다.

"그애 이야기를 듣다보면 재미있어. 약간 선배 스타일이거든. 여러 가지가 있는데, 제일 인상에 남은 게 맑은 날에 여자애랑 노는 이야기야."

"여자애랑 노는 이야기?"

"응. 좌우지간 커다란 저택이잖아? 대개는 고용인이 어딘가에 있는데, 가끔씩 그애 눈이 미치는 범위에서 사람이 싹 사라져버리는 때가 있다나. 친구는 네 남매 중 막내인데, 위의 세 오빠랑 나이 차가 많이 나거든. 오빠들은 자기들끼리 밖에 놀러 나가고 그애는 늘 혼자서 놀았어. 그런데 아무도 없고 바람이 불지 않는 맑은 날에만 어디선가 한 여자애가 나타나곤 했대."

"바람이 불지 않는 맑은 날에만? 비 오는 날은 안 돼?"

"응. 어째선지 바람이 불지 않는 맑고 고요한 날에만. 처음엔 콩콩콩 어린애가 툇마루를 걸어오는 발소리가 들린대. 그러다가 친구 방 복도에 면한 장지문에 어린애 그림자가 비치는 거야."

정경이 눈앞에 떠올랐다. 방 안에서 홀로 노는 소녀. 환한 툇마루의 닫혀 있는 장지문. 두둥실 떠오르는 검은 그림자.

"그 친구 이름이 가스미인데, 장지문 밖에서 여자애 목소리가 들린대. '가스미, 나비 잡으러 가자' 하고."

"저기, 이거 괴담이야?"

다몬은 어쩐지 섬뜩한 기분이 들어 주저주저 물었다. 아이코는 웃으며 고개를 저었다.

"에이, 아냐. 무서운 이야기 아니라니까. 친구는 고용인이나 어느 집 애일 거라고 생각하고 문을 열거든. 그런데 거기 서 있는 여자애가 뜻밖에도 친구랑 비슷한 또래에 좋은 옷을 입은 애인데, 금발에 눈이 녹색이래."

"하지만 일본어로 불렀다며?"

"응. 말은 일본어인데 생김새는 완벽한 외국인. 친구는 당연히 놀랐지만, 어린애겠다, 말은 통하겠다, 누가 데려왔겠지 생각하고 같이 놀았대. 친구는 내성적인 어린애였기 때문에 집에서 놀자고 하고 인형놀이랑 종이접기를 하면서 얼마 동안 놀았나봐.

그런데 두 시간쯤 지나니까 그애가 쓱 일어나 나가더니 장지문을 닫고 어디론가 뛰어가버렸어. 그러고 나서 외출했던 사람들이 우르르 돌아왔는데, 친구가 설명해도 다들 그런 애는 모른다고 하더래."

"저런, 외국인 꼬마 정령이라니 신기한걸."

"그렇지? 친구도 이상하다 싶긴 했지만 그렇게 깊이 생각하진 않았나봐. 그런데 그 뒤로도 그 여자애가 몇 번 찾아와서 같이 놀았대. 늘 '나비 잡으러 가자' 하면서 왔다지 뭐야. 친구는 늘 집에서 놀자고 대답하고 안에서 놀았는데, 지금도 가끔씩 만약 '그래' 하고 그 여자애를 따라갔으면 어떻게 됐을까 생각해본대."

"혹시 나비 유령 아냐?"

"에이, 아무리."

"하지만 바람이 불지 않는 맑은 날이란 건 나비가 날아다닐 날씨로는 더할 나위 없잖아? 나비는 체온이 조금이라도 내려가면 날지 못한다니까. 그 여자애가 늘 바람이 불지 않는 맑은 날에 나타난 건 그래서 그런 걸지도. 게다가 일본에선 예로부터 나비는 죽은 이의 심부름꾼이라고 하잖아."

"아아, 나도 들은 적 있어. 나비는 인간의 영혼을 상징한다는 이야기 말이지? 하지만 나비 유령이면 별로 멋이 없는데. 외국인이겠다."

아이코는 불만스러운 표정이었다.

"왜 갑자기 그 이야기가 생각난 건데?"

다몬이 묻자 아이코는 잠시 침묵했다.

"그애, 그런 타입이 전혀 아니거든. 초자연적인 데 빠져들 타입이 아냐. 지금은 인공지능과 일본어의 관계를 연구하는 어엿한 연구자고. 그런 그애가 진지한 얼굴로 이런 말을 한 적이 있어. 일본인의 뇌는 벌레 울음소리라든지 빗소리처럼 본디 인간의 뇌가 잡음으로 처리해야 할 걸 정서를 관장하는 부분을 써서 듣는다는 유명한 이야기가 있잖아? 그런 말을 다른 데에 관해서도 적용할 수 있지 않을까 싶다는 거야."

"다른 데라니?"

"그러니까 원래 단순한 현상으로 처리해야 할 것에 다른 의미를 부여해서 정보 처리를 하는 바람에, 보통은 보일 리가 없는 게 정말로 보이는 경우가 있는 건 아닐까 하는 거지."

"간단히 말하자면?"

"이를테면 적외선 카메라. 캄캄한 데서는 아무것도 안 보이지. 인간한테는 그게 당연해. 능력을 뛰어넘는 일이니까. 하지만 적외선 카메라는 다르거든. 어둠 속에서도 보여. 인간의 눈이랑은 다른 접근 방법으로 눈앞의 정보를 처리하니까. 마찬가지로 주위로부터 받아들이는 정보를 자기 안에서 처리할 때 보통하고 다른 방식으로 구성하는 사람은 환영이 아니라 정말로 다른 게 보이는 게 아닐까 하는 거지. 무슨 뜻인지 알겠어?"

"그거 초능력하고는 다른 건가? 인간이 적외선 카메라 급의 시력을 갖고 있으면 초능력이라고 하지 않아?"

"그런 뉘앙스가 아냐. 어디까지나 정보의 취사선택 방식이 다를 뿐인 거야. 음, 예를 들면 말이지, 남편이랑 처음 사귀기 시작했을 때 도쿄에서 당시 인기가 있던 레스토랑에 갔거든. 그런데 우연히 그날은 꽤 한산했어. 난 재수가 좋았다고 기뻐했는데, 남편은 이래선 인건비도 안 나오겠다고 중얼거리지 뭐야. 아아, 장사꾼이란 이런 거구나, 하고 놀랐던 게 지금도 인상에 남아 있어. 그이는 음식점에 들어갔을 때 똑같은 걸 봐도 생각하는 거랑 파악하는 부분이 나랑 전혀 달라. 난 테이블에 장식한 꽃을 보고 어머, 고상하고 좋구나, 그냥 그렇게 생각하고 말거든. 하지만 그이는 가게 위치나 주위 환경을 체크하고 임대료가 얼마, 꽃값 얼마, 세탁비 얼마, 하고 자연히 값을 매겨. 이건 아주 대략적인 예지만, 본다는 행위를 할 때 무의식 차원에서 주위에서 얻는 정보의 취사선택을 하는 게 아닐까 한다는 거지."

"아아, 그렇군."

"그런 식으로 생각하면 뭐가 확실하게 존재하는지 알 수 없다는 생각 안 들어? 애초에 본다는 것 자체가 원래는 주관적인 행위잖아? 아무리 머리가 좋아도, 돈이 많아도, 타인이 보는 거, 느끼는 건 어차피 한평생 체험할 수 없잖아."

"으음, 그러니까 재미있는 게 아닐까? 다들 서로 생각하는 걸 완벽하게 알 수 있다면 언어도 문자도 발달하지 않았을지 모른다고."

"선배다운 생각이네."

"아, 저기 아냐, 도서관?"

다몬은 앞쪽에 보이는 새 건물을 가리켰다.

시내 중심부 수로에 면한 그 건물은 눈에 익었다. 배를 탔을 때 도중에 본 기억이 있었다. 분홍색 리본을 단 털 긴 강아지가 주인을 기다리는지 따분한 얼굴로 입구 기둥에 묶여 있었다.

도서관이 시 박물관을 겸하는지, 칸막이로 구분된 부스에 수로의 역사를 설명하는 코너가 있었다. 영상 자료도 충실해서, 다몬과 아이코는 진지한 얼굴로 야나쿠라의 역사를 경청했다. 지난번 교이치로에게 들은 설명과 거의 일치했다. 그러나 다몬은 교이치로의 설명에서 빠진 것이 하나 있음을 발견했다. 야나쿠라 성이 '물의 성'이라 불린 연유다. 교이치로는 해자로 둘러싸인 성이라 그렇다고만 했으나, 사실은 더 큰 이유가 있었다. 적이 성 가까이까지 닥쳐왔을 경우, 평소 물길을 막는 수문을 열어 어느 높은 지역을 제외한 성 밖 일대를 물에 잠기게 한다는 물귀신 같은 기술이 있었던 것이다. 실제로 그 기술을 쓴 적은 없었던 모양이다. 하기야 그런 엄청난 기술을 쓴 적이 있었다면 야나쿠라가 지금 같은 형태로 남아 있을 리가 없다.

"좋은 도서관이네. 집 근처에 이런 데가 있으면 매일 들락거릴 텐데."

아이코가 감탄한 것처럼, 안락하고 쾌적한 도서관이 안쪽으로 이어져 있었다. 천장이 높고 서가가 여유 있게 배치된 데다 잡지도 충실하게 구비되어 있다. 벽 높은 곳에 채광창이 크게 나 있고, 독서 공간도 충분하다. 은퇴생활을 보내는 듯한 남자 몇몇이 창가 소파에 앉아 신문을 읽고 있다. 어린이 책과 그를 위한 독서 공간이 큰 부분을 차지하고 있지만, 아직 하교시간 전이라 그런지 학교 다닐 나이가 아닌 어린애와 어머니가 조용히 그림책을 보고 있을 뿐이었다.

도서관에 들어가면 언제나 마음이 놓인다. 정밀한 공기. 늘 말끔하게 정리되어 있는 책들. 믿음직한 질서. 어째선지 보호받는다는 안심이 든다.

각자 이 서가 저 서가로 떠돌던 두 사람은 이윽고 향토사 코너로 향했다. 일본 전국의 수로가 있는 도시들이 연대해 발행하는 잡지. 아리아케 해의 생태도감. 시인과 작가가 여럿 살았던 고장답게 순수문학 동인지도 눈에 띄었다.

두 사람은 저마다 책이며 잡지를 빼들고 자기들이 찾는 것인 듯한 것(그게 무엇인지는 두 사람 다 잘 알지 못했으나)을 찾아 열심히 뒤적였다.

다몬은 막연히 '갓파'에 관한 내용을 찾았는데, 그가 원하는 것 같은 자세한 기술은 없었다. 바다를 건너온 갓파가 수로에 정착했다는 그저 그런 토속적 전설이 소개되어 있을 뿐이었다. 아이코는 하쿠슈가 좋아했다는 수로 풍경을 찍은 사진집을 열심히 들여다보고 있었다.

서가 앞에서 책을 찾던 다몬은 문득 귀를 기울였다.

뭐지, 이 소리?

다몬은 신경을 집중시켰다.

이 소리. 낮은 소리. 어디서 들은 적이 있는 소리. 어디였나. 어디에서 이 소리를?

다몬은 그 소리가 들리는 방향으로 가려고 한 걸음 내디뎠다.

그때였다.

아이코가 흠칫했다. 다몬도 마찬가지였다. 그들만이 아니었다. 근처 접수처에 앉아 있던 여자 사서도 동시에 얼굴을 쳐든 것이 얼핏 눈에 들어왔다.

그 순간 도서관 안에 있던 사람들을 일제히 긴장시킨 것은 무엇이었나.

뇌운이 다가오면 공기가 무거워지면서 정전기를 느낄 때가 있다. 벼랑이 무너지기 전에 산울림을 들었다는 사람이 있다. 그런 것과 비슷했는지도 모른다. 그때 소리나 움직임을 느끼기도 전에 그들은 어떤 커다란 것의 기척을 감지한 것이다. 좀더 구체적으로 말하자면 명백한 살기를.

아이코와 다몬은 자기들을 움찔하게 한 것의 정체를 서로의 표정에서 찾으려 했으나, 그저 혼란만 증폭됐을 뿐이었다.

별안간 주위가 어두워졌다는 느낌이 들었다. 전구가 나가기 직전 같은 어둠이었다.

도서관 안이 어두워진 게 아니라 밖이 어두워졌음을 깨달았다.

두 사람의 시선은 자연히 커다란 창문을 향했다.

창가에 앉아 있던 노인도 엉거주춤 일어나 밖을 보고 있었다.

물보라가 철썩 창유리를 쳤다.

비가 또 오나?

다몬은 창유리를 응시했다. 그러나 물보라는 물보다 점도가 높았다. 창유리 위를 타고 천천히 미끄러져 내려간다. 그 너머로 일그러진 나무들이 보였다.

아무도 움직이지 않았다. 온몸이 눈이 된 양 창문만 뚫어지게 응시했다.

침묵이 흘렀다.

완전한 무음.

그것이 이제부터 일어날 일의 전조임을 모두가 마음 한구석에서 예감하고 있었다.

별안간 비처럼 쏴, 하는 소리가 났다.

시선이 저절로 그쪽을 향했다.

물의 막이 유리창 밑에서 위를 향해 빠른 속도로 올라갔다. 삽시간에 창유리 너머 풍경이 일그러졌다. 노인이 새파랗게 질린 얼굴로 허겁지겁 창가에서 떨어졌다.

삐걱, 하고 섬뜩한 소리가 나더니 건물 전체가 흔들렸다. 얼어붙은 비명이 터져나왔다.

물의 막이 도서관을 집어삼킨다.

"앗…… 저거……."

아이코의 쉰 목소리에 돌아본 다몬의 눈에 그것이 들어왔다.

열려 있던 도서관 입구로 흡사 투명한 비닐 융단을 깔듯 두께가 대략 5센티미터 되는 물의 막이 소리도 없이 천천히, 그러면서도 확실하게, 안으로 들어왔다. 끈끈한 물엿처럼 말린 끄트머리가 도서관 내부의 조명을 반사했다.

다몬은 갑자기 스티브 맥퀸이 나온 영화가 생각났다. 그가 젊었을 때 출연한 B급 SF호러영화다. 우주에서 온 물컹한 아메바 같은 물체가 점점 인간을 집어삼킨다. 액상 괴물이니 환기구나 배수구를 타고 어디로나 침입할 수 있다. 괴물은 인간을 삼켜 부쩍부쩍 커진다. 시내에 소동이 벌어지고 사람들이 갈팡질팡 도망친다. 스티브 맥퀸은 머리를 포니테일로 묶은 애인에게 상황을 필사적으로 설명하려 한다. "믿기지 않겠지만 실은," 그는 설명할 말을 찾지 못한다. 당시 스티븐 맥퀸은 연기를 참 못했던 터라, 영화를 보던 다몬은 이래서야 애인은 고사하고 지금까지 경위를 봐온 관객조차 믿지 못하리라고 생각했다.

이 상황을 나중에 잔에게 어떻게 설명하면 좋을까? 그녀는 연애에 관해서는 다소 과도하게 낭만적인 면이 있지만, 그 밖의 분야에서는 빈틈없는 논리를 전개하는 철저한 현실주의자다. 그래서 도서관에서 무슨 일이 있었다고? 그녀가 그를 똑바로 보면서 물으면 뭐라 설명할 자신이 없다. 아니, 그게 말이지, 소리도 없이 스윽 하고 들어왔다고. 그래, 한낮의 도서관에. 생긴 건 꼭 아사다 목사탕의 시럽 타입. 어? 아, 응, 말하자면 물엿이야. 내가 어렸을 땐 감기 걸리면 그걸 먹을 수 있다는 게 내심 즐거움이었거든. 그걸 확 쏟은 것처럼 도서관 안으로 조용히 흘러들어온 거야. 흠, 그래서?

별안간 어디선가 분홍색 고무공이 굴러와 '그것'의 끄트머리를 들이받았다.

'그것'의 끄트머리에 분홍색 둥근 그림자가 비쳤다. 공은 잠시 통통 튀더니 '그것' 위에 올라앉았다.

흠칫 놀라 공이 굴러온 방향을 보니, 조금 전 어머니와 함께 그림책을 읽던 남자애가 어리둥절한 얼굴로 공을 쫓아 뛰쳐나왔다. 뒤에서 어머니가 비명을 지르며 아이의 이름을 부르짖었다.

"아."

그때까지 바닥을 뒤덮듯 미끄러지며 나아온 '그것'에 공이 올라앉은 순간, '그것'은 딱 멈추었다.

남자애도 흠칫해서 멈춰섰다.

스톱모션 같은 장면.

역시 입을 여는 사람은 아무도 없었다.

한순간 침묵이 흐른 뒤, '그것'은 돌연히 후퇴하기 시작했다.

위에 고무공을 얹고 있다. 얼핏 보면 바닥에서 5센티미터쯤 공중에 뜬 공이 현관 쪽으로 날아가는 것처럼 보였다. 바닥에 비친 공 그림자가 '그것' 너머로 보였다. 꼭 필름을 거꾸로 돌리는 듯했다.

동시에 창문을 덮고 있던 일그러진 막도 걷혔다. 순식간에 관내가 밝아졌다. 그들은 꿈에서 깬 사람들처럼 창문과 천장을 둘러보았다.

다몬은 느닷없이 현관을 향해 달려갔다. 아이코가 따라오는 소리가 등뒤에서 들려왔다.

'그것'은 너무나도 신속하게 퇴장했다.

두 사람이 밖으로 뛰쳐나왔을 때는 이미 아무것도 보이지 않았다.

흐린 하늘. 현관 앞 포석을 깐 공간은 계단 모양으로 어두운 수로로 이어졌다. 수로 저편에서 느긋이 다가오는 돈코배가 보였다.

시간이 동강난 것 같은 기이한 감각이었다. 어딘가가 잘려나가고 모든 게 여느 때와 같은 시간의 흐름으로 돌아와 있었다.

아이코가 말없이 옆에 섰다. 뒤에서 도서관 안에 있던 사람들이 머뭇머뭇 밖으로 나왔다.

"방금 그게 뭐야?"

아이코가 뻣뻣한 목소리로 물었다.

뒤에서 남자애가 쪼르르 달려와 수로 속을 가리켰다.

다몬은 철렁했다.

선명한 분홍색 고무공이 물 위에 둥둥 떠 있었다.

"캐시? 캐시, 어디 간 거냐?"

혼란에 빠진 노인의 목소리에 다몬은 돌아보았다. 창가에서 신문을 읽던 노인이 로터리에서 두리번거리며 뭔가를 찾고 있었다.

"캐시?"

아이코가 의아한 표정으로 다몬을 보았다.

다몬은 현관 기둥을 턱짓으로 가리켰다. 줄만 힘없이 기둥에 묶여 있었다.

"······저기 묶여 있던 개 말이야."

극도의 긴장을 겪은 뒤의 이완이 커피 향과 더불어 침체된 공기를 자아내고 있었다.

테이블 위 재떨이와 성냥. 생방송 뉴스쇼가 나오는 식기장 옆 텔레비전. 분홍색 공중전화 앞에 나열된 신문. 그런 진부하고 일상적인 물건이 신선한 현실로 비쳤다.

이렇게 찻집에 아이코와 마주 앉아 있으려니 더더욱 학창시절로 돌아간 기분이 들었다.

당시 다몬이 늘 어울려 다니던 친구가 아이코의 친한 친구와 사귀었던 터라 곧잘 넷이서 술을 마시곤 했다. 아이코는 술도 세고 말재주도 있었으므로 그녀가 없으면 분위기가 살지 않았다. 당연히 커플 두 사람이 먼저 가고 나서 다몬과 아이코만 남는 상황도 자주 있었지만, 어째선지 두 사람은 낭만적인 관계로 발전하지 않았다. 눈앞에 이미 사귀는 커플이 있으면 나머지 두 사람이 사귀는 것은 너무나도 안이한 전개라는 생각이 들었거니와, 다몬은 당시 같은 학년에 사귀는 여자친구가 있어 여느 때처럼 일방적으로 사랑받고 있었다. 그렇다보니 다몬의 친구와 아이코의 친구 커플이 깨지고 나서는 그가 아이코와 술을 마실 기회가 거의 없어지고 말았다. 하기야 그때는 이미 교이치로와 우정이 확고하게 자리잡은 뒤였지만.

"그 맛없는 술을 참 잘도 마셨지."

다몬이 중얼거리자, 아이코도 당시를 떠올렸는지 비로소 활짝 웃었다.

"그러게. 대학가의 청주랑 위스키는 두 번 다시 마실 생각 없어."

"그땐 돈이 없었으니까."

"다케다 선배, 졸업하고 나서 만났어?"

"졸업하고 이삼 년은 가끔 만났는데, 녀석이 오사카로 전근 간 뒤로는 결혼식 이래로 못 만났는걸. 유코는?"

"나도 비슷해. 회사 다닐 땐 만났는데 지금은 연하장만 주고 받아."

"뭐, 원래 그렇지. 이상한 일이지. 당시엔 같이 있는 시간이 가족보다도 길었는데 지금은 이렇게 멀어졌다니."

아이코는 바깥 도로를 오가는 차들에 시선을 돌렸다.

"나, 마유 선배한테서 전화 많이 받았어."

"뭐?"

예전에 사귀던 여자 이름을 들으면 어째서 이렇게 가슴이 철렁 내려앉는 걸까.

"우리가 넷이서 술 마시는 게 마음에 안 들었나봐."

"어쩔 수 없어. 그 친구는 늘 둘이서만 있고 싶어했으니."

"넷이서 술 마신 걸 알면 꼭 나한테 전화하곤 했어. 딱히 뭐라고 그러는 건 아냐. 연락 사항이니 뭐니 하면서 아무래도 상관없는 잡담을 하는 거야."

"전혀 몰랐네. 내 앞에선 그런 눈치를 안 보였는데. 아이코 귀엽지, 하면서 여유를 부렸다고."

"다몬 선배는 미녀한테 열렬하게 사랑받을 운명을 타고난 거 아냐? 난 부럽더라, 마유 선배의 솔직함이."

"아이코는 솔직하지 않았어? 그렇게 안 보이던데."

"난 정직하지만 솔직하진 않거든."

"그거 양립되는 건가?"

"양립돼. 내 안에선."

"여자는 재미있단 말이지. 내장된 벡터의 방향이 전혀 달라."

"또 이상한 소리 하려는 거지?"

아이코는 경계하는 표정으로 커피를 마셨다.

"방 안에 이렇게 화살표 모빌이 잔뜩 매달려 있다 쳐."

다몬은 두 손으로 방을 나타내는 상자를 만들어 보였다.

"남자는 말이지, 가끔 따로 노는 녀석도 있지만 대개는 화살표가 같은 방향으로 잔뜩 매달려 있거든. 하지만 여자는 방향이 다른 화살표가 잔뜩 매달려 있는 거야. 그렇기 때문에 남자는 자기 화살표하고 여자 화살표의 방향을 맞추려고 하는데, 여자 화살표는 방향이 전부 같은 게 아니니까 어느새 다른 화살표하고 정면충돌한다든지 입체적으로 교차하고 그래."

"이번엔 무슨 말인지는 알 것 같네."

아이코는 또다시 밖으로 시선을 돌렸다.

"있지, 선배는 정말 부인을 사랑해?"

다몬은 움찔해서 커피를 마시던 동작을 멈추었다.

"뜬금없이 무슨 소리야?"

"하긴 말하기 쉽지 않겠지. 그럼 마유 선배는? 선배는 늘 상대방한테 일방적으로 사랑받고 휘둘리는 패턴이잖아? 선배가 먼저 적극적으로 좋아해본 적은 없어?"

"으음, 글쎄. 내가 먼저 뭘 해본 기억이 그러고 보니 없는걸. 난 좋아해도 멀리서 지켜보는 타입이라."

다몬은 커피를 한 모금 마시고 말을 이었다.

"실은, 방금 그 질문 자주 듣는단 말이지. 한동안 난 다른 사람을 사랑할 수 없는 불완전한 인간이 아닐까 하고 꽤나 심각하게 고민했는데, 결국 '난 사랑받는 남자다' 하고 깨끗이 받아들이기로 했어."

"그거 굉장한 말이네. 다몬 선배 아니었으면 '웃기고 있네, 이 나르시시스트 같으니라고' 하고 핸드백으로 후려갈겼을 거야."

"그건 다행이군. 하지만 그런 뜻이 아니야. 마유도 그렇고, 잔도 그렇고, 뭐랄까, 능동적으로 사랑하는 것으로만 애정표현을 할 수 있는 사람이 있잖아? 느긋하게 애정에 싸여 있고 싶다든지 상대방한테 언제까지고 소중히 여겨지고 싶은 게 아니라 어디까지나 자기가 주체적으로 사랑하고 싶은 사람."

"응, 있지."

"그러니까 내 경우엔 수동적으로 사랑받는 게 애정표현인 거야."

"그게 무겁게 느껴질 때는 없어?"

"딱히 없어. 이게 내 재능이거든. 애정을 얼마든지 순순하게 누릴 수 있는 점이."

"아닌 게 아니라 재능이네. 나한텐 무리야."

아이코는 한숨을 쉬었다.

문득, 공포와 애정은 비슷하다는 생각이 들었다. 바로 몇십 분 전에 눈앞에서 벌어진 사건으로 자신과 아이코는 가치관이 달라질 만큼 큰 공포를 맛보았을 터였다. 그런데도 이 한가로운 대화란. 자기들이 이야기해야 할 것은 따로 있을 텐데. 그러나 아닌 게 아니라, 영화에서나 소설에서나 공포는 애정을 낳는 게 정석이다. 공포를 같이 체험함으로써 사랑 에너지가 증강된다. 공포에 관해 이야기하다보면 그 반동으로 사랑에 관해 이야기하고 싶어진다. 사람들은 공포를 이야기함으로써 사랑을 이야기하는 것이다.

조금 전 있었던 사건의 흔적은 도서관에 무엇 하나 남지 않았다. 고무공이 수로에 떠 있고, 기둥에 묶여 있던 개가 사라진 것 말고는. 개도 끈이 풀려 어디론가 가버린 것뿐인지도 모른다.

그때 그곳에 있던 사람들은 자신들이 맛본 감정이 믿기지 않는다는 양 "방금 그게 뭐였죠?" 하고 저마다 이야기했다.

커다란 트럭 같은 게 지나가면서 그 진동으로 물이 튀었을까요. 그러고 보니 호안 공사에 쓰는 큰 기계를 실은 차가 땅을 엄청나게 울리면서 지나가는 바람에 놀란 적이 있어요. 하여간 문제라니까요.

다몬은 사람들이 변명처럼 주고받는 대화를 들으며 현관 근처

카펫에 살며시 손을 대보았다.

물기는 없었다. 현관도, 그 주변 바닥도 물의 막이 지나간 흔적이 전혀 없었다.

사람들은 일상을 되찾고 상식의 틀 안에서 사건을 처리한 듯했다. 오늘 밤 저녁식탁에서 그들은 가족들에게 그 사건을 어떻게 이야기할까.

아니면…… 이곳 사람들은 그렇게 처리하는 데 익숙한 걸까?

"선배, 저기 봐."

아이코의 어조에 다몬은 흠칫 놀랐다.

"저거, 하쿠우야."

아이코가 가리키는 방향을 보았다.

도로 건너편을 흰 고양이가 두리번거리며 걷고 있었다. 아닌 게 아니라 눈에 익은 등의 라인은 하쿠우가 분명했다. 뭔가를 찾는 듯했다.

"저 녀석, 이런 데도 행동반경 안이었나."

"어디 가는 걸까?"

―어딘가에 분명히 있을 텐데.

문득 교이치로의 목소리가 머릿속에 되살아났다.

―몇 번 하쿠우를 미행해보기도 했네만, 상대가 고양이다보니 늘 놓치고 마는군.

"쫓아가자."

다몬은 무의식중에 일어나 계산서를 집었다.

Chapter VII

내가 그를 처음 만난 것은 이곳에 부임한 지 얼마 되지 않았을 때였다.

본사 정치부와 180도 다른 이곳에서는 무슨 일을 하려해도 나밖에 없는 데다 시간이 어찌나 천천히 가는지 처음에는 당황스러웠다. 그러나 취직하고 급격히 감소했던 독서량이 부활하면서 체계를 세워 계획대로 책을 읽을 수 있어 기뻤으려니와, 여기저기 차를 몰고 다니면 지방의 현상이 '읽혀서' 재미있었다. 물론 사람을 만나는 일도 아주 좋아하지만, 그렇다고 고독이 싫은 것은 아니었다. 오히려 대부분 사람보다는 고독에 강하다고 생각한다. 인간은 혼자서는 살아갈 수 없지만, 혼자서 아무것도 못 하는 것은 아니다. 고향에 있는 어머니는 밤낮이 따로 없는 정치부 시절에는 내가 건강을 해치지 않을까 걱정하더니, 야나쿠라에 부임했을 때는 젊은 사람이 많지 않은 곳에서 좋은 반려를 못 찾는 게 아닐까 걱정했다.

학창 시절부터 사귀는 여자는 없지 않았지만 대개 차이고 끝났다. 당신은 혼자 완결되어 있다. 당신은 나를 필요로 하지 않는다. 그들은 늘 그렇게 말하며 나를 떠났다. 아닌 게 아니라 맞는 말이었으므로 붙잡을 생각도 들지 않았다. 지금도 이성 친구는 몇 명 있지만 관계가 진전될 조짐은 없다. 내가 그럴 마음이 없음을 그들도 어렴풋이 눈치채고 있다.

나는 타인에게 선입견을 갖지 않지만 인상은 중요시한다. 처음에 주어지는 정보에서 읽어낼 수 있는 것이 중요하기 때문이다. 첫인상으로 판단하지 말라고들 하지만, 장기적으로 보면 맨 처음 인상이 들어맞을 때가 많다.

그 남자를 처음 보자마자 주의가 끌렸다.

얼굴이 재미있게 생긴 사람이다. 대뜸 그런 생각부터 들었다.

야나쿠라 중심부에 살던 부부의 실종사건 때 도쿄에서 내려온 그는 실종된 남자의 형이었다. 도쿄의 한 사립대학에서 역사학을 가르친다고 했다.

결코 미남은 아니었으나, 길이 잘 든 도구처럼 일종의 아름다움이 느껴지는 얼굴이었다. 뚜렷한 눈초리 안쪽에 범상치 않은 지성과 교양이 깃들었음을 알 수 있었다. 오랜 세월 학문의 길을 걸어온 사람에게는 특유의 표정이 있다. 나는 그런 사람을 보면 잘 정돈된 책꽂이에 신문 수십 년 분이 쌓여 있는 장면이 생각난다. 그러나 그 남자는 커다란 항아리에 든 묵은 술을 연상케 했다. 낡은 오두막 안의 표면에 물방울이 맺힌 항아리. 속에서는 아직도 발효가 진행중이라 이따금 거품이 떠오른다. 숙성이라는 연금술적 노회함과 항상 변화를 계속하는 생생함. 그 남자 안에서는 그런 일견 모순된 것이 밀치락달치락하는 것처럼 보였다.

이 남자는 무슨 생각을 하고 있을까.

나는 여느 때처럼 싹싹하게 명함을 내밀며 인사했다. 그는 냉담하게 응했다.

  경찰에게서 얻은 정보와 이웃의 정보를 제공하면서 은근슬쩍 그에게서도 이야기를 이끌어냈다. 그는 나와 눈을 마주치지 않고 잠자코 내 이야기를 들으면서 동시에 활발히 사고했다. 나는 그 표정을 하나도 놓치지 않으려고 주의 깊게 관찰했다.

  이 남자는 무슨 생각을 하고 있을까?

  고양이를 추적한다.

  대체 얼마 만에 이런 일을 하는 걸까?

  문득 코언저리에서 그리운 냄새가 났다. 기억 밑바닥에서 되살아나는 냄새다. 고양이를 뒤쫓으며 놀던 무렵의 풀숲 냄새, 뒷골목 냄새, 공장지대 냄새. 예전에는 소리와 냄새를 의지해 세계 전역의 낮은 곳을 뛰어다녔다. 모퉁이를 돌면 소년시절에 살던 이국의 뒷골목이 펼쳐져 있을 것 같은 착각이 들었다.

  하쿠우는 경쾌한 발걸음으로 도로를 나아갔다. 다몬과 아이코는 조금 거리를 두고 미행을 계속했다.

  "어라?"

  눈에 익은 곳이 나왔다.

  도서관 로터리. 하쿠우는 주저하지 않고 아까 개가 묶여 있던 기둥 앞으로 다가갔다. 무슨 흔적을 찾듯 기둥 주위를 이리저리 돌아다녔다.

―저 녀석은 재능이 있거든.

또다시 교이치로의 목소리가 되살아났다. 그렇다면 하쿠우는 역시 이곳에서 무슨 일이 일어났다는 냄새를 맡은 것이다. 아이코도 그것을 알아차렸는지 숨죽이고 하쿠우의 움직임을 주시했다.

이윽고 하쿠우는 계단 모양의 수로로 다가가더니 수로를 따라 이리저리 돌아다니기 시작했다.

"뭘 찾는 거지?"

"글쎄…… 아, 간다!"

하쿠우는 뭔가를 발견한 것처럼 걷기 시작했다. 다급히 뒤를 좇았다.

고양이를 따라가기가 이렇게 어려울 줄이야. 다몬과 아이코는 가슴을 졸이며 하쿠우를 쫓아가야 했다. 고양이와 인간은 공간을 파악하는 방식이 전혀 다르다. 인간은 곧장 나아가는 재주밖에 없지만, 고양이에게는 담장 위나 산울타리 밑 틈새 같은 사선의 벡터가 존재한다. 곁에서 보기에 다몬과 아이코는 대단히 우스꽝스럽고 위험한 어른 이인조로 비쳤을 것이다.

하쿠우의 뒤만 충실히 쫓아가다보니 어느새 남의 집 마당이나 밭에 들어와 있곤 했다. 이거 큰일났다고 도망치는 사이에 신발이 진흙투성이가 되고 말았다.

투덜거리며 골목을 달려가니 또 어느 집 담장 산울타리로 숨어드는 하쿠우가 보였다.

"아이고야."

"잠깐만. 저 너머는 수로야. 수로를 따라갈 게 틀림없으니까 우리가 앞질러 가 있으면 나올 거야."

아이코가 다른 방향으로 달리기 시작했다. 다몬도 고개를 끄덕이고 방향을 바꾸었으나, 그때 퍼뜩 의문이 떠올랐다.

"어라? 하지만 수로를 따라 오른쪽으로 갈지, 왼쪽으로 갈지 모르는 거잖아."

"하쿠우는 하류로 향하고 있단 말이야. 되돌아가지는 않을 거야."

아이코가 다몬을 흘깃 돌아보며 확신에 찬 목소리로 말했다.

하류.

도로를 달려가자 앞쪽에서 하쿠우가 훌쩍 뛰어나와 돌다리를 건너는 모습이 보였다.

하류에 무엇이 있다는 말인가.

고양이의 움직임은 꼭두각시 인형과 비슷하다. 유연하다가도 이따금 유난스럽게 작위적이고 어색해진다. 저속 촬영으로 동작이 강조되는 동안 시간이 느려진다. 고양이 머릿속에서는 시간이 늘어났다 줄어들었다 하는지도 모른다.

하쿠우는 꼬리를 꼿꼿이 세우고 거침없이 나아간다. 마치 꼬리를 안테나 삼아 우주에서 날아오는 정보를 수신하는 것처럼.

아닌 게 아니라 하쿠우는 뱃놀이 코스를 따라 하류로 내려가는 것처럼 보였다.

두 사람은 말없이 고양이를 쫓아갔다. 이렇게 작정하고 뛰기는 오랜만이었다. 다리가 다소 무거워졌으나 온몸에 들러붙는 듯한 긴장감이 그에 앞섰다.

기묘한 추적은 계속되었다. 폐가 뒷마당을 지나, 풀이 무성한 공터를 지나, 질척한 밭을 넘었다. 그래도 하쿠우를 놓치지 않은 것은 요행이라 할 수밖에 없었다.

흐린 하늘 바깥쪽에서 또다시 날이 저물려 하고 있었다.

"스이텐 궁이야."

아이코가 나지막이 중얼거렸다.

뱃놀이 코스 종점이자 야나쿠라를 흐르는 수로의 물이 모두 모여드는 곳이기도 했다. 어선 정박장이 근처에 있고, 아리아케 해가 그곳에서 멀지 않다.

바다의 조짐.

공기에서 어렴풋이 바다 냄새가 났다.

앞을 가는 하쿠우도 바다 냄새를 맡았을까. 별안간 속도를 높여 뛰기 시작했다.

"아!"

두 사람도 허둥지둥 걸음을 빨리 했다.

하쿠우가 좁은 골목으로 뛰어들었다.

두 사람이 골목에 당도하기까지 십 초 정도 지체되고 말았다.

모퉁이를 돌자, 고요하고 오래된 거리가 구불구불한 길을 따라 이어졌다. 아무도 없이 조용한 골목. 하쿠우는 그림자도 없었다.

"아뿔싸."

두 사람은 골목을 걸으며 하얀 고양이를 찾았으나, 여러 모퉁이 중 어디를 돌았는지 도무지 알 수 없었다. 놓쳤다는 확신이 낙담이 되어 어깨와 다리를 묵직하게 짓눌렀다.

"어디로 사라졌을까."

아이코는 포기가 안 되는지 땀이 맺힌 얼굴로 주위를 두리번거렸다.

두 사람은 되돌아가지도 못하고 막연히 어선 정박장 쪽으로 느릿느릿 걸어갔다.

야나쿠라의 물이 나가는 최종 출구인 수문 너머에 소형 어선이 줄줄이 늘어서 있었다. 멀리 커다란 타원형 목조 다리의 검은 실루엣이 떠 있었다.

어딘지 모르게 애달프고 정겨운 풍경이었다. 조그만 회색 게가 콘크리트 위를 수없이 기어다녔다.

다리 너머로 아리아케 해와 연결되는 널찍한 외곽 수로가 보였다. 물 위에 부는 약한 바람에서 탁 트인 공간이 그 너머에 있다는 예감이 느껴졌다.

하쿠우는 대체 무엇을 쫓아 수로를 내려간 걸까? 이 풍경 어딘가에 녀석이 쫓아간 것이 존재하고 있을까?

문득 찢어진 복제 손가락과 귀가 떠올랐다.

"오늘 밤도 하쿠우가 선물을 들고 오려나."

다몬이 그렇게 중얼거리자 아이코가 얼굴을 한껏 찌푸렸다.

"그런 선물은 보고 싶지 않아. 그만 가자."

화가 난 것처럼 걷기 시작한 아이코의 뒷모습을 보며 다몬은 머리를 긁적였다. 그녀를 따라 걸음을 떼려다가 문득 뒤를 돌아보았다.

누가 보고 있나?

물론 그곳에는 아무도 보이지 않았다. 탁 트인 공간 너머로 펼쳐지는 바다의 예감이 느껴질 뿐이었다.

다몬은 고개를 갸웃거리면서도 뒤를 연신 돌아보며 그곳을 떠났다.

또 비가 내리기 시작했다.

무수한 물방울이 순식간에 빨래방 앞 수국을 때리기 시작했다.

두 사람은 흔들흔들하는 파이프의자에 앉아 운동화 전용 세탁기 안에서 스니커즈가 덜컹덜컹 돌아가는 소리를 멍하니 듣고 있었다. 근처 철물점에서 산 검정 고무장화를 세트로 맞춰 신고 있으려니 흡사 밭일 나갔다 돌아오는 부부 같았다.

"정말 푹푹 찌는걸. 불쾌지수 120퍼센트야."

아이코가 넌더리내며 하늘을 올려다보았다.

"신발을 빠는 것까지는 좋은데 이래서야 어디 마르겠어."

다몬은 옆에서 기지개를 켰다.

"고무장화라니 대체 몇 년 만에 신는 건지. 그것도 검정색."

"어째 대담해지는군. 성큼성큼 걷고 싶어지지 않아?"

"그건 곤란해. 그러다 보폭이 넓어지면 기모노를 입고 걸을 수 없게 된단 말이야."

세탁한 스니커즈를 어깨에 걸머지고 비 사이를 누비며 집으로 돌아왔다.

교이치로는 이미 돌아와서 석간을 펴들고 있었다.

"어서 오게. 운동깨나 했나보군."

"좁은 지역인 데 비해선 스펙터클 넘치는 하루였죠."

에어컨이 제습 모드여서 다행이었다. 두 사람은 안도한 표정으로 소파에 주저앉았다.

"피곤한데 미안하네만, 다카야스 군을 불렀어. 오늘은 넷이 외식하지."

"넷이서 말씀입니까?"

교이치로는 신문에서 웃음기가 없는 눈을 들었다.

"작전 회의라네."

세 사람은 교이치로를 선두에 세우고 굵은 빗줄기 속을 걸었다. 셋 다 검정 고무장화를 신은 모습이 기묘하다면 기묘했다.

주위는 이미 캄캄했다. 세찬 물보라를 튀기며 오가는 차들의 전조등 불빛 속에 하얀 선이 촘촘하게 떠올랐다.

비는 방울인데 어째서 이렇게 수많은 선으로 보이는 걸까.

다몬은 빛의 선을 보며 소박한 의문을 품었다. 역시 시간은 눈에 보이는 걸까.

어디서 구수한 일본된장 냄새가 났다. 그러고 보니 낮에 본 도서관 비디오에서 이곳은 예로부터 양조업이 번성했다고 설명했다.

하얀 선을 그었을 뿐인 좁다란 인도를 걸은 끝에 교이치로가 오래된 민가의 미닫이문을 드르륵 열었다. 그러나 커피원두회사 상호가 있는 하얀 플라스틱 간판으로 판단하건대, 민가로 보이는 그곳은 안을 개장한 프랑스 음식점인 모양이었다.

클래식이 나직이 흐르는 가게 안은 인테리어에 나무를 아낌없이 썼다. 테이블과 의자도 세련된 검정 목제다. 안쪽에 카운터가 보인다. 장년 남녀가 조용히 대화를 나누며 식사하고 있었다. 일반 가정집을 개조한 가게답게 오른쪽은 신발을 벗고 들어가는 방이었다. 열린 장지문 너머에서 여전히 키가 큰 다카야스가 정좌하고 앉아 큼직한 손을 흔들었다.

댓돌에 다 올라가지 못해 고무장화 세 켤레가 밑에 나란히 놓였다.

아이코와 다카야스가 명함을 주고받는 모습을 바라보니 재미있었다. 아이코는 순식간에 요정 여주인의 얼굴로 돌아가 있었다. 다카야스에게서 아이코를 향해 '기'가 흘러왔을까?

코스를 주문하고 술을 시켰다. 젊은 아가씨가 차갑게 식힌 술잔을 내왔다.

멀리서 세찬 빗소리가 들렸다. 비의 우리에 완전히 들어앉은 듯한 기분이 들었다.

유리 접시에 전채가 나왔다.

다다미방에 방석을 깔고 앉아 나이프와 포크를 놀리면서 다몬은 막연히 말을 꺼냈다.

"오늘 말이죠, 도서관에서 이런 일이 있었습니다."

다몬은 사건을 담담히 이야기했다. 연어 밀푀유를 자르며 상세히 설명하는데, 스스로도 어젯밤 꾼 꿈 이야기를 하는 기분이었다. 무서운 일처럼 느껴지지 않는 게 신기했다. 분홍 고무공이 머릿속에 선명하게 되살아났다.

다른 세 사람은 묵묵히 와인을 마시고 품위 있게 전채를 먹으며 다몬의 이야기를 귀기울여 들었다. 아이코와 교이치로는 그렇다쳐도 다카야스까지 태연한 표정이었다.

"그렇군요. 그럼 지금까지 일어났던 실종사건은 일단 설명이 되는데요."

다몬이 이야기를 마치자, 다카야스가 침착한 얼굴로 고개를 끄덕였다. 오크라 수프가 나왔다.

"저기, 좀 놀라면 안 될까? 이거 보통은 웃어넘기거나 경멸하는 표정으로 부정할 장면이라고. 사람 놀리지 말라고 화내면서 자리를 박차고 일어난다든지 말이야. 그럼 분명히 다음번 희생자는 다카야스 씨일걸. 돌아갔더니 지부 사무소에 물이 철썩 하고 밀려오는 거야."

다몬이 재미없다는 얼굴로 수프를 마시며 투덜거렸다.

다카야스와 아이코가 수프를 뜨며 웃었다.

"이런 상황에서 어째 이렇게 긴박감이 없는 건지."

아이코가 지친 표정으로 웃었다. 웃는 얼굴을 보니 별안간 자신들이 한 기이한 체험이 틀림없는 현실이라는 실감이 들었다.

"보세요, 전 설명이 된다고 했지, 믿은 건 아닙니다. 물 같은 게 올라와서 인간, 또는 동물을 휩쓸어간다. 이거라면 수로에 면한 집에 사는 사람들이 없어졌던 이유는 설명이 되죠."

다카야스가 스푼을 허공에 흔들며 건조한 말투로 대답했다.

"그래, 그렇게 나와야지."

다몬은 다다미 바닥에 놓인 쟁반 위의 와인 쿨러에서 병을 꺼내 다카야스의 잔에 따랐다.

"그렇다면 물은 왜 올라오는 걸까요? 저는 도서관에서 이곳 사람들이 한 말이 꼭 틀린 것만은 아니라고 생각합니다. 최근에 수로 환경은 급속하게 변하고 있습니다. 호안 공사에 수로 정비. 생각지도 못한 데서 무슨 일이 벌어져도 이상할 게 없어요. 어느 지역에서 수로를 메웠더니 심각한 지반 침하가 발생했다는 이야기는 아시죠? 수로는 시 면적의 10퍼센트를 차지합니다. 여기저기서 이어져 있으니, 어느 한 곳을 건드린 탓에 예전부터 유지되어 온 구조가 망가져 수위가 높아지거나 낮아지는 게 아닐까요. 아니면 자연 현상일 가능성도 있습니다. 우리가 모를 뿐인지도 몰라요. 아마존 강이 일 년에 한 번 역류한다지 않습니까. 전 그것도 텔레비전에서 보기 전까진 거짓말이라고 생각했습니다. 하지만 믿기 힘든 자연 현상은 실제로 얼마든지 존재합니다. 어쩌면 이것도 그런 걸지도 모르죠."

"고마워, 모범적인 답변."

일부러 심술궂게 말하는 다카야스에게 다몬은 고개를 꾸벅 숙였다.

다카야스는 와인을 물처럼 꿀꺽 마시더니 말을 이었다.

"저도 이것저것 생각해봤단 말입니다. 이 사건들을 가급적 합리적으로 설명할 해답은 없는지."

"그래서 찾았나?"

교이치로가 관심을 보이며 물었다. 다카야스는 입술 끝을 살짝 치켰다.

"최종적으로 도달한 답은 역시 인위적이라는 겁니다. 누가 수로 쪽에서 집으로 침입해선 기절시켜 데리고 나온 거죠."

"무슨 목적으로 말이죠?"

아이코가 눈도 깜박이지 않고 질문했다.

"제가 생각한 건 《붉은 머리 동맹》인데요."

"셜록 홈스?"

"네. 요컨대 그 장소에 용건이 있어 거기 사는 사람을 다른 데로 이동시키는 겁니다. 없어지는 사람 자신이 목적이 아니라 그 자리를 비우는 게 제일의 목적입니다. 그렇기에 그 사람한테는 아무런 위해도 가하지 않습니다."

"왜 그런 거죠?"

"사건이 일어난 데가 전부 수로 옆이란 건, 오래전부터 움직이지 않는 장소란 뜻이죠. 예컨대 아주 오래전에 보물을 수로 옆에 묻었다든지 말입니다. 몇몇 후보지에 사는 사람을 납치한 겁니다."

일제히 야유가 터져나왔다. 다음 요리를 들고 온 점원이 놀란 표정으로 들어왔다.

"물이 올라온다는 것보다 그쪽이 더 성가시겠네. 사람을 치워봤자 다다미도 걷고 바닥도 벗겨야 하잖아. 그런 짓을 하는데 가족이 모를 리 있겠어? 애초에 다들 자기가 유괴됐다는 자각도 없다고."

"예를 들면 그렇다는 겁니다. 이런 식의 생각도 가능하다는 거죠."

다카야스는 별반 마음이 상한 눈치도 없었다. 해산물과 따뜻한 야채샐러드를 우적우적 먹기 시작했다.

"아버지는 어떻게 하고 싶으세요?"

별안간 몸을 바로 펴고 고쳐 앉은 아이코가 단도직입으로 말을 꺼냈다.

교이치로는 딸을 흘깃 보았다.

"아까 작전 회의라고 하셨죠? 대체 뭘 위한 작전 회의예요? 다카야스 씨는 아버지한테 무슨 말을 듣고 여기 오신 거예요? 이번 일을 얼마나 알고 계신 거죠?"

아이코는 잇따라 질문을 퍼부었다.

드디어 올 것이 왔다. 다몬은 경계했다. 몸을 똑바로 펴는 것은 아이코가 가차 없는 추궁을 개시할 때 취하는 전투태세다.

교이치로는 딴전을 피우며 식사만 계속했다. 아이코의 심상치 않은 표정을 보고 다몬은 황급히 그녀의 잔에 와인을 따랐다.

"다카야스 씨, 지금부터 제가 할 말은 하나의 가설로 들어주세요. 요컨대 이런 거예요. 여기 수로엔 옛날부터 물이랑 비슷한 생명체가 살고 있어요. 그 녀석은 이따금 뭍으로 올라와서 거기 있던 사람을 잡아가선. 대단히 비슷하긴 하지만 전혀 다른 생명체로 가짜를 만들어서 돌려놓는 모양이에요. 전 제멋대로 그걸 '도둑맞는다'고 부르는데요. 전에 없어졌다가 돌아온 작은아버지 내외를 적어도 전 그렇게 의심하고 있답니다."

아이코는 아는 건축업자에게 요정의 개장 공사 견적을 의논하는 것 같은 어조로 또렷하게 설명했다. 다카야스도 그런 아이코의 어조에 순간 어안이 벙벙했던 모양이다. 그녀가 농담을 하는 건지 아닌지 확인하려는 듯이 교이치로와 다몬을 번갈아 보았다. 그러나 두 사람 다 표정이 바뀌지 않는 것을 보고는 가벼운 패닉에 빠진 듯했다.

다몬은 어쩐지 맥이 빠졌다. 말로 표현하니 어쩌면 이렇게 황당무계한 이야기일까. 지금까지 느낀 것을 말로 설명하면 겨우 이런 문장이 되는 건가. 그는 어쩐지 다카야스에게 사기 치는 듯한 기분이 들어 몸을 옴찔거렸다.

아이코는 그런 다몬과 교이치로를 '못난이'라고 비난하는 듯한 눈초리로 노려보더니 와인을 꿀꺽 들이켰다. 자기가 설명하는 역할을 떠맡게 된 것을 분개하는 듯했다.

"동생 내외분이 말씀입니까?"

다카야스는 마음을 다잡고 교이치로에게 물었다.

빗소리가 더욱 커졌다.

아이코는 조바심을 치며 교이치로를 쳐다보았다.

"내가 처음 그걸 의심한 건," 별안간 교이치로가 나지막한 목소리로 이야기를 시작했다. 메마른 어조에 다들 흠칫했다.

"두 사람이 돌아온 지 이틀째였던가. 다른 사람들처럼 둘 다 기억이 없단 말이지. 어리병병해서 말이야. 이쪽은 그동안 거의 뜬 눈으로 지새우다시피 했건만. 화를 내랴, 안도하랴. 이웃 사람들한테 인사하고, 일단 경찰에 설명하고, 좌우지간 다 잘 끝났으니 밥이라도 먹자고 고깃집에 들어갔네."

교이치로는 담배를 꺼냈다. 식사중이었지만 아이코는 뭐라 하지 않고 잠자코 듣고만 있었다.

"똑같더라, 이걸세."

"네?"

다몬은 무심코 되물었다. 교이치로는 대답을 서두르지 않고 담배에 불을 붙였다. 도리어 대답하기를 뒤로 미루는 것처럼 보였다.

"먹는 속도가 말이야."

"그게 무슨 뜻이에요?"

아이코가 눈살을 찌푸렸다.

"젓가락을 놀리는 속도가 똑같더라. 꼭 거울에 비친 사람을 보는 것처럼. 고기를 소스에 찍어 입으로 가져가는 것까지 둘 다 속도가 정확히 일치하더란 말이야."

교이치로가 손짓으로 흉내내 보였다. 다몬은 오싹했다.

"대체 어떻게 된 거냐고 물었더니 둘 다 놀란 표정으로 서로 마주 보더군. 그 뒤로는 각자 다른 속도로 먹기 시작했다만."

교이치로는 불현듯 생각난 것처럼 샐러드를 먹었다.

"기억도 정확해. 사고 능력, 취미, 기호, 모두 예전하고 변함없어. 하지만 한순간 무의식 상태가 됐을 때 알 수 있단 말이지."

"뭘 말씀입니까?"

"같은 의식의 지배하에 있다는 걸."

다카야스는 와인 잔 다리를 천천히 만지작거렸다. 자기 행동을 자각하지 못하는 듯했다. 교이치로는 느릿느릿 말을 이었다.

"한번은 이런 일도 있었네. 셋이 있을 때 집 유리창을 새가 들이받았어. 별안간 퍽 하고 큰 소리가 나면서 말이야. 그때 두 사람은 각각 방과 복도에 서 있었네. 어떻게 됐을 것 같나?"

교이치로는 무표정한 눈으로 세 사람을 번갈아 보았다. 아무도 대답하지 않았다.

교이치로는 손바닥을 아무렇게나 얼굴 앞으로 들어올리더니 동작을 딱 그쳤다.

"이런 식으로 똑같이 동작을 하더란 말이야. 이 역시 똑같은 속도로."

교이치로는 손을 털썩 떨어뜨리더니 다카야스의 잔에 와인을 따랐다.

"어때? 선입견이 없는 저널리스트로서 자네는 이 이야기를 믿겠나?"

그는 보일 듯 말 듯 웃음 띤 얼굴로 다카야스를 보며 물었다.

굳은 표정으로 와인 잔을 응시하던 다카야스가 중얼거렸다.

"솔직히 믿고 싶지 않습니다. 하지만 아마 마음속 어디선가는 믿고 있을 테죠. 실은 지금 꽤 무섭습니다."

"작은아버지 내외나 돌아온 사람들은 자기가 달라진 걸 자각하고 있어요?"

아이코가 교이치로에게 물었다.

"아마 모를 거다. 마음 한구석으로는 의식하고 있을지도 모르지만. 자기가 터치당해서 술래가 됐다는 자각은 없을 테지."

장지가 열리더니 웨이트리스가 고기 요리를 들고 들어왔다. 네 사람은 입을 다물고 각자 자기 앞에 놓인 접시를 물끄러미 응시했다. 웨이트리스는 의아한 표정으로 방에서 나갔다. 교이치로가 레드 와인 한 병을 주문했다.

"어째서 죄 노인들일까요? 여자도 많고요. 이런 말씀을 드리면 선생님 동생분께 실례가 되겠지만, 연세가 있는 분들뿐이죠. 역시 힘이 없기 때문일까요."

다몬이 고기를 썰며 중얼거렸다.

"쓰카자키 씨, 제 먹는 속도에 맞추지 마십시오. 기분 나쁘잖습니까."

다카야스가 고기를 입으로 가져가며 쓴웃음을 지었다.

"아, 미안. 같은 속도로 먹는다는 게 어려운 건가 싶어서."

다몬은 어깨를 으쓱했다.

"꼭 그렇다는 법은 없지 않겠나."

교이치로가 유난히 침착한 목소리로 대답했다.

"네?"

다몬은 고개를 쳐들었다. 교이치로가 다몬의 얼굴을 꼼짝 않고 보았다.

"동생 내외가 변한 걸 안 건 두 사람이 실종됐다 돌아왔기 때문이네. 며칠간 모습을 감췄지. 그래서 우리는 의심한 거야."

"아, 예, 그렇죠. 그래서요?"

어리둥절한 표정으로 되묻는 다몬의 말을 가로막듯 아이코가 나지막이 소리쳤다.

"설마."

"알아차렸나?"

"단시간 내에 돌아와서 모르고 넘어간 케이스도 있단 말이에요?"

아이코는 말하고 나서야 자기가 한 말의 의미를 깨달은 것처럼 창백한 얼굴로 입을 다물었다. 다몬과 다카야스는 섬뜩한 표정이 되었다.

"그, 그럼."

다카야스는 말문이 막힌 듯 목에서 꿀꺽 소리가 났다.

"그래. 근거는 없네만 내 생각에…… 아이코의 말을 빌리자면 '도둑맞는' 데는 시간이 걸리네. 아마 그 사람의 신진대사 속도에 비례하는 게 아닐까. 그렇다면 신진대사 속도가 느린 노인은 돌아오기까지 시간이 걸리겠지. 그러니까 신진대사가 활발한 어린애나 젊은 사람은 금세, 예컨대 하룻밤 만에 돌아와서 없어졌다는 게 발각되지 않았을 뿐인지도 모르는 걸세."

다몬은 등에서 핏기가 싹 가시는 것 같았다. 온몸이 두둥실 떠오르는 듯한 기묘한 감각이었다. 한 박자 뒤에 그것이 거센 공포 때문임을 깨달았다. 그는 반사적으로 뒤를 돌아보았다. 이유는 모르겠다. 장지 밖에서 똑같은 눈을 하고 똑같은 의식을 지닌 사람들이 조용히 서서 이쪽을 보고 있을 것만 같았다.

똑같은 공포를 느꼈는지, 아이코와 다카야스도 불안한 표정으로 뒤를 돌아보고 있었다.

"어이구, 이거 무서운데요."

다몬은 저도 모르게 큰 소리로 말했다.

"저, 무섭습니다. 꼬리를 말고 야나쿠라 역으로 달려가고 싶어졌습니다. 선생님, 우리 다 같이 도망치죠."

다몬은 안절부절못하며 두 손을 휘둘렀다.

그때 장지가 열리는 바람에 다들 오싹해서 돌아보았다. 웨이트리스도 놀라 엉겁결에 냅킨으로 싼 와인병을 든 채 뒷걸음쳤다.

"저런, 이거 미안합니다."

다몬이 황급히 웃는 표정을 지었다. 웨이트리스는 네 사람을 유심히 살펴보며 와인을 땄다. '다 같이 도망치죠'라는 말을 들었다면 돈을 내지 않고 도망치는 게 아닐까 의심하는지도 모른다.

"어디로 도망친단 말인가?"

교이치로는 어이없다는 표정으로 다몬의 잔에 새로 딴 와인을 따랐다. 꼬르륵, 하는 명랑한 소리가 몹시 얄빠지게 들렸다.

"어디라뇨…… 수로가 없는 곳이라면 어디든. 오늘 밤이라도 당장 수로로 끌려들어갈지도 모르는 일 아닙니까. 전 그런 건 싫습니다. 아직 만들고 싶은 앨범이 많단 말입니다."

다몬은 당혹 어린 목소리로 말하며 엉거주춤한 자세로 주위를 두리번거렸다.

"문단속을 단단히 하면 괜찮네. 하여간 심약한 친구로군. 기껏 자네를 높이 사서 불렀건만."

"세상에, 저 같은 건 아무 도움이 안 될 텐데요. 완력도 없죠, 머리도 나쁘죠. 하지만 이 경우 용기가 있어봤자 소용도 없어요. 상대방의 정체도 모르겠다, 뭣보다도 이런 이야기를 대체 누가 믿어주겠습니까? 약한 자의 지혜는 오로지 하나뿐입니다. 삼십육계 줄행랑이 제일입니다."

여전히 꿈쩍 않는 교이치로에게 노여움이 치밀었는지 다몬이 그답지 않게 언성을 높였다.

교이치로는 재떨이를 한옆으로 밀어내고 가슴주머니에서 접은 지도를 꺼냈다.

모두 어안이 벙벙해서 교이치로가 테이블 위에 편 지도를 들여다보았다.

"이건……."

"야나쿠라 시와 그 일대의 광역 지도야."

"그래서요?"

"잘 보라고. 물빛 부분이 수로하고 유수지네."

교이치로는 손바닥으로 지도를 탁 쳤다.

"네? 이렇게 많이……."

다몬은 저도 모르게 지도로 얼굴을 바짝 갖다댔다. 조금 전 다카야스가 시 면적의 10퍼센트는 수로라고 했던 것이 생각났다. 그런데 물빛 부분이 여간 많은 게 아니다. 흡사 너덜너덜하게 낡은 고문서의 벌레 먹은 자국처럼 수로가 빽빽하게 뻗어 있었다. 마치 모세혈관 같다. 이웃 도시도 마찬가지였다. 도리어 수로 사이사이에 인간이 산다 해도 될 것 같았다.

"다들 여기서 오래전부터 생활하고 있네. 수로는 풍경과 생활의 일부야. 인간은 물 없이는 살 수 없어. 어디로 가든 마찬가지네. 도망치기엔 이미 늦었어."

교이치로는 무뚝뚝한 얼굴로 딱 잘라 말했다.

다몬은 방석 위에 힘없이 주저앉았다.

"두 사람 다 왜 그렇게 침착한데?"

원망스레 아이코와 다카야스를 보며 따지자, 아이코가 담담한 목소리로 중얼거렸다.

"선배를 보고 있는 편이 훨씬 재미있는걸. 원래 누구 한 사람이 먼저 동요하면 남은 쪽은 냉정해지는 법이야."

"……대체 저희는," 다카야스가 낮은 목소리로 말하며 다른 세 사람을 보았다. 그 눈에 조금 전 같은 동요는 이미 자취를 감추고 없었다.

"뭘 하면 되는 겁니까?"

그는 결심을 굳힌 것처럼 테이블 위에 얹은 손을 천천히 깍지 꼈다.

네 사람은 다시금 서로의 얼굴을 주시했다. 다카야스가 말을 이었다.

"도대체 현재 '도둑맞은' 사람들이 얼마나 될까요? 옛날부터 있었던 일이라면 상당한 수일 겁니다. 다른 곳으로 옮겨간 사람까지 넣으면 엄청나게 많을지도 모릅니다."

다카야스는 암산하듯 천장을 올려다보았다. 교이치로는 고개를 내저었다.

"짐작도 안 되는군."

"그렇지만 최근 들어 늘어난 건 분명하죠. 빙산의 일각이라 해도 실종됐으면 반드시 소문이 났을 테고요. 이유가 뭘까요?"

"환경이 변했나?"

"수로를 메워 화가 났다든지?"

"말도 안 돼."

"저…… 어떤 사람이 '도둑맞았는지' 아닌지 더 쉽게 확인할 방법은 없을까요? 아까 선생님께서 하신 말씀으로는 두 사람 이상이 같은 장소에 있지 않으면 분간하기 어려울 것 같은데요. 게다가 일일이 놀래거나 큰 소리를 내서 돌아보게 할 순 없는 노릇 아닙니까."

"헬렌 켈러 역 오디션 같군."

"구체적인 특징은 뭐 없을까?"

모두가 한꺼번에 떠들기 시작했다. 교이치로가 입을 열었다.

"그걸 찾아내는 게 선결 과제라 생각하네. 그걸 찾는 걸세. 그리고 '도둑맞은' 사람이 얼마나 되는지 조사하고. 그런 다음······."

"그런 다음?"

교이치로는 잠시 입을 다물었다.

"그걸 잡을 방법을 생각해야지."

다들 조용해졌다. 그것을 잡는다. 그런 일이 과연 가능할까. 모두가 똑같은 생각을 하고 있었으나, 그런 말을 입 밖에 내는 사람은 아무도 없었다.

"아차, 그러고 보니······."

다몬이 느닷없이 입을 열었다.

"오늘 도서관에서 그 소리를 들었습니다. 녀석이 나타나기 전에. 아이코는 못 들었어? 낮은 진동 같은 소리?"

"뭐? 테이프에 들어 있던 소리 말인가?"

교이치로와 다카야스가 다몬을 바라보았다. 다몬은 자신 있게 고개를 끄덕였다.

"무슨 소리인지는 알 수 없었지만, 그 소리, 녀석이 나타난다는 전조가 아닐까요. 어쩌면 녀석의 '목소리'일지도 모르죠."

"목소리라."

교이치로는 눈을 내리깔고 생각에 잠겼다. 그러나 그 눈은 어딘지 모르게 어두운 빛을 띠고 있었다. 뭔가가 생각난 눈이었다. 그 눈이 다몬을 똑바로 보았다.
"자네는 소리의 정체를 밝히게. 어쩌면 그게 녀석을 잡을 단서가 될지도 몰라."

밖으로 나오려다가 별안간 멈춰선 다몬은 뒤를 돌아보더니 "앗!" 하고 큰 소리를 질렀다.
계산을 마친 교이치로와 장화를 신던 아이코, 화장실에서 나온 다카야스뿐 아니라 점원까지 깜짝 놀라 그를 돌아보았다.
"아, 아무것도 아닙니다. 죄송합니다."
다몬은 두 팔을 벌리며 빙긋 웃었다.
"뭐야, 또 뭐가 생각난 거야?"
아이코가 일어나 가볍게 노려보았다. 밖으로 나온 다몬은 아이코에게 귓속말로 소곤거렸다.
"괜찮아. 여기 있는 사람들은 '도둑맞지' 않은 것 같아. 다들 반응이 제각각이었거든."
"하지만 그건 두 사람 이상 '도둑맞았을' 경우에만 알 수 있는 거고, 한 사람만 '도둑맞았을' 경우엔 모르는 거 아니었어?"
"아, 그렇군."
"무엇보다도 선배가 '도둑맞지' 않았다는 걸 누가 보증할 수 있겠어?"

"그것도 그렇네."

빗발은 여전히 굵었다. 네 사람은 우산을 펴고 깊은 어둠 속으로 나왔다.

어둠 어딘가에 그것이 있다.

그런 느낌을 강하게 받았으나, 지금은 이미 조금 전 같은 공포는 느끼지 않았다. 겨우 네 사람뿐일지언정 막연한 불안을 겉으로 드러내고 공유할 수 있었던 것. 어떻게 대처할지 당면 방침이 정해진 것, 와인에 취한 것, 생각하는 데 지친 것, 그 전부를 이유로 생각할 수 있을 것이다.

그렇지만 이 어둠 어딘가에 그것이 있다.

다몬은 속으로 다시 한번 되뇌었다.

"비도 참 굉장하게 퍼붓네. 이런 밤은 아무도 창문을 열지 않겠지."

아이코가 하늘을 올려다보며 자신을 납득시키듯 중얼거렸다.

빗소리로 메워진 짙은 어둠 속을 네 사람은 몸을 맞대듯 하고 일부러 농담을 주고받으며 걸었다. 명랑한 어조로 이야기해도 자연히 발길이 길가를 피해 중심을 향했다.

네 사람이 걷는 길옆으로도 수로가 조용히 흐르며 지금 이 순간도 세차게 쏟아지는 비를 받아 시내를 종횡무진으로 메우고 있었다. 그렇다, 만약 지금 그들이 걸음을 멈추고 어두운 물결을 유심히 들여다보았더라면 하얀 타원형 물체가 떠 있는 것을 알아차렸을지 모른다.
 수로에 하얀 타원이 드문드문 떠 있었다. 천천히 떠내려간다.
 그것은 노 가면처럼 보이기도 했다. 뭐지?
 더 가까이 가서 보니…….
 얼굴이었다.
 얼굴이 떠내려가고 있었다. 데스마스크처럼 무표정하게 눈을 감은 창백한 얼굴이 수로에 둥둥 떠서 소리 없이 흘러가는 것이다. 기묘한 광경이었다. 이마, 코, 입술, 턱. 튀어나온 부분만 수면 위로 나와 있는데, 수면 밑으로는 아무것도 보이지 않았다. 뭐가 있는 것처럼 보이지도 않았다. 꼼짝도 않는 조그만 얼굴이 비를 맞아 보일 듯 말 듯 흔들흔들하면서도 곧장 떠내려간다.
 옆으로 세차게 들이치는 비, 가로등 불빛마저 녹이는 거대한 어둠.
 우산 밑에서 몸을 움츠리고 걸음을 서둘러 집으로 돌아가는 사람들 가운데 그 광경을 알아차린 이는 아무도 없었다.

Chapter VIII

나는 그 시점에서 알아차렸어야 했다.

그의 이야기를 들은 시점에서 예상했을 만도 했는데.

그때는 자각하지 못했어도 나중에 돌이켜 생각했을 때 그때가 전환점이었음을 깨닫는 경우가 있다. 그날 밤이 바로 그랬다. 우리가 그것을 말로 표현했을 때부터 뭔가가 크게 움직이기 시작했다.

일본 고전 문학을 읽을 때 가장 어려운 게 이름이다. 고귀한 신분일수록 이름이 많다. 동일인물이건만 다양한 이름으로 불린다. 사는 장소로 완곡하게 표현한다든지 누구누구의 딸이라 하지 결코 직접 이름을 부르지 않는다. 이름을 말한다는 것은 무서운 일이다. 말한 순간 뭔가가 움직이기 시작한다.

명색이 말을 다루는 직업인데도, 그날 밤 일을 깨달았을 때만큼 말한다는 행위의 무서움을 실감한 적이 없다. 그것은 일할 때 늘 느끼는 감각과는 조금 다르다. 취재하면서 다양한 이야기를 듣고 그것을 기사로 썼을 때 느끼는 그 어색함. 활자화되면서 내가 느꼈던 것이 썩둑 잘려나가 아무것도 전달되지 않는 것 같은 무력감. 그러면서도 일단 활자가 되고 나면 그게 순식간에 사실이 되어 분명하게 새겨져버리는 무서움.

그런 것은 직업상 몸에 배어 있을 터였다. 그런데도 아직 몰랐던 것이다. 그때 넷이서 이야기했을 때 우리가 뭔가를 시작하고 말았다는 것을 알아차리지 못했다. 우리가 그때 한 이야기의 내용을 생각하면 알아차렸어야 했다. 그 '의식'은 시내 안의 적잖은 공간을 차지하고 있을 터라는 것을. 복수의 인간을 지배하는 '의식'이, 우리가 그 존재를 의식한 순간 우리 존재도 의식하리라는 것을.

그때 우리는 알아차렸어야 했다.

아이코는 작은 카메라를 갖고 있었다.

이따금 카메라를 살며시 꺼내 슬그머니 셔터를 누르는 것은 알아차렸지만, 그것이 너무나도 은근한 동작일뿐더러 정말 아무것도 없는 곳에서 셔터를 누르는 것이다보니 별로 염두에 두지 않았다.

이튿날 아침 찾아온 아이코가 카메라를 꺼내 소파에 몸을 말고 누운 하쿠우를 찍자 필름 돌아가는 소리가 나기에 그새 꽤 많이 찍은 것을 알았다.

"대체 뭘 찍는 건데? 관광 명소를 찍는 건 아닌 것 같고."

다몬이 커피를 따르며 묻자 아이코는 가볍게 고개를 끄덕였다.

"응, 메모 대신이야. 아니면 일기 대신. 사진을 보면 그 사진을 찍었을 때 뭘 했는지, 무슨 생각을 했는지 선명하게 떠오르거든. 다른 사람한테는 아무 의미 없는 풍경이겠지만, 나는 보면 기억이 나. 일기를 쓰는 건 여간 힘든 일이 아니고 다른 사람이 읽으면 곤란하다는 문제도 있지만, 사진은 다른 사람이 봐도 의미를 모르니까 참 편하고 좋아. 뭔가 느끼면 곧바로 한 장 찍는 거지. 날짜도 들어가겠다."

"그렇군. 그거 괜찮은데. 나도 한번 해볼까."

"생각지도 못한 정보가 기록돼서 나중에 도움이 되기도 해. 버스 정류장에서 무심코 사진을 찍었더니 버스 발차시간이 선명하게 찍혀서 아주 유용하게 써먹은 적도 있었어."

"흠."

필름 감는 소리가 그쳤다. 아이코는 조그만 필름을 꺼냈다.

"아버지, 여기서 제일 가까운 현상소가 어디예요?"

"국도 변에 있는 편의점이겠군."

"아아, 그 큰 데 말이죠? 호텔에서도 보였어요. 잠깐 갔다올게요."

"간 김에 식빵하고 우유도 사와라."

"네. 여섯 조각짜리면 돼요?"

"아니, 여덟 조각짜리로."

"알았어요."

아이코가 나가자, 교이치로가 커피잔을 들고 소파에 앉았다.

"자네는 이제 어떻게 할 건가?"

"일단 테이프를 한 번 더 들어볼 생각입니다. 그 뒤에 다카야스 씨한테 가서 편집이 안 된 오리지널 테이프를 듣고요. 뭐하면 하카타에 있는 친구한테 연락해서 스튜디오를 빌릴까 하는 생각도 있긴 한데. 어쩨 답이 여기까지 나와 있는 것 같아요."

다몬은 목에 손을 댔다. 그것은 거짓말은 아니었다. 어젯밤 비몽사몽 중에 도서관에서 있었던 일을 돌이켜보는 사이에 자기는 분명 그 소리를 알고 있으며 그게 무엇인지 말할 수 있다는 확신이 몸속에 서서히 차올랐다. 그것은 그의 직업적 감이었다. 데모 테이프를 듣는 사이에 이건 되겠다는 예감이 뚜렷하게 형태를 띠는 순간. 그와 똑같은 예감을 자기 안에서 발견했다.

"그래, 부탁하네."

"선생님은요?"

"난 짚이는 데가 있는 인물을 만나볼 생각이네. 이곳 역사에 밝으면서 여기하고 거리를 두고 지내는 인물이 있거든. 뭔가 보고 들은 게 없나 넌지시 떠보고 오겠네. 다카야스 군은 과거 기록이나 경찰을 통해 '도둑맞은' 사람이 대체 얼마나 되는지 어림잡을 수 있을지 알아보겠다는군. 오늘 저녁은 넷이서 집에서 식사하자고."

"그 사람이 '도둑맞았을' 가능성은요?"

"아마 괜찮을 걸세. 야나쿠라하고는 좀 떨어진 곳이니까."

"조심하십시오."

"자네도."

교이치로는 남은 커피를 단숨에 다 마시더니 일어났다.

다카야스는 뻑뻑한 알루미늄 새시문을 열고는 재빨리 지부 사무실 안으로 들어가 불을 켰다. 살갗에 들러붙는 습기에 얼굴을 찡그리며 바로 에어컨을 켰다. 전화 자동응답기를 확인했지만 메시지는 없었다. 지국에서 온 회람과 통달서가 팩스 트레이에 수북이 쌓여 있었다.

지부 사무실이라고 해봤자 법원 근처에 다닥다닥 붙어 있는 법무사 사무소 단층 건물 한구석을 빌렸을 뿐이다. 사무용 책상과 팩스 겸용 복사기, 컴퓨터와 전화기, 책꽂이. 스케줄과 메모를 붙여둔 칸막이 너머는 신문과 자료를 쌓아놓은, 모양새만 갖춘 창고다.

전기포트에 남아 있던 물을 버리고 새로 물을 가득 채운 뒤 거의 반사적으로 플러그를 꽂았다. 포트에서 조그만 소리가 나며 물이 끓기 시작한 것을 확인하고 나서, 다카야스는 자기가 이곳으로 부임해 오기 전 일지를 꺼냈다.

어디서부터 볼까.

다카야스는 책상으로 일지를 운반하며 곰곰이 생각했다. 실종사건이 비로소 '사건'의 형태를 띠고 자신의 일 범주 내로 들어온 지금, 하나의 현상으로 파악할 방법을 생각해야 한다.

그의 전임자는 이삼 일 인수인계를 하고는 히로시마로 전근 갔다. 사람 좋아 보이는 중년 남자가 머릿속에 떠올랐다. 일지를 대충 훑어보고 그에게 전화를 거는 편이 빠를지도 모르겠다. 지방판에조차 야나쿠라 관련 기사가 실리는 일은 흔치 않다. 기껏해야 관광 행사나 교통사고 정도다. '야나쿠라'로 본사 데이터베이스를 검색해봤지만, 그 사건에 관련된 기사는 거의 찾을 수 없었다. 완벽한 은폐. 아니, 은폐라는 자각마저 없는지도 모른다.

바로 전임자에게 전화해 비슷한 실종사건이 없었는지 확인해보고 싶었지만, 일단은 전임자가 남긴 자료를 보는 게 예의라 생각해 참았다. 갓 부임해왔을 때 일지를 쓰는 방법을 참고하려 몇 장 넘겨본 것 외에는 예전 일지를 펴 본 적이 없을 터였다. 일지는 삼 년 분이 있었다.

일단은 이것부터다.

다카야스는 전기포트의 보글보글 소리를 들으며 일지를 대충 훑어보기 시작했다.

이른 아침 시간, 편의점에서는 젊은 직장인들이 음료수를 집어 줄줄이 계산대로 가져가고 있었다. 회사에 도착해 마시려는 것이리라. 젊은 점원이 바코드를 읽는 전자음이 쉴 새 없이 이어졌다.

아이코는 살기 어린 직장인 무리가 떠날 때까지 기다리려고 식료품 선반 언저리를 어슬렁거렸다. 빵과 우유를 녹색 쇼핑바구니에 넣고, 잡지 코너에서 읽을 만한 것을 물색했다. 편의점 안에는 젊은 여자 사무원과 회사원, 작업을 시작하기 전에 마실 것을 사러 온 건설 인부 등 열 명 남짓한 사람들이 있었다.
그때 끽 하는 비명 같은 브레이크 소리가 들려왔다.
저도 모르게 밖을 보았다.
이상한 방향으로 꺾어든 왜건이 교차로에서 오토바이와 접촉했다. 헬멧을 쓴 젊은 남자가 입을 크게 벌린 것이 얼핏 눈에 띄었다.
사고다.
그렇게 생각한 순간, 오토바이 차체와 운전하던 젊은 남자가 눈 깜짝할 새에 편의점 입구를 향해 날아왔다.
세찬 충격음이 나더니, 자동문이 열리기도 전에 오토바이와 남자가 문을 들이받아 유리문이 산산조각났다. 사방으로 파편이 튀었다.
비명조차 지르지 못한 아이코는 문득 가게 안을 둘러보았다.
모두 일제히 입에 손을 갖다댔다.
그 충격을 뭐라 설명하면 좋을까.
그곳에 있던 열 몇 명이, 마 정장을 입은 젊은 여자도, 작업복을 입은 장년의 인부도, 카운터 뒤에 있는 아르바이트 학생도 일제히 같은 각도, 같은 포즈로 얼어붙어 있었다. 꼭 미리 약속한 것처럼 동시에.
오한이 온몸을 훑었다. 등이 간질간질하고 후끈 더워지는 듯한 감촉에 몸이 부르르 떨렸다.
모든 이의 눈이 그 순간 어두운 굴 같아졌다. 모두 똑같은 눈이었다. 각 사람의 눈을 들여다보았다면 그 속에 같은 어둠이 이어져 있었으리라는 확신이 들었다.

왜건은 인도에 올라앉아 있었다. 차가 서는 소리가 나더니 여기저기서 사람들이 뛰어내렸다. 입구에 내동댕이쳐진 오토바이와 젊은 남자에게 주춤주춤 시선을 돌렸다. 젊은 남자가 신음하며 팔을 움직였다. 바닥에는 엄청난 양의 유리 파편이 흩어져 있었다.

"구급차를 불러!"

가장 가까이 있던 중년 회사원이 정신을 차리고 점원에게 소리쳤다. 모든 사람이 일제히 움직이기 시작했다. 아이코가 방금 목격한 어둠을 짐작게 하는 것은 이미 사라지고 없었다.

점원은 허둥지둥 신고했다. 바깥을 지나가던 젊은 남자도 가게 안을 들여다보며 휴대전화로 구급차를 부르는 듯했다.

"이봐, 괜찮나?"

"움직이지 말라고."

"가만있어."

사람들이 남자를 에워싸고 저마다 말했다.

아이코는 손이 떨리는 것을 깨달았다.

진정해. 진정하는 거다.

그러나 조금 전 받은 충격은 좀처럼 몸에서 빠져나갈 줄 몰랐다. 모든 사람이, 여기 있는 모든 사람이, 뮤지컬의 한 장면처럼 동시에.

세상에. 설마 그런 일이.

아이코는 필사적으로 자기가 본 것을 부정하려 애썼다. 큰 소리가 들리면 모든 이가 일제히 그쪽을 돌아보는 것은 당연하다. 자연스러운 반응이다.

그렇지만 그 손은. 그 눈은.

사람들이 웅성웅성 모여들기 시작했다. 그러나 아이코는 한 발짝도 움직일 수 없었고, 그녀의 귀에는 아무것도 들리지 않았다.

다몬은 소파에 책상다리를 하고 올라앉아 인터뷰 테이프를 반복해서 들었다.

도서관에서 들었던 소리와 비교해보았다. 똑같았다. 그리고 그것은 인공적인 소리였다. 자연음이 아니다. 알고 있다. 나는 이 소리를 안다.

눈을 감고 기억의 인덱스를 뒤졌다. 불쾌한 소리는 아니다. 오히려 어딘지 모르게 친숙한, 그리움을 불러일으키는 소리다. 어릴 적, 오래전 기억 속에 있는 소리. 아직 세계가 꿈과 연속되던 시절, 황혼 저편에 이름도 없는 요정과 괴물이 살던 시절, 그 시절에 들었던 소리다.

하지만 지금이 그렇지 않다고 할 수 있을까.

문득 그런 생각이 들었다. 지금 역시 그렇다. 일상 세계와 연속되어 이런 악몽 속으로 끌려들어오게 될 줄은 생각지도 못했다.

테이프를 반복해서 들었다. 어느새 저도 모르게 긴장해 있었다.

답답했다. 조바심이 났다. 답이 바로 저기까지 와 있는데.
 하도 여러 번 들은 탓에 세 여자의 목소리가 머리에 들러붙고 말았다.
 다몬은 크게 한숨을 쉬고 머리를 긁적였다.
 그러고 보니 아직 아이코가 돌아오지 않았다. 어디 다른 데 들렀다 오나.
 벽시계를 올려다보았다.
 아까 문을 잠그고 나갔으니 아이코는 열쇠를 갖고 있으리라. 교이치로는 다몬에게도 여벌열쇠를 주었다. 그렇게 생각하니 가만있을 수 없어졌다.
 다카야스에게 가보자. 가는 길에 세 집을 한 번 더 돌아보고 소리가 들리지 않는지 확인하자.
 다몬은 오디오를 끄고 일어섰다.

 전기포트가 이미 오래전에 '보온'으로 넘어간 것을 깨닫고, 다카야스는 인스턴트커피 병으로 손을 뻗었다. 시선은 일지를 향한 채 머그잔에 커피를 털어넣었다. 물을 따르다가 팔에 튀는 바람에 움찔했다. 커피 향이 좁은 방 안에 들어찼다.
 전임자의 일지는 다소 판에 박혔기는 해도 깔끔하게 정리되어 보기 편했다. 습관이었는지 신문 일면 제목이 무엇이었는지 매일 기입해놓았다. 덕분에 일지가 쓰인 당시의 세상이 기억 밑바닥에서 되살아났다. 꼬박꼬박 기록하는 것이 얼마나 중요한지 뼈저리게 느껴졌다.

다카야스가 찾는 기록은 그가 이곳에 오기 일 년여 전과 그 일 년 전에 있었다. 진상을 알 수 없는 실종사건. 물음표가 그려져 있었다.

실종사건은 왜 그런지 연이어 발생할 때가 많은 듯했다. 어째서 연달아 일어나는지 이상하다는 코멘트가 보였다. 전임자의 임기 중에는 두 번 정도 연속으로 실종사건이 발생했다. 두 사람, 혹은 세 사람. 역시 얼마 지나서 돌아왔다. 모두 노인들이다. 그리고 모두 여자다. 돌아왔다고만 적혀 있고 그에 관한 의견은 보이지 않았다. 특별히 파고들어 조사하지는 않은 듯했다. 전임자도 그저 노인들이 배회한 것이라고 생각했을까.

실종사건이 일어났던 날짜를 메모하는데, 그 옆에 뭐라고 흐릿하게 적혀 있는 게 보였다.

'농협 창고?'

자세히 보니 그렇게 쓰여 있었다.

다카야스는 자세히 살펴보았다. 일지에 기재했다기보다 무의식 중에 끼적인 것처럼 보였다.

찌지를 붙이며 실종사건과 관련된 기술을 반복해서 읽었다. 나중에 이날 지방판도 찾아봐야겠다.

이윽고 그는 다른 페이지에서도 똑같은 메모를 발견했다.

'농협 창고에서?'

역시 그렇게 쓰여 있었다.
농협 창고. 시 남쪽 외수로 부근에 있는 커다란 비축 창고다. 상당히 오래된 석조 건물인데 그곳이 어쨌다는 걸까?
다카야스는 지도를 펴고 그곳을 찾았다. 얼마 동안 그 지점을 응시하던 그는 이내 책상 위 바인더를 펴고 손가락으로 훑어 히로시마 지국 전화번호를 찾아냈다.

젊은 남자가 구급차로 실려가고 나서도 경찰이 사진을 찍고 있었다. 고개를 푹 수그린 왜건 운전자가 교차로에서 경관에게 사고 당시 상황을 설명하고 있었다.
아이코를 비롯한 편의점 손님들은 안쪽의 직원 출입구로 안내되어 밖으로 나갔다. 급히 회사로 향하는 회사원들. 아이코는 이럭저럭 평정을 가장하며 필름을 맡기고 빵과 우유를 샀다. 그러고는 구경꾼과 경찰을 먼발치서 보며 비척비척 걷기 시작했다.
편의점에서 멀어진 뒤에야 비로소 그녀는 침착함을 되찾았다.
사고는 우연이었다. 그야말로 모든 이가 무의식 상태가 된 순간이었다.
그 이야기는 즉, 역시 꽤 많은 사람이……
모든 사람이 일제히 입에 손을 갖다댔던 순간의 영상이 머릿속에 되살아나 등골이 오싹했다.
길 저편에서 젊은 어머니가 자전거를 타고 다가왔다. 핸들을 잡은 양팔 사이에 앉은 남자아이와 뭐라고 이야기 하고 있다.

바로 뒤에서 교복을 입은 소년이 달려와 아이코를 앞질렀다. 얼굴이 붉게 상기되고 이마에서 땀방울이 빛났다.

아이코는 자신이 이물 같은 기분이 들었다. 주변을 걸어다니는 사람들이 모두 미지의 생물로 보였다. 별안간 그들이 일제히 자기를 손가락질하며 저 녀석은 다르다, 저 녀석은 아직 아니다, 하고 부르짖지 않을까 하는 피해망상이 차츰 마음속 깊은 곳에 자라기 시작했다.

그리고 저곳에는 그것이 있다.

소리 없이 도로 옆을 흐르는 물이 강하게 의식되었다. 우리는 늘 포위되어 있다.

아이코는 얼굴이 파랗게 질린 채 한눈팔지 않고 곧장 교이치로의 집으로 향했다. 어서 다몬의 얼굴을 보고 싶었다. 끈끈하게 무더운 날씨인데도 온몸이 싸늘했다. 불쾌한 땀이 흘렀다.

아이코는 거의 달리다시피 해서 집에 당도했다. 초인종을 눌러도 집 안에서는 아무 반응이 없었다. 열쇠를 꺼내 문을 열자, 현관 앞에 아버지의 신발도, 다몬의 신발도 없었다. 이미 나간 모양이다. 아이코는 재빨리 현관문을 잠그고 문에 등을 댄 채 긴 한숨을 내쉬었다.

별안간 전화벨이 울리기 시작했다. 아이코는 소스라쳤다. 마치 그녀가 집에 도착할 때를 기다린 것 같았다.

아이코는 온몸을 긴장시킨 채 어두운 집 안에서 그칠 줄 모르고 울리는 벨소리를 꼼짝 않고 듣고 있었다.

 어제까지와 다를 바 없이 한 발짝 안으로 들어서면 조용하고 한가로운 거리였다.
 오늘은 비가 오지 않았지만 날씨는 여전히 흐렸다. 젖지 않은 곳이 없다. 도로, 버드나무, 지붕, 돌다리, 죄다 흠뻑 젖어 있었다.
 다몬은 언뜻 보면 느긋한 그다운 발걸음으로 산책로를 걸었다.
 흑백이 섞인 새가 이랑 지은 밭 위를 쫑쫑 걸어다녔다. 까치일까. 지난밤의 동요와 공포가 마치 거짓말만 같았다.
 자신은 이렇게 야나쿠라 거리를 느긋하게 걷고 있다. 이곳 어딘가에서 무슨 일인가가 일어나고 있고 자신의 이해를 뛰어넘는 생명체가 세계를 조용히 침식하고 있다. 지금 이 순간에도 그것은 계속되고 있음에 틀림없다.
 그런데도 이렇게 멀쩡한 정신으로 태평하게 걷는 자신은 뭘까. 어젯밤 교이치로는 그것을 잡을 방법을 찾아보겠다고 했다. 그 말을 들었을 때 느낀 냉소 같은, 피로감 같은 이질감은 무엇이었을까.
 망해가는 걸까.
 인간이 의식을 획득해 사회를 만들고 윤리와 철학을 확립시켜 자신들의 미래를 모색해온 세월도, 생명의 거대하고 냉철한 흐름과는 아무런 관계가 없다.

어쩌면 이미 끝장났는지도 모르겠군.

다몬은 수로 선착장에 흡사 미끼 새처럼 꼼짝 않고 몸을 말고 있는 오리를 보며 생각했다.

가끔씩 이런 느낌이 들 때가 있었다.

자기가 벌써 유령이 된 것 같은 느낌. 아니, 세계가 이미 멸망하고 난 뒤의 유령인 것 같은 느낌이 들 때가 있다. 이렇게 조용한 산책길을 걷는 자신은 멸망한 세계가 꾸는 꿈의 일부일지도 모른다.

조그만 환성이 들려왔다.

목소리가 들린 쪽으로 시선을 돌리자, 반바지 차림의 아이들 셋이 수로 옆에 모여 뭔가를 하고 있었다. 물고기 같은 것을 잡는 모양이다.

물가란 세계와의 접점이군. 아이에게나 어른에게나.

그런 생각을 하며 걷는데, 그중 한 아이가 주머니에서 뭔가 하얀 것을 꺼내는 게 보였다.

그것이 눈에 들어온 순간 머릿속에서 뭔가가 팡 터졌다.

그렇군. 그런 거였나.

다몬은 저도 모르게 입안에서 조그맣게 부르짖었다.

전임자는 외출중이었으나 이십 분도 되기 전에 전화가 왔다.

휴대전화가 보급되면서 연락을 취하기가 현격히 쉬워졌음을 실감했다.

"여보세요? 다카야스인가?"

바깥인지, 번잡한 거리의 소음이 들려왔다.

"오랜만입니다. 바쁘신데 죄송합니다. 사사키 씨 임기 중 일로 잠깐 여쭙고 싶은 게 있어서요."

"오래 걸릴 것 같아?"

"어쩌면 그럴지도 모릅니다."

"그럼 회사 근처니까 들어가서 다시 걸겠네. 휴대전화는 요금이 비싸니까."

일단 전화가 끊어졌다.

커피를 한 잔 더 타는데 또다시 전화벨이 울렸다.

수화기 너머가 조용해졌다. 책상에 도착한 모양이다.

"무슨 일인데?"

"단도직입으로 말씀드리겠습니다. 지금 야나쿠라에서 연속으로 발생한 실종사건을 조사중인데, 그와 관련된 기록이 없을지 사사키 씨 일지를 봤거든요. 그랬더니 비슷한 사건이 1993년하고 94년에도 있었더군요. 상황은 현재 조사중인 사건하고 흡사합니다. 당시 그 건에 관해 조사하신 적이 있습니까?"

수화기 너머에서 상대가 입을 다무는 것을 알 수 있었다. 이윽고 담배에 불을 붙이는 소리가 들려왔다.

"또 발생했나."

사사키가 낮은 목소리로 중얼거렸다.

다카야스는 그 목소리에서 사사키가 뭔가 아는 게 있음을 직감했다.

"돌아왔지?"

사사키가 넌지시 물었다. 다카야스가 어느 정도 알아냈는지 떠보려는 듯했다.

"네. 실종된 동안의 기억이 없는 채로요."

"몸은 멀쩡하고."

"네. 그렇습니다."

"돌아왔으니 문제는 전혀 없다. 그런 식으로 밀고 나가는 게 좋아. 자네도 이제 곧 이동할 때가 됐겠다."

사사키의 건조한 목소리를 듣고 다카야스는 눈을 크게 떴다. 아는구나. 그도 여기서 무슨 일인가 벌어지고 있음을 아는 것이다.

"무슨 압력이라도?"

"아니, 그런 게 아냐. 처음엔 나도 수상하게 생각해서 이것저것 조사하고 다녔네. 어쨌든 한가했으니 말이지. 하지만 아무도 상대를 않더라고. 일부러 그러는 게 아냐. 다들 정말 별일 아니라고 생각하는 거네. 무사히 돌아왔으니 됐잖아. 다들 그러면서 날 의아한 눈으로 보더군. 경찰도 마찬가지고. 가족 모두 무사하고 일상생활이 재개됐는데 무슨 문제가 있느냐는 식이었어."

수화기를 쥔 손에 땀이 뱄다.

"그래서요? 사사키 씨는 일련의 사건을 야기한 원인으로 생각하신 게 있었습니까?"

다카야스는 긴장한 목소리로 물었다.

수화기 너머에 또다시 침묵이 흘렀다.

"생각한 건 있네만 너무 황당무계한 이야기라 말하고 싶지 않군."

무뚝뚝한 목소리가 중얼중얼 말했다.

분명히 지금 제 머릿속에 있는 가설과 같을 겁니다.

그 말이 목구멍까지 치밀었으나 가까스로 참았다. 현역 신문기자 둘이 전화로 이야기할 내용이 아니라는 것을 두 사람 다 잘 알고 있었다.

"거기 있을 때 묘한 이야기를 들었는데 말이지."

별안간 사사키가 화제를 바꾸었다.

"무슨 이야기 말씀입니까?"

"장의사에서 일하는 사람이 얼핏 흘린 말인데, 가끔 화장하고 봤더니 유골이 없는 사람이 있다는 거야."

"유골이 없다고요?"

"그래. 골다공증이 어지간히 심한 건지, 아니면 각성제라도 맞았는지는 알 수 없지만, 가끔씩 유골이 전혀 안 남는 시체가 있다더군. 유족이 화장하고 주울 게 없어서 당혹스러워했다고."

"어쩐 으스스하군요."

다카야스는 수화기를 고쳐쥐었다.

"그런데 말이야."

사사키의 목소리가 조롱하는 투로 변했다.

"얼마 지나서 그 사람을 다시 만날 기회가 있어서 확인했더니,

정색을 하곤 농담이었다고 하지 뭐야. 괴담 같은 이야기를 한번 해보고 싶었던 것뿐이라면서."

다카야스는 할 말을 잃었다.

"그래서요?"

"그게 끝이야."

두 사람은 침묵했다.

"내 충고하는데 깊이 생각 않는 게 좋아. 게다가 어쩌면 정말 아무 일 아닐지도 모르고."

다카야스는 그럴 리가 있느냐고 속으로 반박했다. 여러 사람이 사라졌고 그들이 하나같이 기억을 잃은 상황을 어떻게 아무 일이 아니라고 할 수 있겠나.

그러나 다카야스는 그렇게 말할 수 없었다.

사사키가 체념 어린 목소리로 말했다.

"뭐, 호기심을 갖는 건 이해하네. 나도 그랬으니까. 다카야스 자네 같으면 더 신경쓰일 테지. 하나만 더 말해둘까. 이웃 S시에 고바야시 다케오라는 남자가 살아. 야나쿠라 중학교에서 역사를 가르쳤던 사람이지. 지금은 퇴직했는데, 묘한 사람이라 말이야. 야나쿠라 출신인데 일부러 집을 떠나 그쪽에서 산다네. 야나쿠라 역사에 일가견이 있어. 본인은 진지한데 주위에선 괴짜 향토사 연구가로만 취급하고 상대를 안 해주지. 내 옛날 명함첩을 찾아보라고. 그 사람 명함이 있을 테니까. 자네의 개인적인 호기심을 충족시키는 데는 도움이 될지도 몰라. 단, 그 사람을 만났단 말은 남들한테 하지 말고. 자네까지 색안경 낀 눈으로 볼 테니까."

교이치로는 버스 맨 뒷좌석에 앉아 있었다.
앞쪽에는 죄 노인들만 앉아 있었다.
어젯밤에 세 사람에게는 말하지 않았지만, 그는 야나쿠라 사람 중 상당수가 이미 '도둑맞았음'을 확신하고 있었다.
그러나 내가 '도둑맞지' 않았다는 것을 누가 보증할 수 있다는 말인가?
교이치로는 이따금 그런 불안이 머리를 스칠 때가 있었다.
자신의 무의식은 알 수 없다. 눈을 깜박이는 동안은 다른 의식이 자기 눈을 통해 바깥을 보는지도 모른다. '도둑맞은' 사람의 의식이 어떻게 되는지는 알 수 없지만, 적어도 원래 생활과 달라진 점은 아무것도 없다.
지금으로서는 아마 아닐 것이다.
교이치로는 스스로 기운을 북돋웠다.
내 나이에는 '도둑맞는' 데 며칠은 걸릴 텐데, 그렇게 오랜 기간 기억이 누락된 적은 없다. 매일 일기를 꼬박꼬박 쓰는데 하루도 빠짐없이 메워져 있고, 기억도 현실도 연속되어 있다. 그러나 어쨌든 자신은 은퇴한 몸이니 설령 며칠간 모습을 감추더라도 누가 그 사실을 깨닫는 데 시간이 걸릴 것이다. 앞으로 그런 일이 생기면 어떻게 할 것인가?

그는 이따금 꿈을 꾸곤 했다. 어느 날 자고 일어나니 집 안에서 곰팡내가 난다. 현관 앞에는 신문이 며칠 치 쌓여 있다. 그리고 텔레비전을 켜니 자기가 기억하는 것보다 일주일 뒤 날짜를 아나운서가 읽는다.

꿈은 늘 거기서 끝났다. 그러면 그는 반사적으로 일어나 일력으로 날짜를 확인했다. 그리고 신문 최신호와 마지막으로 쓴 일기의 날짜를 확인한다. 그런 뒤에 꿈이었다고 자신을 달래곤 했다.

어느 날 아침에 일어났을 때 자기가 '도둑맞았음'을 과연 깨달을 수 있을까? '도둑맞았을' 때 자기가 '도둑맞았다는' 것을 이해할 수 있을까? 만약 이해할 수 있다면 그때 자기는 무엇을 해야 할까? 아이코와 다몬, 다카야스를 어떻게 대하면 좋을까?

잇따라 떠오르는 의문을 생각하다보면 순수한 호기심이 마음에 차올랐다. 그게 어떤 체험일지 알고 싶은 마음이 간절했다. 그것을 알기 위해 '도둑맞아' 보고 싶다는 생각마저 들 때가 있다.

그러나 자신은 역시 마지막 순간까지 그것을 부정할 것이다. 어째서 그런지는 잘 모르겠지만.

국도는 혼잡했다. 신호에 걸렸다. 버스가 느릿느릿 멈춰섰다.

남자와 처음 말을 주고받았을 때가 생각났다.

동업자는 알아보게 마련이지만, 처음에 지역 문화인이 많은 술집에서 우연히 옆자리에 앉게 됐을 때는 전직 교사인 줄 몰랐다.

남을 얕보는 듯한, 어딘지 모르게 서양인의 피가 섞인 것 같은 기름한 얼굴의 남자는 별안간 교이치로에게 말을 걸었다.

이거 보시오. 우리는 문학 작품을 제대로 못 읽은 거요. 하쿠슈도 후쿠나가도 다들 눈치채고 있었소. 그 편린을 작품에 담아 우리한테 메시지를 보낸 거요. 그런데 아무도 그걸 알아차리지 못한단 말이지. 야나쿠라의 아름다운 자연이 어떻다느니, 일본인의 여정이 어떻다느니, 그런 엉뚱하고 질질 짜는 소리만 늘어놓소. 아니란 말이오. 그런 게 아니오. 더 무시무시한, 인류의 비밀이 여기 야나쿠라에 숨겨져 있소. 선인은 그걸 우리한테 가르쳐주려고 하는 거요. 무슨 말인지 아시겠소?

풍채 좋은 신사 같은 남자의 이야기를 교이치로는 어안이 벙벙해서 듣고 있었다. 사투리를 전혀 쓰지 않기에 타지 사람인 줄 알았더니, 야나쿠라에 있는 큰 된장 상점의 아들로 대학 시절을 제외하면 줄곧 야나쿠라에 살았다기에 놀랐다.

나중에 듣기로 그 남자는 이 지역에서 유명한 인물이라고 했다. 지성에 교양, 붙임성까지 있어 다들 좋아하지만, 다만 그 독특하고 황당무계한 역사관을 전개하는 것만은 영 그렇다는 평가인 듯했다.

그 이래로 종종 인사를 주고받게 되었는데, 몇 차례 이야기를 나누는 사이에 어쩌면 이 사람은 머리가 지나치게 좋은 게 아닐까 하는 생각이 들었다. 그의 교양과 빠른 두뇌회전은 보통이 아니었다. 오히려 본인도 지나치게 좋은 머리를 주체하지 못해 자진해서 어릿광대가 됐고, 주변에서도 어릿광대로만 받아들일 수 있게 된 게 아닐까 하는 인상을 받았다. 너무나도 진지하고 한결같은 돈키

호테가 애처로운 어릿광대 취급을 받은 것처럼. 그 정도로 그는 고지식하게 자신의 논지를 전개하곤 했다.

그의 이야기를 잘 들어보면, 황당한 소리를 하는 것 같아도 논지는 탄탄하다는 것을 알 수 있었다. 별반 역사를 왜곡하는 것도 아니거니와, 곧잘 있는 견강부회적인 역사 연구가의 논지와는 근본적으로 달랐다. 도리어 현실에서 일어나고 있는 사건과 남아 있는 향토사 기록을 보면 그의 말이 꼭 거짓은 아니지 않을까 하는 생각이 들었다.

교이치로도 처음에는 동생 부부의 실종사건과 그 뒤에 고깃집에서 목격한 광경을 바보 같은 추측이라며 부정하려 했다. 그것이 당연한 반응일 것이다. 그러나 남자의 이야기를 듣는 사이에 그가 하려는 말이 바로 자기가 목격한 상황을 설명한다는 것을 깨닫고 한동안 충격에서 헤어나지 못했다.

보시게, 왜 갓파인지 아시겠나? 다들 갓파한테 발을 잡혀 끌려 들어가는 걸세. 발부터 말이지. 아시겠나? 그게 무슨 뜻인지?

그의 말이 머릿속에 되살아났다. 그때는 그가 무슨 말을 하는 건지 통 알 수 없었으나, 지금은 그 의미를 잘 알겠다. 그의 이야기 방식은 하나부터 열까지 낱낱이 설명하는 종류의 것이 아니다 보니, 그냥 듣기만 해서는 무슨 말인지 이해할 수 없다. 그러나 배후의 논리를 깨닫고 나니 낭비가 없이 간결한 말만 한다는 것을 알 수 있었다.

버스가 공사 현장을 지나며 덜컹거렸다.

차는 이렇게 많이 흔들린다. 게다가 시끄럽다. 대체 이렇게 많은 차가 다녀야 할 이유가 정말 있는 걸까? 지난번에 다몬이 이야기한 것처럼 운하로 왕래하는 나라가 된다면 얼마나 고요하고 아름다울까. 푸른 평지를 종횡으로 가로지르는 샛강. 미끄러지듯 나아가는 배. 그림 같은 풍경. 그런 나라라면 신도, 요정도 날아 내려올 것이다.

알고 나서 얼마 뒤에 남자는 느닷없이 가족을 버리고 야나쿠라에 인접한 신흥 주택지로 이사했다. 물론 걸핏하면 야나쿠라로 와서 단골 술집에서 자기 지론을 펴곤 했지만.

그가 이사한 이유에 관해, 부인 및 아들들과의 불화설, 젊은 여자가 생겼다는 설 등 나름대로 소문이 돌았으나, 표면상으로는 아무런 말썽 없이 이사한 듯 보였다. 그러나 교이치로는 그 무렵 그의 표정에 뭔가를 체념한 듯한, 뭔가를 각오한 듯한 달관이 서려 있었다는 느낌이 자꾸만 들었다.

이렇게 자신이 그의 집을 찾아가게 될 줄이야.

교이치로는 입술을 씰그러뜨리고 겸연쩍게 웃었다.

버스는 전원을 통과해 앞쪽에 보이기 시작한 새하얀 건물들을 향해 달려갔다.

천박한 신흥 주택지. 단지라고 해야 할지, 아파트라고 해야 할지 알 수 없는 무표정한, 이름 없는 콘크리트 덩어리들. 어린이 런치 세트에 곁들여 나오는 시든 파슬리 같은 가로수. 새 버스 정류장에 내린 교이치로는 기가 찬 심정으로 장난감 같은 관리사무소를 찾아가, 반쯤 자는 듯한 관리인에게 '고바야시 다케오'의 주소를 물었다.

놀랍게도 그는 광장 앞쪽에 위치한 가장 멋대가리 없는 동 4층에 살고 있었다.

그 고상한 취향을 지닌, 가재도구와 거리 경관에 까다로운 사람이.

교이치로는 눈을 둥그렇게 뜬 채 입구로 다가갔다. 조용하고 어둑어둑한 입구에는 녹슨 어린이 자전거가 계단 뒤에 고요히 놓여 있었다.

물론 등교와 출근이 일단락된 시간이라지만 그렇다고 이렇게 조용할까.

백일몽 속에 잘못 들어선 듯한 착각이 들었다.

그렇지 않아도 볕이 비치지 않는, 자기 그림자도 없는 오전 시간이다. 이대로 영원히 무인의 거리를 방황하는 게 아닐까 하는 공포가 밀려왔다.

현관에서 세대 번호를 눌렀다.

잡음과 함께 퉁명스러운 목소리가 "네" 하고 대답했다.

"미쿠마네. 잠깐 시간 좀 내주겠나?"

보이지는 않지만 인터폰 너머에서 그가 건조한 웃음을 띠었을 듯싶었다.

"들어오게."

딸각, 하고 잠금장치가 해제되는 소리가 들렸다. 문 앞으로 다가가자 묵직한 소리를 내며 문이 열렸다.

횡뎅그렁하고 고요한 복도에 들어서니 또다시 백일몽 속으로 돌아온 기분이었다. 영원히 계속되는 복도. 자기가 찾아가는 집 앞에서 초인종을 누르자, 문 안에서 누가 걸어오는 기척이 느껴졌다.

문이 찰칵 열렸다.

표정을 읽을 수 없는 국적 불명의 얼굴이 문틈으로 나타났다.

고개를 가볍게 숙여 인사한 교이치로는 문득 눈앞의 남자가 고무장화를 신은 것을 깨달았다. 보아하니 집 안에서도 신고 지내는 듯했다.

교이치로의 시선을 읽었는지 남자의 눈이 웃음이라고도, 노여움이라고도 볼 수 있는 기묘한 빛을 띠었다.

"갓파야. 아시겠나?"

남자는 교이치로를 응시한 채 나지막이 중얼거렸다.

교이치로는 천천히, 가볍게 고개를 끄덕였다.

"그래, 이제야 비로소 의미를 이해했네. 정말, 비로소."

남자는 몸을 돌려 교이치로를 안으로 들였다.

Chapter IX

언젠가 그 남자가 나를 찾아오리라는 것을 알고 있었다.

이유는 모르겠다. 하지만 나는 내 예감을 과대평가하지 않는 정도로는 믿고 있었다. 보이지 않는 것이 이 세상에 수없이 존재하는 이상, 예감이라는 것도 그렇게 업신여길 것만은 아니기 때문이다.

나는 어렸을 때부터 깊은 절망에 빠져 있었다. 철들었을 때는 이미 절망했던 것 같다. 그러나 주위 사람들에게는 그렇게 보이지 않았던 모양이다. 굳이 따지자면 아무렇지도 않게 이상한 소리를 하는 익살꾼으로 여겨졌던 것 같다.

나는 늘 더할 나위 없이 진지했다. 태어나서 한 번도 농담을 해본 적이 없다고 기억한다. 지극히 진지한 성격에 더해 나름대로 복 받은 환경 덕에, 내가 속한 이 세상을 조금이라도 더 이해하려고 노력해왔다. 내가 어렸을 때부터 느낀 이유 없는 절망을 설명하기 위해, 또는 해소하기 위해 온갖 방법을 시도했다. 철학이며 종교를 연구한 적도 있고, 연애 상대에게서 그것을 구해 보기도 했다. 그러나 아무것도 내 절망을 달래주지 못했다. 내가 가장 절망했던 것은, 다른 사람들이 나처럼 절망하지 않는다는 사실이었다. 어째서 그들은 이렇게도 부조리하고 공포로 가득 찬 세상에 절망하지 않는 걸까?

절망하는 데도 지쳐 정신과의사를 찾아가보았다. 그러나 그는 몇 달에 걸친 상담 치료 끝에 어깨를 으쓱하며 "당신은 대단히 정상입니다. 어느 누구보다도. 저보다 훨씬"이라고 대답했을 뿐이었다.

이 절망이 폭력이나 자살로 향하지 않는 종류라면 심오한 사고를 통해 철학자나 문인이 되고자 했어야 하는지도 모르지만, 아쉽게도 나는 뭔가를 끝까지 완성시키는 재능은 타고나지 못했다. 오랫동안 교직에 있었으나 선친이 타계한 뒤로는 부득이 가업을 이어 몸에 배어버린 절망과 더불어 살았다. 그러나 다른 사람들 눈에 내 인생은 꽤 순탄해 보이는 모양이었다. 가업은 그럭저럭 순조로웠고 신규 사업도 성공했거니와 내 곁에는 아름답고 총명한 아내와 자랑스러운 자식들, 믿음직한 친구들이 있었다. 그러나 내가 느끼는 것을 이해하는 사람은 아무도 없었던 것 같다. 다만 자신들이 그것을 이해하지 못한다는 것은 그들도 전부터 눈치채고 있었던 모양이다. 내가 이 신흥 주택지에 거처를 하나 더 마련하겠다는 유별난 제안을 했을 때도 그들은 사고가 일어났을 때를 염려했을지언정 그 자체에 관해서는 조금도 불평하지 않았다.

그리고 나는 지금 내 절망에 관해 다시 한번 깊이 생각해볼 기회를 얻었다. 그것이 내가 사랑하는 고향이자 생활의 터전이기도 한 야나쿠라라는 장소에 기인한다는 사실에 관해서도.

아이코는 잠시 주저하다가 용기를 내어 수화기를 들었다.
"네, 미쿠마입니다."
저도 모르게 목소리가 딱딱해졌다.
"아이코 씨?"
품위 있는 목소리가 흘러나왔다.
"어머님."
아이코는 놀랐다. 왜 그렇게 놀랐는지는 스스로도 알 수 없었다. 생각하면 지금까지 사흘씩이나 집을 비운 적이 없었다. 며칠씩 집을 떠나 있으면 어떻게 지내는지 전화할 만도 하다는 것을 깨닫고, 자기가 그 정도로 '일상'에서 멀어져 있었음에 강한 충격을 받았다.
"죄송합니다. 제가 먼저 전화를 드렸어야 하는데."
아이코는 즉각 '일상'의 얼굴로 돌아가 시어머니와 대화를 나누었다. 가게 이야기, 아이 이야기. 여자들만의 정보 교환에 통화가 활기를 띠었다. 그러나 아이코는 자신이 입만 '일상'으로 돌아가 있다는 것을 온몸에 사무치게 느끼고 있었다.
나는 지금 연기를 하고 있다. 이렇게 온몸이 뻣뻣하게 굳어 있는데도 여느 때와 같은 나를 연기하고 있다. 시어머니에게 공연한 걱정을 끼치지 않기 위해서다.

아이코가 아무 말 하지 않아도 시어머니는 며느리의 '리프레시 휴가'가 아직 끝나지 않았음을 알아차린 듯했다. 물론 처음부터 아이코가 알아서 기간을 정하게 하고 보낸 이상, 그에 관해 가타부타 할 시어머니는 아니었다.

"편히 쉬다 오려무나. 나도 가을엔 마음 편히 친구와 유럽 여행 다녀올 테니까. 아버님께 안부 말씀 전하고."

어머니는 태연한 목소리로 그렇게 말하고는 전화를 끊었다. 아이코는 무심코 전화기를 향해 머리를 숙였다. 어머님, 죄송해요.

자기가 지금 처한 상황을 어떻게 설명하면 좋을까. 아니, 과연 시어머니에게 상황을 설명할 때가 오기는 할 것인가.

아이코는 그런 생각을 했다가 그 의문의 불길함을 깨닫고 허둥지둥 지워버렸다.

교토가 참 멀구나.

아이코는 어둑어둑한 방 안에서 손으로 수화기를 누른 채 조용히 한숨을 쉬었다. 갑자기 공복이라는 것이 생각나 편의점 봉지에서 식빵을 꺼냈다. 식욕을 느끼자 비로소 긴장이 풀렸다. 토스트를 굽는 동안 식기장에서 홍차를 찾아내 차를 준비했다. 그곳만 살아 있는 것 같은 찻잔 속 호박색 홍차의 향기를 들이마시고 묵묵히 토스트를 먹었다.

별안간 노크 소리가 들렸다.

아이코는 움찔해서 현관을 보았다.

집 안에 침묵이 흘렀다.

아이코는 동작을 멈추고 현관문을 응시했다.

"네."

고개를 뻗어 대답해보았다. 그러나 문 너머는 여전히 쥐 죽은 듯 고요했다.

아버지나 다몬이었다면 열쇠를 써서 열고 들어왔을 것이다. 게다가 왜 초인종을 누르지 않고 노크를 한다는 말인가?

싸늘한 것이 등을 타고 기어올라왔다. 아이코는 어떻게 하면 좋을지 알 수 없어 얼마 동안 꼼짝 않고 있었으나, 이윽고 살며시 일어나 발소리를 죽이고 현관으로 다가갔다.

신경을 집중해 문밖을 살폈지만 아무런 소리도 들리지 않고 아무런 기척도 느껴지지 않았다. 천천히 샌들을 신고 문 한복판의 방범 구멍에 눈을 갖다댔다. 일그러진 둥근 시야에는 아무도 보이지 않았다.

그러고도 한동안 숨죽이고 꼼짝하지 않았으나, 이내 참지 못하고 일부러 달칵달칵 소리를 내서 잠금장치를 열고는 과감하게 문을 활짝 열었다.

습하고 공허한 공기.

퍼뜩 생각난 양 비가 부슬부슬 내리고 있을 뿐 주위에 인기척은 없었다. 잿빛 물웅덩이에 변덕스러운 동그라미들이 떴다.

아이코는 불현듯 자신이 그 물웅덩이를 겁낸다는 것을 깨달았다. 웅덩이로 다가가 곁을 지나치기 싫다고 생각하는 자신을 의식했다. 왜냐하면 웅덩이는 그 어두운 물과 이어져……

아이코는 머리를 가볍게 내저어 생각을 몰아냈다.

잘못 들었나? 아니, 분명히 들었다. 분명 누군가 문을 노크했다. 그 소리 탓에 식사를 하다 말았으니.

아이코는 주의 깊게 주위를 두리번거리며 필사적으로 냉정함을 되찾으려 노력했다.

문득 옆집 새시가 열려 있는 것이 보였다. 그 너머에서 검은 그림자가 슥 움직인 듯했다.

어라? 옆집 사람, 없어졌다고 하지 않았나?

아이코는 까치발을 하고 널담 너머로 옆집을 살폈다.

아니면 간병인인가? 하지만 불도 켜지 않았는데.

아이코는 빨려들듯 옆집 현관으로 향했다. 현관문도 반쯤 열려 있었다. 안은 어두웠다. 가까이 다가가자 집 안에 밴 향불 냄새가 났다.

마음 한구석으로는 이상하다고 생각하고 있었다. 간병인 같으면 집에 들어가면 불을 켤 테고 현관문은 잘 닫을 텐데.

아이코는 살그머니 집 안을 엿보았다. 어둑어둑한 복도 안쪽은 쥐 죽은 듯 고요했다.

"실례합니다. 누가 계신가요?"

도둑일지도 모른다.

불러보자마자 그것을 깨닫고 온몸이 얼어붙었다.

저도 모르게 뒤로 물러선 것과 동시에 안쪽에서 불분명한 소리가 났다.

목소리?

아이코는 다시 복도를 살며시 엿보았다. 다다미방 장지문이 열려 있었다. 그곳에서 뭔가가 나왔다. 어두운 탓에 그림자가 져서 잘 보이지 않았다. 뭔가가 움직이고 있었다.

아이코는 어리둥절한 표정으로 얼마 동안 그것을 바라보았다. 그것은 이쪽을 향해 천천히 다가오는 듯했다.

뭐지? 개 같은 게 들어왔나?

아이코는 돌연 자신이 보는 게 무엇인지를 깨달았다.

그러나 그것은 그녀의 이해 범위를 훨씬 넘어섰다.

무시무시한 쇳소리에 움찔한 그녀가 그것이 자신의 목소리라는 것을 깨닫기까지는 적잖은 시간이 걸렸다.

마루를 깐 휑뎅그렁한 원룸이었다. 낮인데도 창문에 커튼을 쳤다. 자세히 보니 두꺼운 크림색 비닐 소재였다.

"살풍경한 방이로군."

교이치로는 가차 없이 중얼거렸다. 다케오가 낮은 목소리로 웃었다.

"사색을 위한 방이니 말이지. 쓸데없는 물건은 안 들여놨네."

방 중앙에 다다미 넉 장이 깔려 있었다. 다다미 넉 장 반짜리 방의 한가운데 다다미가 없는 형태다. 그 자리에 조그만 커피 테이블이 있고, 그 위에 읽던 책이 놓여 있었다. 다다미 위에는 일인용 소파와 이인용 소파가 있었다.
"왜 구태여 다다미 위에 소파를 올려놓는 건가?"
교이치로는 이인용 소파에 앉으며 말했다.
"기분상 그래본 거네. 조금이라도 높낮이 차가 있는 편이 낫겠거니 해서."
다케오는 실내에서는 기이해 보이는 회색 장화로 삑삑 소리를 내며 부엌으로 걸어갔다. 물이 끓는 소리가 들려왔다.
"손님이 자주 오나?"
다케오에게서 커피 잔을 받아들며 교이치로는 탐색하는 눈초리로 방 안을 둘러보았다.
"아니, 자네가 처음이네. 가족들도 여기엔 안 오니 말이지."
다케오는 일인용 소파에 앉아 고개를 가로저었다.
"그나저나 여긴 이상한 곳이군. 기억상실증에 걸린 사람 같은 곳이야. 과거도 미래도 없어. 내가 유령이 된 기분이 드네."
교이치로는 눈앞의 남자를 보며 커피를 마셨다. 장식품 같은 사내다. 싸늘하고 매끌매끌한 도기 장식품 같다.
"괜찮아. 그쪽이 더 마음이 편하네. 여긴 대피소니까."
도기 같은 남자는 표정을 바꾸지 않은 채 중얼거렸다.
"대피소라. 그렇군. 그래서 자네는 언제부터 '그것'을 알아차렸던 건가?"
교이치로는 느닷없이 본론으로 들어갔다. 눈앞에 앉은 남자는 무표정했다.

"아니, 그보다." 교이치로는 말을 이었다. "왜 다른 사람은 '그것'을 못 알아차리는 건가?"

다케오는 고개를 살짝 갸웃했다.

"글쎄. 하지만 그런 일은 많잖나. 다들 평범한 생활에 푹 잠겨 있느라 변화를 깨닫지 못해. 아니면 덮어놓고 변화를 부정하고 모르는 척해. 흔히 있는 일이야. 그야말로 다들 유령이 돼도 아무도 못 알아차릴지도 모르지."

다케오는 고지식한 목소리로 담담히 이야기하기 시작했다.

"아마 세계가…… 난 딱히 신의 존재를 믿는 건 아니네만, 그와 유사한 어떤 힘이 있다고 생각하거든. 그 세계라는 게 비밀이니 진실을 보여주는 인간을 한정하는 걸 테지. 소위 천재나 이단이라 불리는 사람들 말인데, 그 비밀을 아는 대가를 치르는 사람한테만 은밀히 비밀을 가르쳐주는 걸세. 그렇다고 내가 그런 사람이라는 뜻은 아니네만, 그 언저리에서 얼쩡거리는 인간이란 건 틀림없겠지. 자네도 그렇고. 자네도 언저리에 있어. '그것'은 세계가 내비치는 진실의 하나라네. 진실이나 비밀도 각양각색이라, 때와 장소에 따라 만화경처럼 모습을 바꾸지. 예컨대 중세 이탈리아였다면 분명 '그것'과 똑같은 게 다른 형태의 비밀로 누군가의 귓전에 소곤거려졌을 거야."

교이치로는 이야기에 빨려들었다. 그렇군. 하나의 사상이 시대며 환경, 가치관에 따라 전혀 다른 것으로 보인다는 것은 있을 수 있는 일이리라.

"예컨대 현대 일본, 20세기 말의 우리 눈에 비치는 '그것'을 설명해보자면."

다케오는 교사의 말투가 되어 이야기를 계속했다.

"자네가 그 설을 아는지 모르겠군. 생명은 원래 물속에서 비롯되었다는. 바다에서 태어난 생물이 점차 뭍으로 올라와 가혹한 지상 환경에 적응하면서 진화한 셈이네만, 인류도 처음에 뭍으로 올라오긴 했는데 과격한 온도 변화와 가차 없는 중력을 견디지 못하고 도로 물속으로 돌아간 시기가 있다는 설이야. 우리는 지상에 사는 동물치곤 너무나도 불완전하잖나? 체모가 거의 없으니 체온이나 체내 수분을 빼앗기기 쉽고, 게다가 중력에 거슬러 직립 보행을 하고 있지. 인간의 신체는 굳이 가리자면 물속에 사는 생물의 형태에 가까워. 물속에서 사는 신체 그대로 뭍에 올라온 것처럼 보이거든. 이게 무슨 뜻인지 아시겠나?"

다케오는 그가 입버릇처럼 말하는 '아시겠나?'를 내뱉더니 교이치로를 보았다.

"즉, 우리는 갑자기 뭍으로 올라온 걸세. 원래라면 시간을 들여 천천히 육지에 적응했을 테지. 그러지 않으면 적응할 수 없을 정도로 지상의 환경이 가혹하기도 했고. 그런데 신체를 충분히 육지에 적응시킬 겨를도 없이 서둘러 뭍으로 올라올 필요가 있었던 거야. 이유가 뭘까."

다케오는 교이치로를 꼼짝 않고 응시했다.

"서둘러 뭍으로 올라와야 할 만큼 무서운 일이 물속에서 벌어진

게 틀림없어."

 이 남자는 눈을 거의 깜박이지 않는군. 교이치로는 머릿속 한구석으로 그런 생각을 했다.

 이 남자가 '도둑맞았을' 가능성은 있을까?

 "그게 '그것'이다?"

 교이치로가 질문했다. 다케오는 이야기를 계속했다.

 "적어도 우리는 '그것'을 피해 도망쳐오긴 했을 걸세. '그것'은 '하나'이기 때문이야. '그것'에 붙들리면 우리는 누구나 동일한 '하나'의 '그것'이 되고 말아. 우리는 무의식중에 타자와 동화하기를 기피하고 두려워해왔네. 다양성이 바로 우리가 생물로서 취하는 전략이기 때문이지. 난 전부터 면역이라는 걸 이상하게 생각했어. 장기 이식에 따르는 거부 반응도. 이식된 걸 자기로 인식하지 않는다, 이물로 간주하고 공격한다. 아닌 게 아니라 독물이 침입했을 때 거부하는 건 당연하네. 자기 생명을 유지한다는 목적에 반하니까. 하지만 생명 활동을 도와줄 것을 받아들이길 거부하는 이유는 뭘까? 종의 번영을 위해선 서로의 세포를 공유하는 편이 효율이 더 높지 않겠나? 그런데도 그렇게 격하게 거부한다는 건 개별의 개체를 가진다는 데 더 중요한 의미가 있다는 뜻이네. 우리는 각자 누구도 의지하지 않고 각각의 가능성을 시험해봐야 하는 게 분명해. 그게 생물로서 올바른 전략이야. 이게 내가 얻은 결론이네."

 다케오는 거기까지 단숨에 풀어놓더니 잠시 말을 중단했다.

"그러나 한편으로 우리는 늘 '그것'에게 붙들리고 싶은 유혹과 싸우고 있네. '하나'가 되고 싶은 유혹이지. 종교도 가족도 사회도 '하나'가 되고 싶다는 유혹이 낳은 형식이 아닐까 싶을 때가 있거든. 저마다 자기 전략을 탐색하려면 다대한 스트레스가 따르지만, '하나'가 되면 편하거니와 아무 생각 않아도 되니까. 그러나 거기에 생물로서 딜레마가 있네. '하나'가 돼버리면 다양성이 생기지 않아. 산이나 바다, 강변에 형제가 흩어져 산다면 산이 거대한 분화를 일으켜도 다른 곳에 사는 형제가 살아남겠지만, 낮은 지대에 형제가 한데 뭉쳐 살면 홍수가 발생했을 때 모조리 죽고 말아. '하나'로 있다간 어떤 기회에 전멸할 가능성이 존재하는 걸세. 그래서 우리는 더욱 복잡한 전략을 만들어냈네. '하나'가 되고 싶은 유혹과 제각각 개체로서 자신의 전략을 모색하고 싶은 욕구 사이에 늘 흔들린다는 전략이지. 많은 개체가 모두 개별 행동을 취하는 건 상당한 위험이 뒤따르는 일이거든. 경우에 따라선 모두가 쓰러져 죽고 말아. 그걸 막기 위해선 때로는 한데 모여 정보를 교환하고 공동체가 아니면 쉽지 않은 인프라를 정비해 안전지대를 만들어놓을 필요성이 있네. 그러나 공동체도 오래 계속되면 쇠퇴한단 말이지. 그즈음엔 다시 개별 전략을 모색하고 싶은 욕망이 부풀어 올라, 공동체가 무너지고 분산돼서 제각각 다른 방법을 생각하고 자기 갈 길을 가. 이걸 반복함으로써 인류는 안정된 번영을 누려 온 셈이네."

"그럼 지금은?"

교이치로는 중얼거리듯 물었다.
다케오는 잠시 입을 다물더니 나지막이 중얼거렸다.
"우리는 '하나'가 되고 싶어하는 중인지도 몰라. 아니면 무의식중에 인간이란 생물의 전략이 도저히 수습 불가능한 상태에 이른 걸 깨닫고 다시 한번 '하나'로 되돌아가려고 하는지도 몰라."
두 사람은 서로를 외면하며 말없이 커피를 마셨다.

"얘, 그거 좀 잠깐 보여줄래?"
다몬은 두방망이질하는 가슴으로 고기를 잡고 있는 소년들에게 말을 걸었다.
세 소년은 어리둥절한 얼굴로 다몬을 보더니 서로 마주 보았다.
다몬은 한껏 온화한 미소를 지어 보였다.
그들 눈에 자기가 어떻게 비칠까. 대낮부터 어슬렁어슬렁 돌아다니는 수상한 아저씨로 보일까.
"그거?"
소년들은 다몬이 어느 것을 가리키는지 모르는 듯 두리번거렸다.
"그 하얀 거 말이야."
다몬이 그중 한 소년이 손에 쥔 것을 가리키자, 소년은 "아아" 하고 중얼거리며 손을 펴서 다몬에게 내밀었다.
조그만 손바닥이 눈앞에 있다. 그리고 그 한복판에 하얀 비둘기 피리가 올라앉아 있었다.

이거다.

머릿속에서 뭔가가 딱 들어맞았다.

이 소리였다. 인공적인 것 같으면서 그렇지 않은, 어딘지 모르게 그리움을 불러일으키는 소리.

다몬은 어렴풋한 흥분을 느끼며 그것을 응시했다.

"불어봐도 돼요."

소년은 무뚝뚝하게 말했다.

"그래도 되겠어?"

다몬은 고개를 꾸벅하고 비둘기 피리를 집었다. 소박하고 심플한 디자인. 그러고 보니 야나쿠라 시에서는 예로부터 이런 조그만 완구를 만들었다고 했다. 향토 완구로 비둘기 피리가 소개됐던 기억이 있다. 즉, 야나쿠라 사람들은 예로부터 그 소리를 들으며 살아왔다는 뜻이다. 어느 쪽이 먼저인지는 모른다. 그 소리가 비둘기 피리와 비슷하다는 것을 깨달은 게 먼저인지, 그 소리를 모방해 비둘기 피리를 만들었는지.

입을 살짝 갖다대고 숨을 불어넣었다.

예상대로 낮고 구슬픈 소리가 났다. 옛 기억을 흔들어 깨우는 듯한 울림.

"그거, 아저씨 가져요."

소년은 여전히 무뚝뚝하게 말했다. 다몬은 놀랐다.

"어?"

자기가 하도 열심히 바라봐서 기분 나빠졌는지도 모른다. 다몬은 황급히 손을 내밀었다.

"어이쿠, 미안. 괜찮아. 보기만 하면 돼."

그러나 소년은 뒷걸음치며 두 손을 등뒤로 감추었다.

"진짜 괜찮아요. 우리 할아버지한테 아주 많거든요. 똑같은 거 또 있어요."

소년은 어른스러운 어조로 다시 한번 단호하게 말했다.

다몬은 큰집에 돈을 변통해달라고 찾아온 한심한 친척 아저씨가 된 듯한 기분이 들었다.

"그래도 되겠어?"

어쩐지 말투도 한심해졌다.

"네."

소년은 고개를 크게 끄덕이고는 다른 두 아이를 보았다. 다른 데로 가자는 신호인 듯했다. 소년들은 말없이 뛰기 시작했다.

"고맙다."

다몬은 그들의 뒷모습을 향해 큰 소리로 말했다. 도로를 건너 논두렁길을 달려가는 소년들. 논 안을 걸어다니던 새들이 서로 뒤엉키며 퍼덕퍼덕 날아올랐다.

다몬은 손 안의 비둘기 피리를 꼭 쥐었다. 조그만 장난감이 희미한 열을 발산하는 기분이 들었다.

그 소리가 비둘기 피리 소리와 똑같다는 것은 알았다.

다몬은 또다시 정처 없이 걷기 시작하면서 생각했다. 이 시점에서 이제 다카야스를 찾아갈 이유는 없어졌다. 어떻게 할까. 집으로 돌아갈까.

발은 무심히 집과는 반대 방향으로 수로 옆을 계속 걷고 있었다.

그러나 그것만으로는 아무것도 해결되지 않는다. 녀석은 어떤 상태일 때 소리를 내는 걸까. 그 이전에, 그것은 무슨 소리일까. 그때 소리가 들리더니 잠시 후 물이 창밖에서 기어올라왔다.

도서관에서 본 장면이 머릿속에 되살아났다.

그것은 녀석이 이동하는 소리인가, 아니면 녀석이 위협할 때 내는 소리인가. 그렇다면 어째서 다카야스가 녹음한 테이프에 그 소리가 들어 있나. 야나쿠라에 온 뒤로 길을 걷다가 그런 소리를 들은 기억은 없었다. 그런데 다카야스의 테이프에는 두 번 다 녹음되어 있었다.

녀석은 알고 있다.

퍼뜩 그런 생각이 들었다.

인터뷰를 한 사람들은 이미 '도둑맞은' 상태로, 무의식 상태에서는 녀석의 지배하에 있다. 그 여자들은 막연히 감지하고 있었던 게 틀림없다. 다카야스가 이 연쇄실종사건에 의심을 품고 있다는 것을, 아직 사실에 당도하지는 못했을망정 녀석의 존재에 근접해 있다는 것을. 그 경고에 공명해 녀석은 소리를 내고 있었던 것이다. 녀석은 우리 생각을 알 수 있는 것이다. 이 거리를 종횡으로 뻗은 수로는 상당한 면적에 이르고, 녀석의 지배 하에 있는 인간들의 무의식은 상당한 양에 이를 테니까.

다몬은 저도 모르게 수로에서 떨어져나와 안절부절못하며 주위를 둘러보았다.

그럼 혹시.

등골이 싸늘해지고 세계가 천천히 회전하기 시작한 것 같았다.

우리가 녀석의 존재를 깨달은 것을 녀석도 깨달은 게 아닐까.

그 순간 우웅 하는 땅울림 같은 소리가 공기를 메웠다.

귀에 익은, 비둘기 피리 소리 같은 낮은 음색이.

다카야스는 교통량이 많은 도로 옆 인도를 급히 걷고 있었다.

이유는 모르겠지만 조바심이 났다. 와이셔츠는 이미 땀으로 흠뻑 젖어 불쾌한 정도를 넘어섰다.

뭘 하는 거지, 난.

다카야스는 조바심을 치면서도 마음 한구석으로 냉정하게 생각했다.

그런 곳에 가본들 뭐가 어떻게 된단 말인가? 뭘 알 수 있단 말인가.

아무 의미 없는 행동이라는 것은 스스로도 알고 있다. 그래도 그는 그곳에 가지 않을 수 없었다.

안면이 있는 사람과 마주쳐 웃는 얼굴로 인사를 하면서도 그는 걸음을 늦추지 않았다.

상대방이 엇갈려 지나치며 의아한 표정으로 돌아보는 것을 알 수 있었다. 다카야스가 서둘러 어디론가 가더라는 이야기는 나중에 분명 어디선가 화제가 될 것이다.

일지에 끼적인 말이 머릿속에 떠올라 있었다.

'농협 창고.'

다카야스가 그 의미를 묻자, 전임자가 '아뿔싸' 하듯 가볍게 혀를 차는 것을 수화기 너머 기척으로 느꼈다.

"아무것도 아니네."

애써 아무 일 아니라는 듯이 이야기를 끝내려는 것이 느껴졌으나, 다카야스는 물고 늘어졌다.

"똑같은 메모가 두 군데나 있었단 말입니다. 시시한 거라도 상관없습니다. 농협 창고가 왜요? 뭔가 이야기를 들으신 겁니까?"

수화기 저편이 한동안 조용했다. 희미한 숨소리만이 전화선을 통해 오갔다.

다카야스의 끈기에 졌는지 한숨 소리가 들려왔다.

"얼핏 소문을 들었을 뿐이네."

전임자는 체념한 투로 말문을 열었다.

"소문이라고요?"

"실종된 사람이 아직 집에 돌아오지 않았을 때 농협 비축 창고에서 봤다는 소문이야."

"거기서 말입니까?"

"확실한 건 아니네만."

전임자는 말을 시원스레 하지 못하고 머뭇거렸다.

"묘한 이야기야. 그것도 비축 창고 안에 서 있는 게 보였다는 것뿐이라 말이지. 목격자도 자기가 잘못 본 걸지도 모르고 다른 사람이었을 수도 있다고 인정하는 판이야. 그런데 일 년 뒤에 또 실종사건이 발생했을 때도 그런 소문이 있었지 뭔가. 하굣길에 비축 창고 창문 너머로 없어진 할머니 얼굴을 봤다고 초등학생들이 떠들었어."

"창고 창문……."

다카야스는 그 장면을 상상하며 멍하니 중얼거렸다.

"그냥 소문이야. 애들이 재미있다고 퍼뜨린 거네. 가족이 그 말을 믿고 창고에 가봤지만 아무것도 못 찾았어. 사람 얼굴은 착각하기 쉽잖나."

전임자는 어디까지나 '아무것도 아닌 이야기'로 결론을 내리고 싶은 듯했다. 다카야스는 그 이상 캐묻지 않기로 했다. 그 밖에 무난한 일상 업무에 관한 질문을 몇 개 하고 사내 가십을 교환한 다음 감사를 표하고 전화를 끊었다.

우선 예전 명함첩을 꺼내 전임자가 소개해준 남자의 이름을 찾았다.

고바야시 다케오. 이름과 주소와 전화번호만 적힌 무덤덤한 명함이다. 누렇게 변색된 명함을 꺼내 책상 앞 보드에 핀으로 꽂았다. 그러는 동안에도 머릿속은 시 외곽에 있는 낡고 큰 비축 창고 생각으로 가득했다.

지금까지 의식한 적이 한 번도 없는 건물이었다. 이따금 쌀을 들이는 장면을 본 정도다.

다카야스는 눈앞의 명함을 노려보았다. 전화를 해볼까 하고 버튼 쪽으로 손가락을 뻗었다.

그러나 머릿속에는 네모난 콘크리트 창고가 떡하니 자리하고 있었다.

그는 가볍게 한숨을 쉬고 일어섰다.

제 눈으로 직접 봐두지 않으면 도무지 직성이 풀릴 것 같지 않았다. 딱히 하고 싶은 일이 있는 것은 아니었다. 현장에 서서 그 건물을 보고 싶다. 그런 충동이 마음속을 가득 메우고 있었다.

다카야스는 문단속을 하고 밖으로 나왔다. 그리고 걸어서 가는 편이 낫겠다고 판단해 빠른 걸음으로 창고로 향한 것이었다.

주택가 안쪽으로 건물이 보이기 시작했다.

거대한 직사각형 콘크리트 건물은 오랜 세월을 버텨온 듯 여기저기 금이 갔고 원래는 진분홍색이던 벽도 빛이 바랬다.

그래도 오래된 건물 특유의 어딘지 모르게 우아한 향기가 느껴졌고 지붕은 완만하게 경사가 졌다.

급하게 걸어온 다카야스는 건물 앞에 서서 일단 한숨부터 돌렸다.

그냥 건물이다. 부지에는 잡초가 무성했고 녹슨 노란색 지게차가 구석에 놓여 있었다. 부지 대문은 열려 있었지만 거대한 창고의 커다란 셔터는 꽉 닫혀 있었다.

사람이 빈번히 드나드는 장소는 아니다. 지금도 부지 안과 건물 모두 인적 없이 고요했다.

얼마 동안 창고를 올려다보던 다카야스는 들어갈 곳이 없나 창고 주위를 살펴보기 시작했다. 자갈 밟는 소리가 자그락자그락 났다.

그러나 뒷문도 창문도 모두 단단히 잠겨 있었다. 철망으로 덮인 불투명 유리 너머는 캄캄해 아무리 열심히 들여다봐도 아무것도 보이지 않았다.

당연하다. 쉽사리 드나들 수 있으면 문제일 테지.

다카야스는 쓴웃음을 지으며 천천히 건물 주위를 돌았다.

창고 뒤쪽에 외곽 수로가 보였다. 외곽 수로를 따라 뻗은 도로 위로 트럭이 여전히 붕붕 소리를 내며 달려갔다. 그런 당연하고 일상적인 광경을 바라보다 보니 피로가 몰려왔다.

내가 뭘 하고 있는 거지.

아까부터 몇 번씩 되풀이한 질문을 다시 한번 스스로에게 던져보았다.

꿈이라도 꾸는 걸까. 어젯밤 레스토랑에서 주고받은 대화는 농담이었나. 정말 이런 데서 무슨 일이 벌어지고 있을까.

문득 뭔가에 발부리가 걸렸다.

밑을 내려다보니 녹슨 커다란 원형 쇠뚜껑이 있었다. 수도 사업소 표시가 붙어 있다.

하수도 입구인가?

다카야스는 무심코 맨홀 뚜껑에 손을 댔다. 생각보다 무거웠지만 질질 끌어 뚜껑을 움직였다.

뻥 뚫린 깊은 구멍이 어둠 속으로 사라졌다. 귀를 기울여보니 졸졸 물 흐르는 소리가 났다. 소리의 방향으로 보건대 외수로로 연결되는 듯했다.

다카야스는 어두운 구멍을 물끄러미 내려다보았다.

왜지? 나는 왜 이 뚜껑을 열었지?

구멍 속에서 눈을 뗄 수 없었다.

왜 이렇게 긴장했지? 왜 얼른 이곳을 떠나려 하지 않는 거지?

등에 새로 땀이 흥건히 배어나왔다.

안 되겠다. 저 안으로 내려가려도 이렇게 어두워서야. 손전등이 필요하다. 그리고 아마 장화도.

그러는 한편으로 냉정하게 이 안으로 내려갈 계획을 세우는 자신이 어딘가에 있다.

다카야스는 초조한 기분으로 구멍을 내려다보았다.

어쨌든 지금 이대로는 내려갈 수 없다. 준비를 하고 와야지.

마음속으로 그렇게 결론을 내리고 미련을 뿌리치듯 몸을 일으켰다.

다시 쇠뚜껑에 손을 댄 순간 다카야스는 그 소리를 들었다.

우웅 하고 땅속에서 울리는 것 같은, 그리움을 불러일으키는 소리를.

다몬은 물이 올라오는 게 아닐까 하는 착각에 별안간 달리기 시작했다. 도무지 설명할 수 없는 공포에 사로잡혀 머릿속이 새하얘

져서 내달렸다.

멀리. 멀리. 수로에서 가급적 멀리 떨어진 곳으로. 그런 곳이 여기에 있을 리 없다. 시의 10퍼센트를 수로가 차지하고, 우리는 물에 포위되어 있다. 이대로 역으로 가라. 역에서 기차에 올라타 한시라도 빨리 야나쿠라를 벗어나는 것이다.

지나치는 사람들이 주마등처럼 뒤쪽으로 사라진다. 배를 탄 게 언제였더라. 벌써 먼 옛날인 것만 같다. 미끄러지듯 물 위를 평행 이동하는 돈코배. 죽기 전에 되살아나는 기억은 분명 그런 속도로…… 수국. 야합화. 하늘하늘 춤추는 분홍색 꽃. 루비처럼 붉은 우렁이 알.

온갖 이미지가 머릿속을 오갔다. 그는 그때 완전히 이성을 잃은 상태였다. 그저 자신이 공포에 사로잡혀 소리 없는 비명을 계속해서 지르고 있다는 것만 알 뿐.

그래도 그의 발은 역으로 향하지 않았다. 무의식중에 그는 교이치로의 집으로 가고 있었다. 얼굴에 빗방울이 툭툭 떨어졌다. 분통 터지는 물이 하늘에서도 치고 들어온다. 다몬은 갑자기 화가 나 가쁜 숨을 몰아쉬며 멈춰섰다. 온몸에서 땀이 왈칵 쏟아졌다. 이완된 표정으로 주위를 둘러보았지만, 어떤 이상이 벌어지고 있는 낌새, 녀석이 덮쳐올 기미는 없었다.

다몬은 비척비척 걷기 시작했다.

조금 전 그 소리는 무엇이었나. 내 의식과 공명한 것은 분명한데. 역시 녀석은 알고 있는 것이다.

땀이 들어가 눈이 쓰렸다. 이렇게 전력 질주한 게 몇 년 만일까. 녀석에게 의사는 있을까? 아니면 단순히 이쪽의 의식에 반응하는 것뿐일까.

어느새 제 집처럼 익숙해진 단층집에 다 왔다.

그새 누가 왔을까?

현관 앞에 서서 열쇠를 꺼내려는데 안에서 "누구야!" 하고 히스테릭한 목소리가 들려왔다. 아이코의 목소리다. 그런데 유난히 가까이서 들린다.

"나야."

다몬이 대꾸하자 문 안에서 사람이 다가오는 기척에 이어 찰칵찰칵 잠금장치를 여는 소리가 났다. 문이 열렸다.

새파랗게 질린 아이코의 얼굴을 보고 그는 가슴이 철렁했다.

어째 분위기가 이상했다. 그녀는 멍하니 다몬의 얼굴을 올려다보았다.

"왜 그래?"

아이코가 다몬의 팔을 꽉 움켜잡았다. 다몬은 아픔을 느낌과 동시에 그녀가 부들부들 떨고 있음을 깨달았다.

"옆집에……."

아이코가 조그만 목소리로 중얼거렸다.

"옆집?"

다몬은 뒤를 돌아보았다. 널담 너머에 위치한 집은 고요했다.

"뭐가 있어."

"뭐가?"

다몬은 아이코를 보았다. 그녀의 눈은 다몬의 어깨 너머로 옆집을 보고 있었다. 그 눈에 어린 표정에 다몬은 오싹했다.

"'뭐가'라고밖에 할 수 없는 거야. 괴상한 거. 하지만 움직였어. 나, 보고 말았어. 보지 말걸 그랬어."

아이코는 굳은 목소리로 중얼거렸다.

"경찰에……."

다몬은 목소리를 낮추었다. 아이코가 세차게 도리질쳤다.

"부탁이야, 선배도 봐. 내 환각이 아니란 걸 증명해줘. 아니, 아냐. 그게 내 환각이란 걸 증명해주면 좋겠어. 제발 부탁이야. 아마 이젠 괜찮을 거야. 아마 우리한테 위해를 가할 수 있는 건 아닐 거야. 응. 벌써 죽었겠지."

아이코의 말은 지리멸렬했다. 도무지 평소 명석한 그녀답지 않은 모습이었다. 그 사실이 다몬을 더욱 동요케 했다. 그는 숨을 꿀꺽 삼키고는 뒤를 돌아보았다.

쥐 죽은 듯 고요한 옆집.

커다란 물웅덩이. 훨씬 커졌다. 물웅덩이가 집을 빙 둘러 에워싸고 있었다. 그것은 밭의 물웅덩이로 이어지고, 나아가 수로로 길을 만들어…….

다몬은 호흡을 가다듬으려 노력했다.

가지 않는 게 좋아. 여기서 경찰을 불러.

어디선가 그렇게 소리치는 자신이 있었다. 그러나 다몬은 천천히 걷기 시작했다. 아이코는 다몬의 팔을 붙든 채 조용히 따라왔다.

그만둬. 돌아가. 보지마.

머릿속에서 경고하는 목소리가 웽웽 울렸다. 그러나 발이 멈추지 않았다.

슬금슬금 담장을 돌아 옆집 현관 앞에 섰다. 문이 살짝 열려 있었다.

심장이 쿵쿵 뛰기 시작했다.

그만둬. 아직 늦지 않았어.

그렇게 소리치면서도 그의 손은 천천히 문을 열었다.

어둑어둑한 현관에 뭔가가 쓰러져 있었다. 뭔가, 물컹한 회색 물체가.

선향을 쥔 주름진 손이 보였다.

다몬의 시선은 그 손이 이어진 곳으로 향했다.

인간 같은 것이 누워 있었다. 아마도, 노파 비슷한 것이. 털실로 짠 모자에 반백의 머리칼, 퀭한 눈과 뺨이 보였다. 그러나 그것은 절반뿐이었다. 인간의 오른쪽 몸뚱이밖에 없었다. 나머지 절반은 흡사 늘어난 찰떡 같았다. 이쪽을 향하고 누운 오른쪽 몸뚱이 밑부분은 바닥에 철퍼덕 붙어 있는, 물렁해 보이는 질퍽한 회색 물체에 지나지 않았다.

Chapter X

향수.

모호하고, 감상적이고, 그러면서 어딘지 모르게 쓸쓸함이 있는 말이다.

야나쿠라가 일본인의 향수라는 이미지를 갖게 된 것은 언제부터일까. 역시 기리야마 하쿠슈의 시로 유명해졌을까. 아닌 게 아니라 그의 시는 아름답거니와, 평소 우리가 마음 한구석에 밀어넣고 사는 창피하고 보드라운 부분을 건드린다. 그러나 어째서 그들은 하쿠슈에게서 늘 그런 면만 보는 걸까. 미에 민감한 것은 추에도 민감하다는 것을 왜 알아차리지 못하는 걸까.

예컨대 나는 가와바타 야스나리에 대한 이미지에도 반발심을 느낀다. 가와바타 야스나리라 하면《설국》. 아니면《이즈의 무희》. 여러 차례 영화화된 이미지. 주연을 맡은 아이돌 가수가 미소를 짓는 상큼한 포스터. 그것들은 그래봤자 그의 세계의 거죽에 불과하다. 나에게 그는 그로테스크하고 끈적끈적하며 괴기 취향이 강한 작가다.《손바닥 소설》의 일부 단편은 미국 SF

작가 레이 브래드버리의 괴기 단편을 연상시킨다. 그리고 하쿠슈도.

야나쿠라가 아름답다는 데 이의는 없다. 나도 어릴 적부터 수로 풍경에 매료되었던 사람이다. 그것은 세계의 프레임처럼 늘 그곳에 있다. 그러나 한편으로 나는 그곳에서 다른 냄새를 감지하고 있었다. 이 풍경 뒤에 암흑에 가까운 기이한 뭔가가 존재한다는 것을. 나는 이곳을 사랑한 시인과 소설가도 아마 나와 같은 것을 환시하지 않았을까 생각하게 되었다. 그들은 이 땅의 아름다움과 서정을 이야기하며 이중 투사처럼 이 땅의 암흑을 이야기했던 게 아닐까.

옅은 먹빛 구름이 천천히 움직이고 있었다.
미적지근한 바람도 약하게 불었다.
제방을 가득 메운 숨 막히는 풀 냄새.
낮은 하늘 아래, 멀리 송전선 철탑이 살풍경하게 이어졌다.
외곽 수로를 둘러싸듯 뻗은 국도로는 여전히 차들이 끊임없이 다니고, 수로 안쪽 거리에는 여느 때와 다를 바 없는 끈끈한 일상이 펼쳐졌다.
제방 위에 흰 고양이가 오도카니 웅크리고 앉아 있었다.
하쿠우는 수염을 꼿꼿하게 세우고 눈을 크게 뜬 채 꼼짝하지 않았다. 얼굴을 살짝 들고 공기중에 숨어든 뭔가를 응시하는 듯 보였다.
실제로 하쿠우는 야나쿠라 거리에 일어나고 있는 변화를 감지하고 있었다.

계기가 무엇이었는지는 잊어버렸지만, 분명히 뭔가가 바뀌고 있었다. 어쨌든 야나쿠라를 형성하는, 태곳적부터 존재해온 생명체의 일부가 녀석의 몸을 구성하고 있으니 그 변화는 녀석에게도 영향을 미쳤다.

하쿠우는 주인인 미쿠마 교이치로와 그의 딸 아이코 등이 무엇을 의심하며 어떤 행동을 개시하려는지는 알지 못했지만, 그들과 '그것' 사이에 모종의 긴장 관계가 발생했다는 것은 알아차렸다. 적어도 그 일이 '그것'의 변화에 어떤 영향을 주었음은 분명했고, 그래서 '그것'이 뭔가를 하려 한다는 조짐만은 눈치챌 수 있었다.

하쿠우의 머릿속에는 이 넓은 공간에 종횡으로 뻗은 수로를 메우는 '그것'이 찬찬히 사색하며 흘러가는 모습이 뚜렷이 떠올라 있었다. '그것'은 생각하고 있었다. 생각한다는 표현이 맞는다면 말이지만. 생각한다고 해야 할지, 반응한다고 해야 할지 알 수 없지만, 명백히 뭔가를 하려는 의지가 느껴졌다.

처음 느끼는 공기에 하쿠우는 긴장하고 흥분했다. 녀석 역시 생각하고 있었다. 그 또한 생각한다는 표현이 맞는다면 말이지만. 녀석은 앞으로 이 세계가 일찍이 아무도 본 적 없는 세계로 변모하리라는 예감을 습한 바람 속에서 감지하고 있었다.

그리고 하쿠우는 자기 뒤로 한 남자가 휘청휘청 걸어가는 것을 알아차리지 못했다. 녀석도 몇 번 만난 적이 있는 남자였다. 하기야 남자도 하쿠우를 알아차리지 못하고(아니, 누가 지나가도 지금의 그는 몰랐을 것이다) 창백한 얼굴로 걷고 있었다.
 다카야스는 비척거리며 걸음을 서둘렀다.
 조금 전 농협 창고로 향하던 때와는 또다른 발걸음으로.
 일부러 나에게 보였다. 일부러 보인 것이다.
 그 말이 확신이 되어 다카야스의 머릿속에 맴돌았다.
 그 진동 같은 울림. 테이프에서 들은 소리를 더 크게 한 듯한, 모든 것을 꿰뚫어보는 듯한 울림.
 다카야스는 숨을 몰아쉬며 길을 나아갔다.
 일이 이렇게 될 줄이야.
 그는 충격에 빠져 있었다. 공포에 사로잡혀 있었다. 심히 동요하고 있었다. 그리고 무엇보다도, 스스로 놀랄 만큼 몹시 흥분하고 있었다. 흥분은 동요와 공포를 넘어설 정도로 강했다. 이렇게 강한 감정은 난생처음 맛봤다. 자기가 그런 자신을 마음 한구석으로 재미있어하고 있음을 자각했다. 새삼 자신은 이상한 녀석이라는 생각이 들었다.
 '특종'이라는 글자도 뇌리를 스쳤지만, 이상하게 직업적인 의욕은 동하지 않았다.
 나는 이 일을 기사로 쓰고 싶은가? 다카야스는 속으로 자문했다. 그러나 그와 관련된 마음속 부분은 쥐 죽은 듯 고요했다. 그곳의 사진을 찍고 이번 일을 기사로 쓰면 어떨까? 어떤 소동이 벌어질지 상상도 되지 않았다. 수많은 사람이 몰려와 순식간에 공황 상태가 발생할 것은 틀림없었다. 세계관이 180도 바뀌는 것이다. 아니, 세계관 정도가 아니라 사회와 국가에 이루 헤아릴 수 없는 영향을 끼칠 것이다. 인간이 아닌 것이 세금을 내고 사회 구성원으로 생활하고 있다. 그런 사실이 판명되면 세상 사람들은 대체 어떤 반응을 보일까. 그런 점에서 흥미는 있었지만, 그의 마음은 오히려 개인적인 감개로 벅찼다.

드디어, 드디어 나도 안쪽으로 들어왔다.

기묘한 감개였다. 늘 맛보았던 소외감. 다른 사람들처럼 자기 인생에 열중하지 못한다는 허무감. 그러나 지금 그의 손안에 이 세계의 진실이 모습을 드러낸 것이다. 일상이라는 한가로운 벽의 갈라진 틈새 밑에 그런 것이 존재할 줄 누가 알았겠는가? 그는 은밀한 만족감과 우월감마저 느꼈다.

강한 흥분과 충격에 여전히 사로잡혀 있기는 했으나 서서히 그는 본질적인 냉정을 되찾았다. 교이치로나 다몬을 데려가야겠다. 로프와 손전등. 발표하건 말건 명확하게 기록해둘 필요가 있다. 필름을 잔뜩. 한 사람은 사진을 찍고 한 사람은 비디오카메라로 처음부터 끝까지 촬영한다. 그래도 연출이라느니 가짜라느니 하는 사람이 있을 것이다. 그 사진과 비디오를 누구에게 보이는 일이 있다면 말이지만. 그러나 마음 한구석으로 그것이 볕을 보지 못하고 묻히리라는 예감이 들었다.

뭐지, 이 체념 같은 감정은.

바람에 살랑이는 푸른 버들가지를 보며 다카야스는 또다시 자문했다.

체념, 또는 너무나도 예측이 불가능한 미지의 세계가 눈앞에 펼쳐져 있을 때 느끼는 불안감 비슷한 것.

문득 눈앞에 낡은 목조 다리가 떠올랐다. 한순간 무슨 다리인지 알 수 없었으나, 이내 고향의 고등학교 근처에 있는 다리임을 깨달았다. 입시를 전부 끝내고 이제는 결과 발표를 기다릴 뿐인 어중간한 시기에, 부 활동 지도교사에게 인사하러 혼자 그 다리를 건넜다. 그때도 지금처럼 빠끔히 뚫린 공백의 미래가 눈앞에 펼쳐져 있음을 기묘한 감개와 더불어 느꼈다. 불현듯 그리움에 가슴이 뭉클해졌다.

그러나 지금 눈앞에 펼쳐져 있는 미래는 그때와 비교가 되지 않을 만큼 막막하고 예측이 불가능했다. 이번 일이 어떤 형태로 끝을 맺든 간에 그때 자신은 이전의 자신과는 전혀 다른 인간일 것이다. 아니, 그것을 본 순간부터 나는 이미 다른 세계에 발을 들여놓아 다른 인간이 되고 말았다.

날이 저물기 전에 다시 한번 그곳에 가서 사진을 찍어야겠다.

다카야스는 조급한 마음을 필사적으로 억누르며 지부로 걸음을 서둘렀다.

"아이코, 카메라 좀 빌려줄래?"

다몬은 스스로도 의외일 정도로 빨리 침착함을 되찾았다. 이미 그 귀와 손가락을 본 터라 어느 정도 예상이 가능했던 것이라고 속으로 자신을 분석했다.

"뭐? 사진 찍으려고?"

아이코는 말도 안 된다는 듯 조그맣게 소리쳤다.

"응. 증거 사진. 아, 나중에 그 귀하고 손가락도 찍어야겠다."

"세상에. 싫어. 내 카메라에 이런 게 찍혀 있을 생각만 해도 기분 나빠."

아이코는 다몬 뒤에서 몸서리를 쳤다.

"어이구 참. 그럼 할 수 없지. 일회용 카메라를 사올 테니 집에서 기다릴래?"

"혼자서 기다리는 건 더 싫어. 알았어. 카메라 갖고 올게."

아이코는 비로소 평소의 모습을 되찾고 서둘러 현관으로 나갔다.

다몬은 반 토막뿐인 노파와 그 자리에 남았다. 썩 기분이 좋지는 않다.

너무나도 소름 끼치는 물체인데 시선은 자꾸만 그쪽을 향했다.

다몬은 섬뜩함보다 호기심이 앞서 눈앞의 물체를 빤히 응시했다.

그나저나 참 잘 만들었다. 육체는 물론 입은 기모노까지 정확하게 재현했다. 기모노와 오비 모두 절반은 완벽하게 진짜 같았다.

다몬은 바닥 쪽의 물렁한 반신과의 연결 부분을 유심히 관찰했다.

역시 모든 것이 엄청난 힘으로 늘인 것 같은 상태였다. 문득 피겨 제작 마니아인 친구가 떠올라 그에게 이것을 보여주고 싶다는 생각이 들었다. 그 친구라면 갖고 갈지도 모른다. 다몬은 피겨가 사방에 널린 그의 집 응접실에 이 물체가 놓여 있는 장면을 상상했다. 카드가 붙어 있다. 작자 미상.

현관 앞에 쭈그리고 앉아 노파의 멀거니 벌어진 눈을 보다보니 의문이 생겼다.

왜지? 어째서 이렇게 어중간한 상태로 돌아왔나? 지금까지 이런 실패를 했다는 이야기는 들어보지 못했다. 게다가 무엇보다도 실종된 지 며칠 안 되지 않았나. 이 나이라면 지금까지의 예로 보더라도 '도둑맞는' 데 최소한 일주일은 걸릴 텐데.

"이유가 뭘까?"

다몬은 눈앞의 물체를 향해 중얼거렸다.

"그런 거한테 말 걸지 마."

아이코가 겁에 질린 목소리로 말하며 뒤에서 쿡 찔렀다.

"으음. 왜 이렇게 불완전한 상태로 돌아왔을까."

다몬은 느긋하게 말하며 아이코를 돌아보았다. 아이코는 어깨를 으쓱하며 카메라를 건넸다.

플래시를 터뜨린 순간 움직이지 않을까 하는 근거 없는 공포가 치밀었지만, 아무리 셔터를 눌러도 눈앞의 물체는 달라지지 않았다. 이 녀석 앞에서 V자를 그리며 사진을 찍으면 천벌 받을까.

"대체 뭐로 만들었을까, 이거."

아이코는 기분 나쁜 듯 멀찍이 떨어져 서서 중얼거렸다.

다양한 각도에서 사진을 찍던 다몬은 오히려 감탄하는 마음이 들어 당황했다.

이 세상에는 우리가 모르는 것, 이해할 수 없는 것이 아직 많이 있다.

눈앞에 있는 물체를 보니 순순히 그렇게 생각할 수밖에 없었다.

이런 것을 조형할 수 있는 힘, 조형할 의사가 있다는 것을 생각하니 너무나도 두렵고, 평소 자신이 하는 일이 하찮게 여겨졌다.

왜 자기 눈앞에 이런 것이 있는가, 왜 이것을 보고 있는 사람이 자신인가, 왜 자신은 이런 곳에 있는가. 다몬은 누군가에게 되풀이해 질문했다. 저기요, 왜죠? 왜 우리죠?

"뭘 그렇게 중얼거려? 무섭잖아." 아이코가 현관 밖으로 나갔다. "파출소로 가자."

다몬은 어리둥절했다.

"왜?"

"왜라니, 그 사람 실종된 거잖아. 저런 상태로 돌아왔으니 신고해야지."

"하지만 저 사람은 이미 저 사람이 아닌걸. 저건 인간이 아니니까. 인간의 시체가 아닌 이상 사건이 아니야."

다몬은 전에 교이치로가 한 말을 아이코에게 되풀이했다. 아이코는 말문이 막힌 듯했으나, 그녀 역시 이것을 남들에게 보이는 데는 거부감이 들었는지 반대하지 않았다.

"이대로 그냥 두려고?"

그 질문이 다몬의 말에 찬성한다는 것을 보여주었다.

"일단은. 썩지는 않는 것 같거든. 점점 쭈그러들다가 없어지는 모양이야. 선생님이 돌아오시면 어떻게 할지 정하자. 사진도 찍었으니 그만 집에 갈까. 그러고 보니 소리의 정체를 알았어."

"진짜?"

어느새 주위가 어둑어둑해졌다. 두터운 구름이 또다시 하늘에 모여들기 시작했다. 얌전한 비가 아니라 세찬 비가 될 성싶었다.

교이치로의 집 현관 안에 발을 들여놓으려 한 순간, 다몬은 물컹한 뭔가를 밟았다.

불쾌한 감촉. 두께가 있어 마치······.

다몬은 어둠침침한 발치를 내려다보았다.

마치 누군가의 손을 밟은 것 같았다.

발밑으로 시선을 돌리니 주름이 쭈글쭈글한 손이 보였다.

아이코가 목구멍 속으로 비명을 지르며 펄쩍 물러났다.

다몬은 충격에 얼어붙고 말았다. 발밑에서 느껴지는 손의 두툼함, 그 속의 뼈 비슷한 딱딱한 감촉이 온몸을 훑었다. 소름이 좍 돋았다.

간신히 몸이 움직여졌다. 다몬은 펄쩍 뛰어오르듯 그것으로부터 발을 치웠다.

두 사람은 바짝 몸을 붙인 채 뒷걸음치면서 그것을 응시했다.

갈색 물웅덩이에서 팔 하나가 튀어나와 있었다. 흡사 구멍에서 손을 내민 것처럼 노인의 팔이 지면을 할퀴고 있었다.
물웅덩이는 옆집 처마 밑까지 이어져 있었다.
"이거, 혹시 옆집 영감님…… 이런 데……."
다몬은 세차게 쿵쿵 뛰는 심장을 달래며 나지막이 중얼거렸다.
아이코는 거의 패닉에 빠지다시피 했다.
"싫어! 이런 거, 난 싫어!"
몸서리치며 도로로 뛰쳐나가더니 전봇대 뒤에서 다몬을 향해 소리쳤다.
손을 밟은 감촉이 몸 안에 남아 있었다. 그 끔찍함에 오싹하면서도 다몬은 호기심에 떠밀려 빨래건조대 옆에 놓여 있는 장대를 집어들었다. 살며시 뻗어 물웅덩이 속 손을 밀어보았다.
"그러지 마, 선배. 건드리지 마!"
아이코가 비명을 질렀다. 다몬은 아랑곳하지 않고 계속해서 손을 밀었다. 팔꿈치 위로 길쭉하게 늘어나 끄트머리가 찢어진 팔이 진흙투성이로 땅바닥에 뒹굴었다. 물웅덩이 속을 더 더듬자 단단한 감촉이 느껴졌다. 진창 속에 하얀 손가락이 보였다.
아이코가 비명을 지르며 얼굴을 돌려버렸다. 등골이 오싹했지만 다몬은 그 단단한 것을 웅덩이 밖으로 밀어냈다.
나머지 한 손이었다. 그러나 이쪽은 손등의 사 분의 삼 정도밖에 없었다.
"우리 도망가자. 이런 데…… 나 이제 도저히 못 견디겠어."
아이코가 도리질을 치며 울음 섞인 목소리로 중얼거렸다.

이상하다.

다몬은 물웅덩이 밖에 뒹구는 두 손을 응시하며 속으로 중얼거렸다.

뭔가 이상하다. 뭔가 어긋나기 시작했다.

빗방울이 뺨을 때렸다.

흠칫 놀라 하늘을 올려다보았다.

시커먼 구름이 뭉게뭉게 피어 꿈틀거리고 있었다.

폭력적인 비의 예감은 삽시간에 현실이 되었다. 큼직한 빗방울이 점차 빠른 속도로 땅바닥을 때리기 시작했다. 쏴아, 하는 세찬 빗소리가 공간을 남김없이 메웠다. 물웅덩이 옆 손 위에 하얀 물보라가 채찍처럼 튀어올랐다.

"들어가자."

다몬은 서둘러 팔을 물웅덩이 속으로 밀어넣고는 아이코의 팔을 잡아당겨 집 안으로 들어갔다.

거칠게 문을 잠그고 문에 등을 댄 채 어두운 천장을 올려다보았다. 세찬 비의 우리에 집이 완전히 갇혔다. 살기마저 느껴지는 빗소리는 현관에서 숨죽이고 있는 두 사람의 존재조차 지워버릴 것 같았다.

제기랄, 무슨 비가 이런가. 하필이면 이런 때.

다카야스는 혀를 차며 처마 밑에서 방울방울 떨어지는 비를 응시했다.
 그러면서도 손으로는 척척 채비를 갖추었다. 흰 비닐우산과 투명한 비옷을 로커에서 꺼냈다.
 지부를 나서려는데 문자 그대로 하늘에 구멍이 난 양 퍼붓는 비에 저도 모르게 주춤했다.
 물이 불면 그것은 어떻게 될까. 가라앉거나 떠내려갈까.
 다카야스는 애를 바짝바짝 태우며 하늘을 올려다보았다. 엄청난 비에 풍경이 부옇게 흐려져 아무것도 보이지 않았다. 주차장을 향해 몇 발짝 간 것만으로 비가 온몸을 파고들었다. 게다가 찌는 듯한 무더위에 숨이 막힐 지경이었다. 호우에 우왕좌왕하는 사람들이 무거운 비에 거역하듯 사방으로 흩어졌다. 차는 강으로 변한 도로 위의 물을 헤치며 느릿느릿 달려갔다. 전조등 불빛을 빗속에 흐릿하게 비추며 심해어처럼 비의 밑바닥을 나아갔다.
 다카야스는 힘들게 차에 올라탔다. 차 안도 금세 흠뻑 젖었다.
 빗소리가 하도 시끄럽다보니 세상이 되레 소리가 없는 것처럼 느껴졌다.
 의미도 없이 그저 왔다갔다할 뿐인 와이퍼 너머로 무성영화 같은 흑백의 세계가 펼쳐져 있었다.
 신기하다. 나 혼자 세상의 관객이 된 기분이다.
 다카야스는 유난히 태연한 자신이 기묘하게 느껴졌다.
 이제부터 무슨 일이 일어날 것인가. 무엇이 나를 기다리고 있을 것인가.

뱃머리가 물을 가르고 나아갈 때처럼 차 주위에 물결이 일었다.

그나저나 이 무더위만은 정말이지 못 견디겠다.

다카야스는 아무리 닦아도 흐르는 땀 탓에 얼굴을 찡그렸다.

핸들을 꺾어 블록 담장 모퉁이를 돌자 앞쪽 도로 중앙에 개가 우두커니 서 있었다.

"위험해!"

무심코 소리쳤다. 별반 속도를 내서 달린 것은 아니었는데, 차 보닛에 뭐가 부딪치는 느낌이 있었다.

브레이크를 밟았지만 비 때문에 질질 미끄러졌다. 덜컹 하고 멈춰선 순간, 빗소리가 대공세를 펼쳤다.

문을 열자 빗소리가 더욱 거세게 몰려왔다. 후려갈기는 듯한 빗속을 첨벙첨벙 걸어갔다. 신발 속에 물이 흘러들었다.

하얀 빗속에 털이 긴 개가 뒹굴고 있었다.

역시 부딪쳤나. 집에서 기르는 개인가.

다카야스는 자신에게 성을 내며 개를 향해 다가갔다. 아니, 개라고 하기에는 어쩐지 이상하다. 어째 생김새가 묘하다. 개가 아니다?

다카야스는 의아한 표정으로 발치에 뒹구는 그것 위로 몸을 굽혔다.

자신이 본 것이 이해되지 않아 그는 얼마 동안 눈을 크게 뜨고 응시했다.

분명히 어느 집 애완견처럼 보였다. 머리에 분홍색 리본이 달려 있었다. 그러나 그것은 개라고 하기에는 부피가 다소 부족했다. 아니, 정확히 말하자면 머리밖에 없었다. 긴 털 밑은 한 덩어리로 녹아 납작하게 늘어나 있었다. 흡사 전구 같은 형태로 목 아래가 길쭉하게 늘어났고 끝자락이 찢어져 있었다.

  자기가 보고 있는 것을 머릿속으로 묘사하면서도 다카야스는 아직 믿을 수가 없었다.

  지하 저수조에서 본 것이 머릿속에 들러붙어 있는데도, 그는 발치에 뒹구는 것의 존재를 무의식중에 부정하려 하고 있었다.

  세찬 빗줄기가 버스 창문을 두들겨 허옇게 메웠다.
  벌써 장마 끝 무렵 같은 비로군.
  교이치로는 커다란 검은 눈으로 창밖을 꼼짝 않고 응시했다.
  발치를 조심해.
  남자의 목소리가 뇌리에 되살아났다.
  왜 갓파인가 하면, 헤엄칠 때는 다들 맨발이기 때문이네. 강 속에서 신발을 벗고 있을 때 갓파에게 당하는 거지. 어째서 자는 동안 없어지는가 하면 잘 때는 다들 맨발이기 때문이야. 녀석들은 발부터 잡거든. 발바닥에서부터 우리를 붙잡는 걸세. 그래서 난 이렇게 잘 때도 장화를 신고 지낸다네. 강이 없고 지면이 아스팔트로 덮인 아파트, 그중에서도 그 중심에 위치하는 동, 밀폐성이 높고 층수도 높은 집을 일부러 선택했지. 녀석들이 접근할 가능성을 조금이라도 줄이기 위해서. 그러나 어차피 일시적인 위안에 불과하다는 건 알고 있네. 생명체로서 우리는 '하나'가 되기를 바라는 시기에 와 있는 것 같으니 말이지. 그런 흐름에 거역할 순 없어. 우리는 조용히 그때를 기다릴 뿐이네.

세찬 비. 어두운 차 안에는 꼼짝도 하지 않는 노인들이 맨 뒷좌석에 앉은 교이치로에게 등을 돌린 채 조용히 앉아 있었다. 분주히 움직이는 큼직한 와이퍼를 보다보니 현기증이 났다.

뭔가가 움직이기 시작했네. 그것은 속도를 높여 우리에게 닥쳐들 테지.

헤어질 때 남자가 한 말이 되살아났다.

우리가 다음에 만날 때 과연 정말 나일까, 자네일까.

그는 보일 듯 말 듯 웃으며 말했다. 교이치로도 웃었다.

두 사람 다 어린애처럼 천진한 웃음이었다.

세찬 비가 야나쿠라 시가지 전체를 뒤덮었다.

밤이 되어도 비는 좀처럼 뜸해질 기미가 없었다.

교이치로의 집에서 다몬과 아이코, 다카야스는 말없이 저녁을 먹었다.

"굉장한 비네. 이렇게 쏟아져도 수로가 넘치지 않나?"

겨우 침착함을 되찾은 아이코가 창밖에 얼핏 시선을 던졌다.

"예로부터 전해져온 시스템이 살아 있는 한은 괜찮다."

교이치로는 맥주를 마시며 중얼거렸다.

네 사람은 두서없는 대화를 이어나가고 있었다. 낮에 본 것을 다 같이 이야기한 결과, 날이 밝아 비가 그친 다음에 농협 창고에 가 보기로 했다. 그것이 무엇을 의미하는 행위인지는 아무도 알지 못했다. 그러나 그것이 중요한 행위라는 것은 막연히 느끼고 있었다.

다카야스가 전임자에게 들은 이야기를 하자, 그에 이어 교이치로가 고바야시 다케오에게 들은 이야기를 들려주었다. 평범한 옛날이야기 같은 느긋한 대화였다.

"갓파도, 비둘기 피리도…… 결국 옛날 사람들은 어렴풋이 눈치챘던 거군요."

다몬이 나지막이 중얼거렸다.

"음."

교이치로가 고개를 끄덕였다.

몸은 피곤했지만 잘 수는 없었다. 여기서 잠이 들었다가는 어떻게 될지 알 수 없는 일이다. 그런데도 모두 술을 홀짝거렸다. 네 사람 다 집 안인데도 고무장화를 신었다. 문단속은 여느 때보다 엄중하게 했다. 자신들이 어떤 역할을 맡았는지, 무엇이 자신들을 기다리고 있는지, 답을 예측할 수 있는 사람은 아무도 없었다.

"아이코는 비가 그치면 그만 가는 편이 좋지 않겠어? 애도 있는데."

다몬이 말하기 거북한 듯 아이코를 보며 말했다.

아이라는 말을 듣고 아이코의 얼굴에 망설임의 빛이 떠올랐다.

그녀는 자신이 고개를 끄덕이기를 다른 세 사람이 바란다는 것을 알고 있었다. 아이코는 아버지를 보았다. 교이치로는 '돌아가라'라는 눈빛으로 딸을 보고 있었다. 그러나 그 눈을 본 순간, 그녀의 눈동자에 천성적인 굳건함과 아버지에게 물려받은 완고함이 되살아났다.

"응, 저쪽에 애가 있긴 하지. 하지만 여기엔 아버지가 계시는걸."

아이코는 단호하게 대답했다. 다들 말이 없었다.

"그래도 언젠가 마음이 달라지면 돌아가라."

다몬이 느긋하게 말하자 아이코는 가볍게 쓴웃음을 지었다.

"저기요, 우리 문학 끝말잇기 하죠."

별안간 다몬이 그런 말을 꺼내는 바람에 세 사람은 아연했다.

"네, 선생님? 저번에 하다 말았잖습니까. 어차피 잘 수 없으면 그렇게 시시한 게임이 좋아요. 음, 저번에 어디서 끝났더라?"

다몬은 자신의 아이디어가 마음에 들었는지 적극적이었다.

"이런 상황에서 용케 그런 생각을 하네. 난 선배가 거물인지, 소심한 사람인지, 이 지경에 이르러서도 아직 모르겠다니까."

아이코가 어처구니없다는 표정으로 중얼거렸다.

"저번엔 골즈워디의 《사과나무[린고노키]》에서 끝났지."

교이치로가 퉁명스러운 얼굴로 대답했다.

"아, 맞아요, 그랬죠. 그럼 제 차례입니다. 《킬리만자로의 눈[키리만자로노유키]》."

"《기아 해협[키가카이쿄우]》."

다카야스가 즉각 대답했다. 히죽히죽 웃는 얼굴이었다.
"어우, 중후한데요. 그럼 난 《바다와 독약[우미토도쿠야쿠]》."
투덜거리던 아이코가 뒤를 받았다.
"《크리스마스 캐럴[쿠리스마스캬로루]》."
교이치로가 중얼중얼 대답했다.
"루! 루란 말이죠. 루. 루. 음. 루비 반지, 이건 노래고. 아, 하다 막히면 다음엔 노래 제목으로 하죠. 아, 이건 어떻습니까,《루바이야트[루바이얏토]》!"
다몬이 소리쳤다. 아이코가 즉각 받아쳤다.
"어, 루바이야트는 시 형식이지 제목이 아니지 않아?"
"아니, 제목도 있을걸요."
다카야스가 말했다.
"그래요, 뭐. 이럴 때 연연해봤자 소용없죠."
"난 연연하는 거 맞는데."
아이코의 말에 다몬은 불만스러운 듯했다.
"다음은 제 차례죠? 《다른 목소리, 다른 방[토오이코에, 토오이 헤야]》."
다카야스가 쓴웃음을 지으며 뒤를 이었다.
"다카야스 씨, 멋지다. 혹시 문학청년 아니에요? 야, 야. 그럼 내가 존경하는 가메이 쇼이치로의 《야마토 고사古寺 풍물 기록[야마토코지후부츠키로쿠시]》은 어때요?"
이러니저러니 해도 아이코 역시 문학소녀다.

"《파도 소리[시오사이]》."

교이치로는 매우 심플하게 대답했다.

"《돌꽃[이시노하나]》."

자연스럽게 답이 나온 데 안도한 듯한 표정으로 다몬이 뒤를 이었다.

"《긴 비탈[나가이사카]》."

"그건 누구 거예요?"

"야마모토 슈고로입니다."

"지금 처음 알았네요. 《바람의 마타사부로[카제노마타사부로우]》."

"《태어난 괴로움[우마레이즈루나야미]》."

"나왔다. 야, 오랜만인데요. 기억 밑에서 되살아나는군요. 좋습니다. 그럼 《헝클어진 머리칼[미다레가미]》."

"또 '미'입니까. 아, 〈흐트러진 침대[미다레타벳도]〉. 사강입니다."

"《둘리틀 선생의 바다여행[도리토루센세이코카이키]》. 성인문학 다음은 아동문학이에요."

"《들어라 해신의 목소리[키케와다쓰미노코에]》."

"그거 문학이에요? 논픽션이잖아요."

"뭐, 괜찮지 않겠어? 고전이란 의미에서. 유명하기도 하고. 고전으로 말하자면 《에마》."

"《마농 레스코[마논레스코:]》."

"이 경우, 그냥 '코'로 해도 되는 거죠?"

"네."

"그럼 《금색 야차[콘지키야샤]》."

"《산소리[야마노오토]》."

"《토니오 크뢰거[토니오크레게루]》."

"다들 척척 나오는군요. 루, 루라. 루는 어려운데요."

다카야스가 생각에 잠기자 별안간 주위가 조용해졌다. 네 사람은 누가 먼저랄 것 없이 천장을 올려다보았다.

"……비가 그쳤군."

교이치로가 중얼거렸다. 세 사람이 교이치로를 돌아보았다. 네 사람의 얼굴에 기묘한 표정이 떠올랐다.

"습도가 높겠다. 창문을 꽉 닫고 있었으니 어느 집이나 무더울 테지."

교이치로가 중얼거렸다.

"그 말은 그럼……?"

아이코가 무표정한 얼굴로 물었다.

"다들 창문을 열 거다. 어쩌면 그대로 잘 테고."

교이치로의 대답에 다들 조용해졌다. 저마다 그 의미하는 바를 생각하더니, 이윽고 약속이라도 한 양 잔을 들어 마셨다.

"우리가 무슨 일을 할 수 있죠? 우리는 뭘 하면 되는 거예요?"

아이코가 중얼거렸다.

갑자기 조용해지자 그 조용함이 되레 섬뜩하게 다가왔다. 서로의 목소리가 유난히 또렷하게 들렸다.

"그건 모르지만, 여기까지 와서 되돌아갈 순 없죠. 좌우지간 전 무슨 일이 벌어지고 있는 건지 알고 싶습니다. 안다고 어떻게 되는 건 아니겠지만, 그래도 알고 싶습니다. 그 밖에도 아는 사람이 있을지도 모르지만, 평범한 인간이 인류…… 생명이라 해도 될지 모르겠지만, 그 진실 중 하나를 목격하고 있는 게 아닙니까. 그런 기회를 만난 것만으로도 대단한 일이라는 생각이 드는군요."

다카야스가 천천히 중얼거렸다.

"뭐, 어쨌든 이 사건의 행방을 끝까지 지켜보고 싶다는 생각은 들어. 하지만 혹시 나 혼자만 '도둑맞더라도' 쌀쌀맞게 대하진 말아줘. 무의식을 빼면 나니까. 문제는 제대로 '도둑맞는다면' 또 몰라도, 그렇게 괴상한 형태로 돌아올 경우란 말이지. 그렇게 되면 싫겠는걸. 아플 것 같진 않지만. 하쿠우한테 귀를 물어뜯기는 것도 싫겠다. 어라, 그러고 보니 하쿠우는?"

다몬이 불현듯 생각난 것처럼 방 안을 둘러보았다.

"안 돌아오는군. 어쩌면 그 녀석은 상황이 바뀌었다는 걸 잘 아는지도 몰라."

교이치로가 현관 쪽으로 눈길을 던지며 말했다.

"혹시 '하나'가 됐을지도 모르겠네요. 원래 '그것'에서 태어났고 말이에요."

아이코가 먼 곳을 보며 중얼거렸다.

"……생명의 전략이라."

다몬은 팔베개를 하고 소파에 몸을 기댔다.

"인간은 어쩌다 이렇게 복잡한 생물이 됐을까. 우리 서브컬처는 인류의 진보에 전혀 기여를 하지 않지. 인간은 쓸데없는 일만 하는 방향으로 가고 있는데, 이것도 전략하고 무슨 관계가 있는 걸까."

"그것도 그들의 전략 중 하나일 겁니다."

다카야스가 검지를 들었다.

"어째서?"

"지난 한 세기 동안 인간은 점점 몸을 안 쓰는 방향으로 가고 있죠. 탈것이 발달되면서 다리를 쓰지 않아요. 도구가 발달되면서 손도 쓰지 않습니다. 목 윗부분만 쓰거든요. 이야기하고, 듣고, 읽고. 즉, 눈에 보이지 않는 부분, 바꿔 말하자면 '의식'을 점점 발달시켜서 이미지를 확장해 머릿속에 든 걸 눈에 보이게 하려고 하는 셈입니다. 이게 더 나아가면 텔레파시에 가까운 상태가 됩니다. 의식만으로 타인과 교신하는 거죠. 아니면 머릿속의 정보를 다 함께 공유합니다. 이게 녀석들이 지향하는 상태 아닙니까? 다 함께 '하나'의 의식이 되기를 지향하는 셈이니까요."

"그렇군. 인터넷도 그렇지. 국경이 없는 하나의 거대 국가. 복합 기업은 점점 더 거대해지고."

"그렇죠. 그러니까 통신 기술이니 정보 사회가 발달하는 건 녀석들의 목적에 부합되는 겁니다."

"한동안 유행한 '이기적 유전자' 같은 거야?"

"뭐, 그렇지."

"어째 기분 나쁘군. 나도 모르는 새에 가마에 태워진 것 같아."

"우리 자신이 유전자의 탈것이잖아."

왜 이런 이야기를 하고 있을까.

다몬은 기묘한 기분이 들었다. 내일 인류 역사상 중요한 사건이 발생할지도 모르건만, 어쩌면 이렇게 현실감이 없는지.

다몬은 지금 자신이 편안한 기분으로 있다는 게 믿기지 않았다. 꼭 남의 일 같았다.

하지만 어쩌면 세계 곳곳에서 벌어지고 있는 일인지도 모른다.

문득 그런 생각이 들었다.

실은 세계 여기저기에서 이런 식으로 우연히 그 자리에 있게 된 사람들이 인류의 비밀, 진화의 수수께끼에 직면해 있는지도 모른다. 그것은 다른 사람들에게 알려지는 일 없이 소멸하거나 종결될지도 모른다. 세계 여기저기에 이런 밤을 보내는 사람들이 있을지도 모른다. 어쩌면 이것은 하잘것없는 평범한 사건에 불과한지도 모른다.

그런 생각을 하니 어쩐지 웃음이 났다. 너무하는걸, 이런 식으로 세계 여기저기에서 '도둑맞고' 있다면.

교이치로가 일어나더니 별안간 창문으로 손을 가져갔다.

아이코가 놀란 표정을 지었다.

"뭐 하시는 거예요, 아버지?"

"아니, 좀 답답해서 말이다."

"창문을 열면 위험해요."

"괜찮아. 바로 닫을 테니까."

아이코가 허둥지둥 말리려 했지만 교이치로는 이미 창문을 드르르 열고 말았다. 모두 조그맣게 비명을 질렀다.

바깥은 고요했다.

차고 기분 좋은 공기가 흘러들어 정신이 번쩍 들었다.

세 사람은 어느새 교이치로 뒤에 서서 창밖을 내다보고 있었다.

"봐라, 달이 떴어. 달구경도 오랜만이군."

다들 덩달아 얼굴을 들었다.

짙은 어둠, 깊은 어둠 꼭대기에 하얀 달이 동그마니 떠 있다.

고요한 세계. 멈춘 것 같은 시간.

그들은 저마다 일대일로 달과 마주하고 있었다.

네 사람은 말없이 달을 올려다보았다.

오늘이 마지막 밤. 그게 무엇인지는 잘 설명할 수 없지만 뭔가가 끝나는 밤이다.

다몬은 속으로 중얼거렸다.

Chapter XI

 일찍이 저 위에 인류가 발을 디뎠다고 한다.
 맑은 달이 하늘에 손가락으로 뚫은 구멍처럼 황갈색으로 떠 있었다.
 섬뜩한 정적 속에 고바야시 다케오는 꼼짝도 않고 둥근 천체를 올려다보고 있었다.
 고요한 밤이었다. 아까까지 퍼붓던 호우가 그치고 견딜 수 없는 정적이 주위를 메웠다. 숨 쉬는 것조차 망설여지는, 수많은 관객이 숨죽이고 뭔가를 기다리는 듯한 정적.
 일찍이 인류는 달에 갔다고 한다. 월석. 발자국 사진. 텔레비전 화면. 다양한 증거.
 과연 사실일까? 꿈이라도 꾼 게 아닐까? 그 뒤에 인류가 화성에 발을 딛는 장면을 처음부터 끝까지 스튜디오에서 촬영해 세상을 속인다는 영화가 나왔던 기억이 있다. 달도 그렇지 않다고 누가 장담할 수 있겠나?

이 한 걸음은 작지만 인류에게는 위대한 도약이다.

아닌 게 아니라 그랬지만, 그렇지 않았다고도 할 수 있다. 우리는 젊었다. 달 표면에 내디딘 첫걸음이 모든 것을 손에 넣고 모든 것을 알 수 있으리라는 증표가 되는 첫걸음이라고 믿었다. 그러나 지금 우리는 아무것도 모른다는 것조차 알 수 없는 게 아닌가 하는 예감에 두려움을 품기 시작했다. 그렇게 되면 위대한 한 걸음도 〈그녀는 요술쟁이〉나 〈로하이드〉 같은 추억의 미국 텔레비전 드라마 틈에 끼어 있는 세피아색 영상일 뿐이다.

정말 위대한 한 걸음은 지금부터 시작된다. 오늘 밤, 지금 이 순간부터 시작되는 것이다.

다케오는 꼼짝 않고 달을 응시했다.

달이 이렇게 똑똑히 보이는 게 얼마 만인가. 윤곽이 뚜렷하고 그림자도 선명하게 보였다. 흡사 난생처음 망원경을 들여다봤을 때처럼.

불을 끄고 어둠 속에서 팔짱을 끼고 고무장화를 신은 채 창가에 선 남자는 바야흐로 그 밖의 어떤 감정보다 호기심이 앞선 것을 자각했다. 아니, 분명히 말해서 그는 기대감에 가슴이 설렜다. 지금까지 늘 마음 한구석으로 비장함과 체념과 공포가 표리일체가 된 듯한 기분을 품고 살아온 것이 거짓말만 같았다.

고통은 없을 것이다. 돌아온 사람들을 보더라도 오히려 기분 좋은 체험이었음을 짐작할 수 있었다. 그야 그럴 것이다. 우리는 늘 '하나'가 된다는 것, 누군가에게 엎드려 복종한다는 것에 강한 동경을 품고 있으니까. 실제로 자신도 지금, 왕자님을 기다리는 순진무구한 공주님처럼 황홀한 기분으로 그때를 기다리고 있지 않나.

다케오는 어둠 속에서 쓴웃음을 지었다. 입가가 치켜올라가는 안면 근육의 움직임. 자기가 지금 웃는다는 데에 기묘한 감동을 느꼈다.

그나저나. 그는 속으로 중얼거리며 천천히 현관을 향해 걷기 시작했다. 뻑뻑, 장화 바닥에서 명랑한 소리가 났다.

끝이란 참 조용하게 시작되누나.

달빛 아래, 단지는 흡사 흑백영화를 보는 것처럼 색채가 없었다.

평평한 콘크리트 곳곳에 검은 거울 같은 물웅덩이가 싸늘하게 펼쳐져 있었다. 어디에나 달이 비쳤다.

꿈속의 속삭임 같은 벌레소리가 드문드문 위치하는 녹지대에서 나직이 발치에 울렸다.

그들도 변질될까.

문득 벌레들 생각을 했다. 그들 역시 다른 것으로 변했을까.

거대한 콘크리트 무리에는 인기척이 전혀 없었다.

이 상자 안에 여러 가족이 살고 있다는 사실이 이따금 무슨 불쾌한 농담처럼 여겨질 때가 있다. 그는 문득 세상에 홀로 남은 사람 같은 기분이 들었다.

그래. '그것'과 나, 단둘만 존재하는지도 모른다.

그때 그는 어둠 속에서 자기 이외의 존재를 감지했다.

아아, 왔나.

안도감 같은 것이 느껴졌다. 오랜 세월 품어온 감정에 상대방이 답해준 듯 감사의 마음마저 들었다.

멀리서 뭔가가 찰박찰박 밀려왔다.

다케오는 광장 중앙에 서서 어둠 속에 귀를 기울였다.

지금 이곳은 둥근 지구가 아니라 한없이 평평하게 이어지는 밤의 세계다. 끝없이 이어지는 콘크리트 평면 저편에서 '그것'이 조용히 다가온다.

다케오는 눈을 감고 콘크리트 광장이 무한히 계속되는 모습을 상상했다. 그리고 그 중앙에 홀로 선 자신의 모습도.

예전에 어디서 이런 그림을 봤는데. 야나세 다카시의 그림이던가.

그는 눈을 번쩍 떴다.

하늘과 콘크리트를 일직선으로 가르는 경계선에 달빛을 받아 무딘 은색으로 빛나는 뭔가가 보였다.

호오, 크군.

두께가 20센티미터쯤 되는 물엿 같은 투명한 막이 소리도 없이 천천히 이쪽으로 다가왔다. 시야 안의 지평선이 빈틈없이 메워졌다.

홍수가 시작될 때도 이런 느낌일까.

다케오는 그것을 흥미 어린 눈길로 관찰했다.

그것은 속도는 느릴지언정 확실하게 지면을 메워갔다.

순식간에 밀려온 그것이 눈 깜짝할 새에 다케오의 발을 스쳤다. 감촉은 거의 없었다. 다케오의 존재를 알아차리지도 못한 것처럼 그를 지나쳤다.

장화 절반 높이만큼 그것이 차오른 것을 확인하며 다케오는 뒤를 돌아보았다.

어둠 속의 진군은 어디까지나 고요하고, 그러면서도 신속했다.

콘크리트 건물에 맞닥뜨리자, 그것은 속도를 늦추지도 않고 손쉽게 벽을 기어오르기 시작했다. 네모난 케이크에서 시럽이 흘러내리는 장면을 물구나무서서 바라보는 것 같았다. 그것은 순식간에 건물을 밑에서부터 뒤덮더니 불이 켜진 창문, 열린 창문으로 조용히 침입했다.

그들이 마음만 먹는다면 통풍구로건 어디로건 침입할 수 있을 것이다. 그리고 그들은 지금 마음을 먹은 것이다.

물렁하고 의사를 가진 것이 끊임없이 발치를 지나쳤다. 좀처럼 끝날 기미가 없었다.

이렇게나 많았나.

다케오는 어처구니없다는 표정으로 주위를 둘러보았다.

야나쿠라는 고사하고 전 세계를 집어삼킬 수 있겠군.

다케오는 자기들이 얼마나 어리석었는지를 깨닫고 피로감에 젖었다.

꽤 오래 기다렸나보군.

세상은 여전히 침묵으로 뒤덮여 있었다. 눈을 감으면 여느 때와 다를 바 없이 조용한 밤이었다.

그러나 투명한 막은 계속해서 세계를 뒤덮어갔다.

다케오는 침묵을 견디지 못하고 하늘을 우러렀다.

그곳에는 여느 때와 다를 바 없는 빛을 담은 하얀 달이 두둥실 떠 있었다.

너무나도 평범한 풍경에 맥이 빠졌다.

다케오는 얼마 동안 멍하니 달을 올려다보았다.

그렇군. 시작은 끝이기도 하군.

달빛이 자신의 얼굴을 비추는 것을 느끼다보니 왠지 모르게 가슴속에서 웃음이 치밀었다.

낮은 웃음소리가 자연히 입에서 흘러나왔다.

어둠 속에서 막이 소리도 없이 발치를 흘러가는 가운데 그는 낮은 목소리로 웃었다.

그리고 그가 티 없는 표정으로 웃으며 신고 있는 장화에 손을 뻗었을 때도 세계는 고요한 잠에 빠져 있었다.

너무나도 조용한 밤이었다. 모두 그칠 줄 모르는 비, 무덥고 불쾌한 장마에 지쳐 있었다.

집 안에 널어놓은 빨래 냄새. 매실주를 담근 병의 빨간 플라스틱 뚜껑에 붙은 새 라벨. 구두 속에 쑤셔넣은 신문지. 머리맡에 놓인 부채. 벗어놓은 허물처럼 발치에 말려 있는 타월 담요. 땀에 젖어 돌아눕는 아이의 달짝지근한 냄새.

이 계절, 일본 지방 도시의 일상, 그 짧은 막간 같은 조용한 밤이 소리 없이 지나갔다. 그리고 조용한 밤은 지나치게 조용한 밤으로 변해, 이윽고 여느 때보다 훨씬 지나치게 조용한 아침으로 변해갔다.

화성의 운하에 돈코배가 떠 있었다.

유난히 아름다운 곳이었다. 푸른 지평선은 부옇게 번져 보이고, 옅은 색 꽃이 흐드러지게 피어 있었다. 하늘에서는 오팔처럼 온갖 색의 빛이 부드럽게 반짝였다.

푸른 평원에 종횡으로 뻗은 운하에는 수많은 돈코배가 미끄러지듯 돌아다녔다.

그렇군. 선생님과 이야기했던 대로 일본은 운하의 나라가 됐군.

다몬은 그런 생각을 하며 돈코배에 몸을 맡기고 있었다.

어머, 그게 언제적 이야기인데. 몰랐어?

귀에 익은 그리운 목소리가 귓전에서 속삭였다.

이게 누구 목소리더라?

너무하네, 다몬. 야나쿠라에서 아이코랑 지내는 사이에 날 잊어버렸구나?

문득 옆을 보니 마유가 뽀로통한 얼굴로 앉아 있었다.

이거야 원, 정말 아이코하곤 아무 사이 아니라니까. 마유도 내 성격 알잖아? 게다가 지금 그게 문제가 아니라고. 엄청난 일에 말려들었거든. 정말 난리도 아니야.

다몬은 필사적으로 변명했다. 마유는 그녀가 질투할 때 보이는 각도로 턱을 치켜들고 다몬을 매섭게 노려보았다.

뭘 모르는 건 너야. 넌 아무것도 아니라고 생각할지 몰라도, 그 애는 널 좋아한단 말이야. 너 말고는 다들 알아. 뭐가 그렇게 난리란 건지는 모르겠지만, 난 여기서 꼼짝 안 할 테니까 그렇게 알아.

마유가 배 위에서 고개를 홱 돌리자 긴 머리칼이 찰랑였다. 감색 랩 스커트와 무릎 밑까지 올라오는 양말. 그렇군, 이 무렵은 하마트래* 전성기였지.

여전하구나, 마유 선배.

반대쪽에서 목소리가 들려와 다몬은 흠칫 놀라 돌아보았다. 사공이 삿갓 밑에서 얼굴을 슬쩍 내비쳤다. 아이코였다. 다몬은 허둥지둥 몸을 가까이 붙이고 목소리를 낮추었다.

아이코, 지금은 곤란해.

괜찮아. 난 줄 모를 거야. 마유 선배 눈엔 선배밖에 안 보이니까. 그보다 그 녀석들을 퇴치할 방법을 생각해봤어.

---

* 1970년대 후반 일본 여대생들 사이에 유행했던 패션. '요코하마 트래디셔널'의 약어.

어? 퇴치한다고? 그걸? 대체 어떻게?

달에 가는 거야. 달 너머로. 그러면 달의 인력이 녀석들을 끌어당겨서······.

다몬은 별안간 번쩍 잠에서 깼다.

다리가 무거운 데다 검은 것이 들러붙어 있어 오싹했지만, 곧 고무장화라는 것을 깨닫고 안도했다. 소파 옆자리에서 팔짱을 끼고 자는 다카야스가 보였다.

정적. 그 고요함이 어쩐지 기이하게 느껴졌다. 다몬은 벌떡 몸을 일으켰다.

집 안은 어둑어둑했다. 어젯밤에 분명 불을 켜놓고 잤는데, 날이 밝아 누가 껐나보다.

아침식사를 준비하는 아이코가 보였다.

희한한 꿈을 꿨군. 다몬은 기지개를 켰다. 그러다가 꿈속에서 마유가 한 말이 생각났다.

그애는 널 좋아한단 말이야. 너 말고는 다들 알아.

마유가 실제로 했던 말이다. 불현듯 기억이 되살아났다.

그게 언제였더라. 역시 여느 때의 멤버 넷이 모여 술을 마신 다음이었다. 꿈속에서 그랬던 것처럼 변명한 다몬에게 마유는 그렇게 말했다.

까맣게 잊고 살았는걸.

아이코의 뒷모습을 바라보며 다몬은 신기하게 생각했다. 그게 사실인지 아닌지는 알 수 없지만, 어쨌거나 젊었을 때 이야기다. 그런 그녀와 십 년도 더 지나서 이런 일을 겪게 될 줄 누가 알았겠나.

시계를 보니 이제 곧 6시였다. 네 시간쯤밖에 못 잤지만 의외로 충실한 잠이었다. 기척을 느꼈는지 다카야스도 깬 듯했다.

"잘 잤어?"

"선배도?"

아이코가 침착한 목소리로 대답했다. 여느 때와 같은 아침. 다몬은 어쩐지 마음이 놓였다.

물소리가 나더니 교이치로가 화장실에서 나왔다. 인사를 건네려던 다몬은 그의 얼굴을 보고 흠칫 놀랐다.

검은 눈은 진지했다. 어쩐지 창백해 보였다. 셔츠 가슴주머니에 카드형 라디오를 넣고 작은 검정색 이어폰을 꽂은 귀를 누르며 교이치로는 아무 말 없이 거실 텔레비전을 켰다.

"무슨 일입니까? 무슨 뉴스라도 있나요?"

다몬과 아이코는 의아한 표정으로 교이치로를 에워쌌다.

틱, 하는 소리가 나면서 텔레비전 화면이 밝아졌으나 아무것도 나오지 않았다. 교이치로는 리모컨 버튼을 연달아 눌렀으나, 어느 채널이나 밝은 회색 화면이었다.

"어라? 고장났나?"

다몬이 텔레비전 화면을 들여다보자, 교이치로는 오디오 쪽으로 다가가 라디오를 켰다. 지지지, 귀에 거슬리는 소리가 들렸다.

스위치를 누르고 아무리 주파수를 맞추려 해도 아무런 소리도 들리지 않았다. NHK도 FM도 나오지 않았다.

"이 라디오도 아까부터 아무 소리가 안 들린단 말이지."

교이치로는 중얼거리듯 말하며 가슴주머니를 눌렀다.

"어떻게 된 거죠? 전파 방해인가요? 그렇지만 아무것도 안 나온다는 건 이상한데요."

다몬은 직접 텔레비전 버튼을 눌러 채널을 바꾸며 혼잣말하듯 말했다.

"뭐가 안 보인다고요?"

다카야스가 잠에 취한 목소리로 말하며 일어나 앉았다. 체격이 크다보니 그가 움직이면 별안간 방 안이 활성화되는 것 같다.

"잘 잤어? 그게 말이지, 텔레비전도 라디오도 아무것도 안 나오지 뭐야."

"말도 안 돼."

부스스 일어선 그의 발에도 고무장화가 신겨져 있는 것을 보고 어제까지 그들이 직면해 있던 현실이 마음속에 밀려들었다. 오늘이 중대한 하루가 되리라는 확신도.

다 같이 텔레비전을 둘러싸고 이것저것 만져보는데, 갑자기 교이치로가 뭔가가 생각난 듯 밖으로 나갔다. 아무것도 나오지 않는 텔레비전과 라디오를 끄자 별안간 세계가 조용해졌다.

"조용하네."

아이코가 나지막이 중얼거렸다.

"아주 조용한걸. 아침은 보통 더 분주한 분위기인데."

아이코가 바깥을 흘긋 보았다. 어젯밤의 맑은 하늘이 환영이었던 것처럼 또 어두침침하게 흐렸다. 비는 오지 않았다. 옆집의 오래된 지붕이 보였다.

"……꼭," 아이코는 도중에 말을 멈추었다. 커피 물이 끓어 그곳만 여느 때와 같은 생기를 자아냈다.

커피를 마시고, 묵묵히 베이컨 에그를 먹고, 토스트를 씹고, 키위와 사과를 먹어치웠다. 그러는 동안도 '조용한 아침'은 담담히 계속되었다.

"아버지, 대체 어디까지 가신 거지?"

아이코가 불안스레 한 말이 들린 양 현관문 열리는 소리가 나더니, 여전히 굳은 표정인 교이치로가 들어왔다.

그들이 질문하기도 전에 교이치로가 입을 열었다.

"이상해."

목소리에서 어렴풋한 혼란이 느껴졌다.

"아무도 없어."

"'아무도'라뇨?"

다몬이 의아스럽다는 듯 물었다. 교이치로는 실쭉한 표정으로 대답했다.

"말 그대로네."

만일을 위해 카메라와 손전등, 로프 등을 챙겨 집을 나섰다. 모르는 사람이 봤더라면 지질조사를 하러 가는 그룹으로 보였을 것이다. 누가 보는 사람이 있었더라면 말이지만.

나오는 길에 다몬은 다시 한번 옆집과 교이치로의 집 사이의 물웅덩이를 휘저어보았다. 그러나 어제 봤던 노인의 팔과 손등은 나오지 않았다.

"이상한걸."

옆집에도 들어가보았지만, '노파 같은 것'도 모습을 감추고 없었다.

다몬과 아이코는 마주 보았다.

"없어졌네."

"이유가 뭐지?"

앞서 이야기를 들은 교이치로와 다카야스도 의아한 얼굴로 집 안을 둘러보았다.

네 사람은 어리둥절한 표정으로 밖으로 나왔다. 저마다 얼굴에 불안의 빛이 어렴풋이 어려 있었다. 그러나 거리를 걷기 시작한 지 얼마 안 있어 그것은 명확한 당혹으로 바뀌었다.

거리는 정적에 싸여 있었다.

섬뜩한 정적이었다.

"말도 안 돼."

다카야스가 중얼거렸다. 아까부터 열심히 휴대전화로 어딘가에 전화를 거는데, 야나쿠라 시내에 걸면 신호는 가지만 아무도 전화를 받지 않았다. 그 밖의 다른 곳은 통화권 이탈 표시가 떴다.
 그래도 네 사람은 아직 반신반의했다. 교이치로의 말을 과장된 의미로만 받아들였다.

 아무도 없다.

 그런 일이 있을 리 없지 않나.
 네 사람은 두리번거리며 길을 걸었다. 아무도 입을 열지 않았다.
 주택가는 텅 비어 있었다. 아무 소리도 들리지 않았다. 어딘지 모르게 허무감마저 감돌았다.
 직장과 학교에 갈 시간인데도 거리에 사람이 아무도 없었다. 목소리도 들리지 않았다.
 수로만이 여느 때와 다름없이 조용히 흐르고 있었다. 버들잎이 미풍에 살랑거렸다.

 아무도 없다.

 무슨 큰 사고라도 일어나 그들이 모르는 사이에 피난 권고가 내려졌나? 그들이 모르는 사이에 다들 줄줄이 어디로 가버렸을 가능성이 있을까? 어젯밤에 그렇게 조용했는데? 모두 말도 없이 몰래 이곳을 떠났다는 말인가? 겨우 몇 시간 사이에?
 왜 그런지 경계하고 있었다. 다들 연신 뒤를 돌아보았다. 어디서 누가 자신들을 지켜보는 듯한, 어딘가에 사람들이 잔뜩 숨어 있을 것 같은 생각이 자꾸만 들었다.
아무도 입 밖에 내서 말하지 않았다.
바쁜 아침시간인데 차가 한 대도 다니지 않는다는 것을.
평소 같으면 간선도로에 가까워질수록 분명해지는 자동차 소음이 오늘 아침은 전혀 들리지 않았다. 넓은 도로로 나와도 차가 한 대도 보이지 않았다. 차가 없는 도로는 쓸모가 없어 버려진 장난감처럼 보였다. 정적에 싸여 잊혀가는 공간. 점점이 이어지는 신호등이 다 먹고 난 어린이 런치세트의 장식 깃발처럼 허무해 보였다.
편의점에도 아무도 없었다. 이십사 시간 영업이 아니기 때문인지 셔터를 내린 채였다. 다른 상점이며 주유소, 어디도 인기척이 없고 문을 열지 않았다.

아무도 없다. 이 거리에는 아무도 없다.

똑같은 생각이 네 사람의 머릿속을 차지하고 있었으나, 그들은 각자 그 생각을 필사적으로 부정하려 했다.
그럴 리 없다. 어딘가에 있을 게 틀림없다. 다몬은 점점 공포가 등에 들러붙는 것을 모른 척하며 속으로 필사적으로 그런 말을 되뇌었다.
축제라든지 큰 행사가 있는 날 지각했더니 학교 운동장이나 집회 장소, 경기장 등 주위에 개미 새끼 한 마리 찾아볼 수 없을 때가 있다. 아무도 없어 불안해지는 마음을 애써 부정하며 행사 장소로 서둘러 갈 때의 기분과 비슷하다. 외톨이가 된 불안은 점점 커져 그를 집어삼키려 한다. 그런데 그 순간, 조금 떨어진 곳에서 와 하고 환성이 들려온다. 그곳에 많은 사람이 모여 있는 기미가 느껴진다. 분명 이번에도 그럴 것이다. 어디 모여서 비상 집회를 열고 있는 게 틀림없다. 이제 곧 많은 사람들의 등이 보이고 웅성거리는 목소리가 들려올 것이다. 틀림없다.

여전히 아무도 입을 열려 하지 않았다. 네 사람은 막연히 한 방향으로 걸어갔다. 무슨 일이 생겼을 때 누가 있을 곳. 병원, 경찰서, 소방서. 그렇게 넓은 도시가 아니다. 네 사람은 결과를 확인하면 마음이 더 거북해지리라는 것을 예감하고 있었지만, 아무도 걸음을 멈추지 않았다.

세트장 같군. 다카야스는 멍하니 그런 생각을 했다.

초대작 영화를 위해 제작된 세트. 도시 하나를 실물과 똑같이 만들었다. 스태프는 어디 있을까? 이 세트를 어떻게 하려는 걸까?

나 같으면. 다카야스는 묘하게 냉정한 기분으로 생각했다.

불태우는 것은 너무 안이하고, 숨바꼭질은 어떨까. 고스트 타운 하나를 통째로 이용한 숨바꼭질. 그것도 목숨을 건 숨바꼭질이다. 예컨대 어른들이 두 팀으로 나뉘어 막대한 상금을 걸고 커다란 고스트 타운에서 숨바꼭질을 하는 것이다. 하루 내로 찾지 못하면 숨은 편의 승리다. 그러나 몰래 추적장치가 부착되는 바람에 한 편이 압도적으로 유리해진다면……

두터운 구름이 움직이고 있었다.
토담으로 둘러싸인 저택의 나무들이 바람에 흔들렸다.
그 순간, 다카야스는 공포에 휩싸였다.
사람이 없다. 그것이 어째서 이렇게 무서울까. 남겨진 나무들, 토담, 저택, 상점. 그것이 어째서 이렇게 으스스하고 기분 나쁠까.
짙은 녹색 덩어리가 어둡게 술렁거린다. 슬로모션 같은 그 살벌한 움직임이 뇌리에 들러붙는다.
아무도 없는 풍경 속에서 바람만이 살아 있다. 그리고 우리 넷만이.

예상대로 병원, 경찰서, 소방서, 어디에도 아무도 없었다.
"누구 없습니까?"
"있으면 대답 좀 해주세요."
어느새 저마다 목청이 터져라 소리치고 있었다. 그러나 어디를 가나 압도적인 침묵만이 그에 답했다. 그곳을 사용하던 인간들의 여운이 짙게 남아 있는 만큼, 침묵은 네 사람의 공포에 더욱 박차를 가했다. 인간이 쓰기 위한 도구, 인간을 수용하기 위한 건물, 인간이 읽기 위한 간판. 주인을 잃은 물체들은 공연히 더 우스꽝스럽고 허무해 보였다.

"……대체 어떻게 된 거지?"

다몬이 무릎을 끌어안고 어쩔 줄 모르겠다는 듯 중얼거렸다. 그 말이, 아침에 교이치로의 집을 나선 지 세 시간 만에 비로소 대화다운 대화의 물꼬를 텄다.

"모두 어디 갔을까."

아이코가 멍하니 먼 곳으로 시선을 돌렸다.

네 사람은 야나쿠라 역에 와 있었다. 셔터가 닫힌 역에는 역시 아무도 없다.

오전 10시 35분이었다. 역에서 나오는 사람도, 역으로 달려들어 가는 사람도, 역을 운영하는 사람도, 선로를 달리는 기차도 없었다. 버려진 역처럼 휑뎅그렁한 역 로터리에 네 사람은 나란히 주저앉았다.

아이코는 '야나쿠라 역'이라 쓰인 커다란 흰 간판을 무의식중에 올려다보았다. 단순히 아버지와 다몬을 만날 수 있다고 기뻐하며 이 역에 내린 것이 먼 과거처럼 여겨졌다.

믿어져? 이런 일이 나한테 일어났다는 게?

아이코는 자신에게 말했다.

평일 낮에, 이런 곳에서, 아무도 없는 역에서 다 같이 주저앉아 있다니. 대체 누가 믿어주겠어? 손님들도 웃으면서 상대해주지 않을걸. 아무리 작은 지방 도시라지만 달랑 넷밖에 없는 거야. 게다가 그중 한 명은 내 청춘의 상징이란 말이지. 얼굴은 귀엽게 생겼지만 전혀 멋있지도, 믿음직스럽지도 않아. 그렇지만 태어나서 처음으로 원했던 남자. 할리우드 재난영화에라도 나올 것 같은 설정이잖아? 이렇게 되기가 쉬운 게 아니라고.

아이코는 천천히 소용돌이를 그리는 구름을 쳐다보았다. 움직이는 것이라곤 자신들을 제외하면 구름뿐이었다.

뭔가 굉장히 큰 이야기인가봐. 내 존재 같은 건 전혀 상관없나 봐. 나도, 그야 시어머님 정도는 못 되지만, 료타한테는 하나뿐인 엄마고, 가게 여자애들도 날 믿고 따르고, 손님도 꽤 많은데 말이지.

여러 해 동안 한눈팔지 않고 달리면서 착실하게 쌓아온 것들이 전부 하찮게 보였지만, 이상하게도 허무하다는 기분은 들지 않았다.

사태가 너무 어마어마하다. 이런 상황에서 나는 대체 어떻게 하면 좋은 걸까.

"그나저나 완벽하게 아무도 없군요. 개, 고양이, 새까지 없어요. 다들…… 다들 어젯밤에 일제히 '도둑맞았다'는 뜻입니까? 대체 어느 정도 되는 범위로 '도둑맞은' 걸까요?"

다카야스가 힘없이 중얼거렸다. 그의 말이 맞았다. 문자 그대로 살아 있는 생물의 기척이 완전히 사라져버렸다.

"아까 자네 휴대전화로, 시내는 전화가 걸리긴 해도 아무도 받질 않고 시외는 아예 전화가 안 된다고 했지?"

교이치로가 여느 때와 같이 무뚝뚝한 어조로 돌아와 말했다. 주머니에서 하이라이트를 꺼내 불을 붙였다. 불이라는 자연 현상이 흔들흔들 움직이는 것이 신기했다.

"아마 시내에 있던 사람은 어젯밤에 모조리 '도둑맞았을' 테지. 그리고 시외는, 어디선가 어떤 형태로 그들이 통신을, 아니, 야나쿠라 시 자체하고 외부를 차단한 게 틀림없네. 그게 어디서 가로막혔는지는 알 수 없네만."

"그렇다면 외부에서도 큰 소동이 벌어지지 않았을까요. 야나쿠라하고 전혀 연락이 닿지 않는 셈이니 말입니다."

다카야스가 다시 한번 휴대전화를 꺼내 후쿠오카 등 다른 지국에 전화를 걸어보았다. 그러나 여전히 통화권 이탈 표시가 뜰 뿐이었다.

"음, 그렇다면 좋겠네만."

교이치로가 침울한 목소리로 대답했다.

"내가 그것의 힘을 너무 얕봤어. 더 작고 국지적인 물체를 상상했네. 하지만 어젯밤 몇 시간 만에 이렇게 많은 생물을 끌어들일 수 있다면, 어쩌면 우리가 상상했던 것보다 넓은 범위로 '도둑맞았을지' 모르겠군."

"설마 일본이 통째로?"

농담처럼 끼어들었건만 교이치로가 부정하지 않는 바람에 다몬은 오싹한 표정이 되었다.

"설마 그런 일이 있을 리는 없겠죠."

다몬은 교이치로의 비위를 맞추듯 주뼛거리며 그의 안색을 살폈다.

"모르는 일이야."

"이번에 모두를 데려갔죠. 이미 '도둑맞았을' 사람들까지. 대체 왜 그랬을까요?"

다카야스가 냉정한 목소리로 물었다. 호기심이 앞선 모양이다.

"게다가 이렇게 남녀노소를 한꺼번에 데려가면 대체 언제 되돌려놓을 생각이죠?"

아이코도 순수하게 흥미 어린 표정이 되었다.

"이번에 사람들이 돌아오면 우리가 순식간에 소수파가 되는 거예요. 우리가 '도둑맞지' 않았다는 걸 다들 알까요?"

"모르는 일투성이로군. 그런데 기록은 잘들 하고 있겠지?"

교이치로가 교사의 말투로 그들에게 다짐을 두었다. 세 사람은 말없이 고개를 끄덕였다. 집에서 나온 이래로 비디오카메라와 카메라, 음성 메모로 경위를 빠짐없이 기록했다. 그것이 어떤 형태로 후세에 도움이 될지는 아무도 알 수 없었지만.

"그나저나 역시 그 녀석은 우리군요."

다몬이 중얼거리자, 다른 세 사람이 반응했다.

"무슨 뜻이야?"

아이코가 물었다. 다몬은 무심한 표정으로 아이코를 보았다.

"지금까지는 어땠는지 모르지만, 달랑 네 명…… 겨우 네 명이란 말이야. 우리가 녀석의 존재를 의식한 것만으로 이렇게 일제히 움직이다니 대단하다는 생각 안 들어? 역시 우리는 원래 녀석의 일부인지도 몰라. 그 반대일지도 모르지만. 집단 무의식이라고 하나? 믿기 힘든 이야기이긴 하지만, 우리 육체 바깥에 우리 의식의 일부가 존재한다고 생각할 수밖에 없잖아?"

세 사람은 다몬의 말을 듣고 흠칫한 표정을 지었다.

"육체 바깥에……."

아이코가 멍하니 되뇌었다.

"응. 녀석은 우리의 일부란 말이지. 우리는 이미 '하나'인 거야."

다몬이 머뭇머뭇 중얼거렸다.

"그러니 지금 '도둑맞은' 사람들이 돌아오면 우리 존재는 금세 들통나겠지. 저쪽은 이미 커다란 '하나'니까 그 속에 끼어든 이물을 못 알아차릴 리가 없어."

"우린 어떻게 될까."

아이코가 소름 끼친다는 듯 두 팔로 자기 몸을 얼싸안았다.

"이렇게 되고 나니 차라리 어젯밤에 다른 사람들하고 같이 '도둑맞는' 편이 더 편했을지도 모르겠는걸."

다몬이 아무렇지도 않게 대답했다. 다카야스와 교이치로가 쓴웃음을 지었다.

"그러게 말입니다. 아까 도시 안에 아무도 없다는 걸 알았을 때는 정말 무서웠어요. 하지만 지금은 그런 귀중한 체험을 한 걸 마음 한구석으로 기뻐하는 제가 있거든요. 공포와 불안은 맛볼 땐 괴롭긴 해도 가장 원시적이고 인간적인 감정 아닙니까. 뭘 보건 다른 사람하고 똑같고 아무것도 무섭다는 생각이 안 들면 재미가 없죠."

다카야스가 낮은 목소리로 중얼거렸다.

"이제 어쩔 거예요?"

아이코가 세 사람을 번갈아 보았다. 세 사람은 입을 열지 않았다.

"우리, 야나쿠라에서 나갈 수 있으려나요? 야나쿠라랑 외부가 차단돼 있다면 어딘가에 장벽이 있을 테죠. 그 장벽을 돌파하는 게 가능할까요?"

아이코가 혼잣말하듯 중얼거렸다.

외부와의 장벽. 그것은 대체 어떤 것인가. 그것을 허물 수는 있나. 과연 그 바깥은 어떤 상태일까.

각자가 자기 생각에 잠겨 있었다. 무인지대에서 통신 수단까지 없다면, 자신들이 어떤 상황에 처해 있는지 알기는 대단히 어렵다. 그렇지 않아도 야나쿠라는 저습 지대라 어디 높은 곳에 올라가서 시내를 한눈에 확인하는 것조차 불가능하다.

"인간은 참 무력하군. 도구가 없으면 아무것도 못 해."

교이치로가 한숨을 쉬었다. 다몬이 뭔가가 생각난 것처럼 퍼뜩 얼굴을 들었다.

"컴퓨터는 어떨까요? 전화가 통화는 안 돼도 완전히 끊어진 건 아니니까요. 인터넷이라면 외부하고 연락이 될지도 모릅니다."

그때였다.

뭔가가 그들의 시야를 얼핏 가로질렀다.

"어라?"

오랫동안 살아 있는 생물의 존재를 보지 못한 그들은 일제히 그쪽으로 시선이 향했다.

"뭐지?"

"하얀색이었는데."

"동물인가?"

제각각 소리치며 동물이 사라진 방향으로 걷기 시작했다.

이윽고 조그만 흰색 동물이 골목을 건너는 것이 뚜렷하게 보였다.

"고양이 아냐?"

"설마 하쿠우?"

아이코와 다몬은 마주 보았다.

"하지만 어떻게 그 녀석만 남아 있는 거지? 다른 동물은 전부 없어졌는데."

교이치로가 불만스러운 표정으로 다몬을 보았다.

"글쎄요. 하지만 아직 저게 하쿠우인지 아닌지는 알 수 없는 일입니다. 그나저나 이상한데요. 어째서 저 고양이만……."

네 사람은 투덜거리며 고양이를 쫓아갔다.

그들은 또다시 아무도 없는 거리에 발을 들여놓았다. 하기야 이번에는 흰 고양이라는 움직이는 표적이 있지만.

"어라? 이 길은……."

다몬은 무의식중에 중얼거렸다.

저번에 하쿠우를 따라갔을 때 길과 똑같다. 역시 저 고양이는 하쿠우인가?

아이코도 똑같은 생각을 한 듯했으나, 다몬을 흘깃 보기만 했을 뿐 아무 말도 않고 빠른 걸음으로 따라갔다.

"……이건 농협 창고로 가는 길인데요."

뒤를 이어받듯 다카야스가 대답했다. 다몬이 놀라 다카야스에게 시선을 돌렸다.

"어? 스이텐 궁이 아니라?"

"스이텐 궁 근처에 농협 창고가 있거든요. 맞아요, 맨 먼저 거길 봤어야 했습니다. 누가 없는지 온 도시를 뒤지는 데 정신이 팔려서 당초 목적을 까맣게 잊고 말았군요. 사실은 처음에 거길 갔어야 했던 겁니다. 농협 창고에. 그랬다면 수수께끼가 풀렸을지도 모르는데."

다카야스가 꿈꾸는 듯한 표정으로 중얼거렸다. 아이코가 의아한 표정으로 그를 보았다.

"대체 거기 뭐가 있는데요?"

다카야스는 어젯밤 그들에게 자기가 도로에서 본 '개 같은 것'을 이야기하고 전임자에게 들은 이야기를 전했다. 그러고는 같이 농협 창고로 가보자고 했으나, 자기가 농협 창고 지하에서 본 것을 설명하려고 하지는 않았다.

"'도둑맞은 것'입니다."

다카야스가 선선히 대답하는 바람에 다른 세 사람은 맥이 빠졌다.

"에이, 아무리."

다몬이 일그러진 웃음을 지으며 다카야스를 바라보았지만, 무표정한 얼굴은 달라지지 않았다.

"좌우지간 한 번은 거쳐야 할 곳 같군."

교이치로가 낮게 중얼거렸으므로 모두 입을 다물었다.

아무리 그럴 리가.

다몬은 하려던 말을 삼키고 멀리서 보였다 안 보였다 하며 이동하는 하얀 동물에 정신을 집중했다.

흐린 하늘. 아무도 없는 거리. 그것들은 그들에게서 시간 감각을 빼앗고 정신의 일부를 차츰 좀먹었다. 이 하루가 어떤 결말을 맞이할지 그들은 아직 알지 못했다.

Chapter XII

'……1998년 6월 19일, 금요일. 나는 N닛폰 신문 후쿠오카 지국, 야나쿠라 지부장 다카야스 노리히사. 현재 시각 오전 7시 35분. 야나쿠라 시 호리우치 정 1-6-5. 미쿠마 교이치로 씨 댁을 출발한다(딱딱한 목소리). 동반자는 세 명. 미쿠마 교이치로 씨, 교이치로 씨의 따님 이케우치 아이코 씨, 교이치로 씨의 옛 제자 쓰카자키 다몬 씨. 현재 야나쿠라는 대단히 특수한 상황에 있다고 보인다. 미쿠마 교이치로 씨 댁 부근에 사는 주민의 상당수가 모습을 감춘 듯하다. 우리는 비디오카메라, 카메라, 그리고 이 음성 메모로 야나쿠라의 현 상황을 되도록 정확히 기록할 생각이다.'

'……외부와 연락을 취할 수 없음을 깨달은 것은 아침에 일어난 다음이다. 텔레비전은 어느 채널을 돌려도 나오지 않고, 전화도 불통이다. 휴대전화도 야나쿠라 시내에 걸면 신호는 가는데 아무도 받지 않고, 시외에 걸면 통화권 이탈 표시가 뜬다. 이것이 어떤 사태에서 기인하는 것인지는 추정할 수 없다. 기상재해? 케이블 사고? 어젯밤은 여느 때처럼 조용했고, 무슨 사고가 발생한 기미도, 그런 보도도 없었다(당혹).'

'비는 그쳤다. 나오기 전에 확인한 온도계의 기온은 섭씨 27도. 무덥다. 하늘은 온통 두터운 구름으로 뒤덮였다. 어쨌든 당분간은 비가 오지 않을 것 같다. 넷에서 걷고 있다. 조용하다. 무척 조용하다. 들리는 건 바람 소리뿐. 믿기지 않는다. 정말로 길을 걷는 사람이 아무도 없다. 사람은 물론이고 고양이 한 마리조차 없다. 차 소리도 들리지 않는다. 기이한 건, 아침인데도 새소리가 전혀 들리지 않는다는 사실이다. 새조차 없다. 이곳엔 우리밖에 없나?'

'××번 국도로 나왔다. 믿기지 않는 광경이다. 아무도 없다. 완벽하게 아무도 없다. (고함치듯) 보통 때는 교통량이 많은 2차선 도로가 텅텅 비었다. 상점도 전부 셔터를 내렸다. 자동판매기 불빛만 평소와 같다. 사람이 없는데 한결같이 사람을 기다린다는 게 우스꽝스럽다. 어디를 봐도 인기척이 전혀 없다. 설날 연휴 중의 관청가라면 또 몰라도 평일 아침, 그것도 평소 같으면 정체되는 금요일 아침이다. 이렇게 걷고 있어도 여전히 믿기지 않는다. 모두 대체 어디로 갔을까? 신호등만 성실하게 깜박이고 있다. 그것도 섬뜩하다. 전에 화산 분화 때문에 피난 권고가 내려진 마을을 걸은 적이 있는데 그와 비슷하다. 재앙이 닥치기 전의 기분 나쁜 침묵(입을 다문다).'

'아무도 없다. 창피한 일이지만 그것밖에 할 말을 못 찾겠다. 아마 다들 어젯밤 사이에 없어졌을 것이다. 새로운 하루의 활동을 시작한 흔적이 보이지 않기 때문이다. 어느 집이나 불이 꺼지고 문이 닫힌 상태고, 상점과 사무실 건물도 문을 열지 않았다. 야나쿠라에서 가장 늦게까지 영업하는 편의점도 닫혀 있다는 말은 다들 적어도 12시 이후에 없어졌다는 뜻이다. 이곳엔 이십사 시간 영업하는 점포가 없으니 이후의 시간대는 알 수 없다. 그나저나 이상하다. 이렇게 많은 사람들이 몰래 자취를 감추려면 상당히 어렵지 않을까. 조직적으로 줄지어 떠났다 해도 다소의 혼란은 발생하지 않았을까. 차로 탈출한 흔적은 없다. 어느 집에나 차가 그대로 있고, 주차장에도 차들이 잔뜩 서 있다. 그저 인간만 존재하지 않을 뿐이다.'

'동물도 없다. 개집도 텅 비었다. 그런데 묘하게도 사슬이나 목걸이는 남아 있다.'

'새가 없다. 하늘이 텅 비었다. 그게 이렇게 이상할 줄이야. 관계없는 이야기인데, 레이철 카슨의 《침묵의 봄》이 생각난다. 봄이 와도 새들은 노래하지 않는다. 우리는 버림받은 걸까. 누구한테? 누구로부터?'

'아무도 입을 열지 않는다(낮게 소곤거리는 목소리). 묵묵히 걷는다. 이따금 말을 꺼내면 거리가 고요한 것을 더 분명하게 깨닫는다. 고요한 거리. 시 중심가에 와 있다. 처음에는 다들 한 덩어리로 뭉쳐 인도를 걸었으나, 점차 뿔뿔이 흩어져 제각각 차도를 슬렁슬렁 걷고 있다. 이상하다. 시 중심부에 있는 고등학교도 교문을 닫아걸었다. 여느 때 같으면 지각하기 일보 직전인 학생들이 이 길 가득 뛰어가고 있을 시간인데(갑자기, 여기요, 누구 없습니까, 하는 젊은 남자 목소리가 멀리서 들려온다. 식식, 하는 숨소리. 침묵. 대답은 없다). 조용하다. 너무나도 조용하다. 그런데도 마음 한구석으로는 의심하고 있다. 다들 상점 셔터 뒤에 숨죽이고 숨어 있는 게 아닐까. 우리한테는 보이지 않는 곳에서 많은 사람들이 이쪽 기색을 살피고 있는 게 아닐까. 옛날에 이런 영화를 본 적이 있다(목소리가 더욱 낮아진다). 남쪽 섬. 호화 여객선에서 무료한 시간을 보내던 부유한 승객들이 갑자기 폭풍우를 만나 간신히 목숨을 부지하고 섬에 표류한다. 섬에는 아무도 없다. 얼마 전까지 사람이 생활했던 흔적은 뚜렷한데 아무도 없다. 다들 이상하게 생각해 섬을 샅샅이 뒤지지만 아무도 없다. 그때 고장난 라디오에서 우연히 뉴스가 흘러나온다. 그들이 있는 섬 근처에서 앞으로 몇 시간 뒤에 핵 실험을 하리라는 뉴스, 인근 섬 주민들의 피난이 종료됐다는 뉴스. 영화가 그 뒤 어떻게 됐는지는 기억나지 않는다. 이런 이야기를 혼자 중얼거리는 내가 지금 혼란에 빠져 있다는 건 자각하고 있다. 그러나 말하지 않으면 머리가 이상해질 것 같다(멀리서 남녀가 중얼중얼 말하는 소리가 들린다. 내용은 불명).'

'야나쿠라 시민병원에 와 있다(침묵).'

'어째서지? 말도 안 돼(혼란). 간호사 대기실에도, 경비실에도 아무도 없다. 다만 불은 켜져 있다. 여기저기 문이 열어젖혀져 있다. 얼마 전까지 누가 있었던 흔적이 느껴지는데…… 환자도 없다니 대체 어떻게 된 일인가? 여기저기에 링거 관이 늘어져 있다. 그 관에 연결돼 있었을 환자는? 이유가 뭐지? 어떻게? 모든 침상이 비어 있다. 게다가, 봐! 누워 있던 자국이 남아 있다. 사람 형태로 눌렸다. 창문이 열려 있고 커튼이 흔들린다. 어젯밤은 더웠다(떨어진 곳에서 흥분한 목소리가 들린다). 그럼 옆 경찰서는?(달려가는 기척).'

'야나쿠라 경찰서. 이쪽도 마찬가지다(지친 목소리). 입구건 창문이건 전부 열려 있었다. 현관 부근에 경찰봉 몇 개가 뒹굴고 있다. 불도 켜져 있다. 그러나 물론…… 아무도 없다.'

'1998년 6월 19일, 오전 10시 35분. 야나쿠라 역 앞.'

'역도 셔터가 내려져 있다. 인기척은 없다. 열차도 다니지 않는다. 기묘한 일이다. 이 상황을 야나쿠라 외부에선 어떻게 파악하고 있을까? 벌써 10시 반이다. 어디서도 전화벨이 울리지 않는 것을 보면 외부에서 야나쿠라로 연락하는 것도 불가능한 것 같다. 어디서 소란을 피우기 시작해도 이상할 것 없다. 지금 누가 이쪽으로 오는 중일지도 모른다. 전기는 쓸 수 있는 것 같지만 기반 시설 관리는 어떻게 되고 있을까? 야나쿠라 밖에서 출근하는 사람도 적지 않을 텐데 그런 사람들은 어떻게 됐을까? 차가 다니지 않는다는 말은 밖에서 야나쿠라로 들어올 수 없다는 뜻이다. 어디서 교통망 및 통신망이 차단되고 있다는 뜻인가.'

'하지만 일부러 생각하지 않으려는 게 있다. 이 일이 야나쿠라에서만 벌어지고 있는 게 아닐 가능성이다. 설마 그런 일이 있을 리 없다. 단 하룻밤 만에.'

'이 상태가 며칠씩 계속되면 어떻게 하나? 식료품은? 어디 슈퍼마켓에라도 침입해야 할까? 이 계절에 이 더위다. 만약 전기 공급이라도 끊겼다간 눈 깜짝할 새에 신선 식품도, 물도 입수하지 못하게 될 것이다.'

'어째서 우리 넷만 남았나? 아니, 남겨졌나?'

'여기서 탈출할 수는 있을까? 기름을 손에 넣을 수만 있으면 차로(입 속으로 뭐라 중얼거리는데 내용은 불명).'

'밖은 어떤 상태인가?(소곤거리듯)'

'오전 11시 15분. 챙겨온 빵으로 요기했다. 우리는 이제부터 농협 창고로 간다(조금 기운을 되찾은 듯). 예로부터 야나쿠라에서 간격을 두고 반복됐던 연쇄실종사건의 진상을 조사하는 게 원래 목적이다. 자세한 내용은 야나쿠라 지부 업무일지를 참조할 것. 지금까지의 경위는 그곳에 기재돼 있다. 동시에, 야나쿠라 연쇄실종사건이라는 제목으로 내가 개인적으로 쓴 원고 플로피디스크가 야나쿠라 지부 금고에 들어 있다. 혹시 앞으로 내가 사고나 어떤 일로 사라졌을 때는 그곳을 보길. 이 사건은 그 발단이 상당히 오래전으로 거슬러올라간다. 황당무계한 이야기라는 건 잘 알지만 선입견 없이 읽어주면 좋겠다. 나는 N닛폰 신문 후쿠오카 지국 야나쿠라 지부장, 다카야스 노리히사. 후쿠오카 지국 연락처는 ×××××××××, 야나쿠라 지부 연락처는 ××××××××××. 이 사건에 관해 조금이라도 아는 게 있는 사람은 전임자인 사사키 게이고. 사사키 씨 연락처는 히로시마 지국 ××××××××××.'

'……나는 막연히 그런 장소가 있지 않을까 생각하고 있었다 (혼잣말처럼).'

'실종자가 인간 같지만 인간이 아닌 것으로 새로이 재생되는 기간 중에 그들을 보관해두는 장소가 있지 않을까.'

'모든 게 수로를 통해, 아니, 수로의 물을 통해 벌어지는 것이라면, 돌아올 때까지 어디 있을 장소가 필요하지 않을까. 하물며 고령자가 재생되는 데 시간이 걸린다는 점을 생각하면 조용하고 아무에게도 방해받지 않을 곳, 그리고 아마도 수로에 흐르는 물의 하류에 해당되는 곳.'

'농협 창고는 하류 어선 정박장 부근에 있다. 수로와도 외곽 수로와도 가깝다. 오래전부터 있던 장소고 부지도 넓다. 그곳에서 실종자를 봤다는 말은 그런 뜻이 아닐까.'

'나는 지난번에 농협 창고 지하에 내려갔다.'

'광대한 지하 저수조가'

'캄캄해서'

'지상에서 빛이 비쳐드는 부분만 얼핏 보였을 뿐이지만.'

'나는 분명히 봤다. 어둠 속에 누군가의 등이 몇 개씩 나란히 물에 떠 있는 모습을. 시체였나? 아니면 동물의 시체? 그것도 아니면 쓰레기나 유목 같은 것을 내가 공포심에 착각했나? 경찰에 신고했어야 했나? 그것은 대체 뭐였을까? 나는 분명히 봤다고 생각한다. 나는 신문기자로서의 내 눈을 믿는다. 그렇다면 그것은 무엇인가.'

'오전 11시 50분. 우리는 농협 창고 앞에 와 있다. 조금 전에 놀랍게도 흰 고양이를 발견했는데 놓쳤다. 아침에 집에서 나와 처음 보는 동물이다.'

'정오. 지금부터 지하 저수조로 내려간다. 상의한 결과 미쿠마 선생님이 맨 먼저 내려가기로 했다. 이어서 나 다카야스, 그리고 쓰카자키 씨. 아이코 씨는 지상에 남기로 했다.'

'……조심하세요.'

'거기 사다리가'

'불을…… 윽(신음 소리 같은 비명).'

'으악! 으악!(비명). 이건. (나갑시다, 어서요, 다카야스 씨!) (잠 깐! 불을. 전등을 이리 줘봐.) (선생님, 어서요!) (괜찮아. 움직이 지 않네.) 선생님, 이걸 쓰시죠.'

'쉰들러 리스트(중얼거리듯).'

'영화 〈쉰들러 리스트〉에서 봤다. (대체 몇 개나 있는 건가) (몇 인분일까요. 아직 완성되려면 멀었는데요).'

'무더기로 쌓인 시체를 태우는 장면인데, 눈앞의 것과 결정적으로 다른 점은 이게 살아 있다는 사실이다.'

'너무 끔찍해서 설명하고 싶지 않다. 강력한 손전등 불빛에 비춰진…… 나는 신앙도 종교심도 없는 사람이지만, 만약, 만약 신이라 불리는 존재가 있다면…… 당신은 대체 무슨 생각을 하는 건가. 이걸 봐라. 눈앞의 물속에 쌓여 있는 이건…… 무수한 인간의 신체부위. 그것도 무시무시하게 많이. 어린애 손, 노인 손, 큼직한 손, 여자 손, 그것들이 커다란 회색 덩어리 속에서 서로 뒤엉킨 채 만들어지고 있다. 뱅어포 같다. 윤곽이 서로 맞붙어서는, 무수한 눈이 이쪽을 보고 있다. 뱅어포를 물끄러미 보다보면 묘한 기분이 드는데, 그때 기분과 비슷하다. 지금 이렇게 보고 있어도 조금씩 손가락이나 팔꿈치 뼈 같은 게 튀어나올 것 같다. 저 회색 덩어리는 어둠 속 깊은 곳까지 이어져 있다. 안쪽에는 머리통이 몇 개씩 포개져 있다. 머리 반 토막. 머리카락도 절반만 있다. 나머지 절반은 흐물흐물한 물질이다. 머리통이 아주 많다. 열 개, 스무 개. 상자 속의 아직 쓰지 않은 성냥개비 대가리처럼 잔뜩 포개져 있다. 꾸미기 체조에서 실패했을 때가 생각났다. 열다섯 명이 한 팀을 이루는 큰 규모였는데, 중심의 균형이 무너지면서 단숨에 허물어졌을 때 신음하는 머리가 잔뜩 포개져 있었다. 검은 머리통이 잔뜩. 대체 몇 인분인지 짐작도 가지 않는다. 하나같이 일부밖에 없는데, 점점 성장하고 있다. 조금씩 원래 형태를 잡아가고 있다. 물속에도 빽빽하게 잠겨 있다. 발바닥이 보인다. 조그만 발바닥이 여럿. 전부 어린애다. 어린애 발바닥이 물 저 밑까지 무수하게 가라앉아 있다. 이것들이 이윽고 물속에서 지상으로 돌아온다. 모두 돌아오는 것이다. 지금은 이렇게 덜 떨어진 손가락 조각과 밋밋한 발바닥밖에 없는데!'

'……아이코 씨가 토한다. 아이코 씨도 본 건가. 나도 지상으로 올라가 토할 뻔했으나 이럭저럭 참았다.'

'그렇지만 광경이 머릿속에 들러붙어 지워지지 않는다. 물속에서 튀어나온 조그만 머리통, 반쯤 벌린 입에 늘어선 하얀 치아가. 물 속에 짚신벌레처럼 빽빽하게 붙어 있던 조그만 발바닥이. 개구리 등에 잔뜩 붙은 알처럼 쌓여 있던 인간의 머리통이……

(신음 소리).'

'1998년 6월 19일, 오후 3시 5분. 미쿠마 교이치로 씨 댁으로 돌아왔다.'

'1998년 6월 19일, 오후 4시. 우리는 이웃에서 열쇠가 꽂혀 있는 차를 찾아 야나쿠라 탈출을 시도하기로 했다. 밖으로 나갈 수 있을 것인가. 바깥은 어떻게 됐나.'

'1998년 6월 19일, 오후 6시 35분. 미쿠마 교이치로 댁으로 돌아왔다.

'아무리 가도 아무도 없었다. 야나쿠라를 벗어나 후쿠오카 방면으로 가봤는데도 아무도 없었다. 이것은 야나쿠라만의 일이 아니다. 이 상태가 어디까지 이어지는지는 알 수 없지만, 한참을 가도록 아무도 만나지 못했기 때문에 되돌아오고 말았다. 어느 정도 가면 될지 모르는 데다 기름도 그리 많지 않았던 터라, 길을 잃고 헤매느니 다시 한번 계획을 짜기로 한 것이다. 대체 어떻게 된 걸까? 정말 우리밖에 없나? 날이 저물어오니 공포가 점점 가중된다. 앞으로 어떻게 하면 좋은가, 이제 어떻게 될 것인가. 녀석은 언제 돌아올 것인가. 그때 본 게 내 주위에서 다시 움직인다는 생각만 해도 등골이 오싹한다. 그들이 완전히 재생될 때까지 대체 시간이 얼마나 걸릴까? 그들이 돌아왔을 때 우리는 어떻게 될 것인가? 그들은 우리를 어떻게 대할 것인가? 그들이 돌아왔을 때 중단됐던 생활은 어떻게 될 것인가? 그들은 그에 어떻게 대처할 것인가? 이 일은 대체 어느 정도 범위로 벌어지고 있는 건가? 의문, 의문, 의문, 공포, 공포, 공포.'

'1998년 6월 19일, 오후 8시 53분. 문단속을 단단히 하고 불을 켠 채 장화를 신고 자기로 했다.'

'1998년 6월 20일 토요일, 오전 5시 12분. 밖은 이미 환해지기 시작했다. 이제부터 어떻게 할지 넷이서 협의했다. 먼저 이대로 야나쿠라에 남을지, 아니면 떠날지를 검토했다. 대체 어디까지 '도둑맞았을지' 모르는 지금 구태여 멀리 가는 이점이 과연 있겠느냐는 이야기다. 그들이 돌아올 것은 알고 있다. 우리가 가장 두려워하는 것은 돌아온 그들이 우리에게 위해를 가할지도 모른다는 가능성인데, 그것은 어차피 어느 지역으로 가건 다를 바가 없다. 그들이 돌아왔을 때 마주친다면, 그나마 잘 아는 야나쿠라에 있는 편이 낫지 않겠느냐는 결론이 내려졌다. 어쨌든 우리가 이제 이곳에서 완벽한 소수파가 되리라는 것은 확정된 셈이다. 문제는 농협 창고 지하를 본 우리가 이전 같은 정신 상태로 살 수 있느냐는 것이다.'

'의문이 생겼다. 정말 우리밖에 없나? 예컨대 고바야시 다케오도 이 사태를 알아차리고 있었다. 그 밖에도 눈치챈 사람이 더 있지 않을까. 그러고 보니 고바야시 다케오는 어떻게 됐을까.'

'우리 같은 소수파가 더 있지 않을까 하는 생각은 큰 위안이 됐지만, 그것을 확인할 방법은 없다. 그들의 존재를 눈치챘어도 발을 잡힌다는 걸 몰라서 '도둑맞았을지도' 모르는 일이다. 우리가 할 일은 지금 벌어지는 일을 빠짐없이 기록하는 것밖에 없다는 결론에 다다랐다.'

'언젠가 다른 소수파를 만났을 때를 위해서인지, 돌아온 그들에게 증거를 내밀기 위해서인지는 알 수 없어도, 어쨌든 우리는 기록하는 수밖에 없다.'

'그들이 돌아오면 시간 경과에 의문을 품을 것이다. 아니, 실은 이 점에 관해 중대한 불안 요소가 있었다. 과거에 실종된 사람들, '도둑맞은' 사람들은 자신들의 실종에 그리 불안해하지 않았기 때문이다. 오히려 기분 좋은 체험으로 기억했다는 것이 마음에 걸린다. 만약 이번에도 그렇다면'

'……우리 기록은 무시되거나 말살될 가능성도 있다.'

'그러나 어쨌든 나는 이 일을 기록해야 한다. 우리는 매일 지하 저수조로 가서 그들의 상황을 기록하기로 했다. 그 광경을 다시 볼 생각을 하면 소름이 돋지만, 우선 현재 생성중인 그들이 우리에게 위해를 가할 일은 없을 테고, 꾸준히 관찰하다보면 그들이 언제 돌아올지 예측할 수도 있을 것이다. 게다가 지금 이러고 있어도 그곳에 그것이 있다는 무시무시한 공포가 늘 우리를 사로잡고 놔주지 않는다. 그 순간 그들은 내 안에 섬광처럼 들러붙고 말았다. 지하에 그것이 빽빽하게 있다. 이 거리를 가득 메웠던 사람들이 그곳에 포개져 있다. 그곳에 그것이 있다. 늘 의식의 일부가 농협 창고를 향한 채 눈을 크게 뜨고 내 안의 공포를 어루만지는 느낌이다. 내 몸속 깊은 곳에 그들이 뿌리를 내리고 말았다. 언젠가…… 앞으로 내가 어떤 운명을 걷게 될지, 결혼을 할지, 자식을 갖게 될지 어떨지도 모르지만, 만약 나에게 자손이 생긴다면 우리 조상이 어둠을 두려워했던 것과 마찬가지로 내 자손은 그들을 두려워하리라. 그 정도로 그 어둠 속 순간은 나를 바꿔놓고 말았다. 다른 세 사람도 마찬가지일 게 틀림없다. 같은 거리에 있으면서 먼발치에서 흠칫거리기보다는 냉정한 눈으로 관찰하는 편이 공포를 해소할 수 있을 것 같다.'

'1998년 6월 20일, 오전 9시. 농협 창고. 어제의 충격이 아직 몸에 생생히 남아 있건만 오늘도 역시 충격적이었다. 게다가 확실하게 부활하고 있음을 목격하고 나니 절망인지 공포인지 알 수 없는 복잡한 감정이 온몸을 훑었다. 이걸 어떻게 받아들이라는 말인가? 서양 사람이라면 이 상황에서 뭐라고 했을까? 성호를 긋고 신에게 기도드릴까? 가장 한심한 것은 우리가 하나같이 아무것도 못 하고 얼빠진 태도밖에 취할 수 없다는 사실이다. 이런 것을 보고 무슨 할 말이 있을까 싶기는 하지만, 아무튼 우두커니 서 있을 수밖에 없다. 예컨대 내가 생물학자나 의사라면 흥분해서 연구에 몰두했을 것이다. 그러나 인간이나 개구리나 별 차이 없는 지식밖에 없는 나는 뭘 어떻게 연구해야 할지 모른다. 이게 할리우드의 SF재난영화라면 아마 여기 있는 네 사람은 제일선의 생물학자, 기술자, 여의사, 미남 슈퍼맨 같은 조합으로 다양한 전문 지식을 구사해 세계를 인류에게 되찾아줄 방법을 두 시간 이내로 발견했을 것이다. 우리가 할 말을 찾지 못하는 것은 도무지 손 쓸 방도가 없다는 단순한 사실 때문이었다. 지금까지 우리는 얼마나 많은 기회를 놓치고 살아왔을까. 봐야 할 사람, 연구해야 할 사람이 마침 그 자리에 있는 것은 별똥별 같은 행운이 틀림없다. 거의 모든 사람은 이렇게 눈앞에서 벌어지는 일을 속수무책으로 입을 멍하니 벌린 채 지켜볼 뿐이다.'

'그들은 대체 어떤 반응을 보일까. 지금 우리가 이렇게 찍고 있는 대량의 사진과 비디오테이프를 보면? 화를 낼까, 슬퍼할까.'

'미안하기는 하지만 기록을 계속하기 위해 근처 편의점에 침입하기로 했다. 필름, 테이프, 식료품. 어떤 식으로 돌아가는지는 모르지만, 수도와 전기, 가스 모두 정상적으로 공급된다. 냉장고가 작동해서 다행이다. 빌린 것은 모두 기록해놓았다. 나중에 상황을 봐서 값을 지불하게 될 것이다. 그들이 자기가 실종됐었다는 것을 자각하고, 상품을 도둑맞은 것을 인식해, 우리가 범인임을 알았을 경우에 그렇다는 말이지만. 그들은 우리가 한편이 아니라는 걸 과연 알아볼 수 있을까. 애초에 그들에게 동족 의식이 있기는 할까.'

'1998년 6월 21일, 오전 9시 10분. 농협 창고. 눈에 보이게 재생되었다. 이제야 겨우 약간 익숙해졌지만, 내가 지금 보고 있는 것을 생각하면 역시 속에서 올라온다. 세부를 눈으로 좇다보면 끔찍함, 거센 혐오감이 단숨에 치밀어오른다. 역시 다른 사람들도 갑자기 오한이 덮치는지, 다들 번갈아 지상으로 올라가 토했다. 흥미로운 것이 하나 있다. 우리는 신진대사가 빠른 사람이 일찍 부활하리라고 생각했는데, 보아하니 이번엔 남녀노소 모두 부활 속도를 맞추는 것 같다. 애들만 먼저 부활했다가는 어떻게 될까 걱정했는데, 아무래도 모두 일제히 돌아올 모양이다. 그렇게 생각하니 역시 오한이 등골을 훑는다. 그때 우리는 어떻게 될 것인가? 영화 〈좀비〉처럼 빙 둘러 포위될 것인가?'

'1998년 6월 22일, 오후 1시 8분. 매일 정오에 역 시계를 찍는 역할을 쓰카자키 씨가 맡았다. 쓰카자키 씨는 역만이 아니라 공공장소에서 날짜와 시간이 표시된 것을 꼬박꼬박 촬영하고 있다. 셔터가 내려진 역과 문이 닫힌 상점이 배경에 찍히니 사람들이 활동하지 않았다는 증거가 되지 않을까 생각한 것이다.'

'컴퓨터는 역시 쓸 수 없다. 전화를 걸 수 없기 때문인가.'

'음식물 쓰레기가 여기저기서 썩기 시작했다. 6월 19일이 가연성 쓰레기 수거일이었던 탓에 전날 밤에 쓰레기를 내다놓은 사람이 있었기 때문이다. 만약 불이라도 나면 어떻게 하나. 다들 늦은 밤에 없어졌기 때문인지 가스 밸브만은 잠겨 있어 다행이다. 하지만 어떨까. 야나쿠라에는 이십사 시간 영업하는 곳이 없으니 불이 날 조짐이 없지만, 국도변의 드라이브인 같은 데는 한창 영업중에 '도둑맞지' 않았을까. 만약 불을 쓰는 중이었다면, 하고 생각하니 불안이 자꾸만 증식한다. 원자력 발전소라든지 도로 휴게소의 주유소라면…… 수술중이던 응급실이라면…… 공항은 어떻게 됐을까. 하늘의 현관이 업무가 중단되면 다른 나라에서도 가만있지 않을 것이다. 외국에선 알고 있을까? 외국에서 알 만한 범위로 확대됐을까? 하지만 사고가 발생해도 아무도 알아차릴 수 없는 상황이다. 실제로 우리도 지금 야나쿠라 어디선가 불이 났어도 연기가 꽤 많이 나기까지는 모를 것이다. 고작 네 명으로는 현장으로 달려가 불을 끄는 것도 여의치 않다. 무인의 도시란 이렇게나 무

방비한 것이다.'

'넷 다 배짱이 생겼나보다. 아무도 없다는 이 기이한 상황에 익숙해지기 시작했다. 제각각 마음대로 거리를 쏘다니고 있다. 쓰카자키 씨는 이곳저곳을 필름에 담아 개인적인 영화를 찍어볼까 하는 소리까지 한다. 신기한 사람이다.'

'미쿠마 선생님은 야나쿠라의 역사를 다시금 공부해 사건의 배경을 나름대로 체계적으로 파악하고 의미를 부여하려고 하는 것 같다. 오후에 문득 생각이 나 옆 동네로 고바야시 다케오를 찾으러 갔으나 어디에도 없었다고 한다.'

'아이코 씨는 의연하게 처신하지만 이따금 우울해할 때가 있는데, 그 시간이 점점 길어진다. 교토에 있는 가족, 특히 아이 생각을 하는 것이리라. 여전히 어디와도 연락이 안 된다.'

'날짜를 기입한 노트와 필름, 비디오테이프만 점점 늘어난다. 네 사람이 각각 자기 기억을 바탕으로 수기를 남기기 시작했다. 가끔씩 그게 언제였더라, 그때 뭐라고 했더라, 하면서 서로 확인한다. 현상을 할 수 없으니 곤란하다. 잘 찍혔는지 확인하고 싶은데. 꽤나 두툼하고 엄청난 앨범이 되겠지. 필름을 맡겼다가 경찰에 체포될지도 모른다. 옛날 기자 같으면 눈동냥으로 직접 사진을

현상했을 것이다. 우리가 얼마나 손기술을 잃었는지를 깨닫고 아연했다.'

'1998년 6월 23일, 오전 8시 50분. 삼 분의 이는 재생됐다. 정점 관측을 위해 가급적 같은 인간이 어떻게 변화하는지 일정 간격으로 기록하고 있다. 사진을 현상해보고 싶다. 자전거 두 대를 준비해 여섯 시간 간격으로 두 사람씩 같이 나가선 촬영하고 돌아오는 게 습관이 되었다. 보통 상황 같으면 대학 연구실에서 할 법한 일이다.'

'샘플을 채취하느냐 마느냐 하는 문제를 두고 많이 싸웠다. 전에 미쿠마 선생님의 고양이가 몇 차례 물어뜯어 온 것을 생각하면 아마 떨어져나간 부분도 재생되는 듯하다. 그러나 그것의 일부를 떼어내 가져온다는 데는 상당히 거부감이 느껴졌을 뿐더러, 그것을 건드리고 싶어하는 사람은 아무도 없었다. 이 언저리가 급조된 얼치기 연구자의 문제점이다. 게다가 샘플을 채취해봤자 며칠이면 쭈그러들어선 의미가 없다. 선생님의 경험으로는 냉동해도 언젠가는 없어진다고 한다. 결국 우리가 샘플을 채취해봤자 아무런 연구도 할 수 없다고 해서 제안은 흐지부지되었다.'

'1998년 6월 23일, 오후 10시 24분. 무더위가 극심하다. 흐린 날씨가 줄곧 계속되더니 어젯밤부터 또 비가 오기 시작했다. 지긋

지긋하다. 장마가 걷히면 이 사건도 해결될 것 같은, 전혀 근거 없는 착각이 든다. 이제 이삼 일만 있으면 드디어 그들이 돌아올 것이다. 싸늘한 각오 같은 것이 네 사람을 뒤덮고 있다. 말도 몇 마디 하지 않는다. 각자 자기 껍데기에 틀어박혀 자신이 맡은 자리에서 기록을 계속하고 있다. 아이코 씨의 상태가 심각하다. 각자 분담해서 식사를 준비하는데, 아이코 씨는 거의 입을 대지 않는다. 선생님과 쓰카자키 씨도 걱정하지만, 뭐라 할 말이 없으니 한 발짝 물러서서 지켜볼 뿐이다.'

'쓰카자키 씨와 둘이서 조용히 술을 마시는 중. 생각해보니 둘이서만 마시는 것은 처음인지도 모르겠다. 아이코 씨 이야기, 가족 이야기, 내 독신 생활 이야기, 쓰카자키 씨 부인 이야기. (뭐야, 아직도 음성 메모하는 거야?) 아하하, 이젠 완전히 습관이 돼서 말입니다. 이게 없으면 불안해서 못 견디겠습니다. (트윈 픽스네.) 이름이라도 붙여줄까요, 애인 대신으로. 재미있단 말이죠. 이 녀석에 대고 말하면 자기를 객관적으로 묘사할 수 있거든요. 도플갱어 상태라고 할지. 쓰카자키 씨는 부인이 걱정되지 않으십니까? 아, 죄송합니다. 바보 같은 질문을 했군요.'

'(으음, 걱정되긴 하지만 걱정되지 않는데.) 무슨 말씀이죠?'

'(아직 모르잖아, 내가 아내를 잃었는지, 아내가 날 잃었는지.)

'그게 무슨 뜻입니까?'

'(난 아직 '도둑맞지' 않았지…… 아마. 내가 여기서 '도둑맞으면' 아내는 날 잃게 돼. 하지만 만약 지금 일본 전체가 '도둑맞은' 상황이라면 내가 아내를 잃은 게 되는 거야. 지금은 아직 어느 쪽인지 모르잖아.) 그렇군요.'

'(하지만 어느 쪽이건 난 상관 안 해.) 네? 어째서죠?'

'(다카야스 씨는 잔의 성격을 모르니까 아마 이해가 되지 않겠지만, 만약 잔이 이미 '도둑맞았다면' 잔은 날 잃었다는 감각을 맛볼 일이 이미 없는 거잖아. 그건 그것대로 마음이 놓여. 아내는 날 소유하고 있다는 확신이 워낙 굳건해야지.) 어, 음, 부인 자랑이신가요. (그런 게 아냐. 잔은 그런 여자거든. 쫓아가고, 사랑에 애태우고, 소유하는 여자야.) 아아, 알겠습니다. (그러니까 잔이 날 잃고 맛볼 상실감을 생각하면 딱한 생각이 드는 거지.) 네에. (그렇다고 내가 먼저 '도둑맞아도' 잔은 결코 불행하진 않을 거야. 심한 상실감은 맛볼지언정.) 그거 방금 하신 말씀하고 모순되는 거 아닙니까? (아니, 모순되지 않아. 상실감은 맛보지만 성취감이 있으니까.) 성취감이라뇨? (즉, 잔은 자기 사랑을 완수했다는 만족감을 얻는 거야. 내가 존재하는 한, 잔은 나를 계속해서 소유해야 해. 빈번하게 자기가 날 소유한다는 걸 확인해야 하는 거지. 하지만 예를 들어 내가 사고로 비명횡사를 해서 잔의 눈앞에서 존재가 끝난다면, 잔은 자기 사랑을 처음부터 끝까지 지켜볼 수 있었던 셈이니까 자기 사랑을 완수한 게 되거든. 그렇게 해서 난 잔의 보석상자에 반짝반짝 빛나는 채로 영원히 보관되는 거야.) 어이구, 쓰카자키 씨, 꽤나 가차 없으시군요. (어쩔 수 없다고. 여자는 원래 그런 동물이고, 잔은 그런 여자니까.) 뭐, 그럴지도 모르지만요. (그러니까 난 내심 기대하고 있어. '도둑맞는' 게 내가 먼저일지, 잔이 먼저일지. 내가 먼저라면 잔이 그걸 분명하게 알 수 있을지 어떨지. 그 반대일 경우에는 어떨까. 내가 도쿄로 돌아갈 수 있을지 없을지 아직 모르지만, 만약 돌아가서 잔을 만날 수 있다면 그 순간 무슨 일이 벌어질지 아주 흥미진진해.) 쓰카자키 씨, 어쩌면 엄청난 거물일지도 모르겠는데요. (아무리. 그냥 바보야. 이 판국에 아직 그런 쓰잘머리 없는 생각을 하고 있으니 말이지. 아, '도둑맞으면' 만드는 음반도 달라질까. 들리는 음악도 달라질까. 그것도 흥미로운데. 엄청나게 잘 팔리는 프로듀서가 된다든지. 하하.)'

'1998년 6월 23일, 오후 11시 20분. 쓰카자키 씨가 잠들었다. 미쿠마 선생님도 참 흥미로운 캐릭터지만, 쓰카자키 씨는 정말 불가사의한 사람이다. 쓰카자키 씨는 다른 의미에서 이미 오래 전에 '도둑맞았는지도' 모른다. 그 사람 같은 각성이라면 인류에게도 의의가 있다는 생각이 든다.'

'이 짧은 기간에 전에 없이 여러 가지를 생각했다.'

'그것도 지금까지 거의 해보지 않은 생각들뿐이다. 내가 그냥 동물이라는 것. 진화과정 중의 일개 생물에 지나지 않는다는 것. 생명이 연속된다는 것. 온갖 장면과 사상이 무수히 겹쳐 현재를 만든다는 것. 진실은 하나가 아니라는 것. 세상에 일어날 수 없는 일은 없다는 것. '나는 생각한다. 고로 존재한다'는 말이 처음으로 실감이 난다.'

'낮에 시내에서 가장 큰 서점에 숨어들어 문고본 한 권을 훔쳤다. 날로 도덕심이 결여돼 가는 것 같다. 이 책을 돌려줄 날이 과연 올 것인가. 하지만 이 상황에서 꼭 읽고 싶었다. 잭 피니의 《바디 스내처》. 내가 생각해도 참 악취미다. 그러나 이 절망적인 일상 속에서(그러나 인간은 절망에조차 익숙해진다), 각오를 굳힌 현실 속에서, 이런 픽션을 읽는다는 게 어떤 행위인지 알고 싶었다.'

'뜻밖에도 이런 상황에서도 재미있다.'

'읽는 동안에는 그냥 독자였다. 인간이란 어떤 상황에서도 마음속 한구석에서 픽션을 원하는 모양이다.'

'그러나 《바디 스내처》는 끝났다. 책을 덮고 말았다. 소설은 끝난다. 우리는? 어떤 결말이 기다리고 있을까? 마지막 페이지까지 얼마나 더 남았을까? 그건 누가 알고 있을까? 지하에 있는 그 녀석들인가? 아니면 여기 잠들어 있는 쓰카자키 씨인가?'

'중요한 문제가 생각났다. 지하에서 자라는 그들을 움직이는 의사의 존재. 쓰카자키 씨는 이런 말을 했다. 그 의사는 우리를 알아차렸다. 거리 구석에 있는 달랑 네 명의 의혹을. 쓰카자키 씨는 또 이런 말도 했다. 우리 의식의 일부는 육체 바깥에 있다. 그 말이 옳다는 것을 직감으로 알 수 있다. 그 말은 즉, 무슨 뜻인가? 지금 그들을 한꺼번에 부활시킬 타이밍을 노리는 의사는 어떻게 할 작정인가? 그 의사에게 우리 의식이 조금은 작용하고 있을까? 만약 작용하고 있다면 의사와는 다른 결말이 찾아오지 않을까.'

'1998년 6월 24일. 오전 0시 7분. 빗발은 가늘어졌다. 에어컨이 고장났다. 더워서 못 견디겠다. 쓰카자키 씨도 땀을 흘리며 자고 있다. 검정 고무장화를 신고. 그나저나 집 안이 덥다. 창문을 약간 열었다. 어렴풋한 냉기가 기분 좋다. 실은 정강이에 땀띠가 생겨 괴롭다. 무의식중에 긁는 탓에 땀띠가 점점 퍼져 불쾌하다. 특히 이렇게 더운 밤에 술을 마신 상태에서는 바람이 안 통하는 고무장화를 신은 발이 얼마나 푹푹 찌는지. 고무 안쪽을 타고 땀이 쉴 새 없이 흐른다. 깨어 있으면 괜찮지 않을까. 장화를 벗어본다. 아아, 시원하다. 발을 벗고 편히 잘 수 있다는 게 이렇게 기분 좋은 일일 줄이야. 잠깐 누워본다. 천국 같다.'

Chapter XIII

 이런 상황, 이런 기분을 일찍이 겪어본 적이 있다.
 줄곧 대체 언제였을까 생각했는데, 오늘 아침 방에 남아 있던 검정 장화를 본 순간 생각났다.
 나는 순식간에 삼십 년도 더 전의 폭풍우 치던 밤으로 돌아갔다.
 여름이 막바지에 다다른 무더운 저물녘이었다. 시즌 초반의 태풍이 접근중이었다. 그런데도 회의는 여전히 끝날 줄 몰랐다. 회의를 위한 회의가 다람쥐 쳇바퀴 돌듯 계속되었다. 듣는 척하면서 담배를 피우던 나는 싸구려 합판 테이블 위에 앉은 파리 한 마리를 발견했다. 무심코 눈앞에 있던 작은 도기 재떨이를 들어 파리를 쫓으려 했는데, 생각지도 못하게 파리를 탕 내리치는 바람에 당황했던 기억이 있다. 재떨이를 도로 들 용기는 없었다. 그대로 모른 척하고 있으려니 문을 두드리는 소리가 들리고는 사무원이

"미쿠마 선생님, 잠깐만요" 하고 나를 불렀다. 나는 누가 재떨이를 움직였다가 파리 시체를 발견하면 미안해서 어떻게 하나 생각하며 문 쪽으로 다가갔다.

복도로 나오니 창밖은 이미 폭풍우 때문에 어두워져 어쩐지 심상치 않은 분위기였다. 사무원은 장모에게서 사치요의 진통이 시작됐노라고 연락이 왔다고 알리러 온 것이었다. 나는 놀랐다. 예정일은 아직 두 주도 더 남았기 때문이었다. 내가 학부장에게 그 사실을 알리자 다들 얼빠진 목소리로 저마다 '어, 그래'라고 했다. 그럼 가봐야지, 자네, 첫애 아닌가. 학부장이 말하자 모두 찬동해, 어째선지 회의도 그냥 흐지부지 끝나고 모두 우르르 일어섰다. 요컨대 모두 회의를 끝낼 계기를 찾고 있었으리라. 복도로 나오자 나와 동갑인 다시로가 물었다.

"미쿠마 선생님, 병원이 어딥니까?"

"혼고입니다."

"그럼 이거 신고 가시죠."

다시로는 어디서 꺼내왔는지 검정 고무장화를 들고 있었다. 당시 대학 주위는 길 사정이 좋지 못해 큰비가 오면 길이 온통 질척질척해졌다. 나는 고마운 마음으로 장화를 빌려 신고 병원으로 갔다. 이미 흉포한 바람과 비가 어둠 속에서 날뛰고 있었다.

밤은 어둡고, 다들 서둘러 집으로 갔는지 거리도, 세계도 어두웠다. 거의 도움이 못 되는 우산 밑에서 나는 이루 말할 수 없는 고독과 공포를 느꼈다. 세상에 홀로 남은 듯한 기분이 들었다.

이로써 도망칠 수 없게 된다. 머릿속은 그런 생각으로 가득했다. 지구 반대편으로 도망친들 아이는 존재한다. 다른 누구도 아닌 내 피를 이어받은 아이가 이 세상에 존재하는 것이다.

그때 나는 상상이 되지 않았다. 자기 자식이 존재하는 세계를. 완전한 미지의 세계. 그러나 결코 도망칠 수는 없을, 어느 한 가지 사건을 경계로 찾아올 완전히 다른 세계. 그 한 가지는 시시각각 현실로 다가오고 있다.

나는 폭풍우 몰아치는 어둠 속에서 어느새 고함을 치고 있었다. 그것은 분명 겁에 질린 작은 짐승 같은 공포의 포효였다.

진통이 시작됐다고는 하지만 그 뒤로 무척 오래 걸렸다.

병원에 도착하고 나서도 나는 어둡고 긴 복도에서 영원 같은 시간을 기다려야 했다.

장모는 어디 가고 없었다. 아마 과일을 조달하러 갔을 것이다. 왜 그런지 장모는 아기가 태어나면 사치요에게 과일을 먹어야 한다고 굳게 믿어 의심치 않았다. 몇 시간째 과일 이야기만 했다.

나는 긴 의자에 걸터앉아 죄인처럼 고개를 수그린 채 오로지 그 순간을 기다렸다.

밖에서는 바람이 미친 듯이 날뛰었다. 잠잠해졌나 하면 갑자기 으르렁거리며 창문을 때리고 벽을 삐걱거렸다.

나는 혼자였다. 복도는 지나가는 사람도 없이 텅 비어 있었다. 영원 같은 시간. 미지의 세계를 기다리는 시간. 태풍 때문에 시끄러웠지만 나는 오히려 정적을 느꼈다. 내 세계는 무음이었다.

나는 그 순간을 기다렸다. 어찌나 더운지 장화는 이미 벗은 뒤였다. 쇼핑백에 넣어 들고 온 구두로 갈아신고 바닥에 놓인 장화를 물끄러미 내려다보았다. 장화의 두 구멍 속에 깊이를 가늠할 수 없는 무한한 어둠이 펼쳐져 있는 듯했다.

나는 진공상태에 있었다. 반드시 찾아올 그 순간, 그 이후는 완전히 다른 세계가 시작될 것을 알면서, 그것을 그저 꼼짝 않고 기다리기만 하는 시간. 지금과 똑같다.

"다카야스 씨가 없는데요."
아침에 일어난 다몬이 어리둥절한 얼굴로 말했다.
"산책이라도 갔나보지."
아이코가 커피를 끓이며 억양 없는 목소리로 말했다. 한동안 심각했던 우울증에서는 어느 정도 벗어난 것 같았으나, 얼굴이 수척하고 눈에 생기가 없었다.
사라졌다.
어떻게 그렇게 어리석을까. 그렇게 눈앞에서 실종사건이 되풀이됐건만 그때 우리는 누구도 그 가능성을 생각하지 못했다.
그것을 깨달은 것은 오늘 첫 정점 관측 당번 시간이 돌아왔을 때였다.
"어떻게 된 거지?"
다몬이 당번 표를 보았다. 리포트 용지에 갈겨쓴 간단한 메모다. 아침 6시, 정오, 오후 6시. 하루 세 번 농협 창고 지하 저수조로 간다. 두 사람씩 교대로 가는 것뿐이니 표를 그릴 것까지도 없었지만, 그래도 우리는 표를 그렸다. 인간에게는 질서가, 의식이 필요하다.

다몬이 메모에서 눈을 뗀 순간 흠칫했다. 그 얼굴을 보자마자 나와 아이코도 움찔했다.

세 사람 사이에 어두운 전류 같은 것이 흘렀다.

나는 다몬과 다카야스가 잤던 소파로 성큼성큼 다가갔다.

테이블 뒤를 들여다보니 바닥에 뒹구는 검정 고무장화가 보였다.

내가 말없이 장화를 집어들자, 두 사람이 숨을 훅 들이마셨다. 나는 다몬을 보았다.

"어제 창문은 어쨌나?"

다몬은 파랗게 질린 얼굴로 침을 꿀꺽 삼켰다.

"여…… 열려 있었을 겁니다. 워낙 더웠어야죠. 그럼, 그럼 다카야스 씨는……."

"아무리 그럴 리가. 이제 와서 어떻게 그런 일이……."

아이코가 믿기지 않는다는 표정으로 손으로 입을 막았다.

나는 꼼짝 않고 장화를 내려다보았다. 두 개의 캄캄한 구멍. 폭풍우 치는 밤의 기억.

그럭저럭 질서와 일상을 손에 넣었던 우리는 그 순간 그것이 환영이었음을 깨달았다.

"역시, 역시 우리 감시당하고 있었어. 그 녀석들…… 녀석들이 우리를 늘 지켜보고 있는 거야. 뭘 해도 소용없어. 아무것도 소용없어. 나도 이제 곧," 아이코는 빠른 말투로 중얼거렸다. 점점 목소리가 커졌다. 자기 몸뚱이를 끌어안고 혼란스럽게 움직이는 눈초리로 천장을 올려다보았다. 패닉을 일으키려는 것이다.

"아이코."

내가 입을 열기도 전에 다몬이 불렀다. 나와 아이코 모두 흠칫 놀랐다. 아이코는 겁먹은 눈으로 다몬을 머뭇머뭇 보았다. 다몬은 여느 때와 다름없는 온화한 표정으로 아이코를 보고 있었다.

"아…… 나."

아이코는 겸연쩍게 중얼거렸다. 다몬은 나에게 시선을 돌렸다.

"선생님, 어떻게 하시겠습니까? 저하고 둘이 가시겠습니까, 아니면 아이코하고 가시겠습니까."

"나 혼자 남는 것도, 누굴 혼자 남겨놓는 것도 싫어. 앞으론 셋이 같이 가. 어차피…… 별 차이 없을 텐데."

아이코는 지친 표정으로 내뱉듯 말했다.

"그러게. 그게 좋겠지. 셋이 같이 행동하자."

다몬은 조용히 고개를 끄덕이고는 모자를 썼다.

우리는 이른 아침의 고요한 거리를 지나 익숙한 길로 나왔다. 자전거를 탈 마음이 나지 않아 셋 다 자연스레 걷게 되었다. 어쩐지 이 풍경을 두 번 다시 잊을 수 없으리라는 생각이 들었다. 해가 이미 떠서 나지막이 깔린 구름 틈새로 여름의 태양이 말없이 번지듯 비추는 이 아침을.

나는 묵묵히 앞장서 걷는 다몬의 등을 응시했다.

이 남자는 뭘까.

나는 새삼 눈앞의 남자를 생각했다. 조금 전 그가 아이코를 불렀던 목소리가 귓전을 맴돌았다. 마치 계시 같은 목소리. 이 남자를 만날 때마다 동자의 얼굴이라고 생각하기는 했지만, 어쩌면 세상의 중심은 이 남자인지도 모른다. 이 남자가 여기에 있었던 게 사건의 중심인지도 모른다. 나는 이 남자를 이곳에 있게 하기 위해 준비된 조역인지도 모른다. 그런 망상 같은 생각이 머리를 스쳤다.

결코 주역을 담당할 수 있는 남자는 아니다. 이런 상황에 냉정하고 침착하게 대처하며 마지막까지 인간의 존엄을 고집하는 휴머니스트는 결코 아니다. 그러나…….

지금 나를 제외하고 이곳에 남은 두 사람이 내 딸과 이 남자라는 사실이 이상했다.

나는 뭘 하고 있는 걸까. 상황이 이런데 앞을 걷는 남자의 정체를 생각하다니. 그 밖에 생각할 일이 더 있을 텐데.

이른 아침의 거리. 아무도 없는 거리.

그러나 마음속 한구석으로는 지금 내가 이 남자 생각을 하는 것을 재미있어하고 있었다. 그런 자신에 대해 쓴웃음 80퍼센트에 자랑스러운 기분 20퍼센트를 느끼기도 했다. 기묘하게도 지금 이 남자에 관해 찬찬히 생각해봐야 한다는 확신마저 들었다. 나는 줄곧 이런 시간을 기다리고 있었노라고.

이른 아침의 거리는 잠겨 있었다. 어두운 물속에 잠겨 있었다. 그 거리가 아침 햇살과 더불어 흔들흔들 떠올랐다.

오늘도 하늘은 흐렸다. 그러나 지금으로서는 비가 올 조짐은 없었다.

뜨거운 빛을 뒤덮은 구름은 아이코가 처음 만든 스펀지케이크 같았다. 원래는 사이사이에 과일과 크림을 넣어 층층이 쌓은 직사각형 케이크가 되었어야 할 그것은, 질척하게 뭉개진 베이지색 누름 초밥 같아져서는 몰골이 처참하기 그지없었다.

"어라, 그림자다."

별안간 다몬이 티 없는 목소리로 말했다.

"그림자?"

아이코가 멍하니 되물었다.

"자, 봐."

다몬이 아이코의 발치를 가리켰다. 흐릿한 그림자가 따라오고 있었다.

"여기 오고부터 내내 비가 왔잖아. 내 그림자를 굉장히 오랜만에 보는 것 같아."

"그러고 보니 그렇네."

우리 셋은 잠시 걸음을 멈추고 아무도 없는 거리에서 자기 그림자를 내려다보았다.

"나 말이지, 내 그림자가 도망치는 걸 본 적 있다."

다시 걸음을 떼면서 다몬이 멍한 목소리로 말했다.

"그림자가 도망쳐?"

"응."

"어떻게?"

"건조한 날 오후였어. 난 열한 살쯤이었고. 베네수엘라에 살 때야. 전후 사정은 기억이 잘 안 나는데, 아무튼 낮은 돌집이 끝없이 이어지는 골목을 걷고 있었거든. 주위는 엄청 조용하고. 어째선지 나 혼자였어. 맑은 날 오후니까 뚜렷한 그림자가 땅바닥에 드리워져 있어서, 난 고개를 숙이고 그림자를 보면서 걷고 있었어. 그러다 점점 어째 이상하단 생각이 든 거야."

다몬은 노래하듯 이야기했다.

"문득 보니까 검은 그림자 덩어리하고 나 사이에 간격이 생겼지 뭐야. 처음엔 그 의미를 잘 몰랐어. 하지만 바라보는 사이에 그림자가 스윽 떨어져나가더라. 난 멈춰섰어. 어라? 하는 사이에 그림자가 길게 뻗어서 달려가는 어린애 그림자가 됐어. 딱 내가 뛰면 벽에 비칠 것 같은 그런 그림자가 점점 달려가버리는 거야. '앗!' 하고 어쩔 줄 몰라하면서 봤더니, 그림자는 골목을 끼고 맞은편에 선 집 벽에 얼마 동안 비치더니 금세 사라져버렸어."

다몬은 보일 듯 말 듯 미소를 짓고 있었다.

"와, 이거 어쩌나 싶더라. 그림자가 날 버리고 도망쳤다고 생각하니까 엄청 불안하더라고. 이제 난 죽는 건가 싶고. 죽기 전엔 그림자가 엷어진다든지, 도플갱어를 보면 죽는다든지 그런 말 많잖아? 그런 건가 싶었던 거야."

고른 치아가 드러났다.

"구름 한 점 없는 하늘에 커다란 태양이 빛나고 있었어. 푸른 하늘이라기보다, 머리가 이상해진 근육질 거한이 큰 소리로 와하하 웃으면서 어디까지고 달려가는 것 같은, 광기가 느껴지는 하늘이 펼쳐져 있었어. 순간 난 내 존재를 놓치고 말았어. 이 세상에 나 혼자뿐이란 걸 깨달은 거지."

얇은 입술.

"압도적인 고독과 공포."

주름 하나 없는 얼굴.

"하지만 문득 정신이 들어보니 발치에 내 그림자가 틀림없이 붙어 있었어."

다몬의 옆얼굴에 웃음이 떠올랐다.

"그렇게 안도해본 적이 없을 거야, 아마. 눈물이 다 나더라. 죽었다 살아난 기분이었어."

이 이야기를 하는 다몬의 표정은 연속 사진처럼 한 컷 한 컷이 기억에 아로새겨져 있다. 게다가 신기하게도 그 각도가 다양했다. 옆얼굴이 있는가 하면, 정면에서 본 얼굴도 있고, 밑에서 비스듬히 올려다본 얼굴도 있고. 인간의 기억이란 묘하다.

"선배는 하여튼 희한한 사람이라니까."

아이코가 감탄 어린 목소리로 중얼거렸다.

"선배 안엔 그런 기묘한 이야기가 잔뜩 들었어. 무리가 없이, 자연스럽게. 선배는 나랑 같은 세계에 있지만 그러면서 같은 세계에 있질 않아. 내가 멋대로 그렇게 생각하는 거긴 하지만, 선배는 혼자 마지막까지 남지 않을까. 나랑 아버지가 '도둑맞은' 다음에도 녀석들은 선배를 못 '훔치지' 않을까."

"왜? 꼭 내가 인간이 아닌 것 같잖아."

다몬은 불만인 듯했으나, 나는 아이코가 하려는 말을 잘 알 수 있었다. 그래. 그렇다. 이 남자는 이미…….

'도둑맞을' 필요가 없다.

별안간 그런 생각이 들었다. 아마 아이코도 그런 말을 하고 싶은 것이리라. 우리는 '도둑맞을' 필요가 있지만, 다몬은 '도둑맞지' 않아도 이미…….

어쩐지 웃음이 났다. 쿡 새어나온 웃음소리를 다몬이 눈치 빠르게 듣고 돌아보았다.

"선생님, 왜 웃으시는 겁니까?"

"아니, 순수한 흥미가 생겨서 말이네. 자네를 '훔치려고' 했다가 그들이 어떤 반응을 보일지 생각하니까."

"그들한테도 취향이 있을까요? '이 녀석은 맛없다'든지 '이 녀석은 맛있다'든지요. '이 녀석은 잘은 모르겠지만 관두자'라든지."

"그건 모르겠네만."

"아마 '어이쿠, 이건 뭐냐' 그런 느낌일걸."

참으로 느긋한 대화다. 정신의 균형을, 일상적인 생활을 되찾으려는 바람은 성인이 된 우리에게 제2의 본능이라는 이야기다.

문득 기시감이 들었다. 전에도 어둑어둑한 거리를 셋이서 걸은 적이, 긴 주기를 두고 여러 번 있었던 것 같은.

옅은 주황색 빛이 내 앞을 걷는 두 사람의 윤곽을 물들였다.

그럴지도 모른다. 나는 내내 이 풍경 속을 걷고 있었는지도 모른다. 아니, 나만이 아니다. 모두가, 누구나, 끝없는 어둑어둑한 거리를 한결같이 걷고 있는지도 모른다.

농협 창고 지붕의 실루엣이 아침 거리에 떠오른 것을 본 순간, 다몬이 중얼거렸다.

"다카야스 씨도 지금은 저기 있단 말이군요."

우리 셋은 멈춰섰다.

저기 있다.

다카야스가 저기 있다.

느닷없이 발치에서 오한이 스멀스멀 기어올라왔다. 우리 셋 다 그것을 알고 있을 터였다. 적어도 받아들였다고 생각했다. 이렇게 매일 여섯 시간 간격으로 관찰하고 기록해왔으니. 그러나 그중에 다카야스가 있다는 것은 전혀 다른 이야기였다. 어제까지 같이 생활하고 이야기를 나누던 남자가 그런 상태로 저기 누워 있다면, 그 모습을 본다면, 더군다나 그가 돌아와 눈앞에 선다면…….

"안 되겠어. 난 이제 저기 못 들어가겠어요."

아이코가 떨리는 목소리로 중얼거렸다.

다몬과 나는 한심한 표정으로 얼굴을 마주 보았다. 서로의 눈에서 공포가 읽혔다.

"선생님, 어쩌시겠습니까?"

나는 슬그머니 그의 시선을 피해 기분 나쁜 침묵을 띠고 눈앞에 우뚝 선 건물을 올려다보았다.

"솔직히 말해 몹시 무섭네. 만약 그 친구가 저기 있어서 그 모습을 본다면, 그러고도 멀쩡하게 있을 자신이 없어. 하지만 지금 여기서 발을 들여놓지 못한다면 이제 두 번 다시 저기 들어가지 못하겠지."

나는 건물을 바라보면서 대답했다. 다몬이 고개를 끄덕였다.

"네, 저도 그렇게 생각합니다."

나와 다몬은 서로의 눈에서 결심을 읽고는 고개를 가볍게 끄덕인 뒤 걸음을 뗐다.

"넌 안 들어가도 된다. 입구에서 기다려라."

아이코에게 그렇게 말하자, 그녀는 고개를 숙이고 양어깨를 끌어안은 자세로 주뼛주뼛 따라오더니 입구를 조금 앞두고 멈춰섰다.

"거기 꼼짝 말고 있는 거다."

그렇게 다짐을 두자, 아이코는 눈을 내리깐 채 고개를 끄덕였.

벌써 몇 번째 보는 걸까. 우리는 고요한 어둠 속으로 내려갔다. 몇 번을 내려가도 맨 처음 눈에 들어오는 것에는 익숙해질 수가 없었다.

너무나도 그로테스크하고 터무니없는 광경이었다.

지하에는 바야흐로 완성을 눈앞에 둔 사람들이 천장까지 빽빽하게 쌓여 있었다. 창백한 팔다리가 수조 밖으로 튀어나왔다.

그러나 그것은 말하자면 진짜처럼 잘 만든 인형 무더기였다. 아무런 냄새도 나지 않고, 움직이지도 않는다. 다들 눈을 감고 얌전하게 있었다. 생명이 없는 물질일 뿐이었다.

손전등 불빛이 인형 무더기에 음영을 부여해 더욱 섬뜩한 분위기를 자아냈다. 손바닥의 주름, 쇄골의 움푹 팬 부분, 귓불의 형태, 목덜미의 선. 눈에 익었을 인간의 매끄러운 곡선 하나하나가 이렇게 끔찍하고 낯설어 보이는 것은 처음이었다.

"이건 인간입니까?"

느닷없이 다몬이 중얼거렸다.

"글쎄, 어느 쪽일까."

내 목소리는 힘없이 지하 천장에 빨려들었다.

다몬이 나를 돌아보았다. 모자에 가려져 얼굴은 보이지 않았지만 입술이 움직이는 게 보였다.

"예컨대 지금 제가 여기에 등유를 뿌려서 이걸 모조리 태워버린다고 치죠. 어느 정도 흔적이 남을지는 알 수 없습니다. 이 녀석들은 이미 인간이 아니니까요. 어쩌면 선생님 고양이처럼 쭈그러들어 없어지고 아무것도 안 남을지도 모릅니다. 그럼 전 벌을 받을까요? 사람을 죽인 게 될까요? 우리 윤리관이 이 녀석들에 대해서도 적용될까요? 만약 지금 거대한 우렁이 괴물이 공격해온다면 우리는 그놈을 죽이겠죠. 하지만 이 녀석들은요? 이 녀석들은 우리를 공격하고 있는 걸까요? 우리는 옳을까요?"

다몬의 턱과 입술이 손전등 불빛 속에 보였다.

"난 그래도 남을 가르치는 일을 수년간 해온 셈이네만."
내 입에서 푸념 어린 말이 튀어나왔다.
"옳다는 말만큼 공허한 게 없더군."
손전등을 밑으로 향한 나는 그 순간, 숨을 훅 들이마셨다.
그곳에 그가 있었다.
다몬도 내 시선이 향한 곳을 보았다. 그리고 역시 발견했다.
그는 눈을 감고 있었다.
아직 머리가 삼 분의 이밖에 재생되지 않은 듯했다. 아이들의 작은 머리통 사이로 그의 얼굴이 보였다. 코부터 윗부분만 있는 다카야스의 얼굴이 주황색 불빛 속에 고요히 떠 있었다.

그 뒤로 또 며칠이 지난 밤이었다.
다몬이 고시지 후부키의 레코드를 틀었다.
〈사랑의 찬가〉를 들으며 왜 고시지 후부키냐고 묻자, 그는 "글쎄요" 하고 난처한 표정을 지었다.
"그냥 골랐는데요. 아버지가 좋아했거든요. 어렸을 때 자주 들었습니다. 아아, 그러고 보니 늘 그런 생각을 했군요. 어둠 속에 빛이 비쳐드는 것 같은 목소리구나. 그런 가수 있지 않나요? 요새 가수 중엔 없지만, 그 당시 가수 중엔 꽤 있었어요. 지아키 나오미도 그런 느낌이었죠."
다몬은 레코드를 닦으며 다른 음반을 물색했다.

"오늘 밤은 이런 기분인데요."

이노우에 요스이의 〈얼음의 세계〉를 꺼냈다.

"우리 말곤 아무도 없다는 걸 알아도 크게 틀게 안 되는군요. 자꾸 겁이 납니다."

다몬은 쓴웃음을 지었다.

두개골에 반향되는 것 같은 목소리가 방 안에 울려퍼지기 시작했다.

밤이 되면 CD와 레코드 등을 닥치는 대로 틀었다. 무서운 것은 오디오를 끈 순간이었다. 그 순간, 모든 소리가 밤공기 속으로 빨려들고 바깥에 펼쳐지는 어둠의 존재감이 더욱 뚜렷해졌다. 아득히 먼 곳까지 어둠이 메운 것을 알 수 있었다. 그리고 이곳에서 숨을 쉬는 것은 우리 셋밖에 없다는 사실을 뼈저리게 통감했다. 라디오도, 텔레비전도 나오지 않는 지금, 외부에서 들어오는 정보가 전혀 없었다. 그로 인한 폐쇄감은 예상 이상으로 고통스러웠다. 정보 과다라고 하면서도 며칠씩 정보가 없으면 서서히 불안해지고 시간 감각이 어긋난다. 현대인은 정보를 먹고 사는 동물이다. 정보가 항상 주입되지 않으면 신경이 조금씩 이완돼 사회에서 탈락한다.

우리는 정보에 굶주려 있었다. 고요한 밤의 어둠에 싫증이 나 있었다.

그러나 한편으로는 앞으로 찾아올 것을 두려워하고 있었다.

우리는 알고 있었다. 이삼일 중으로 이 고독한 밤도 끝나리라는 것을.

　아이코에게 다카야스를 발견했다는 말은 하지 않았다. 그러나 우리 표정을 보고 짐작한 듯했다. 다카야스의 얼굴을, 미완성인 그 얼굴을 본 순간 받은 충격은 우리에게 전보다도 더 큰 타격을 입혔다. 눈을 감은 창백한 얼굴이 거듭해서 뇌리를 스쳤다. 뒤통수에 딱 붙어 떨어질 줄 몰랐다. 봐서는 안 될 것을 보고 말았다는 기분에 다몬이나 나나 그 이야기를 피했다.

　그러나 그는 확실하게 재생되고 있었다. 여섯 시간 뒤에는 어깨까지 생겨나 물 위로 나왔다. 그리고 다시 여섯 시간 뒤에는 허리까지 도달했다. 아이들 위로 몸을 숙인 모양새라 표정은 보이지 않았다. 이유는 알 수 없지만 그들은 서두르는 듯했다. 다카야스를 다른 멤버들과 같은 타이밍으로 되돌려놓으려 한다는 것은 명백했다.

　이제 곧 돌아올 것이다.

　그것도 이삼 일 내로.

　그가 저 문 밖에 서는 것이다. 그 커다란 몸집으로 서서 부를 것이다.

　그 순간을 생각하면 나도 모르게 소름이 끼쳤다. 누가 나를 시험하려 한다는 생각이 들었다. 지금까지 오만하게 살아온 시골 교사의 철학을 깨부숴주겠노라며.

　왜 나인가.

　십중팔구 의미는 없을 것이다. 그저 여기에, 이 장소에 우연히 내가 있었을 뿐이다. 거기에서 의미를 찾아내려는 것 자체가 오만한 것이리라.

다카야스가 돌아온다. 그가 우리 집 초인종을 누른다.

그는 뭐라고 할까? 맨 먼저 무슨 이야기를 할까? 지금까지 있었던 일을 기억할까? 우리에게 어떤 감정을 품고 있을까?

아무도 입 밖에 내어 말하지는 않았지만, 주민들이 일제히 돌아온다는 대단원(파국?)은 불투명한 바다처럼 우리 앞에 펼쳐져 있었다. 그러나 그 너무나도 규모가 큰 사건이라, 상상조차 쉽지 않았다. 일단 나는 다카야스의 귀환을 생각했다. 다카야스와 이야기할 수 있을까? 그 전후에 관한 이야기를? 우리는 함께 이야기할 수 있을 것인가?

"선생님."

다몬이 별안간 입을 열었다.

말투에는 오늘 아침 아이코의 이름을 불렀을 때처럼 기묘한 느낌이 깃들어 있었다. 아이코는 술을 마시고 이미 잠들었을 터였다.

양탄자 위에는 LP 레코드가 쌓여 있었다.

"이제 그만 어떻습니까?"

다몬은 다른 레코드를 걸었다. 사가타 나오미의 〈세상은 두 사람을 위해〉가 흐르기 시작했다. 이런 레코드가 있었나, 나는 머리 한구석으로 생각했다.

"이제 그만이라니?"

무슨 뜻인지 알 수 없었다.

"제법 오래 버틴 것 아닙니까? 지금 저쪽으로 가면 다른 사람들하고 같이 돌아올 수 있는데요."

청아하고 낭만적인 음악이 흘러간다.

순간 그가 몹시 멀게 느껴졌다. 문자 그대로 모습이 슥 작아진 듯했다.

"……자네 대체 무슨 소리를 하는 건가?"

내 목소리가 버석버석하게 들렸다.

"이렇게 남아 있어봤자 소용없다는 생각이 들어서요."

그가 한층 더 멀어진 것 같았다. 그러나 그 목소리는 사가라 나오미의 설득력 있는 목소리에 뚜렷하게 실려 나를 찔렀다.

"소용없다니? 자네가 무슨 말을 하는 건지 모르겠군. 설마 '도둑맞자'는 소리는 아니겠지? 낮에 거기서 나만 다카야스 군을 본 게 아니라고 생각하네만."

억누르려 해도 목소리에서 의아함이 묻어나왔다.

다몬은 무릎을 끌어안고 고쳐 앉았다.

"아, 음, 무슨 말씀이신지 압니다. 그런 모습이 되는 건 아닌 게 아니라 싫죠. 인간의 존엄에 관련되는 문제다. 용납할 수 없다. 끔찍하다. 그런 말씀이시죠?"

두 사람을 위해 세계는 있어

두 사람을 위해 세계는 있어

지금 우리에게 딱 맞는 가사 아닌가. 순전히 얄궂은 의미에서 그렇다는 말이지만.

나는 머리 한구석으로 생각했다. 내가 좀더 젊고 세상 누구보다 사랑하는 여자와 단둘이 이곳에 남아 있었다면 어떻게 됐을까. 두 사람은 아담과 이브가 되려 했을까?

"그래, 그렇지. 쉽게 말해서 누군가의 일부가 되긴 싫다는 말이야. 자네도 같은 의견이라고 생각했네만."

나는 비로소 마음을 가다듬고 흥미 어린 눈으로 눈앞의 남자를 응시했다.

"그럼 표현을 바꿔보죠. 선생님은 우리 셋이 남은 이유가 뭐라고 생각하십니까?"

다몬은 잡담이라도 하듯 손가락을 가볍게 들었다.

의표를 찔린 나는 어리둥절했다.

"이유?"

"네. 장화를 신었기 때문입니까? 아니면 이 거리에서 옛날부터 일어나는 일을 알아차렸기 때문에?"

다몬은 미소 짓는 듯한 표정을 지었다.

"다른 해석이 있나?"

순수하게 흥미가 동했다.

"제가 지난 며칠 동안 줄곧 생각해봤는데요."

다몬은 천천히 말했다.

"누가 있는 것 같지 않습니까? 이 거리. 우리는 한 집씩 현관문을 열고 확인해보지는 않았어요. 완전히 무인 상태라는 걸 확인한 게 아닙니다. 집 안에서 꼼짝 않고 있는 사람이 있다면 우리도 모르지 않을까요?"

"그야 그렇겠지. 하지만 그렇다면 왜 안 나오는 거지? 그 사람들은 왜 이런 상황에서 가만있는 건가? 이상하게 생각할 것 아닌가."

"그 사람들은 무슨 일이 일어나고 있는지 아는 겁니다. 다른 사람들이 돌아오길 기다리는 거죠."

"무슨 일이 일어나고 있는 건지 안다고?"

두 사람을 위해 세계는 있어
두 사람을 위해 세계는 있어

까닭도 없이 등골이 오싹했다. 그가 뭔가 엄청난 말을 하려 한다는 것을 직감했기 때문이다. 눈앞이 이중으로 어긋나는 감각. 가벼운 현기증. 겨드랑이에 땀이 흘렀다.

다몬은 어린애 같은 눈으로 나를 보았다.

"선생님, 사람들이 없어졌을 때 우리를 제외하고 유일하게 살아 있는 걸 봤죠? 그게 뭐였습니까?"

허연 그림자가 문득 뇌리를 스쳤다.

"······고양이."

"분명하게 말씀해주십시오."

다몬이 몸을 내밀었다.

"그건 하쿠우였습니다. 그렇죠?"

골목을 달려가는 허연 그림자. 어디론가 사라졌다.

"그 녀석은 이번에 '도둑맞지' 않았습니다. 왜냐하면 전에 이미 '도둑맞은' 적이 있기 때문입니다."

'도둑맞을' 필요가 없다.

머리에 그 말이 퍼뜩 떠올랐다. 그러나 그것은 낮에 떠올랐던 것과는 의미가 전혀 달랐다.

"그 말은," 나는 나도 모르게 중얼거렸다.

"우리가 남아 있는 건 벌써……."

도저히 그 뒷말을 이을 수 없었다.

다몬은 고개를 끄덕이는 건지, 떨어뜨린 건지 알 수 없을 정도로 천천히 턱을 끌어당겼다.

나는 멍하니 그를 쳐다보았다.

세계가 암전되고 출렁였다. 발밑이 푹 꺼졌다. 관자놀이가 확 달아오르더니 다음 순간 싸늘하게 식었다. 설마 그럴 리가. 그런 일이 있을 리가.

"아무리. 말도 안 돼. 난 지금껏 기억이 끊긴 적이 없단 말이네. 실종된 적이……."

갑자기 숨이 막혔다. 목에서 끅 소리가 났다.

"내가 '도둑맞았다면' 꽤 긴 시간을 요했을 걸세. 하지만 난 기억이 끊긴 적이 없어."

나는 다시 한번 말했다. 말에 확신을 담았다. 말로 하고 나니 조금이나마 침착함을 되찾을 수 있었다. 그러나 동요는 가라앉는 기미가 조금도 없었다.

다몬은 눈을 가늘게 뜨더니 딱하다는 표정을 지었다.

"네. 분명히 지금 선생님이시라면 시간이 걸렸겠죠. 하지만 예전이었다면? 어렸을 때 야나쿠라에 사셨고, 그 뒤로도 여러 번 계셨을 텐데요. 아이코도 그렇습니다. 아이코는 '도둑맞는' 순간을 어렸을 때 목격한 적이 있습니다. 어린애였다면 하룻밤 만에 돌아올 수 있었을지도 모릅니다. 없어졌다는 걸 아무도 못 알아차렸을 수 있습니다. 저도 그렇죠. 여기에 온 지 벌써 여러 날이 됐습니다. 너무 더워서 밤에 창문을 연 것도 한두 번이 아닙니다. 매일 관찰하면서 든 생각인데, 녀석들은 되돌려놓는 속도를 자유자재로 조절할 수 있다는 생각이 들거든요. 신진대사 속도에 비례하는 것 같긴 하지만, 마음만 먹으면 하룻밤 만에 돌려놓을 수도 있지 않을까요. 그렇다면 저 역시 이미 '도둑맞았는지도' 모릅니다."

다몬은 천천히 책상다리를 하더니 두 손으로 발등을 눌렀다.

"장화는 분명히 효과가 있었습니다. 실제로 장화를 벗은 다카야스 씨는 눈 깜짝할 새에 '도둑맞고' 말았죠."

무의식중에 발바닥을 긁었다. 창문은 닫혀 있었다. 우리 둘의 장화는 방구석에 놓여 있었다. 잠자는 동안에만 '도둑맞는다'고 믿었기 때문이다.

"그렇기 때문에 여기서 딜레마가 생기는 겁니다. 우리 셋이 남은 건 이미 '도둑맞았기' 때문인가, 장화를 신었기 때문인가? 그걸 확인하려면 장화를 벗고 자는 수밖에 없습니다. 우리가 지금까지 '도둑맞지' 않았다는 걸 알 수 있는 건 내일 아침 여기 없었을 때뿐인 겁니다."

그가 하는 말의 의미가 서서히 마음속에 스며들었다.

"어떻게 이런 상황이. 패러독스 아닌가."

"네. 상당한 리들 스토리죠. '도둑맞았는지' 아닌지를 확인하려면 '도둑맞아야' 하는 겁니다. 어느 쪽이건 최종적으로는 '도둑맞는' 셈입니다. 그러니까 이만 그쪽으로 가는 게 어떻겠느냐고 말씀드린 겁니다."

"그래서 '이제 그만'이라고 한 건가?"

나는 한숨을 쉬며 다몬을 노려보았다.

"자네의 생각이 비약하는 건 전부터 알고 있었네만, 이번 비약은 최대급이로군."

"죄송합니다."

다몬은 난처한 표정으로 머리를 숙였다.

혼란과 절망이 일단락되었다. 내가 나 자신이 아닌 듯한 공포가 지나고 나니 별것 아니었다는 허탈감이 남았다. 만약 내가 이미 '도둑맞았다면' 이대로 문제없지 않느냐는 안도감이었다.

그래도 나는 내 몸을 쉴 새 없이 쓰다듬었다. 이 피부. 근육. 골격. 이것은 나인가? 아니면 이미 내가 아닌가?

그러나 아직 '도둑맞지' 않았다면 어떻게 할 것인가?

"게다가……."

다몬은 말을 이었다.

"우리가 아직 '도둑맞지' 않았다 치죠. 그리고 이제 사람들이 돌아와서 일상이 재개된다고 칩니다. 하지만 그렇다고 우리가 앞으로도 '도둑맞지' 않는다는 보장은 없단 말이죠. 내내 장화를 신고 살 순 없는 노릇입니다. 언제 '도둑맞을지' 알 수 없어요. 한편 우리가 벌써 '도둑맞았다고' 생각하죠. 전 그런 자각은 전혀 없어요. 선생님도 자각은 없으시죠? 지금 '도둑맞았다는' 걸 깨닫지 못할 정도라면 앞으로 '도둑맞아도' 모를 수도 있습니다. 즉, 최종적으로 역시 우리는 '도둑맞을' 운명이란 뜻입니다."

"……문제는," 나는 침착함을 되찾고 다몬을 바라보았다.

그도 나와 같은 생각을 하고 있음을 알 수 있었다.

"자신이 '도둑맞았는지' 알고 싶은가 아닌가, 이것이로군."

"네."

다몬은 레코드를 꺼내고 오디오를 껐다.

방 안은 원색적인 침묵으로 뒤덮였다.

밀도 높은 공기가 중력을 띠고 우리를 짓누르는 것만 같았다.

"이제 며칠 있으면 그 사람들이 돌아올 것 같습니까?"

다몬이 낮은 목소리로 물었다. 누가 밖에서 엿듣고 있는 것처럼 소곤소곤.

"재생 상황으로 보건대 빠르면 이틀, 늦어도 나흘이겠지."

"저도 그렇게 생각합니다. 만약 오늘 밤 우리가 '도둑맞아서' 그 사람들하고 같이 돌아온다 해도, 최소한 내일이 공백의 하루가 되겠죠. 만약 내일, 6월 25일의 기억이 없으면 전 오늘 밤까지는 '도둑맞지' 않았다는 뜻입니다."

"반대로 오늘 밤을 놓치고 나면 그걸 확인할 기회가 좀처럼 없을 거다, 이거지."

"우리가 생각하는 전제가 옳았을 때는 그렇죠. 이번에 전원이 동시에 돌아오리라는 전제하고 장화를 벗으면 반드시 '도둑맞을' 거란 전제가 말입니다."

"음."

우리는 어느새 얼굴을 맞대고 소곤소곤 이야기하고 있었다.

별안간 피로가 몰려왔다. 가슴주머니를 뒤져 담배를 꺼냈다.

"다시 한번 잘 생각해보지. 그 밖에 우리가 '도둑맞았는지' 아닌지 확인할 방법이 더 없을까. 손가락이라도 자를 수밖에 없나."

"헉, 전 아픈 건 사양하렵니다."

다몬이 겁에 질린 표정으로 뒤로 물러났다. 그렇게 대담한 이야기를 해놓고 이 모양이니 정말 별난 사내다.

다몬은 작은 몸짓으로 양해를 구하고는 내가 들고 있던 담뱃갑에서 담배를 한 개비 뺐다.

불을 붙여주었다. 라이터 소리가 유난히 크게 울렸다.

그는 한 모금 빨더니 내 눈을 보았다.

"전 오늘 밤에 창문을 열고 장화를 벗고 잘 생각입니다."

어깨에 힘이 들어가지 않은, 여느 때와 다를 바 없이 담담한 표정이었다.

"그래."

나도 담배를 피웠다.

"선생님은 어떻게 하시겠습니까? 아이코를 어떻게 할 건가 하는 중대한 문제도 있습니다만."

나도 아까부터 머리에 떠올라 있던 문제였다.

"나로선 내가 '도둑맞았는지' 꼭 알고 싶네. 그러니 자네처럼 하고 싶어. 그렇지만 내일 아이코가 일어났을 때 우리 둘 다 없으면, 그애는 도저히 견디지 못할 테지. 어느 한 쪽이 남아 있어도 왜 그런 짓을 했느냐고 비난할 테고. 젠장. 이거야말로 딜레마로군. 셋 다 '도둑맞았거나' 셋 다 '도둑맞지 않았거나' 하면 좋겠어. 누구 한 명이 '도둑맞았을지도' 모르고, 누구 한 명만 '도둑맞지 않았을지도' 모르는 일 아닌가."

나는 투덜거렸다.

"아이코를 깨워서 다시 한번 설명할 수밖에 없겠는데요. 제가 가서 깨우고 오겠습니다."

다몬이 일어나려다가 멈칫했다.

다몬의 시선이 향한 곳을 보니 아이코가 복도 그늘에 고요히 서 있었다.

아이코의 얼굴은 수척하고 창백했지만 표정은 침착했다. 그 눈에는 그애 본연의 강인함이 숯불처럼 조용히 타오르고 있었다.

또다시 삼십 년도 더 전의 폭풍우 치는 밤으로 되돌아간 듯한 기분이었다. 이 눈이 태어나면서 달라진 세상을 생각했다.
 아이코는 나지막이 한숨을 쉬더니 고개를 떨어뜨리고 낮은 목소리로 단호하게 말했다.
 "저도 장화를 벗고 잘게요."

6월 24일, 밤 10시.
 그렇게 해서 나는 오늘 있었던 일을 돌아보며 글을 쓰고 있다. 지금까지 쓴 글도 여기가 클라이맥스라 할 수 있으리라. 내일은 어떻게 돼 있을까. 이 뒤를 이어서 쓰고 있을까. 아니면 공백이 돼 있을까. 이상하게도 소풍을 기다리는 어린애 같은 기분이다. 그것도 옆에서 자는 남자 덕분이라 할 수 있을 것이다.
 다몬은 벌써 옆에서 코를 골고 있다. 잠이 올지 모르겠다고 걱정하더니만, 매일 밤 장화를 신고 자는 게 꽤나 스트레스였는지 기분이 좋아 보인다.
 그에게 우리가 이미 '도둑맞았을지도' 모른다는 말을 들었을 때는 큰 충격을 받았지만, 덕분에 오히려 공포가 사라졌다. 지금은 평정한 기분으로 이 공책에 글을 적고 있다. 나도 요에 누워서 쓰는 중인데, 발은 벗었다. 발이 시원하고 가벼워서 편하다. 솔직히 졸음이 쏟아진다. 오늘 밤은 푹 잘 수 있을 것 같다.
 나에게 이렇게 중요한 밤은 또 없으리라. 아이코가 태어났던 폭풍우 치는 밤 이상으로.

내가 인간으로서 보내는 마지막 밤이 될 것인가, 내가 인간이 아님을 처음 깨닫는 아침이 될 것인가.
흥미로운 하룻밤이 시작되려 한다.

Chapter XIV

 어렸을 때 아홉 달 동안 오사카에 산 적이 있다. 세계 각지를 전전하는 생활 중에 한두 달 머문 곳도 있는 것을 생각하면 아홉 달은 중간 정도 되는 기간이지만, 당시를 떠올리려 하면 학교 친구들의 기운 넘치는 간사이 사투리로 뒤덮인 칙칙한 잿빛만 생각난다. 그러나 몇 안 되는 기억 중에 색채가 있는 장면이 딱 하나 있는데, 지금도 가끔 그 장면이 문득 떠오를 때가 있다.
 내가 살던 곳은 그럭저럭 고급 주택가 축에 들었다. 그 외곽에 대단히 오래된 단층 일본 가옥이 있었는데, 동네에서 '새 할아버지'라 불리는 앙상하게 여윈 노인이 그 집에 살았다. 얼핏 보면 제법 멋지게 생긴 영감님인데, 해군 고위 장성이었다는 소문이 있었다. 가족은 이미 오래전에 죽은 듯, 영감님은 늘 혼자였다. 널따란 툇마루에서 날이면 날마다 한쪽 무릎을 세우고 턱을 괸 팔꿈치를

다른 한쪽 무릎에 얹은 손으로 받친 꽤 예술적인(요새 식으로는 요가 같은) 포즈로 꼼짝 않고 앉아 마당을 바라보곤 했다. 제법 널찍한 마당은 황폐해질 대로 황폐해져 팔손이나무와 종려나무가 흡사 정글처럼 자랐다. 길을 걷다보면 그 언저리만 수풀이 과도하고 흉포하리만큼 무성해서 시선을 끌었다.

  영감님 집 뒤쪽은 들판이라 자연히 동네 아이들은 그곳에 모여들었다. 모이면 야구를 했다. 깡통도 차고 놀았다. 담장이 무너지고 울타리도 망가졌다보니 영감님 집으로 공이 들어가면 당연히 찾으러 들어갔다. 들어가는 것은 무리에 갓 들어온 꼬맹이나 나 같은 신참의 몫이었다. 나는 그런 집단의 규칙에 민감했던지라 누가 공을 멀리 날리거나 악송구로 포수가 공을 받는 데 실패하면 알아서 공을 주우러 뛰어다녔다.

  어느 날, 덩치 큰 상급생이 커다란 포물선을 그리는 공을 날렸다. 공은 보기 좋게 영감님 집 마당으로 빨려들고 말았다. 모든 아이의 시선이 일제히 내게 쏠렸다. 나는 다른 사람의 집에 들어가고 싶지는 않았지만 어쨌거나 영감님의 집을 향해 터벅터벅 걷기 시작했다. 유하라라는 얌전한 같은 반 남자애가 같이 가주었다. 그도 반년쯤 전에 나라인지 교토에서 이곳으로 이사온 듯했다. 영감님 집 현관으로 가려는 나를 유하라는 고개를 흔들어 말리고는, '컴 온' 하듯 손가락으로 신호를 보내더니 뒷마당 구석으로 숨어들었다.

  이런 데로 들어가느냐고 내가 주저하자 그는 초인종을 눌러봤자 안 나와, 그 할아버지는 귀가 잘 안 들리거든, 이라고 설명했다.

부스럭부스럭 그의 뒤를 따라 어두운 수풀을 지나자 확 트인 곳이 나왔다.

널따란 툇마루에 요가 같은 포즈를 하고 꼼짝 않고 앉은 영감님이 보였다.

녹색 동화 같은 세계였다. 툇마루에서는 작은 새 여러 마리가 삐삐삐 치치치 지저귀며 이리저리 뛰어다녔다. 흡사 영감님을 둘러싸듯, 영감님에게 말을 걸듯, 새들이 종종거렸다.

와, 마법사 같다.

내가 감탄해서 바라보고 있으려니, 유하라가 툇마루 위의 양념 절구를 가리켰다.

저 할아버지, 아침마다 땅콩을 빻아서 툇마루에 놔두거든. 새들도 그걸 알고 먹으러 오는 거지. 아, 공 저기 있다.

유하라는 금세 마당 구석에 뒹굴고 있는 공을 발견하더니, 영감님 시야에 들어가지 않게 살그머니 숲속을 나아갔다.

다카하시냐?

별안간 영감님이 소리를 버럭 지르는 바람에 우리는 소스라치게 놀랐다. 유하라도 공을 잡은 채 얼어붙었다. 영감님은 표정을 바꾸지 않은 채 생각 외 또렷한 목소리로 소리쳤다.

무사했느냐. 마치코 씨가 내내 걱정했다.

그 순간, 영감님이 일찍이 지니고 있던 부드러운 부분이 그의 바위 같은 얼굴에 떠오르는 듯했다.

정신을 차린 유하라가 침착하게 소리쳤다.

아니에요. 저희, 공 가지러 온 거예요.

영감님의 표정이 멍해졌다. 한순간 얼굴에 떠올라 있던 부드러움이 슥 사라지고, 다시 여느 때처럼 껍데기 같은 얼굴이 되었다.

그러냐. 다카하시가 아니었나.

나는 연신 뒤를 돌아보며 마당을 떠났다.

할아버지는 수풀에 둘러싸인 채 작은 새들과 함께 내내 다카하시를 기다리고 있구나.

영감님은 녹색 풍경 속에서 시간이 멈춘 양 새들과 함께 앉아 있었다.

꽤 오랜만에 그 풍경이 기억났군. 나는 물가를 걸으며 느긋한 기분으로 생각했다.

여전히 인적은 없었다. 흐린 하늘 아래 거리를 걷는 사람은 나 하나뿐이었다. 그러나 오늘은 새들의 노랫소리가 들리고, 수로에는 오리가 헤엄치고 있다. 그래, 그들은 주민들보다 한발 먼저 돌아온 것이다.

나는 휘파람을 불어보았다. 떨어진 곳에서 새가 응답했다. 세계는 오랜만에 음악으로 가득했다. 품에 안은 하쿠우가 조그맣게 울었다. 며칠 못 보는 사이에 야위어서 가벼워졌다. 먹이가 없었으니 어쩔 수 없으리라.

어디서 매미가 울기 시작했다. 기묘한 느낌이 들었다. 새소리, 벌레 소리. 들리지 않기 전까지는 의식하지 못했지만, 이렇게 돌아온 다음에 보니 이 얼마나 색채가 있는 소리인가. 생물이 없는 세계는 무색의 세계이기도 했다. 어제와 똑같은 풍경이건만 소리가 있는 것만으로 훨씬 다채로워진 것처럼 보였다.

오늘 아침 잠에서 깬 것도 바깥이 평소와 다르다는 것을 몸이 알아챘기 때문이었다.

평소와 다르다. 어제와 다르다.

어디선가 그런 목소리가 들려와 나는 흠칫 놀라 눈을 떴다.

나는 혼자 있었다. 방에 나 말고 아무도 없었다. 잠에서 깬 순간, 내가 있는 곳과 지금 상황을 인식하지 못했다. 창문이 열려 있고 서늘한 공기가 방 안에 감돌았다.

이곳은 야나쿠라고, 여기는 선생님 댁이고, 어젯밤 나는 선생님과 뭔가 중요한 이야기를 했는데…….

그러다가 생각났다. 흠칫 놀라 손목시계를 보았다.

6월 25일. 오전 5시 15분.

아아, 그럼.

내 마음에 온갖 것이 왈칵 밀려들었다. 혼란, 체념, 절망, 호기심.

나는 역시 이미 '도둑맞은' 뒤였구나.

방금 전에 가슴을 가득 메웠던 온갖 감정이 하나로 뭉치더니 같은 색으로 변했다.

언제지? 처음 왔을 때? 어이구야, 괜히 고민했군. 이미 오래전에 인간이 아니었다는 말인가.

피로감 비슷한 감정이 몰려와 나는 몸을 일으켰다. 그 순간 이질감을 느꼈다.

응?

나는 일어나려다가 움찔했다.

두 발에 장화가 신겨 있었다.

얼마 동안 꼼짝 못하고 내 다리에 신겨진 검정 고무장화를 빤히 내려다보았다.

어떻게 된 거지? 내가 신었나? 아니, 어젯밤에는 분명히 장화를 벗고 잤다. 장화를 벗고 발을 뻗었을 때 느낀 해방감, 이제 편히 잘 수 있다는 작은 만족감이 기억난다. 뒷일은 운명에 맡기자고 결심하고 푹 잔 충실감이 지금도 몸속에 가득했다.

그렇다면 누가 나에게 장화를 신긴 것이다.

선생님인가, 아이코인가. 범인은 둘 중 하나일 수밖에 없다. 어째서 이런 짓을 했나?

솔직히 낙심했다. 이래서는 내가 '도둑맞았는지' 아닌지 알 수 없기 때문이다. 한 번은 내가 '도둑맞았다고' 확신했던 만큼, 마음 불편한 낙담이었다. 오늘 밤 다시 한번 맨발로 잔다 해도 내일 사람들이 모두 돌아와 있다면 역시 어느 쪽인지 알 수 없다. 또다시 이쪽인지 저쪽인지 알 수 없는 어중간한 상태로 돌아오고 만 것이다.

나는 머리를 긁적이며 실쭉해서 장화를 벗었다. 그 순간 잠에서 깼을 때 느꼈던 또 다른 이질감이 몸속에 되살아났다.

뭐지, 이 느낌.

나는 이유를 알 수 없는 충동에 사로잡혀 창문으로 달려갔다. 그리고 그 이질감의 정체를 깨달았다.

새소리다. 새가 지저귀고 있었다.

그럼.

아드레날린이 왈칵 쏟아졌다.

사람들이 돌아왔나?

나는 집 안 여기저기를 우당탕 뛰어다녔다. 그러나 아무도 없었다. 밖으로 뛰쳐나갔다. 큰 소리로 "누구 없습니까?" 하고 외치며 돌아다녔다.

소리를 지르며 뛰어다닌 지 수십 분, 녹초가 되었다.

아무도 없었다.

인간 이외의 동물을 제외하고는.

나는 새벽 거리를 맥없이 걸어 집으로 돌아와 어둑어둑한 현관에 주저앉았다.

현관문 구석이 덜컹 소리를 내며 움직였다.

야옹 하고 늘어지는 부드러운 목소리.

하쿠우가 돌아온 것이다.

외톨이가 된 나는 정점 관측을 중단했다.

그곳을 보러 갈 마음이 들지 않았다. 완성을 앞둔 다카야스, 그리고 십중팔구 현재 빠른 속도로 재생중일 선생님과 아이코를 볼 마음이 들지 않았다. 어제 아침 다카야스를 보고 싶지 않았던 심정과는 상당히 달랐다. 나는 이미 관심을 잃은 것이다. 어제 아침 농협 창고를 찾아갔을 때 느낀 공포는 이미 그림자도 남아 있지 않았다. 싫증났다고 해도 무방할 것이다. 거실 테이블 옆에 놓인 상자도 잡동사니로만 보였다. 그곳에는 우리 넷이 기록한 공책과 막대한 양의 필름 및 비디오테이프 등이 산더미같이 쌓여 있었다. 기록할 당시에는 우리가 인류에게 대단히 중요한 것을 남기고 있다는 자부심이 있었건만.

냉장고에 마지막으로 남은 달걀과 베이컨으로 하쿠우와 함께 아침을 먹었다. 라디오와 텔레비전은 아직 나오지 않았다. '내일부터군.' 꽤나 담담한 기분으로 생각했다. 그리고 나와 하쿠우는 산책을 나섰다. 최후의 고독한 하루를 즐기기 위해서.

나는 이렇게 수로 옆길을 천천히 걷고 있다. 더할 나위 없이 편안한 기분으로. 더할 나위 없이 기묘한 행복을 맛보며. 이렇게 행복해도 되는 걸까 하는 켕기는 기분으로, 느긋하게 산책을 즐겼다. 아이코의 카메라를 갖고 왔으므로 오리도 찍고, 하쿠우도 찍고, 팔을 한껏 뻗어 하쿠우를 안은 나 자신도 찍었다.

둘 중 누가 나에게 장화를 신겼을까.

선착장 계단에 걸터앉아 생각했다. 오리가 미끼 새처럼 구석에 앉아 있다.

역시 아이코일까. 자기 혼자 남았을 경우를 생각했을까. 농협 창고 지하에서 재생되는 나를 볼 생각을 하니 견딜 수 없었는지도 모른다.

그러나 나는 금세 생각을 고쳤다.

아니, 선생님일 수도 있다. 아이코였다면 정정당당하게 모두가 같은 조건에서 아침을 맞이하고 싶다고 생각했을 것이다. 그렇다면 선생님이다. 왜지? 이유는 하나다. 선생님에게는 미안하지만, 아무래도 장난으로 그랬는 생각이 든다. 나만 '도둑맞았는지' 아닌지 알 수 없는 어중간한 상태에 남겨놓고 싶었던 게 아닐까. 아침에 일어나 발에 신겨진 장화를 보고 깜짝 놀라는 내 모습을 상상하며 히죽거리는 선생님의 얼굴이 눈에 선했다.

그러나 내가 생각해도 셋 중에 어중간한 상태를 견딜 수 있는 사람은 나밖에 없을 것 같았다. 지금 여기 남는 사람으로는 아닌 게 아니라 내가 어울린다. 아이코 같으면 혼자 남는 것을 견디지 못할 테고, 선생님 같으면 자기가 '도둑맞았는지' 아닌지 진실을 규명할 수 없는 것을 견디지 못할 것이다. 나라면 견딜 수 있다. 이 회색 상태도. 앞으로 찾아올 회색 상태도.

하쿠우가 떨어진 곳에서 불만스레 울더니 그만 가자는 듯 걷기 시작했다.

생각이 중단된 나는 일어나 하쿠우를 뒤따랐다.

하쿠우가 가는 방향을 보니 가고 싶었던 데가 있다는 게 별안간 생각났다.

일찍이 단 한 번 갔던 곳.

이상하게도 앞장서서 걸어가는 하쿠우도 그곳을 향해 가는 것처럼 보였다.

나는 어쩐지 가슴을 두근거리며 걸어갔다. 달콤씁쓸한 느낌. 좋아하는 여자애가 감기에 걸려 결석했는데, 우연히 다른 볼일이 있어서 교무실에 갔더니 선생님이 너희 집에서 가깝지, 집에 가는 길에 프린트 좀 갖다줘라, 하고 봉투를 주기에 어차피 가는 길이니까, 선생님이 갖다주라고 했으니까, 하고 아무렇지도 않은 척하며 걸음을 서두를 때의 기분. 얼른 도착하고 싶은 것 같기도 하고, 언제까지고 도착하고 싶지 않은 것 같기도 한 모순된 기분.

앞쪽에 그 집이 보이기 시작했다.

검은 사이프러스로 둘러싸인 고요한 민가가.

나는 그 집 앞에 서 있었다.

이 집을 본 게 먼 옛날 일만 같았다. 그때는 어쩐지 불길하고 무서웠는데 지금은 친밀감마저 느껴졌다.

나는 하쿠우를 안은 채 초인종을 눌렀다. 안에 그녀가 있다는 확신이 있었다. 목소리만 아는 그녀. 목소리만 몇 번씩 거듭해서 들은 그녀.

잠시 정적이 흘렀다. 그러나 나는 근거 없는 자신감이 있었다. 그녀는 반드시 나올 것이다.

"……네."

경계심이 조금도 느껴지지 않는 명랑한 주부 목소리가 인터폰에서 흘러나오는 것을 듣고 맥이 빠졌다. 무슨 말을 할지 잠깐 망설였으나 솔직히 말하기로 했다.

"저, 안녕하세요. 쓰카자키라고 합니다. 잠깐 드릴 말씀이 있는데 시간 좀 내주실 수 없을까요?"

내가 생각해도 얼빠진 목소리, 얼빠진 인사였다. 인터폰 너머에서 어리둥절해하는 얼굴이 눈앞에 떠올랐다. 쿡 하고 웃는 소리가 들린 것 같았다.

"지금 열게요."

보기만 해도 믿음직할 것 같은, 그러면서도 어딘지 모르게 소녀 같은 분위기가 남아 있는 여자였다. 살집이 있기는 했지만 늘어진 느낌은 없이 유연한 탄력성이 느껴졌다. 실제로 그녀는 바지런히 돌아다니며 향기로운 차와 과자를 준비해 나에게 내주었다.

"이렇게 별안간 찾아봬서 죄송합니다."

나는 쩔쩔매며 하쿠우를 어깨에 감은 채 머리를 숙였다.

"괜찮아요. 나도 슬슬 따분하던 차였고요. 아시겠지만 남편은 지금 집에 없거든요. 내일쯤 돌아올 것 같지만요."

현관문을 열고 내 얼굴을 본 순간, 그녀는 내가 '안다'는 것을 안 듯했다. 그녀가 눈치챈 것을 내가 알아차렸다는 것도.

"어머, 그 고양이는……."

그녀는 하쿠우를 보더니 중얼거렸다. '동류'는 알아볼 수 있나 보다. 그녀는 이어서 나를 물끄러미 바라보았다.

"당신은……?"

조용한 눈으로 고개를 갸웃했다. 나는 어깨를 으쓱했다.

"전 제 자신도 어느 쪽인지 모르겠습니다."

"그러게요. 이상하죠, 나도 모르겠네요. 대개 척 보면 아는데요."

"어떻게 아십니까?"

"글쎄요. 눈에 보이는 특징이 있는 것도 아니고, 그냥 알 수 있다고 할 수밖에 없네요."

그녀가 살짝 웃었다. 옆에서 보면 친척 아주머니가 조카와 담소하는 것처럼 보일까.

장식용 단상 기둥에 장식된 대바구니가 보였다. 잇꽃과 오이풀이 꽂혀 있었다.

"바깥분의 죽세공품입니까?"

"어머."

내 말에 그녀는 뜻밖이라는 표정을 지었다. 설명이 필요하겠다 싶어 N닛폰 신문 기자가 인터뷰한 녹음테이프를 들었다고 이야기하자, 그녀의 얼굴에 납득했다는 빛이 떠올랐다.

"부인의 인터뷰가 아주 인상적이었거든요. 이 집의 인상과 더불어서."

뇌리에 그녀의 목소리가 되살아났다.

─뭐랄까요, 세상엔 설명할 수 없는 일, 설명 안 해도 되는 일이 있지 않을까, 그런 생각이 드는군요.

그녀는 살짝 겸연쩍은 표정이 되었다.
"아아…… 그땐 어째 건방진 소리를 하고 말았네요."
"아뇨, 전혀 그렇지 않습니다. 전 납득했는걸요. 오히려 부러울 정도입니다. 어떻습니까, 무섭다든지, 혐오감이 든다든지, 누군가한테 지배당한다는 느낌이 있는지요?"
그녀는 천장을 올려다보며 생각했다.
"아뇨, 그런 게 아니에요. 내 경우, 평온한 핵 같은 게 생겨서 늘 거기 바싹 붙어 있는 것 같은 느낌이 드는군요."
"하지만 제 생각에 그건 부인의 원래 성품이 그러신 것 같은데요. 실제로 다른 실종된 사람들은 그렇지 않았단 말이죠. 그저 혼란스러워하기만 했습니다."
"그럴지도 모르죠. 하지만 서서히 깨달을 거예요. 물이 낮은 곳으로 흐르듯 자기들이 마땅한 방향으로 가고 있다는 걸. 음, 어째 이런 말은 신흥종교 같아서 싫은데 말이죠. 하지만 그렇게 말할 수밖에 없어요. 거대한 의사가 존재하고, 그에 합류하는 듯한 느낌이라고."
"그렇군요."
"잘 표현을 못 하겠지만, 신에 귀의하는 게 이런 느낌이 아닐까요."

"지금까지 언급돼온 신하고 그건 동일한 존재입니까?"
"그건 모르겠네요. 하지만 이 체험하고 겹치는 부분이 있었을지도 모르죠."
이유는 알 수 없지만 나는 몹시 안심했다. 진심으로 마음이 놓였다.
그녀가 갑자기 후후후 하고 웃었다.
"왜 그러십니까?"
"부탁이 있어요."
"말씀하시죠."
"나랑 같이 돈코배 타지 않을래요?"
장난스럽게 웃는 그녀에게 나는 허겁지겁 손을 내저었다.
"저, 그런 배 못 젓습니다."
"분명히 사공 중에 누가 '남아 있을' 거예요. 아이랑 같이 탄 이래로 벌써 몇십 년을 못 탔답니다. 모처럼 이렇게 젊고 멋진 남자가 찾아와줬으니 말이죠. 분명히 이런 기회는 두 번 다시 없을 거예요. 꼭 다시 한번 타보고 싶었거든요."
그녀가 훌쩍 일어섰다.

나와 그녀와 하쿠우는 아무도 없는 거리를 느긋하게 걸었다.
생각지도 못한 전개에 당황하기는 했지만, 한편으로는 이 전개가 마음에 들었다.

인적이 없는 거리에서 나는 야나쿠라에 온 이래로 있었던 일을 세세하게 설명했다. 그녀는 온화한 웃음을 띤 채 잠자코 이야기를 들었다.

"처음 부인 댁을 봤을 때 무척 무서웠습니다. 사이프러스, 무섭지 않습니까? 용케 그런 나무에 에워싸여 사시는군요."

내가 그렇게 말하자, 그녀의 옆얼굴에 웃음이 떠올랐다.

"사이프러스는 생명을 나타내는 동시에 죽음을 상징한다고 해요. 육체의 부패를 방지하는 힘이 있다고 여겨져서 유럽에선 묘지에 심는다죠. 여기 야나쿠라에 딱 맞지 않아요? 삶과 죽음이 늘 등을 맞대고 거기 있어요."

생명과 죽음의 상징.

우리는 얼마 동안 말없이 역 근처 선착장까지 걸어갔다.

아무도 없을 줄 알았더니, 돈코배가 여러 척 늘어선 물가에 짧은 저고리 차림에 삿갓을 쓴 조그만 노인이 오도카니 앉아 있었다.

"그거 봐요. 사공은 꼭 있을 줄 알았다니까요."

그녀는 기뻐하는 표정으로 나를 보았다. 아닌 게 아니라 그렇다. 물 가까이서 하는 일이겠다. 맨 먼저 '도둑맞았어도' 이상할 것이 없다.

"안녕하세요. 타도 될까요?"

환한 목소리로 고상하게 인사하자, 사공 쪽도 "어라?" 하며 딱히 놀란 눈치도 없이 이쪽을 돌아보았다.

"아, 다행이다. 손님이 왔군. 하도 오래 손님을 안 태웠더니 몸이 둔해져서 써야지."

피우던 담배를 짓눌러 끄고 가벼운 몸놀림으로 배를 준비했다.

끼익, 어딘지 그리움을 자극하는 소리를 내며 배가 흔들렸다.

나는 먼저 배에 올라타서 그녀에게 손을 내밀었다.

그녀는 생긋 웃고는 하얗고 포동포동한 손으로 내 손을 잡더니 우아한 동작으로 어지럽게 흔들리는 배에 올라타 앉았다.

배는 무인의 거리로 천천히 출발했다.

소리도 없이 미끄러지듯. 필름을 되감는 것처럼 그리운 시간 속으로.

돌다리 밑을 통과하는 그 한순간의 어둠. 어둠을 지날 때마다 찾아오는 과거의 기억.

끼익, 끼익, 잠을 부르는 노 젓는 리듬.

밀도가 높은 수면을 스치며 빛을 반사하는 물결.

"아아, 정말 오랜만이네요."

그녀는 눈을 가늘게 뜨고 양옆으로 펼쳐지는 풍경에 빠져 있었다.

풍경이 주마등처럼 흘러간다. 내 인생처럼. 온갖 장소를 찾아갔던 기억이 거뭇한 녹색 물 위를 흘러간다.

"대단한 호사로군, 손님. 이 수로를 손님이 통째로 전세 낸 거요."

"정말 그렇군요."

사공의 느긋한 목소리에 내가 대답했다.

"저, 노인장께선 이 상황이 불안하진 않으신가요?"

나는 문득 물었다. 사공은 눈살을 찌푸리고 나를 흘끔 보았다.

"이제 곧 돌아올 테니 말이오. 언제나 어김없이 누군가 돌아왔거든. 원래 그런 거니까 늘 가만히 기다렸지. 법석을 떨어봤자, 버둥거려봤자 소용없다오."

"네에."

얼마나 되는 사람들이 기다리고 있을까. 다들 이렇게 온화한 눈빛으로 돌아올 사람을 기다리고 있을까. 우리는 대체 무엇을 기다리고 있는가.

버들가지가 살랑였다.

사공은 도중에 배를 세우고 잠시 휴식을 취했다. 나와 그는 담배를 피우고, 그녀는 하쿠우와 놀았다.

나는 문득 생각이나 사공에게 카메라를 주고 배에 탄 나와 그녀를 찍어달라고 부탁했다. 사진에는 날짜가 들어갈 것이다. 1998년 6월 25일. 잔이 이 사진을 보면 뭐라고 할까. 같이 찍은 여자가 누구냐고 물을까. 아무리 질투가 많은 잔이라도 분명 그런 것을 묻지는 않을 것이다. 어쩌다 같은 배를 탄, 어머니 또래의 여자가 우연히 찍혔을 뿐이다. 두 사람이 유난히 친밀한 분위기로 웃고 있다는 데 어색함을 느낄지도 모르지만, 나는 늘 남에게는 상냥한 사람이고 시골 아주머니는 늘 뻔뻔한 법이다.

여러 해가 지난 뒤, 나는 이 사진을 보게 되리라. 그때 내 기억은 어떻게 돼 있을까. 오늘의 이 기묘한 데이트를 기억하고 있을까. 아니면 야나쿠라에서 뱃놀이를 했다는 사실밖에 기억하지 못

하는 건 아닐까. 그녀는 자기도 이 사진을 갖고 싶다고 하지 않았다. 하지만 그녀는 이 불확실한 하루, 나와 같이 배를 탄 하루를 결코 잊지 않으리라는 생각이 들었다.

이번에 있었던 이 사건이 영화이고 단약 지금의 우리를 카메라가 찍고 있다면, 분명 이것이 마지막 장면이 되겠지. 나는 멍하니 그런 생각을 했다.

세 사람과 한 마리가 탄 돈코배, 카메라는 서서히 고도를 높여 우리를 상공에서 내려다본다. 카메라는 점점 더 높이 올라가, 눈 아래로 아무도 없는 거리가 펼쳐진다. 거리에 종횡으로 뻗은 수로 중 하나를 따라 배가 천천히 멀어져간다…….

그러나 나는 이 장면이 끝이 아니라는 것을 잘 알고 있었다.

세계는 그렇게 간단히 끝나지 않는다. 생명은 그렇게 간단히 끝나지 않는다. 끈덕지고 강인하게, 온갖 수를 동원해서, 쓸데없고 무모해 보이는 막대한 행위를 되풀이해 아득한 시간을 쌓아올리며 인생은 계속된다.

전에 본 야합화는 이미 지고 없었다. 울창한 나무들이 수로 위를 뒤덮고 있을 뿐이다.

내일의 세계는 어떻게 될 것인가. 이 세계와 내일의 세계는 어떤 식으로 연속될 것인가. 이 공백을 사람들은 어떻게 수복하고 메워갈 것인가.

스이텐 궁에 다다른 우리는 내일 다시 만날 사람들처럼 아무렇지도 않게 헤어졌다. 사공은 천천히 배를 되돌리고, 그녀는 "즐거

왔어요"라며 손을 흔들고 집으로 돌아갔다.

나는 만족해서, 그러면서도 일요일 밤처럼 조금은 서운한 기분으로 집으로 돌아갔다.

사람들이 돌아오면 상업 활동도 재개될 테니 이제 조금만 더 참으면 되겠지만, 오늘 밤은 있는 재료로 참아야 한다. 신선식품은 이미 다 먹어버렸다. 하지만 오늘은 실컷 술을 마시고 싶은 기분이다. 레코드를 크게 틀고 하쿠우를 상대로 춤추며 통조림과 병조림 안주를 있는 대로 다 따놓고 한껏 취해보자. 그리고 내일은 숙취에 시달리며 사람들을 맞이하자. 내일 아침이 되면 이 모든 것이 취중에 꾼 꿈이라고 생각할지도 모른다.

나는 하쿠우와 함께 집으로 돌아왔다.

도착한 순간, 이상하다는 생각이 들었다.

현관문이 열려 있었다.

분명히 잠갔을 텐데. 안에서 불빛도 흘러나왔다.

나는 어깨에서 하쿠우를 살며시 내려놓고 살금살금 현관으로 다가갔다.

'남아 있는' 사람이 도둑질이라도 하려고 침입한 건가?

문틈으로 안을 들여다보니 검은 그림자가 묵묵히 움직이고 있었다. 서슴없는 동작으로, 은밀한 느낌이 전혀 없다.

틈새로 손가락을 넣어 문을 조금 더 열자 그림자가 움찔했다.

들켰다.

허겁지겁 도망치려는데 그림자가 나를 불러세웠다. 나는 꼼짝

하지 못했다.

"쓰카자키 씨."

돌아보니 다카야스가 멍하니 나를 보며 서 있었다.

"다 같이 한꺼번에 돌아오는 게 아니었군."

나는 거실에서 다카야스와 마주 앉아 커피를 마셨다.

"그런 모양입니다. 하지만 오늘부터 내일에 걸쳐 우르르 돌아올 겁니다. 저 말고도 몇 명 더 근처를 흘러가던 기억이 희미하게 있으니까요."

내가 알던 모습과 한 치도 다를 바 없는 다카야스였다. 물론 '실종' 중의 기억은 없었지만, 이전 기억과 행위, 감정 모두 그대로 남아 있었다. 눈앞에 앉아 있는 그를 보고 있노라니 농협 창고 지하에서 본 광경이 순식간에 기억 속에서 멀어졌다. 인간의 기억이 얼마나 엉터리인지, 인간이 얼마나 마음대로 기억을 수정하는지 통감했다. 그때 분명히 내 눈으로 보고 엄청난 충격을 받았을 텐데도, 지금 여기서 본인을 앞에 두고 아무렇지도 않게 담소를 나누고 있다. 어쩌면 내가 지금까지 경험했다고 생각한 인생도 대부분 내가 날조한 망상이 아닐까 하는 생각이 얼핏 머리를 스쳤다.

다카야스도 충격받은 눈치가 전혀 없었다. 실제로 '도둑맞는' 동안의 기억은 거의 없는 셈이겠다. 평소보다 오래 잤다는 정도로만 느끼는 듯했다.

"뭐 달라진 느낌은 있고?"

내가 묻자, 그는 당혹한 듯 고개를 갸웃했다.

"달라진 게 아무것도 없는데요. 확실히 지난 이틀간의 기억은 없지만 말입니다."

"상쾌한 기분은?"

"그것도 딱히 없습니다. 푹 잤다는 생각은 듭니다만."

"역시 사람에 따라 다른가."

나는 그가 없어지고 나서 있었던 일을 순서대로 설명했다. 사이프러스를 심은 집에서 그녀와 나눈 대화도 전했다.

그는 흥미로운 표정으로 이야기를 들었다.

"흠, 한 번 더 인터뷰를 해 보고 싶군요."

"다른 사람들도 인터뷰해보지그래? '그 뒤' 심경이 어떠냐고."

"그것도 좋겠는데요."

뭘 하고 있었느냐고 묻자 다카야스는 자기 몫의 기록을 추리는 중이었다고 대답했다.

그는 잠들었을 때 상태로 이 집에 돌아와 있더라고 했다. 손목시계와 일력을 보고 자기가 '도둑맞았음'을 알았다.

"어쩌려고?"

다카야스는 어깨를 으쓱했다.

"모르겠습니다. 일단 당분간 보존할 생각입니다."

다카야스의 기분이 이해되었다. 그에게 이 사건은 이미 빛바래기 시작한 것이었다. 셋째 아이의 성장을 기록한 사진처럼. 그는 이제 관심을 잃었다.

다카야스는 말을 이었다.

"모든 사람이 우주여행을 할 수 있게 되면 다들 그에 관해 이야기하지 않게 될 겁니다. 제 생각엔 그것하고 똑같은 것 같습니다."

"하지만 이게 우주여행보다 훨씬 더 엄청난 일 아냐?"

"네. 하지만 경계는 늘 있었던 셈 아닙니까? 처음에 누가 일어나서 직립보행을 시작했습니다. 처음에 누가 말을 했어요. 최초의 순간은 언제나 있었습니다. 그리고 다들 거기에 익숙해져 가는 겁니다. 아무 의문 없이."

"이 상황에 의문이 없다고?"

"그런 건 아닙니다. 물론 기록은 할 겁니다. 하지만 지금 저한테는 분석할 힘이 없거든요."

아마도 그의 솔직한 기분이리라. 나도 그렇다. 설명하라고, 분석하라고 해봤자 난처할 따름이다.

"그럼 이렇게 바꿔 말하면 될까요. 철봉의 거꾸로 오르기 같은 겁니다. 거꾸로 오르기는 조금씩 할 수 있게 되는 게 아니잖습니까? 그때까지 못 했던 걸 어느 날 그 한 번을 경계로 갑자기 할 수 있게 됩니다. 할 수 없을 때는 어떻게 하는지 도무지 모르겠단 말이죠. 할 수 있는 사람이 마냥 부럽고, 비결이 뭔지 알 수 없어요. 다음 체육시간이 돌아올 때까지 내내 거꾸로 오르기만 생각합니다. 그게 엄청난 일처럼 여겨져요. 하지만 일단 성공하면 어떻습니까? 머릿속을 차지하고 있던 거꾸로 오르기는 순식간에 그 밖의 아무래도 상관없는 일 중 하나가 되고 말거든요. 특별히 음미할 일이란 생각이 안 들게 됩니다."

"이제 거꾸로 오르기를 할 수 있게 됐으니 거꾸로 오르기에 관심이 없어졌다?"

"쉽게 말하면 그런 겁니다. 거꾸로 오르기 자체는 아무래도 상관없어요. 하지만 거꾸로 오르기가 우리한테 줄 영향은 알고 싶습니다. 제 지금 자세는 그겁니다. 쓰카자키 씨 생각엔 제가 달라진 것 같습니까?"

다카야스는 지극히 냉정한 표정으로 나를 보았다.

나는 내 마음속 목소리에 가만히 귀를 기울여보았다. 눈앞의 이 남자를 어떻게 생각하는가?

얼마간 생각한 끝에 입을 열었다.

"달라졌다는 생각은 들어. 하지만 전에 우리가 겁냈던 것처럼 어떤 정체 모를 괴물로 변한 게 아니라, 오랫동안 같이 일했던 사람이 다른 부서로 이동해서 얼마 있다가 만난 것 같은걸."

다카야스가 쿡 웃었다.

"그래요, 아마 그런 느낌이 아닐까요."

그렇다. 친했던 친구와 다른 반이 되었을 때, 전학 갔을 때, 가업을 잇는다며 회사를 그만두었을 때. 그때까지 가깝게 지냈던 사람이 전혀 다른 길을 선택했을 때 느끼는 쓸쓸함, 허전함. 지금 내가 느끼는 감정은 바로 그런 것이다.

"지난 일주일은 세간에서 어떻게 다뤄지려나?"

"글쎄요. 주민들이 기억이 없는 건 확실하니까 놀라는 사람이나 혼란스러워하는 사람이 다수 나오겠죠. 누구나 '도둑맞은' 걸 자각하는 건 아니니까요. 집단혼수사건이라고 부르게 되려나요?"

"집단혼수사건이라."

"광화학 스모그 탓이라든지, 새로운 세균이라든지, 누가 최면 가스나 신종 가스를 살포했다는 설이 퍼질지도 모릅니다. 주민들이 건강진단을 받게 될지도 모르죠. 하지만 몸 상태가 나쁜 사람도 없고 범죄의 흔적도 없거든요. 실질적으로 해를 입은 사람도 없어요. 결국 일찌감치 미제 사건이 될 겁니다. 실제로 여기서 무슨 일이 일어났는지 설명할 단서는 아무것도 안 남아 있으니까요."

"온갖 사람들이 조사하러 대거 몰려올 것 같잖아? 그런데도 다카야스 씨는 그 기록을 공표하지 않을 생각이야?"

"믿어줄 것 같습니까?"

다카야스는 고요한 눈으로 되물었다.

"으음."

나는 신음을 내뱉었다.

"그래도 공표하면 앞뒤는 맞겠지. 우리는 막대한 양의 기록을 남겼으니까. 하지만 믿어줄지 어떨지는 의문인걸. 아무래도 일대 센세이션을 불러일으키겠지, 하지만 한편에선 패닉이 발생할 거야. '도둑맞았다고' 분류되는 사람들이 차별을 받을지도 모르고.

그렇게 되면 당국에선 우리 기록을 묵살하거나 은폐하지 않을까. 이 사진은 가짜라는 증거를 날조할지도 몰라. 미국의 외계인처럼 앞으로 수십 년에 걸쳐 사진의 진위를 놓고 마니아들 사이에서 논쟁이 벌어지는 거야. 그러다 결국 마지막엔 다카야스 씨한테 SF 호러를 좋아하는 살짝 맛 간 기자라는 딱지를 붙여 언론계에서 내쫓겠지."

다카야스는 가볍게 고개를 끄덕였다.

"제 예상도 비슷합니다."

다카야스는 녹음기와 비디오테이프를 손으로 쳤다.

"제 기록은 제가 봉인하겠습니다. 하지만 선생님이나 아이코 씨는 어떨까 모르겠군요."

그가 상자에 남아 있는 공책과 필름에 눈길을 주었다.

우리는 어쩐지 냉정한 표정으로 그것을 내려다보았다. 결국 아무도 이 기록을 공개하지 않으리라는 생각이 들었다. 아마 다카야스도 그렇게 생각했을 것이다.

"글쎄. 그건 두 사람이 알아서 결정할 일이니까."

내가 그렇게 말하자, 다카야스도 눈빛으로 동의를 표했다.

"전 지부로 돌아가겠습니다."

다카야스는 테이프를 들고 일어섰다.

"이제부터 눈 코 뜰 새 없이 바빠질 테니까요. 제가 잃어버린 이틀간. 다른 주민이 잃어버린 일주일간. 전 이제 잠에서 깼으니 이 야나쿠라에서 무슨 일이 있었는지 취재해야 합니다. 지원을 요청

해야겠는데요."

"그러게."

나와 다카야스는 창가에 서서 저물 듯하면서 저물지 않는 바깥 거리를 바라보았다. 불빛이 드문드문 보였다. 사람들이 돌아오기 시작한 듯했다.

느닷없이 라디오가 나와 깜짝 놀랐다. 스위치를 켜놓았던 것이다. 흘러나오는 음악에 아나운서의 목소리가 띄엄띄엄 섞였다.

"……아직 확인되지 않은 정보입니다만, 야나쿠라 시에서 다수의 주민이 전염병에 걸린 듯하다는…… 연락은 아직 되지 않으며…… 시내로 진입은…….'"

나와 다카야스는 얼굴을 마주 보았다.

"벌써부터 허위 정보가 퍼지기 시작했군요. 이러고 있을 때가 아닙니다."

다카야스는 현관으로 향했다. 나는 그의 등뒤에 대고 말했다.

"건투를 빌어. 난 여기서 술판을 벌이고 있을 테니까 피곤하면 영양 보충하러 들르라고."

"한밤중은 돼야 할 겁니다."

다카야스는 서둘러 나갔다.

저녁노을 속의 뒷모습을 배웅했다.

묵직한 하늘이 또 울기 시작했다. 빗방울이 하나둘씩 떨어졌다.

다시 일상이 시작됐다.

나는 하쿠우를 안고 어두운 하늘을 올려다보았다.

다음 일상. 새로운 일상. 연속되는 세계의 다음 파트.
그리고 그것은 내 이번 여행의 끝을 의미하기도 했다.
나는 조용히 문을 닫고 짐을 꾸리기 시작했다.

Chapter XV

겨우 비가 그쳤다.

서쪽 하늘에 걸린 구름이 갈라지더니 섬광처럼 번득이는 햇살이 순간 지상을 비추었다.

영화의 한 장면 같다. 그것도 길었던 스토리의 종반 직전. 라스트가 바로 저기다. 관객은 결말의 조짐을 느끼고 있다. 마지막은 대체 어떻게 끝날까 하고 머릿속으로 이런저런 결말을 생각하고 있다.

자, 어떤 결말을 원할까?

나는 걷고 있다. 걷고 있다. 모자와 신발은 비에 젖어 변색되고 쫄딱 젖어 무거워진 셔츠에 넌더리내기도 지친 상태로 거리를 걷고 있다. 의식이 몽롱하다. 오랜 시간 세찬 빗속을 걸은 탓에 두뇌는 이미 사고를 정지했다. 나는 거의 타성으로 걷고 있다.

그래도 이따금 온갖 것이 유리 파편처럼 머리 한구석을 스친다. 무겁고 짙은 수면에 뜬 야합화. 어둠에 떠오른 문등 불빛. 아지랑이에 흔들리는 한여름의 절. 미끄러지듯 골목 틈새 수로로 사라지는 거룻배. 도서관에서 도감 책장을 넘기는 흰 손가락. 그러나 그래봤자 그것은 편린에 불과하다. 편린의 환영을 주워모으려 하면 그 즉시 그림은 사라진다.

나는 걷고 있다. 깊은 절망에 가슴이 짓눌린 채. 이미 돌이킬 수 없는 곳까지 오고 말았음을 확신하며, 그래도 나는 그를 찾아 이곳을 걷고 있다.

그러고 보니 카메라는 어디 두었을까? 한시도 떼놓지 않고 갖고 다니던 카메라, 이 거리에서 내 존재를 조용히 기록했던 카메라, 이 거리에서 일어난 일을 새기던 카메라. 보아하니 지금 나는 맨손인 것 같다.

어디 둔 거야? 내 카메라.

나는 우스꽝스럽게 두 팔을 빙빙 돌렸다. 그러면 카메라가 어디서 나오기라도 할 것처럼.

지금 내가 걷는 데는 어디쯤일까? 그렇게 온 거리를 돌아다녔는데 아직도 모르는 길을 걷고 있다. 역은 어느 쪽일까? 그는 대체 어디 있을까? 그는 정말 우리를 두고 자기 부인 곁으로 돌아갔을까? 어째서 우리는 이런 일을 당했을까. 왜 우리였을까. 그는 어디 있을까. 왜 나는 그를 발견하지 못할까.

그날 밤. 내가 아버지와 그의 이야기를 엿들었을 때가 똑똑하게 기억난다.

그 전까지 나는 망집에 사로잡혀 있었다. 료타, 가게, 그이, 시어머니. 내가 남겨놓고 온 것에 사로잡혀 주위를 똑바로 보기를 거부하고 있었다. 시간 감각마저 잃고 내 안에 틀어박혀 있었다. 그러나 그날 밤 그때는 또렷하게 기억할 수 있다.

우리는 이미 '도둑맞았는지도' 모른다. '도둑맞았는지' 아닌지 알려면 '도둑맞는' 수밖에 없다.

그 말을 듣고 내 결심은 굳어졌다. 이러지도 못하고 저러지도 못하는 어중간한 상태에서 벗어날 수 있다는 데 감사했다.

규슈 이외의 지역에서 건강진단 창구가 설치된 병원은 이상과 같습니다. 이달 들어 야나쿠라 시내에 체류했던 모든 사람이 건강진단 대상입니다. 출장, 관광 등을 목적으로 야나쿠라 시를 방문했던 분은 조속히 건강진단을 받으시기 바랍니다. 현재 어떤 증상을 보이는 사람은 없습니다. 잘못된 정보에 현혹되거나 공연히 동요하지 마시고 냉정하게 행동하시기 바랍니다.

조금 전까지 오던 비가 거짓말 같았다. 거리에는 사람이 가득했다. 일본의 보도 기관이란 보도 기관이 전부 모여들지 않았나 싶을 정도로 사람이 들끓었다. 이렇게 외부에서 사람들이 들어왔는데 제대로 된 검사를 할 수 있을까. 평소에는 다니는 사람이 거의 없는 논두렁길에도 사람들이 바글거렸다.

하늘에서 들리는 투덕투덕 소리는 신문사인지 방송국의 헬리콥터 폭음인 것 같다. 하나, 둘, 셋. 헬리콥터는 어떻게 세는 걸까? 한 대, 두 대? 눈 깜짝할 새에 수가 점점 늘어났다. 위에서 뭘 찍으려는 걸까?

커다란 회색 차량과 경찰차가 제방을 빽빽이 메웠다. 시가지로 들어오는 도로를 봉쇄한 것이다. 그러나 봉쇄되기 전에 소문을 들은 듯 여기저기서 차가 몰려와, 지금 이 지역에 있는 사람은 적게 잡아도 30퍼센트가 외부에서 온 보도진인 것 같다. 바리케이드에 소방차, 경찰관, 하얀 가운을 입은 직원. 어찌나 떠들썩한지 지금부터 불꽃놀이라도 시작되는 게 아닐까 기대하게 된다. 거리를 서성이는 사람들의 표정은 흡사 어린애 같다. 뭔가를 찾고 있는데 뭘 찾으면 좋을지 모른다. 당황과 기대, 불안과 흥분. 어디 선물이 있는 게 아닐까 하고 필사적으로 돌아다니고 있다.

청소차가 도로를 끊임없이 왔다갔다한다. 일주일간 방치되어 있던 쓰레기들을 수거하는 것이다. 그러나 이 쓰레기는 쓰레기처리장으로 보내는 대신, 검사를 한 뒤 다른 곳에서 소각하기로 한 모양이다. 거창한 마스크와 두꺼운 고무장갑으로 무장한 사람들이 여기저기 쌓여 있는 악취 나는 쓰레기 봉지에 유리 막대를 찔러넣고 시료를 채취하는 모습이 눈에 띄었다. 쓰레기에서 이번 사건의 원인을 찾아낼 수 있지 않을까 생각하는 것이다.

어머, 참, 별 바보 같은 짓을 다 하네. 찾아봤자 병원균 같은 건

안 나와. 내가 찍은 사진을 보여줄게. 진상은 그보다 훨씬 더 놀라운 거야.

수로로 내려간 사람들이 흐르는 물을 시험관에 담고 있다.

그래, 그 물은 중요할지도 몰라. 이번 소동의 원인은 거기 있어. 당신들은 그 원인 속에 서 있는 거야. 아아, 여기 카메라가 있다면. 내 카메라는 어디 갔지?

다시 한번 부탁드립니다. 건강진단을 마치지 않으신 분은 만일을 위해 외출을 삼가주시기 바랍니다. 유사시에 피해를 최소화하기 위해서입니다. 이미 여러 차례 말씀드린 바와 같이, 지금까지 어떤 증상이 나타난 사람은 없습니다. 건강진단을 마친 사람은 아무런 문제가 없습니다. 현재 주민의 건강진단이 실시되는 중입니다만 이상은 보고된 바 없습니다.

몸이 뜨거웠다. 그리고 몸서리가 날 정도로 차가웠다.

그래, 아무 문제 없어. 노 프러블럼. 나는 지금 여기 이렇게 멀쩡하게 존재하니까. 그렇잖아, 난……

발부리가 뭔가에 걸려 멈춰섰다. 문득 눈앞에 펼쳐진 하늘에 눈이 갔다.

겹겹이 포개진 두터운 구름이 시야를 한가득 채웠다.

아아, 무슨 구름 색깔이 이럴까.

나는 그 자리에 우두커니 섰다. 공포 비슷한 감동에 사로잡혀 몸이 바르르 떨렸다.

　내가 걷는 논두렁길은 인기척이 없었다. 그러나 술렁술렁한 공기는 바로 가까이에서도 느껴졌다. 집에서 대기하라는 말을 들은 주민들이 물과 식료품, 정보를 찾아 밖을 돌아다니는 것이다. 무슨 일이 일어난 건지 이해하지 못하는 주민들이 혼란에 빠져 헤매고 다니는데, 대형 사건의 냄새를 맡고 몰려든 보도진이 게릴라처럼 출몰해서는 마이크를 들이대는 판국이니 황당무계한 정보가 뒤섞여 혼란이 더욱 커졌다. 보도진을 몰아내려고 기동대까지 투입되어 히스테릭한 충돌이 곳곳에서 벌어졌다. 정보가 없다는 점에서는 아마 모두가 평등할 텐데도, 다들 누군가는 정보를 갖고 있으리라고 생각하는 탓에 혼란이 점차 가중될 뿐이었다. 이런 악순환이 아침부터 내내 계속되고 있었다.

　무슨 구름 색깔이 이럴까.

　나는 멍하니 눈을 가늘게 떴다.

　세상의 종말 같은 색이다. 아니, 세상의 시초, 창세기의 색일까?

　지금 세상은 시작되려 하는가, 끝나려 하는가.

　이유가 뭐야, 난 아직 이렇게 가슴이 떨리는데, 구름의 아름다움을 느낄 수 있는데. 그런데, **그런데** 난······.

　주홍색, 분홍색, 황금색으로 빛나며 살아 있는 생물처럼 뭉게뭉게 부풀어 움직이는 구름은 사납고 장엄하게조차 보인다.

　조금 전까지 흠뻑 젖어 있던 거리는 석양이 비쳐들자 반짝반짝 빛나며 순식간에 마르기 시작했다. 이런 풍경은 이곳에 온 뒤로 처음 보는 게 아닐까. 햇빛 자체를 오랜만에 본 것 같다. 그래, 이 거리는 언제나 젖어 있었다. 하늘도, 땅도, 모든 것이.

 물에 젖어, 물을 접하며, 물을 경외하며, **그리고 나는**…….
 문득 내가 왼손에 뭔가를 쥐고 있다는 것을 깨달았다.
 뭐지? 단단하고 길쭉한 물건이다. 어떻게 된 영문인지 손이 뻣뻣하게 굳어 펴지지 않는다.
 나는 내 왼손을 보았다. 창백하고 젖은 손가락이 주먹을 꽉 쥔 채 보일 듯 말 듯 떨렸다.
 이를 악물었다. 이가 딱딱 맞부딪치는 게 관자놀이에 느껴졌다.
 벌려져라, 벌려져. 그 속에 무엇을 감추고 있는 건가?
 나는 오른손으로 왼손을 잡으며 떨리는 손가락을 우스꽝스러우리만큼 힘들게 폈다.

 외출을 삼가주시기 바랍니다. 집에 있는 음식을 드시지 마십시오. 수돗물을 마시지 마십시오. 야나쿠라 시는 오전 10시 40분, 후쿠오카 현 지사를 통해 육상 자위대 서부 방면 총감부에 출동을 요청했습니다. 야나쿠라 시로 통하는 도로는 6월 26일 오후 0시를 기해 봉쇄됩니다. 그 시각 이후의 출입은 규제됩니다. 주민이 아닌 분은 검문소에서 확인을 받은 뒤 신속하게 퇴거해주시기 바랍니다.

 시끄러워. 왜 이렇게 시끄러운 거야.
 힘들게 간신히 연 바리케이드 틈새로 커다란 트럭이 들어왔다.

빵과 우유, 도시락, 생수 등을 실은 차다. 참 천천히도 몬다. 창문을 꽉 닫고 마스크를 쓴 것이 보인다. 운전사도 꽤나 겁먹었을 것이다. 주민들에게 이 식료품이 전달되기까지 대체 몇 시간이나 걸릴까. 젖먹이도 있을 텐데. 분유는 어떻게 하고 있을까. 아아, 신선한 우유가 마시고 싶다.

료타. 나의 료타. 내가 낳은 료타. 나와 피를 나눈 료타. **그런데 나는 어머니가 돼서**…….

헬리콥터의 폭음. 확성기로 부르짖는 목소리. 헬리콥터 소리에 질세라 목청을 높이는 탓에 목소리가 갈라져 무슨 말을 하는지 도통 모르겠다.

아아, 나는 대체 여기서 뭘 하는 걸까. 왜 이런 데 혼자 서 있는 걸까.

비참하고 분했다.

아이코 씨, 허리를 꼿꼿이 펴요. 피곤할 때나 울적할 때, 그럴 때야말로 허리를 똑바로 펴는 거예요. 그리고 제일 좋은 차를 달여요. 그러면 반드시 좋은 생각이 날 거예요.

아이코 씨, '이케우치'는 좋은 후계자를 얻었다, 댁네 젊은 부부는 잘하고 있다, 그 까다로운 손님이 돌아가는 길에 나에게 말씀하시지 뭐예요. 알겠죠? 그렇게 직접 분명하게 말씀해주시는 분은 고마운 손님이에요. 웃는 얼굴로 돌아가서 두 번 다시 안 오면 그만이니까. 여기서 기죽으면 안 돼요.

갑자기 온갖 장면에서 시어머니가 한 말이 차례차례 뇌리를 스쳤다.

하지만 어머님, 기껏 절 칭찬해주셨는데 전 이런 데서 혼자 분해서 눈물이나 흘리고 있어요.

오늘 아침 눈을 떴을 때 주위가 술렁이기에 꿈에서 깬 줄 알았다.

교토 집에서 늦잠을 자는 바람에 업자가 올 시간이 된 줄 알았던 것이다. 아아, 꽤나 긴 꿈, 이상한 꿈을 꾸고 말았다고 생각했다.

그러나 나를 둘러싼 웅성거림이 평소와 다르다는 것을 깨닫기까지 그리 오랜 시간이 걸리지는 않았다.

뭐지, 이 살벌한 분위기, 멀리서 들려오는 히스테릭한 외침은.

나는 흠칫 놀라 몸을 일으켰다.

그곳은 야나쿠라에 있는 아버지의 낡아빠진 집이었다. 작은 집. 수로에서 떨어져 있는 집.

술렁이는 소리는 창밖에서 파도처럼 밀려들었다.

그리고 나는 지금까지의 기억이 슥 치밀어오르듯 내 안에서 되살아나는 것을 전율과 더불어 느꼈다. 어젯밤 나는…… 나는, 뭔가를 결심하지 않았던가.

온몸에서 식은땀이 왈칵 쏟아졌다.

"아이코, 일어났냐."

그때 아버지가 고개를 불쑥 내밀었다. 나는 또다시 꿈에서 깬 기분이 들었다.

그래, 야나쿠라에 놀러 왔다가 이상한 꿈을 꾼 건가. '도둑맞는다'라느니 뭐니 하는 기묘한 꿈을.

"왜 이렇게 시끄러워요?"

나는 일어나 무심코 물었다.

"다들 돌아왔거든."

아버지가 그렇게 대답한 순간, 이중의 꿈 밑바닥에서 뭔가가 쑤욱 떠올랐다.

이건, 이건, 나의, 사람들의, 그리고 모든 것의, **꿈**.

"오늘이 며칠이에요?"

나는 부르짖듯 물었다.

아버지는 무표정한 얼굴로 나를 꼼짝 않고 보더니 대답하지 않고 부엌으로 갔다. 나는 그 뒤를 따랐다.

부엌 벽에 걸린 일력. 검은 숫자가 보였다.

6월 26일.

등을 세게 얻어맞은 것 같은 충격.

그때, 세계는 새하얘졌다.

내 안에서 시간이 정지했다.

"아이코, 잘 잤어? 우리 셋 다 다수파로 복귀했어."

커피를 마시던 다몬 선배가 느긋하게 손을 흔들었다.

"다수파."

그 말의 의미가 순간 이해되지 않아 그 자리에 우뚝 섰다.

흠칫 놀라 다몬 선배의 얼굴을 보았다.

"우리, 나, 혹시 도……."

뒷말을 이을 수 없었다. 입안에 쓴맛이 돌고 심장 뛰는 소리가 머리까지 쿵쿵 울렸다.

그런데 아버지와 다몬 선배는 덤덤하게 고개를 끄덕였다.

"응. 하지만 이번에 '도둑맞은' 건 선생님하고 아이코만이야. 난 이미 오래전에 '도둑맞았다는' 게 어제 판명됐고. 어제는 나 혼자 남아서 여기저기 얼쩡거리고 돌아다녔지 뭐야. 보다시피 어디 달라진 데가 있는 것도 아니고. 말 나온 김에 덧붙이자면, 다카야스 씨도 돌아왔어. 지금은 취재하느라 뛰어다니는 중."

"취재?"

텔레비전으로 시선을 돌리니 캐스터가 흥분해서 마이크를 들이대며 쇳소리를 질러대고 있었다.

"무슨 뜻이야?"

나는 텔레비전을 주시했다.

"지금 전국적으로 야나쿠라가 주목받고 있다는 거지."

다몬 선배는 턱을 괴고 리모컨을 들어 채널을 연달아 바꿨다. 어디나 똑같은 장소의 혼란을 비추고 있었다. 어디서 본 듯한 풍경. 어디서 본 적이 있는 강과 다리, 그리고 수로.

전화는 사용하지 마십시오. 전국에서 전화가 밀려드는 통에 야나쿠라 회선이 불통입니다. 통화가 되지 않습니다. 휴대전화도 중계기가 불통입니다. 전화를 사용하지 마십시오. 야나쿠라에 전화를 걸어도 지금은 대단히 혼잡하므로 통화가 힘든 상황입니다. 전화를 걸지 마십시오. NTT에서 비상용 음성사서함을 설치했으니 야나쿠라에 거주하는 분의 소식을 확인하고 싶은 분은 다음과 같은 방법으로 연락하시기 바랍니다.

억지로 편 손에서 하얀 것이 톡 떨어졌다.
순간 그 길쭉하고 하얀 것이 무엇인지 알 수 없었다.
멈춰서서 발치의 물웅덩이에 떨어진 그것을 빤히 내려다보았다.
작고 하얀 비둘기. 흙으로 빚어 유약을 바르지 않고 구운 비둘기 모양 피리였다.
꼬리 부분에 숨을 불어넣는 소박한 무늬의 비둘기 피리.
천진난만하기 그지없게 생긴 피리가 물웅덩이 속에서 어리둥절한 얼굴로 나를 올려다본다.
아아, 나는 무의식중에 신음했다.
그들의 목소리, 그들의 의식. 내가 지난 열흘간 얼마나 거센 공포에 심적으로 소모되었는지를 깨닫고 울고 싶어졌다. 늘 포위되어 있었다, 늘 감시당하고 있었다, 늘 손바닥 위에 있었다. 그리고 지금 내 무의식은…….
나는 그것을 집을 마음이 나지 않아 멍하니 하늘을 우러렀다.
언제 어디서 이것을 쥐었을까?
땀과 비에 젖은 얼굴에 강렬한 석양빛이 내리쬔다.

내 무의식이? 그들이 이것을 쥐게 했을까?

나도 모르게 눈을 감았다. 땀인지, 눈물인지 알 수 없는 뜨거운 액체가 뺨을 타고 흘러내렸다.

왜 나는 여기 있을까? 뭔가를 찾고 있었는데. 누군가를 찾고 있었는데. 그들이 아닌 내 마음이.

나는 또다시 비척비척 걷기 시작했다. 얼마 안 가 생각이 나서 도로 돌아가 비둘기 피리를 주웠다. 내내 쥐고 있었던 탓인지 유약을 바르지 않은 피리에 내 손의 온기가 남아 있는 것만 같았다. 이건 내 의사야. 내가 비둘기 피리를 줍고 싶었어. 그래.

역. 그래, 역은 어느 쪽이지?

나는 또다시 비척비척 걷기 시작했다. 공포에 마음이 완전히 마비된 줄 알았건만, 서서히 다른 공포가 부풀기 시작했다. 어디야? 녀석들의 의식은 내 마음속 어디에 있어? 난 녀석들의 의식을 감지하지 못해? 아아아, 내 무의식이 내 게 아니란 말이야?

나는 비틀비틀 걸어갔다. 이 이상 가봤자 바리케이드에 맞닥뜨릴 뿐이다. 제방 너머에서 멀찍이 거리를 두고 선 소방단과 구경꾼을 보니 내가 동물원의 진기한 동물이 된 것 같았다. 순간 마음이 싸늘해지고 냉랭한 기분이 들었다. 그리고 실제로 나는……노여움과 슬픔이 마구 뒤섞인 감정이 치솟았다.

나는 늘 이렇게 물가에 서 있었던 것 같다.

불현듯 그런 감상이 떠올랐다.

야무진 따님. 똑똑한 따님.
늘 그런 말을 듣고 살았다. 철들었을 때 이미 어머니가 없었으므로, 그게 당연한 환경이었다.
한번은 이런 일이 있었다. 초등학교 4학년 때였다. 학교에서 오는 길에 버스에 집 열쇠를 떨어뜨렸다는 사실을 현관 앞까지 와서야 깨달았다. 몹시 추운 날이었고 눈이 보슬보슬 내리고 있었다. 아버지는 회의 때문에 늦는다고 했다. 나는 현관 앞에서 꼼짝 않고 기다렸다. 지금 생각하면 방법은 얼마든지 있었다. 이웃집 아주머니에게 사정을 설명하면 아버지가 올 때까지 집에 있게 해주었을 테고, 친한 친구 집에 가는 수도 있었다. 그러나 그때 나는 다른 사람에게 도움을 청한다든지 의논한다는 생각을 조금도 하지 못했다. 이거야 원, 아버지가 올 때까지 집에 못 들어가겠네, 라는 생각만 하고 현관 앞에 가만히 앉아 눈 내리는 하늘을 올려다보았다. 네 시간 뒤에 돌아온 아버지가 놀라 왜 다른 사람에게 의논하지 않았느냐고 몹시 꾸중했다. 아버지는 몰랐을 것이다. 늘 혼자 있는 게 당연하다고 생각하던 내게는 '다른 사람'에게 도움을 청한다는 선택이 없었다는 것을. 늘 그랬다. 늘 나는 물가에 서서 강 건너를 보고 있었다. 야무진 따님. 차분한 따님. 나 스스로도 그렇게 생각했기 때문에 절도 없이 행동한다든지 어떤 일의 중심에 위치하는 일이 없었다. 연애에 대해서도 그랬다. 감정에 몸을 내맡기는 일 없이 고등학교 때도, 대학교 때도…… 어느 누구보다도 사랑했던 다몬 선배마저 강 건너에서 바라보듯 대했다. 그와 나는 결코 그런 관계가 될 수 없다. 나는 혼자 그런 결론을 내리고 언제나 누구 다른 사람에게 소유된 그를 먼발치에서 조용히 바라보았다.

"아이코, 다음번엔 교토로 식사하러 갈 테니까 남편도 소개해 줘."

그의 목소리를 듣고 나는 흠칫했다. 그리고 그의 발치에 짐이 놓여 있음을 깨달았다.

"선배, 혹시……," 나는 떨리는 목소리로 말했다.

그는 발치에 엉겨드는 하쿠우를 쓰다듬어주며 여느 때와 다름없는 표정으로 고개를 끄덕였다.

"응, 내 야나쿠라 방문은 이걸로 끝. 좀 있으면 교통편도 통제될 것 같으니 더 늦기 전에 혼란을 틈타 돌아갈까 해서. 열차가 운행하는지는 알 수 없지만, 지금 국도까지 가면 택시를 잡을 수 있을지도 모르지."

나는 그에게 달라붙어 장난치는 하쿠우에게 격한 증오를 느꼈다.

"세상에, 그건 너무 위험해. 무슨 일이 벌어질지 알 수 없잖아."

나는 하쿠우를 노려보며 부르짖었다.

"아무 일도 안 벌어져. 우리는 그걸 알잖아? 이제 끝났어. 이제 다 끝난 일인 거야."

그는 하쿠우를 안아들더니 아버지에게 가만히 건넸다.

아버지와는 이미 합의된 모양이었다. 남자는 왜 늘 그래? 왜 남자들끼리 결론을 내버리는 거야? 왜 늘 내가 모르는 데서 이야기해?

"뭐, 못 나가거든 돌아오게."

말없이 하쿠우를 받아든 아버지가 중얼거렸다.

"아, 예, 그러겠습니다. 그럴 가능성이 더 클 것 같기도 합니다만. 상황이 이렇게 어수선하니까요. 지금 야나쿠라를 벗어나려고 했다간, 전 행색도 이 모양이겠다, 체포되지나 않을지 모르겠군요."

그는 여전히 표연한 태도로 배낭을 들어 어깨에 짊어졌다.

나는 버림받은 어린애처럼 불안하고 원망스러워 눈물이 났다. 아직 내가 '도둑맞았다'는 사실을 자각하고 받아들이지도 못했건만, 이런 상황에 그까지 떠난다는 것을 견딜 수 없었다.

"왜? 어째서 이런 때 가는 거야? 좀더 진정된 다음에 떠나도 되잖아. 선배도 사건의 당사자 아냐? 중요한 목격자라고. 역사의 증인이야."

울음 섞인 목소리가 나오는 것을 막을 수 없었다.

"내 여행은 끝난 거야."

그는 밉살스러우리만큼 담박하게 내 눈을 보며 대답했다. 나는 그 순간 그를 증오했다. 언제나 담박한 그, 그러면서 소심한 그, 아름다운 얼굴의 그, 늘 사랑받는 그, 일찍이 고통스러우리만큼 사랑했던 그, 이렇게 내가 눈물을 글썽여도 떠나버릴 수 있는 그를.

나는 부르짖었다.

"안 돼, 어떻게 이대로 그냥 가버릴 수 있어? 여기서 도망치다니 비겁해. 우리는 그럼 대체 뭣 때문에 그렇게 기록을 많이 한 거야? 그 기록을 지금 여기서 사람들한테 공표해야 하는 거 아냐? 보도진도 저렇게 많이 와 있겠다, 다들 정보를 원해. 모두 무슨 일이 있었는지 알고 싶어해. 다카야스 씨도 돌아왔다며? 우리 넷이서 기록을 자치에 넘겨야 해. 그럼 쓸데없는 수고나 염려를 끼치지 않아도 될 테고, 다들 패닉에 빠지지 않아도 될 거야."

그는 나를 물끄러미 바라보았다. 그 눈에는 아무런 표정도 어려 있지 않았다. 검고 커다란 눈동자. 어린애 같은 눈동자. 아버지는 늘 그의 얼굴이 '동자' 같다고 했다.

나도 물끄러미 그를 응시했다. 그는 거울이다. 그의 눈은 마주 보는 이를 비추는 거울이다. 그는 자신에 비치는 타인의 상을 평가하거나 어떻게 하려 들지 않는다. 그는 거울이니까. 그저 비추는 게 그의 일이니까. 나는 그를 사랑했다. 그의 거울에 비치는, 누구에게도 매달릴 수 없는 내 모습을 사랑했다.

"쓸데없는 수고나 염려라……."

그는 나지막이 중얼거렸다.

"어느 쪽이 수고일까. 어느 쪽이 친절한 걸까. 난 모르겠는걸."

그가 고개를 슥 옆으로 돌렸다. 단정한 옆얼굴, 시선은 먼 곳을 향하고 있었다.

가슴이 에이는 듯했다. 그는 이제 나를 돌아보지 않는다. 그는 선택하려 하지 않는다. 사건의 증인이 되어 공표하는 행위를 우리에게 위임한 것이다.

"선생님, 그간 신세 많았습니다. 제 기록은 선생님께 맡기겠습니다."

"나야말로 고맙네. 형편없는 여행이 되고 말았군."

"아뇨. 꽤 재미있었습니다. 게다가 아주 저답게 말려들었고 말이죠."

그는 어린애처럼 웃고는 마지막으로 나를 똑바로 보았다. 내가 일그러진 표정을 짓고 있다는 게 한심하고 원망스럽고, 슬펐다. 그러나 응시하지 않을 수 없었다. 꽤나 보기 흉한 얼굴이었을 텐데도, 그는 늘 그러하듯 티 없는 눈으로 나를 물끄러미 보았다.

"그럼 또."

그럼 또.

다음은 언제일까. 언제 다시 이 티 없는 눈과 마주할 수 있을까. 이 눈을 보고 있는 것은 나? 그가 보고 있는 것은 나? 아니면······.

현관문이 소리 내어 닫혔다.

장마전선이 여전히 활발한 활동을 보이고 있습니다. 국지적으로 큰비가 내릴 우려가 있으니, 규슈 북부에서는 계속해서 경계하셔야겠습니다. 연일 내린 큰비로 지반이 약해진 곳이 증가했습니다. 산사태가 발생하거나 하천이 범람할 가능성이 있으니 충분히 주의해주시기 바랍니다. 벼랑이나 비탈면에 평소 그런 적이 없는 곳에서 물이 솟는 것이 보이면 각별한 주의가 필요하겠습니다. 수시간 내로 산사태가 발생할 위험이 있습니다.

자동판매기는 어디나 텅 비어 있었다. 수돗물을 쓰기 겁난 사람들이 마실 것을 샀기 때문이다. 줄줄이 빨간 매진 램프가 들어온 버튼을 손가락으로 튕기며 나는 거리를 떠돌았다. 어디서 이렇게 사람들이 쏟아져나오는 걸까. 평소 인구의 세 배는 되지 않을까. 주황색 빛이 거리를 비추었다. 살벌한 목소리만 없었다면, 곁에서 보기에는 성대한 축제가 한창인 것 같을지도 모른다.

하늘을 메우는 헬리콥터의 수가 그새 더 늘어난 것 같았다. 장난감처럼 조그만 헬리콥터를 위압하듯, 멀리서 커다란 녹색 헬리콥터가 편대를 지어 날아왔다.

이렇게 많은 헬리콥터를 한꺼번에 보는 건 처음이네.

나는 멍하니 하늘을 올려다보았다.

그가 떠난 뒤 나는 망연히 거실 소파에 앉아 있었다. 아버지는 텔레비전 화면을 보며 묵묵히 펜을 놀렸다. 아버지는 개인적으로, 어디까지나 개인적으로 이번 사건의 기록을 계속할 생각이리라.

나는 어떻게 하나?

이제 와서 카메라를 들 마음은 나지 않았지만. 내가 있을 곳을 알 수 없었다. 아버지와 다몬 선배에게는 모든 게 끝난 모양이다. 나 혼자 사건 한구석에 동그마니 남겨져 있었다. 어째서? 남자들과 나 사이를 가로막는 것은 무엇인가. 어디서 갈라진 건가. 사건의 진상을 그들과 공유하고 있었을 내가 어째서 이렇게 소외감을 느껴야 하는가. 현재 세간이 열망해 마지않는 진실을 갖고 있는 내가.

나는 그저 곤혹스러울 뿐이었다. 교토의 집이 너무나 멀고, 너무나 딴 세상처럼 여겨졌다.

"너도 이제 슬슬 짐을 꾸려라. 저쪽에서도 걱정하실 텐데, 연결되는 대로 바로 전화 드리고."

아버지가 혼잣말처럼 말했다.

아무 생각 없이 한 그 말을 듣고 나는 경악했다.

나는 이미 '도둑맞고' 말았다.

그때까지 깊이 생각하기를 거부했던 사실이 별안간 커다랗게 부풀어올라 내 안에 가득 찼다.

걸쭉한 검은 타르. 어두운 물속에 쌓여 있던 그⋯⋯.

절망적인 충격이 온몸을 꿰뚫었다. **나는 이미 '도둑맞고' 말았다.**

어느새 내 발은 세면실로 향하고 있었다. 어두운 복도 안쪽에 걸린 거울. 그 속에 비친 내 얼굴을 타인의 얼굴처럼 응시했다.

어디가 다른가? 누가 보면 알 수 있나?

나는 내 양손을 내려다보았다. 이건 내 손. 예전과 조금도 다를 바 없는 내 두 손. 어렸을 때 입은 화상의 흉터며 눈에 익은 점의 위치도 기억에 있는 그대로다.

어쩌면 거짓말이 아닐까. 아무도 '도둑맞지' 않았다. 나도 '도둑맞지' 않았다. 그냥 하루 잠들어 있었을 뿐인지도⋯⋯.

거울 속의 굳은 표정을 뚫어지게 응시하며 나는 필사적으로 그 생각에 매달렸다.

그래, 아무 증거도 없다. 내가 '도둑맞았다'는 증거는…….
카메라는? 지금까지 찍은 필름은?
어디서 비웃는 목소리가 들려왔다.
방금 전에 너는 다몬 선배를 비난하지 않았나? 진실을 공표할 마음이 없는 비겁자라고 규탄하지 않았나?
발밑의 땅이 푹 꺼지듯 별안간 무서워졌다.
나는 돌아갈 수 있을까?
교토의 가족, 가게 종업원, 이웃 사람들의 얼굴이 뇌리를 스쳤다.
어떨까, 그이와 시어머니, 아이가 나를 보면 내가 내가 아니라는 걸 알 수 있을까? 가짜 엄마라고 알아볼까? 애초에 내가 내가 아니라는 건 무슨 뜻일까. 나는 아무것도 변하지 않았다. 적어도 지금으로서는 성격, 목소리, 얼굴, 기억, 뭐 하나 달라지지 않았다. 그런데도 내가 아닐까? 나라는 건 뭘까. 나란 누구였을까.
나는 거울에 주먹을 갖다댔다.
아버지가 화장실로 가는 것을 본 순간, 나는 충동에 몸을 맡기고 집에서 뛰쳐나왔다. 이건 내 충동. 내 개인의 충동에 사로잡혀. 그렇게 믿고 싶었다. 언제 비둘기 피리를 쥐었는지는 기억나지 않는다.
비. 비가 오고 있었다.
나는 무작정 달리기 시작했다.
비. 비는 차가웠다.
내 머릿속의 혼란스러워하는 목소리에 호응하듯 비가 쏴쏴 쏟아졌다. 군중이 불안과 흥분에 떠밀려 거리를 배회하는 가운데, 어느

새 나는 그의 모습을 찾고 있었다. 이 거리에서 나가지 못하고 어딘가에 동그마니 서 있지는 않을까 하고. 작별 인사를 했으니 겸연쩍어서 돌아오지 못하는 건 아닐까 하고. 그의 옆얼굴이라면, 그의 등이라면, 아무리 사람이 많아도 단번에 찾아낼 자신이 있었다.

이런 일이 떠올랐다. 대학 1학년, 만난 지 얼마 되지 않았을 무렵.

그럼 코마 극장 분수 앞에서.

태평하게 동아리 멤버들과 그렇게 약속했는데, 당시 신주쿠, 골든위크를 앞둔 코마 극장 앞은 무슨 록콘서트장인가 싶을 정도로 학생들로 발 디딜 틈 없이 붐볐다. 살기와 욕망과 기대가 뒤섞여 숨이 막힐 지경이었다.

에고, 이런, 이런 데서 만나자고 해서 미안.

나를 발견한 그는 난처한 얼굴로 몇 번이나 고개를 숙여 사과했다.

찾았잖아요.

나는 웃는 얼굴로 그렇게 대답했지만, 그 말은 거짓이었다.

나는 단번에 그를 발견했다. 광장에 들어서기 무섭게 그의 옆얼굴을 찾아냈다.

나는 늘 찾고 있었다. 당신을, 언제나, 언제나. 당신 모습을 눈으로 좇고 당신의 미소가 시야에 들어오게 늘 멀리서 바라보고 있었다. 마유 선배는 그것을 정확히 알아차렸다. 내 시선을 알아차린 그녀는 늘 당신과 함께 있고 싶어했고 나를 견제했다.

이 거리 어딘가에 아직 있을까. 내가 찾아낼 수 있는 곳에 있어줄까.

젖은 머리가 뜨뜻해지는 감각에 황홀을 느끼며 나는 멍하니 서 있었다.

그리고 방금 비가 그쳤다.
한때 과격한 색으로 타오르던 햇빛도 서서히 사그라졌다.
야나쿠라에 또다시 밤이 찾아드는 것이다.
나는 터벅터벅 논두렁길을 지나 돌다리를 건너서 어두운 물 앞에 섰다. 고요한 물은 모든 것을 알고 있으면서 지상의 소란에 꼼짝 않고 귀 기울이는 것처럼 느껴졌다.
그렇게 무서워했던 물에 어느새 친근감을 갖게 된 데 대해 마음 한구석으로 움찔하면서도 나는 흡사 매료된 양 물을 들여다보았다. 내 그림자가 묵직한 수면에 일그러진 채 흔들거렸다.
문득 멀리서 뭔가가 번쩍한 것을 깨닫고 얼굴을 들었다.
강 건너 제방에 가설된 망루에 조명이 들어오려는 것 같았다. 이십사 시간 체제로 통행을 감시할 생각인 것 같았다. 그럴 만도 하다. 보도진과 구경꾼을 비롯해 와글와글 몰려든 사람들이 저마다 뭐라고 부르짖고 있고, 이제 곧 밤이 오는데도 군중은 전혀 떠날 눈치가 없었다.
구름은 아직 움직이고 있었다.
빛은 탁한 주황색으로 변하고, 다시 보라색으로 변하더니 칙칙한 검정에 녹아들려 했다.
또다시 밤이 온다.

강 건너편에 몰려든 사람들의 얼굴이 선명하게 시야에 들어왔다. 조명이 호기심과 흥분과 공포에 번득이는 얼굴을 비추었다. 그곳에는 이미 차별의 예감이 있었다. 어때, 거기서 뭔가 끔찍한 일이 있었지? 우리는 안전한 곳에 있지만 그곳은 다르지?

우리는 어떻게 보일까. '도둑맞은' 우리, 언뜻 보면 아무것도 변하지 않은 우리는. 내가 가진 사진을 보면 그들은 어떤 눈으로 우리를 볼까. 우리는 차별받고, 기피되고, 실험용 동물처럼 연구될까. 언제나 고개를 움츠리고 안전한 곳에 있는 그들, 언제나 혈안이 되어 자기들과 다른 점을 찾고 사소한 차이를 두어 호들갑을 떠는 그들, 언제나 '다수파'인 그들에 의해. 그들이란 누구인가?

선득할 정도로 선선한 바람이 강 쪽에서 불어와 등을 스치고 지나갔다.

있지, 어떻게 생각해?

나는 다리 위에 웅크리고 앉아 또다시 수면을 들여다보았다. 느긋하고 어두운 수면.

있지, 어떻게 생각해?

선선한 바람이 또다시 머리에 닿았다. 몸을 부르르 떨었다.

나는 흠칫 놀랐다.

수면에 내 얼굴이 비쳤다. 그 얼굴은 내가 이제껏 몰랐던 표정을 짓고 있었다. **그녀는 웃고 있었다.** 아이의 천진난만함을 사랑스럽게 여기는 어머니 같은 웃음. 자애로움이 어린 온화한 웃음이었다.

있지.

나는 일어났다. 지금 바로 태양은 최후의 빛과 함께 모습을 감추려 하고 있었다.

나는 천천히 손을 폈다.

조그만 비둘기 피리를 셔츠 자락으로 박박 닦았다.

진흙을 떨어낸 애벌구이 비둘기의 동그란 눈은 그의 눈과 닮았다.

비둘기 피리는 해질녘의 음색.

검은 구름에 보라색 빛이 천천히 사라져간다.

나는 비둘기 피리에 살며시 입술을 갖다댔다.

두려워할 필요는 없는지도 모른다. 앞으로는 우리가 '다수파'가 될 것이다. 세계를 하나로 집어삼키고 구축하는 것은 **우리**다.

비둘기 피리는 해질녘의 음색.

그리움을 불러일으키는 낮은 소리가 황혼의 제방에 녹아든다.

천천히 찾아드는 정적.

나는 귀를 기울이며 꼼짝 않고 기다렸다. 가슴속에 있는 어렴풋한 확신과 기대를 담아.

그리고 나는 그 힘찬 소리를 들었다. 비둘기 피리의 음색을 닮은, 누가 내 부름에 응답하는 것 같은 절대적인 소리를. 누구도 제지할 수 없는, 태곳적부터 존재해온 거대한 의사의 목소리를.

어느새 빛은 소멸하고, 구름이 먹빛으로 가라앉았다.

야나쿠라에 또다시 밤이 찾아오려 한다.

인류의 다음 밤, 새로운 시작의 밤이.

달의 뒷면

1판 1쇄 발행 2012년 4월 6일 **1판 4쇄 발행** 2020년 5월 26일
지은이 온다 리쿠 **옮긴이** 권영주
펴낸이 고세규
편집 장선정 **디자인** 지은혜

발행처 김영사
주소 경기도 파주시 문발로 197(문발동) 우편번호10881
등록 1979년 5월 17일(제406-2003-036호)
구입 문의 전화 031)955-3100 **팩스** 031)955-3111
편집부 전화 02)3668-3295 **팩스** 02)745-4827 **전자우편** literature@gimmyoung.com
비채 카페 cafe.naver.com/vichebooks
트위터 @vichebook **페이스북** www.facebook.com/vichebook
ISBN 978-89-94343-59-4 03830 책값은 뒤표지에 있습니다.